T0274805

LA ESPERANZA
DE SOPHIA

Los colores de la belleza

Corina Bomann

LA ESPERANZA
DE SOPHIA

Los colores de la belleza

Traducción de
Marta Mabres Vicens

Papel certificado por el Forest Stewardship Council®

MIXTO
Papel procedente de
fuentes responsables
FSC
www.fsc.org   FSC® C117695

Penguin
Random House
Grupo Editorial

Título original: *Sophias Hoffnung*
Primera edición: septiembre de 2022

© Ullstein Buchverlage GmbH, Berlín. Publicado en 2020 por Ullstein Paperback Verlag
© 2022, Penguin Random House Grupo Editorial, S. A. U.
Travessera de Gràcia, 47-49. 08021 Barcelona
© 2022, Marta Mabres Vicens, por la traducción

Penguin Random House Grupo Editorial apoya la protección del *copyright*.
El *copyright* estimula la creatividad, defiende la diversidad en el ámbito de las ideas y el conocimiento,
promueve la libre expresión y favorece una cultura viva. Gracias por comprar una edición autorizada
de este libro y por respetar las leyes del *copyright* al no reproducir, escanear ni distribuir ninguna
parte de esta obra por ningún medio sin permiso. Al hacerlo está respaldando a los autores
y permitiendo que PRHGE continúe publicando libros para todos los lectores.
Diríjase a CEDRO (Centro Español de Derechos Reprográficos, http://www.cedro.org)
si necesita fotocopiar o escanear algún fragmento de esta obra.

Printed in Spain – Impreso en España

ISBN: 978-84-9129-624-9
Depósito legal: B-11749-2022

Compuesto en Blue Action
Impreso en Rodesa,
Villatuerta (Navarra)

SL 9 6 2 4 9

1

1926

*L*a luz de los vehículos al pasar me rozó por un instante cuando salí del edificio. Al momento, el frío húmedo del mes de marzo me atravesó la ropa. La capa de nubarrones grises no se había despejado en todo el día. En ese momento además empezó a lloviznar.

Aunque aún no eran las cinco de la tarde, en la calle las farolas se estaban encendiendo poco a poco. Hombres de negocios con abrigos de lana se abrían paso entre mujeres envueltas en capas de lluvia, y los obreros regresaban a sus casas con el paso firme, las gorras caladas y el cuello de la chaqueta levantado. De vez en cuando, alguna figura arrebujada en un abrigo andrajoso de soldado aparecía sentada en el suelo con la espalda apoyada en la pared de un edificio pidiendo limosna o trabajo.

Con mi abrigo de color verde azulado y mi sombrero campana a juego, yo no era más que una de las muchas personas que se apresuraban hacia la estación de metro Kaiserplatz.

Aterida, me metí las manos en los bolsillos del abrigo. El corazón me latía con fuerza y, a pesar del frío, sentí el sudor pegado en la espalda y el frontal de mi camiseta interior. Todavía me notaba esas manos extrañas en el cuerpo. Nadie sabía que el mayor de mis temores se acababa de confirmar.

Volví mi pensamiento hacia Georg. ¿Vendría?

Era arriesgado ponerse en contacto con él fuera del laboratorio. Siendo profesor mío en la facultad de química, teníamos que ser prudentes. Unas tutorías demasiado prolongadas o frecuentes podían dar pie a suspicacias en la universidad. Nuestra correspondencia se limitaba a unas notitas que pasaban de mano en mano o a través de libros concretos de la biblioteca que él sabía que nadie tomaría en préstamo.

Para encontrarnos de manera extraordinaria, solía ser él quien establecía contacto conmigo. Sin embargo, ese día por la mañana, después de clase, había sido yo quien le puso en la mano una nota con un gesto discreto. Me miró con espanto, pero tenía que hablar con él sin falta.

Me zambullí en la luz mortecina de la estación de metro. Los escalones estaban resbaladizos por la suciedad y la humedad. El olor característico a aceite y cemento se me metió en la nariz. Me encantaba coger el metro y solía utilizarlo todas las mañanas para ir a la Universidad Friedrich-Wilhelm.

En el andén, la gente se agolpaba bajo la mirada vigilante de un empleado que iba de un lado a otro. Un fuerte estrépito anunció la llegada del tren. Algunos pasajeros dieron un paso atrás; otros, en cambio, se mantuvieron imperturbables en su sitio, alargaron el cuello o se encendieron un pitillo.

El tren se detuvo, las puertas de los vagones se abrieron y los pasajeros que se apeaban se mezclaron con los que iban a subir. Busqué un asiento junto a la puerta, mientras que otros se dirigieron hacia los bancos del fondo. Cuando el metro se puso en marcha, intenté evitar la mirada de los otros viajeros y me quedé contemplando la oscuridad al otro lado de las ventanas.

Dos estaciones más tarde, me apeé, subí la escalera y caminé por la acera un rato hasta que se mostró ante mí el Café Helene, un establecimiento inaugurado después de la guerra por la esposa de un capitán que no había vuelto del frente. La mujer había recibido una buena pensión, y no parecía muy triste con su suerte. Cuando estaba en el local, saludaba a los clientes con alegría.

Me envolvió un ambiente cálido e impregnado de aroma a café. Las gafas se me empañaron al instante. Me las quité y limpié la fina película de humedad de los cristales. En cuanto me las volví a colocar, paseé la mirada por entre los clientes de la cafetería. La mayoría de las mesas estaban desocupadas. Al fondo, sentados junto a las ventanas, había una pareja de ancianos. Un joven de aspecto confundido rebuscaba en el bolsillo de su chaqueta con gesto nervioso. Aliviada, constaté que no había ningún conocido.

Georg y yo podríamos hablar con tranquilidad.

Escogí un rincón junto a la pared. Ahí solo nos verían si alguien se adentraba mucho en el local. Me quité el sombrero, me arreglé nerviosa el moño bajo y me despojé del abrigo. Entonces miré la hora en mi reloj de pulsera. Mi padre me lo había regalado el pasado agosto, al cumplir veinte años. Se sentía muy orgulloso de mí, sobre todo ahora que mi carrera de química avanzaba tan bien. Su sueño era que en un futuro próximo me hiciera cargo de su negocio de productos de droguería. Yo, sin embargo, había empezado mis estudios con la idea de fabricar cosméticos.

Las manecillas se iban aproximando a las cinco.

Georg solía ser muy puntual, pero yo era consciente de que había muchas cosas que podían retenerlo: un mensaje de su mujer, de la que él vivía separado desde que ella había pedido el divorcio; una enfermedad de su hijo; una reunión inesperada con los colegas del trabajo, o una entrevista a última hora del día con el decano.

—Y bien, ¿en qué puedo servirla, fräulein? —Una voz de mujer me sacó del ensimismamiento.

Aquel día Hilde, la hermana de la propietaria del local, trabajaba de camarera. Siempre llevaba un pequeño cuaderno y un lápiz, pero nunca la había visto escribir nada en él.

—Un café, por favor. Y un vaso de agua —respondí.

No tenía hambre y, de hecho, estaba tan nerviosa que tampoco necesitaba el café. Sin embargo, sabía que Hilde no veía con buenos ojos que la gente se pasara horas en su establecimiento sin consumir.

—¿No le apetecería un poco de tarta de migas? —insistió.

El estómago se me revolvía con solo pensar en algo comestible.

—Hoy no, gracias —respondí.

Hilde se quedó mirándome un instante y luego dijo:

—¡Con lo delgadita que está usted bien que podría permitírselo!

Me obligué a sonreír.

—En otra ocasión.

Hilde asintió y se dio la vuelta.

Me recosté en el asiento y cerré los ojos un momento. Me acordé del miedo que había tenido al decirle a mi padre que quería estudiar en la universidad. Era una persona muy estricta y cumplidora, y yo temía que se negara de forma categórica. Sin embargo, contra todo pronóstico, se alegró.

—¡Un día serás la directora del imperio Krohn de droguerías! —exclamó y luego, en un gesto realmente muy impropio de él, me abrazó.

Tal vez sus perspectivas resultaban algo desmesuradas...

En ese momento, sonó la campanita de la cafetería. Di un respingo y volví a abrir los ojos. El pulso se me aceleró al ver entrar a un hombre con abrigo de tweed marrón. Sin embargo, cuando se quitó el sombrero, me encontré con la cara de un desconocido. Se sentó en una mesa junto a una de las ventanas. Respiré con alivio. La conversación era inevitable, pero me alegraba disponer aún de unos instantes para mí.

A principios del semestre pasado, el doctor Georg Wallner se había presentado ante nuestra clase como el sustituto de un profesor mayor que se había jubilado. Era muy joven para ser docente en la universidad, aunque tenía dieciocho años más que yo. Daba clases a la vez que se preparaba para obtener la habilitación como profesor universitario. Eso me había impresionado mucho.

Recordé como si fuera ayer su mirada recorriendo las filas de bancos del aula y deteniéndose en mí más que en los demás. En mi curso había pocas chicas matriculadas, aunque el número de universitarias aumentaba de año en año. La razón era que ahí había más profesoras que en ningún otro sitio.

Al parecer, mi presencia había sorprendido a Georg Wallner. Me sonrojé y bajé los ojos avergonzada. No entendía por qué de repente mi corazón había empezado a latir agitado.

Me apresuré a tomar notas, pero invariablemente mi mirada se dirigía hacia él. Era muy distinto a los demás profesores, la mayoría de los cuales eran lo bastante mayores como para ser mis abuelos. Fui presa de emociones que nunca antes había sentido. Yo no era de ese tipo de chicas en torno a las que revoloteaban los chicos. Era como si mis gafas de níquel me volvieran invisible. Mi padre decía siempre que me hacían parecer inteligente, pero ¿quién quería una mujer lista si podía tener una hermosa?

Durante semanas, la mirada de Georg y la mía se fueron encontrando una y otra vez. Yo apenas me atrevía a hablar por temor a que lo que dijera le pudiera parecer estúpido y simple.

Entonces un día me convocó para una tutoría. Era poco antes de los exámenes de final de semestre, y en un seminario yo había aventajado a uno de mis compañeros de clase finalizando más rápidamente la serie de experimentos.

—Tiene usted mucho talento para la química —dijo apoyándose con gesto despreocupado en su escritorio—. ¿Piensa dedicarse al estudio científico cuando termine la carrera?

—No —contesté tajante.

El doctor Wallner enarcó las cejas.

—¿Y eso? Es muy curioso, tengo la impresión de que aquí a todos los estudiantes les encantaría formar parte del personal docente.

—Yo... A mí me gustaría... —De pronto mi voz sonó muy áspera, como si me doliera la garganta—. Preferiría dedicarme a la fabricación. A los productos de droguería.

Aunque hablé con bastante torpeza, él sonrió.

—¿Quiere trabajar en una fábrica de productos químicos? ¿Realmente piensa que una mujer como usted debe trabajar para Hoechst y compañía?

—Cosmética —le corregí—. Me gustaría fabricar cosméticos. Mi padre tiene un negocio de droguería. Si quiero conocer y elaborar ese tipo de productos, debería saber cómo están hechos, ¿no?

Al parecer, eso no se lo esperaba.

—Vaya, es usted práctica. Y eso no está nada mal. De todos modos, no debería desestimar de buenas a primeras la idea de hacer carrera en la universidad. —Se interrumpió un momento y me miró de un modo que me hizo estremecer—. ¿Qué le parecería ser mi ayudante? Como sabe, estoy preparándome para la habilitación como profesor. Me vendría bien tener al lado una mente despierta. ¿Le gustaría?

Vacilé, aunque mi mente gritaba «¡Sí!» con todas sus fuerzas. Sabía lo que mi padre diría al respecto. Me advertiría de que no debía permitir que se aprovecharan de mí. Por principio, Heinrich Krohn veía siempre una amenaza en cualquier cosa.

Sin embargo, el doctor Wallner despertaba en mí sentimientos que nunca antes había experimentado. Por las noches, al acostarme, pensaba en él. A veces fantaseaba imaginando encuentros fortuitos con él, caricias secretas, y a veces incluso cosas que me hacían sonrojar. Mi amiga Henny, que actuaba desnuda bailando en una revista de variedades, se habría reído de aquello.

Luego yo me reprendía, diciéndome que eso estaba prohibido. Todo el mundo sabía que él tenía esposa. Sin duda, su interés era meramente profesional. Debía reprimir esas emociones.

—¿En qué consistiría mi ayuda? —pregunté por fin—. Y ¿cuándo me necesitaría?

—Nos reuniremos una vez a la semana, el jueves, por ejemplo, que es el día en que tengo menos clases en la universidad. Usted se encargará de los trabajos preparatorios, hará investigaciones para mí y me ayudará con mis series de experimentos. Por supuesto, siempre y cuando eso no la distraiga de sus propios estudios.

Mi corazón revoloteaba como una mariposa. ¡Cómo me habría gustado decirle que él podía distraerme siempre que se le antojara! Pero esas palabras permanecieron en mi cabeza, e hicieron que se me sonrojaran las mejillas.

—Puedo hacerlo —me oí decir.

Una sonrisa se dibujó en el rostro del doctor Wallner.

—Así pues, ¿será mi ayudante?

—Sí, con mucho gusto.

Le devolví la sonrisa y luego bajé la mirada con timidez.

Cuando entré por primera vez en su laboratorio, quedé fascinada por la elegancia del mobiliario y el equipo, que era mucho más moderno que aquel del que disponíamos en la universidad. La investigación de Georg se centraba en el campo de la termoquímica, y él me hablaba de leyendas de la química, como Van't Hoff y Walther Nernst. Además, tenía amistad con Otto Hahn, que trabajaba como vicedirector del Instituto Kaiser-Wilhelm de Dahlem.

Yo sentía que solo era capaz de respirar con libertad en su laboratorio y, aunque más adelante me quería dedicar a algo completamente distinto, trabajar con y para él resultaba inspirador.

Un día, no sabría decir exactamente cuándo, el ambiente en el laboratorio cambió. Aunque al principio nos relacionamos de forma muy profesional, nuestras conversaciones se fueron volviendo cada vez más personales.

Me hablaba de las dificultades que tenía con su mujer. Esas confidencias me ruborizaban, pues jamás se me habría ocurrido que pudiera ser infeliz. Cuando un día me dijo que su mujer había pedido el divorcio, lloré con él.

Poco después, empezó a alabar el tono caramelo de mi pelo, algo en lo que yo nunca había reparado hasta entonces. Elogió mis ojos color avellana, herencia de una abuela a la que no había conocido. Me hizo sentir especial, a pesar de que yo no me viera de ese modo.

Además, me desconcertaba que hubiera notado y que respondiera a la pasión que yo sentía. Una tarde, al despedirnos, me atrajo hacia él y me besó. Sabía que debería haberme mostrado indignada, pero no lo hice. Como por arte de magia, mi cuerpo se acurrucó contra el suyo.

De todos modos, no nos dejamos llevar por completo. Las caricias que nos dedicábamos eran inocentes. A él le gustaba que le consolara cada vez que discutía con su esposa.

En una ocasión, cuando de nuevo llegó al laboratorio con aire triste y abatido, me preguntó:

—¿Qué te parecería? ¿Te podrías imaginar convertida en mi esposa cuando todo esto haya terminado?

Desde luego que podía. A esas alturas mi corazón ardía por completo por él.

Al cabo de pocos minutos yacíamos en el sofá donde él dormía cuando pasaba la noche en el laboratorio.

Me prometió ir con cuidado y no hacerme nada que no quisiera. Pero yo quería. Aunque solo fuera una única vez antes de que él pusiera fin al divorcio y pudiera estar a mi lado.

Disfruté de sus caricias y besos, de las palabras con las que me habló, de la pasión que sentía por mí. La atracción hacia lo prohibido me excitó y dejé que me quitara la ropa. Cuando me penetró, a pesar del breve dolor, me sentí en el cielo. Me amó con tanta delicadeza que no veía el momento de repetir. Al regresar a casa, después de vigilar escrupulosamente que no hubiera quedado rastro en mí, soñé con el matrimonio por primera vez en mi vida.

Aquello había ocurrido a mediados de diciembre del año anterior. Desde entonces no nos habíamos vuelto a acostar, pues encontramos otras formas de satisfacernos. Él hablaba cada vez menos de su mujer, y yo interpreté aquello como una buena señal de que el divorcio tendría lugar pronto. Pero entonces todo cambió.

—¡Su café! —Hilda me puso delante la taza y el vaso de agua—. Avíseme si cambia de idea sobre la tarta de migas. No se mantiene recién hecha eternamente.

A decir verdad, lo más probable era que ya no lo estuviera, pues el pastelero sacaba las bandejas del horno a primera hora de la mañana. Para entonces ya eran las cinco y cuarto, así que la tarta debía de llevar más de medio día hecha.

Me limité a darle las gracias y la observé dirigiéndose al nuevo cliente, que acababa de hundir la nariz en el periódico.

La campanilla de la puerta volvió a sonar y alguien se limpió la suciedad del calzado en el felpudo de forma ruidosa mientras dejaba oír un ligero resoplido. Al volver la cabeza a un lado, reconocí a Georg. Llevaba una gabardina beis y me pregunté cómo lo había podido confundir con el otro hombre. Georg tenía una especie de aura que llenaba al instante cualquier lugar en el que entraba. Era capaz de notar su presencia cuando aparecía al final de un pasillo que acababa de recorrer. Mi corazón me empezó a latir con tanta fuerza que apenas podía oír nada.

Tras sacudir el paraguas y colocarlo en el soporte previsto, escrutó a su alrededor. Iba a levantar la mano para saludarle, pero, por supuesto, él me vio de inmediato y se acercó.

—Siento llegar tarde —dijo dándome un abrazo rápido.

Aunque allí nadie nos conocía, siempre mantenía las distancias en público. Su pasión la guardaba para después.

—¿Qué te ocurre? —preguntó al notar que yo temblaba—. Estás muy pálida, ¿te ha pasado algo?

Cómo me habría gustado responderle entonces que simplemente había sentido ganas de estar con él.

—Por favor, siéntate —le dije mientras colocaba mis manos en torno a la taza de café.

—Estás muy seria. —Una arruga de preocupación asomó entre sus cejas—. ¿Les ha ocurrido algo a tus padres?

—No, es otra cosa.

Me interrumpí y lo miré de frente, como queriendo memorizar de nuevo todos y cada uno de sus rasgos: los ojos de color azul oscuro, el pelo castaño que llevaba siempre algo enmarañado, la nariz ligeramente curvada, sus labios sensuales, rodeados invariablemente por una fina sombra de barba.

—He ido a ver a la doctora Sahler.

Caí en la cuenta de que a él ese nombre no le decía nada. A mí me había pasado lo mismo antes de dar con su número en la guía telefónica.

—¿Y quién es? ¿Una compañera de estudios? —preguntó él un poco confundido.

Negué con la cabeza.

—Es una ginecóloga.

Aunque me había examinado con mucho cuidado, recordé con desagrado sus dedos manoseándome.

Intenté recobrar la compostura, miré al desconocido que seguía detrás de su periódico y me pregunté hasta qué punto era capaz de oírnos.

Entonces me incliné hacia delante y susurré:

—Estoy embarazada.

Georg me miró incrédulo.

—Eso no es posible. Si solo fue una vez...

—Pues parece que con una vez fue bastante —contesté y luego volví a bajar la voz—. Me ha examinado a fondo. Y llevo dos meses sin tener..., bueno, el periodo.

Georg levantó la mano y se la pasó por la cara.

—¿Y por qué no fuiste a verla antes?

Lo miré, desconcertada. ¿Qué habría cambiado eso? Además, difícilmente habría podido ella confirmar entonces un embarazo.

—Creí que... De hecho, fuimos con cuidado. Y a veces me viene de forma irregular.

Estaba completamente azorada. No solía hablar de esas cosas, ni siquiera con mi madre. Pero Georg sabía más de mi cuerpo que ella. Aunque mi madre me hubiera traído al mundo, él me había enseñado la pasión.

De nuevo escruté su rostro intentando adivinar qué estaría pensando. Tenía la mirada vidriosa, insondable. Posiblemente intentaba valorar sus opciones de forma científica.

—Te puedo dar las señas de un médico que acepta este tipo de... problemas —dijo.

Ladeé la cabeza y entonces caí en la cuenta de lo que estaba insinuando.

—¿Quieres que vaya a ver a alguien que practica abortos clandestinos? —Alarmada, miré a un lado. El desconocido había bajado el periódico. ¿Acaso oía lo que estábamos diciendo?—. Pero tú..., bueno, tú casi estás divorciado. Podríamos...

Georg resopló.

—Es complicado.

—¿Cómo dices? —No podía creer lo que acababa de oír.

—Brunhilde ha retirado la demanda de divorcio. Le da miedo el escándalo... —Me miró—. Por eso luego no he vuelto a...

Se sonrojó. Intenté entender a qué se estaba refiriendo.

Durante un rato fui incapaz de articular palabra. Me sentía como si estuviera en la cuerda floja y fuera a caerme en cualquier momento.

—Pero tu estabas de acuerdo con su demanda de divorcio, ¿no? —pregunté por fin.

—Sí, yo..., bueno, no tenía otra opción, ¿no? Nos hemos distanciado, pero, en fin, tengo un hijo. Debo pensar en él. Y ahora que las cosas vuelven a ir mejor entre Brunhilde y yo...

Me quedé helada. Sentí cómo mi corazón se iba cubriendo poco a poco con una capa de hielo. Mi mente seguía buscando el modo de entender lo que me estaba diciendo. De entender lo que esa situación significaba para mí.

Él debía pensar en su hijo.

—¿Y qué hay de mi hijo? —repliqué en voz alta en cuanto me vino a la cabeza—. ¿No deberías pensar en él?

Poco a poco me fui dando cuenta de que la cafetería era el peor lugar para hablar con él.

—Si se lo dijeras a tu esposa, ella insistiría en divorciarse.

—¿Y cómo quedaría yo entonces? —repuso él bruscamente—. Sería un adúltero. Sería el final de mi carrera, mi ruina.

¿Y yo?

Le miré a los ojos y no le reconocí. Aquel no podía ser el hombre que meses antes se lamentaba de su matrimonio sin amor.

La otra cosa de la que me di cuenta fue un auténtico mazazo para mí.

¿Cómo había podido ser tan estúpida? ¿Por qué había decidido entregarle mi honra antes de que me pusiera la alianza en el dedo? De este modo parecía que yo había tratado de romper un matrimonio. Un matrimonio que, según Georg, había llegado a su fin pero que, al parecer, no era así. Me había utilizado. Se había aprovechado de mí.

Sentí la ira creciendo en mi interior, si bien no era lo bastante intensa como para ahogar otras emociones. Fui presa del miedo. La desesperación. La desazón. ¿Qué dirían mis padres?

En agosto cumpliría veintiún años, pero para eso aún faltaban seis meses. Durante medio año mi padre aún tenía la última palabra.

Heinrich Krohn había hecho mucho por mí, pero no había nada que yo temiera más que su ira y su reacción ante la noticia de mi embarazo y de que el padre de la criatura no se fuera a casar conmigo.

Georg se apartó el pelo con un gesto nervioso.

—Lo lamento, pero creo que en estas circunstancias solo tenemos una salida...

—¿Deshacernos del niño?

Negué con la cabeza, incrédula. Las lágrimas acudieron a mis ojos. Sabía que iba a ser difícil, pero ni por un segundo me había planteado matar a esa criatura.

—¿Acaso se te ocurre otra solución?

Volví a negar con la cabeza.

—En cuanto se entere, mi padre me echará de casa —dije en voz baja—. Necesito a alguien que me apoye hasta que yo tenga capacidad para gestionar mis propios asuntos. Y... —Hice una pausa. Nunca le había pedido nada. Había sido él quien me había prometido que cuando todo terminara viviríamos y trabajaríamos juntos. Sin embargo, la criatura que llevaba en mi vientre lo cambiaba todo—. Quiero poder seguir estudiando.

Era consciente de que aquello era toda una osadía.

—¿Así que tu solución es pedirme dinero a cambio de que no me montes un escándalo?

—¿Acaso te he amenazado? —pregunté, incrédula. No, definitivamente aquel no era el hombre al que me había entregado—. Lo único que te pido es que me ayudes. Si no, me encontraré de patitas en la calle. —Me resultaba difícil contener la voz. Tenía muchas ganas de gritarle—. En el peor de los casos, mi padre podría hacerse cargo del aborto.

—Pues no sería mala idea. —Su mirada era gélida.

Lo miré petrificada.

En ese instante se acercó Hilde.

—¿Qué será para el señor? —preguntó, con la libreta y un lápiz en la mano.

—Nada, gracias —respondió Georg con tono brusco—. En realidad, ya me iba.

Hilde lo miró sin saber qué hacer, y yo casi esperé que hiciera algún comentario, pero entonces se dio la vuelta con un resoplido y se marchó.

Bajé los brazos. El miedo que había sentido en el estómago se había transformado en un nudo grueso como una piedra que amenazaba con ahogarme.

—Así pues, ¿no piensas ayudarme? —pregunté desesperada—. ¿A pesar de que hace unas pocas semanas me preguntaste si me casaría contigo cuando el divorcio terminara?

Por supuesto lo podía obligar. Podía convertir todo aquello en un escándalo, pero ¿qué ganaría yo? Perdería mi buen nombre, y él posiblemente negaría ser el padre. Por si fuera poco, mi familia también quedaría deshonrada. Y eso podría llevar a mi padre al borde de la ruina.

Sabía que yo no tenía fuerzas para esa lucha.

—Me lo pensaré —dijo Georg con aspereza mientras se levantaba—. No se lo cuentes a nadie. Ni se lo menciones tampoco a tus padres. ¿Entendido? Si no, ya puedes olvidarte de todo. Me pondré en contacto contigo.

Con esas palabras se levantó y se marchó.

Me quedé observándolo con la mirada perdida. El nudo en mi interior creció, parecía hincharse como una esponja. ¿Qué había hecho? Deseé poder retroceder en el tiempo y responder con un «no» cuando Georg me había preguntado si quería ser su ayudante. Pero había dejado escapar esa oportunidad. Lo había echado todo a perder.

Mientras en mis ojos se agolpaban lágrimas de vergüenza y remordimientos, me levanté de repente, arrojé unas monedas a la mesa y escapé del café. Pero no podía escapar de mí misma.

2

El edificio de apartamentos donde mis padres tenían alquilado el primer piso estaba muy iluminado cuando llegué a los pies de la escalera. Me detuve y agucé el oído por si oía pasos. Nuestros vecinos no eran especialmente fisgones, pero esperaban un poco de conversación cuando nos encontrábamos.

En ese momento lo de «Buenas tardes, honorable señor, ¿cómo está su esposa?» no me apetecía en absoluto. Antes me escondería en el sótano que permitir que alguien viera mis ojos enrojecidos por las lágrimas derramadas durante el camino.

Sin embargo, todo estaba en silencio. Quienquiera que hubiera subido la escalera antes que yo se había olvidado de apagar la luz.

Tras inspirar profundamente, cerré la puerta detrás de mí.

Por mis estudios, mis padres estaban acostumbrados a que a veces yo no llegara a casa hasta última hora del día. Los jueves, como trabajaba con Georg, llegaba incluso más tarde.

Ellos al principio se habían mostrado un poco recelosos. A fin de cuentas, no era decoroso que una joven estuviera a solas con su profesor. Por eso, yo había añadido unos cuantos ayudantes ficticios, creando un entorno inofensivo lleno de matraces de

Erlenmeyer, tubos de ensayo y mecheros Bunsen sobre aburridas mesas de laboratorio. Después de todo, así había sido al inicio.

Más adelante, después de habernos amado en el sofá, me aseguraba de forma escrupulosa de que mi ropa y también mi peinado estuvieran exactamente igual que al salir de casa por la mañana.

Sabía que mis padres no sospechaban nada. Pero, después de todo lo ocurrido ese día, ¿iba yo a ser capaz de sostener la mirada de mi madre? A menudo tenía la impresión de que sus ojos grises eran capaces de atravesarme y leerme el alma.

Y luego estaba mi padre. Heinrich Krohn era prusiano hasta la médula: para él, el cumplimiento del deber, la moral, la decencia y el orden estaban por encima de todo. De niña había aprendido que podía ser encantador... siempre que hiciera lo que él pedía. En cambio, si me desviaba, reaccionaba con una dureza temible.

Hasta entonces me había resultado fácil cumplir sus expectativas. ¿Qué ocurriría ahora? Yo había infringido todo lo que era sagrado para él. Había sido una persona inmoral, una frívola. Su reacción era previsible. Hacerme abortar era una posibilidad. Desheredarme, otra.

Subí la escalera arrastrando los pies, con la sensación de que mi cuerpo pesaba más de lo habitual. Del piso superior se oía la Novena de Beethoven. Nuestro honorable vecino estaba en su casa, muy posiblemente disgustado por algo ya que Beethoven solo sonaba en su gramófono cuando se enfadaba. ¿Había leído algo indignante en el periódico? ¿Había discutido con su esposa? Nunca los había oído gritarse, pero Beethoven atronaba con frecuencia en la escalera.

Aquellos sones dramáticos no hicieron sino intensificar mis temores.

Metí la llave en la cerradura. El olor a carne asada me impregnó las fosas nasales. Los lunes siempre comíamos las sobras del asado del domingo, calentadas y servidas con pan untado en mostaza. A mi padre le encantaba.

Lejos de despertar mis ganas de comer, aquel olor me provocó náuseas. Desde que no tenía el periodo, mi sentido del gusto se había alterado por completo. De pronto, la jalea de frutos rojos de mi madre me sabía a cloro, el asado de los domingos tenía un dejo a podrido y el pan que estaba en perfecto estado me revolvía el estómago con su regusto a moho.

—¡Ya he vuelto! —dije con el mismo tono firme y despreocupado de siempre; colgué el abrigo en el perchero y me llevé el bolso a mi cuarto. Al hacerlo, mi mirada se posó en el espejo.

Bajo la holgada blusa azul oscuro con lazo y la falda de tweed hasta la rodilla, aún no se podía adivinar mi estado, pero la doctora Sahler me había advertido que eso pronto cambiaría.

Tenía aspecto de cansada, pero eso no era de extrañar después de pasar un largo día en la universidad. Con todo, las ojeras que asomaban bajo los ojos eran preocupantes.

Me quité las gafas y, mientras el mundo desaparecía a mi alrededor, me froté la cara con las manos heladas.

¡Si al menos el encuentro con Georg hubiera transcurrido de otro modo! Por supuesto, no sería sencillo decirles a mis padres lo que ocurría. Mi madre se desmayaría y mi padre montaría en cólera.

Con todo, saber que contaba con el apoyo de Georg me habría sido útil. Me volví a colocar las gafas, repasé el moño que llevaba a la altura de la nuca y erguí la espalda. Faltaban pocas horas para que fuera de noche y seguro que después de cenar me podría retirar a mi cuarto tranquilamente con el pretexto de tener que estudiar. Iba a superar ese día, y mañana ya se vería. Tal vez Georg cambiara de opinión y me ayudara. Aunque solo fuera para ofrecerme un lugar donde vivir y un poco de dinero.

Salí de mi habitación y entré en el salón; en él papá estaba sentado oyendo la radio. Habíamos comprado ese aparato hacía dos años y desde entonces él pasaba las tardes disfrutando de la lectura del periódico y escuchando música.

—Buenas noches, papá —dije, dándole un beso en la mejilla. Estaba obligada a saludarle a él primero al llegar a casa—. ¿Qué tal el día?

—Pues bastante bien —contestó mirándome por encima de sus gafas. Contrariamente a lo que muchos creían, mi miopía no me venía de leer tantos libros, sino que era una herencia adquirida de la familia de mi padre—. ¿Qué tal en la universidad? El semestre está a punto de terminar, ¿tenéis que hacer exámenes?

—No, pero durante las vacaciones tendremos deberes.

—¡No te costará nada! Al fin y al cabo, ¡eres una Krohn! —Dejó el periódico sobre su regazo y dio un golpecito con la mano a uno de los artículos—. Mira, fíjate en ese Budnikowsky y su negocio de jabones de Hamburgo. ¡Acaba de abrir una segunda tienda! Cuando salgas de la universidad, nos pondremos manos a la obra.

—Por supuesto, papá —repuse, intentando reprimir una náusea.

—¡Ah, ya está aquí mi pequeña! —gorjeó mi madre al entrar en la estancia—. ¿Te quedan fuerzas para ayudarme en la cocina?

—Deberías contratar una criada, Lisbeth —refunfuñó mi padre—. Y una cocinera. No entiendo por qué te empeñas en hacerlo todo tú. Al fin y al cabo, nos lo podemos permitir.

—Es que me temo que, si no, la comida no te gustará —contestó mi madre.

—Me encantará ayudarte —dije interrumpiendo la discusión—. Acabo de llegar y papá me estaba hablando de ese Budnikowsky.

—¿Budni... qué? ¿Acaso volvemos a tener vecinos nuevos?

—No, es un comerciante de jabón de Hamburgo. Lo que él hace, nosotros también lo podemos hacer. Fíjate, en dos años abriremos una tienda en Potsdam.

—¿No sería mejor en otro distrito de Berlín? —pregunté—. Como Friedrichshain, por ejemplo.

—Tonterías, eso son menudencias. ¡Necesitamos otra ciudad! El apellido Krohn debe estar en boca de todos. Y ahora que esas divas del cine andan por Babelsberg y necesitan constantemente aguas de colonia y maquillaje...

—Ya hablaremos más tarde de eso —dijo mamá, posando la mano en mi brazo—. Ahora necesito a nuestra hija en la cocina.

Me llevó consigo hasta el centro del piso.

De niña pasaba horas en la cocina. Por aquel entonces, mi padre acababa de inaugurar su primera tienda y aún vivíamos en un piso más sencillo situado en una tercera planta. Desde la ventana de la cocina había una buena panorámica de todo el patio trasero. Podía ver cuándo habían salido a la calle los demás niños, sobre todo Henny, a quien conocía desde la infancia. En invierno, el lugar más caliente era junto a los fogones. Nunca me cansaba de los olores que emanaban de ahí.

Esto había cambiado de forma drástica con mi embarazo.

—Toma, tú corta la carne en lonchas —dijo mamá, dándome el cuchillo—. Tienes buen ojo para las medidas.

De nuevo me volví a sentir mareada. Un compañero de clase, que era vegetariano y por ello blanco de las burlas de los demás, sostenía que los animales sacrificados eran cadáveres que luego nos comíamos. Según él, así cabría comer también una persona. Además, afirmaba que en los mataderos había gente empleada para retirar los gusanos de la carne para así poder venderla.

¿Por qué me vino a la mente esa conversación justo entonces? Aquello no solo me indispuso, sino que hizo que la cabeza me diera vueltas. Por mucho empeño que le puse, fue inútil. Las palabras de mi madre se volvieron confusas. El mundo alrededor empezó a tambalearse ante mis ojos como un barco en una tormenta. Procuré asirme al borde de la mesa, pero entonces me sentí arrojada a un lado y el mundo se oscureció.

Cuando abrí los ojos, creí que era de día y que todavía estaba en cama. Debía de haberme dormido, porque vi sobre mí la cara borrosa de mi padre. Un poco más tarde noté algo en la mejilla. ¿Acaso estaba intentando despertarme? Entonces me di cuenta de que aquello no eran sacudidas para despertarme, sino palmaditas.

—¡Lisbeth, ya ha vuelto en sí! —oí decir a mi padre—. ¿Has hablado ya con el doctor Meyerhoff?

—¡Sí, está al llegar! —exclamó mi madre desde el fondo.

¿El doctor Meyerhoff? ¿Para qué iba a venir?

Curiosamente, lo siguiente que me vino a la cabeza fue el teléfono que habíamos comprado un año atrás. Al parecer, mi madre había llamado al doctor.

Estiré el brazo a un lado para coger las gafas, pero no se hallaban en su sitio.

—Aquí las tienes —dijo mi padre con afecto, sacándose las gafas del bolsillo de su chaleco y poniéndomelas de nuevo—. Por suerte no se han roto.

Entonces el mundo a mi alrededor se volvió nítido y me di cuenta de que no estaba en la cama sino tumbada en el suelo. En concreto, a juzgar por el hule de la mesa que tenía al lado, el suelo de la cocina.

—¿Qué ha pasado? —pregunté, notándome la lengua dormida.

—Espera, te llevaré a tu cuarto —dijo mi padre sin responder a mi pregunta y tomándome en brazos como cuando era pequeña.

Ya en el dormitorio, me soltó con cuidado sobre la cama. Estas atenciones conmigo solo las tenía cuando estaba enferma.

—Trabajas demasiado —comentó, acariciándome el pelo—. ¿Te tomas algún descanso de vez en cuando?

—Sí, papá —respondí con voz débil mientras el estómago se me encogía al reparar en que la culpa de aquello era mi estado, y no el exceso de trabajo.

—Además, no come lo suficiente —apuntó mi madre, que nos había seguido hasta la habitación—. ¿Me oyes, Sophia? Tienes que comer más.

—¡No es la comida, mamá!

Me noté los latidos del corazón en las sienes. Tenía razón, últimamente no comía mucho porque tenía el sentido del gusto totalmente alterado.

Me habría gustado decirles a mis padres que me dejaran en paz, pero eso habría sido en vano. Se fueron alternando para no dejarme sola hasta que llegara el doctor Meyerhoff, hablándome y acariciándome el pelo como si fuera una niña. Mi madre sacó una manta para que no cogiera frío a pesar de que mi cuarto estaba bien caldeado.

Cuando sonó el timbre, mi padre salió para abrir. Al poco rato regresó a la habitación acompañado del doctor.

El doctor Meyerhoff llevaba muchos años atendiendo a nuestra familia. De niña me había visitado por dolores de estómago o amigdalitis. En aquella época aquel hombre de barba negra tupida me aterraba.

Ahora, en cambio, su pelo se había vuelto gris y me pareció un abuelo entrañable.

—Buenas noches, fräulein Sophia, ¿qué tenemos?

El hecho de que hablara en primera persona del plural me hizo gracia. Él ahí no tenía nada y yo, en cierto modo, tampoco.

—De pronto ha caído desmayada en la cocina —explicó mi madre. Como se suponía que iba a tener que destaparme, mi padre se retiró discretamente.

—Acababa usted de llegar de la universidad, ¿verdad, Sophia?

Asentí sumisa, si bien esa afirmación solo era cierta en parte.

—Bien, pues vamos a examinarla.

El médico abrió su maletín y sacó un estetoscopio y un tensiómetro. Se inclinó sobre mí, me miró los ojos iluminándolos con una lucecita y me comprobó el pulso.

—¿Podría salir de la habitación, frau Krohn? —dijo volviéndose hacia mi madre—. Su hija ya no es una niña y le podría resultar embarazoso tener que quitarse la ropa ante usted.

Mi madre asintió y se retiró. Instantes después yo me quedé a solas con el médico.

—Seguramente ya se imagina lo que le tengo que pedir —dijo volviéndose de nuevo hacia su maletín—. Puede dejarse puestas la camiseta interior y las braguitas.

Me incorporé y me quité la blusa y la falda. Por precaución, me apoyé en el poste de la cama. Todavía me notaba las rodillas temblorosas.

El doctor Meyerhoff se colocó el estetoscopio en los oídos y me puso el manguito para medirme la presión arterial.

—Levántese la parte posterior de la camiseta, por favor —me pidió a continuación.

Me incliné hacia delante y me estremecí al sentir el frío metal en la piel.

—¿Se ha sentido mal últimamente, o ha notado algún cambio? —preguntó en voz baja mientras me auscultaba por la espalda.

Inspiré con temor. Seguro que averiguaría lo que ocurría. Eso si no lo sospechaba ya.

—Por favor, túmbese boca arriba, me gustaría auscultarle el abdomen.

Hice lo que me pidió mientras procuraba apartar de mí el recuerdo de Georg inclinado sobre mí.

—No me ha venido el periodo —lancé sin casi pensarlo.

El doctor Meyerhoff se detuvo.

—¿Usted...?

Me volví a enderezar. Para entonces estaba segura de que aquel desmayo se debía a mi estado. De haber continuado con su exploración, el doctor Meyerhoff habría llegado a la misma conclusión.

—Estoy embarazada —musité bajando la vista.

—Pero ¿por qué su madre no...?

Él se interrumpió y negó con la cabeza sin comprender.

—Mis padres aún no lo saben. Esta tarde he ido a la consulta de la doctora Sahler; según ella, debo de estar en el segundo o tercer mes.

El médico se me quedó mirando con asombro. En su cabeza los pensamientos se agitaban sin cesar.

—¿Qué hay del padre? —preguntó al fin—. ¿Quién es?

—Me gustaría guardarme eso para mí —le respondí—. Pero está al corriente.

—¿Fue consentido?

¡Como si eso pudiera cambiar en algo mi situación!

—Sí, sí. No me forzó. Fue... algo desafortunado.

¿De verdad? Aquella había sido una tarde maravillosa que creí que nos haría felices. Pero era evidente que todo tiene un precio.

El doctor Meyerhoff reflexionó.

—Si lo prefiere, no diré nada a sus padres —dijo al cabo de un instante—. Aunque usted aún no es mayor de edad, en este caso haría una excepción. Sin embargo, su estado no podrá ocultarse para siempre.

No sabía qué hacer. Aunque él se lo guardara para sí, ¿cuánto tiempo estaría yo a salvo? ¿Un mes? ¿Dos? De un modo u otro la ira de mi padre caería sobre mí. Solo Georg podía hacer algo al respecto.

—Lo comprendo —dije finalmente, y luego lo miré. En sus ojos había pesar, como si me acabara de diagnosticar una enfermedad grave. Y, de hecho, yo me sentía así. El estómago me ardía y notaba el corazón acelerado. Mi temor iba en aumento. ¿Sería capaz de resistir un mes más? ¿Podría esperar a que Georg se pusiera en contacto conmigo? ¿Lo haría? Yo no podía demostrar que era hijo suyo. ¡Qué fácil sería acusarme de querer sacar provecho de la situación!

Me observé las manos; había cerrado el puño con tanta fuerza que tenía los nudillos blancos como la nieve.

—Dígaselo.

—¿Está segura?

—La situación no mejorará por mucho que espere —repuse con determinación.

El médico posó la mano en mi brazo con gesto compasivo y asintió.

—A partir de ahora deberá cuidarse mucho y comer lo suficiente —dijo con tono amable—. ¿Sufre náuseas con frecuencia?

—Mi sentido del gusto ya no es el que era, y la nariz se me ha vuelto muy sensible. Pero las náuseas son soportables.

Al parecer esa información fue suficiente para el doctor Meyerhoff. Volvió a guardar el estetoscopio en su maletín.

—De acuerdo. Le recetaré algo por si la situación empeora.

Asentí, cogí la falda y me la subí hasta las caderas. Luego me puse la blusa.

El doctor Meyerhoff abandonó la habitación.

Cerré los ojos. El tiempo parecía haberse detenido.

El alarido de dolor de mamá me devolvió a la realidad.

—¡Se lo ruego, cálmese! —le dijo el doctor Meyerhoff en tono tranquilizador—. No es el fin del mundo. En realidad, es motivo de alegría.

—¿Alegría? —bufó mi padre.

Al instante abrió de golpe la puerta y entró en mi cuarto. Las mismas manos que antes me habían levantado con delicadeza del suelo de la cocina y me habían tumbado en la cama me asieron con fuerza por los hombros y me zarandearon.

—¿En qué estabas pensando? —me gritó—. ¿Qué se te pasó por la cabeza? ¿Quién es ese tipo? ¡Dime!

—¡Herr Krohn, se lo ruego! —El médico acudió en mi auxilio y sujetó a mi padre por los brazos—. No debería agarrar así a su hija.

Entonces él me soltó y retrocedió. Yo me alejé hacia la ventana. Las marcas de sus dedos me dolían.

—¿Quién te ha dejado embarazada? —exigió saber mi padre—. ¡Lo mataré! ¿Algún compañero de clase? ¡Dime el nombre de ese pipiolo!

Tenía los ojos oscuros como el carbón y parecían arder. Al fondo mi madre no dejaba de llorar.

No dije nada.

—Herr Krohn —intervino de nuevo el doctor Meyerhoff—, por favor, procure ver este asunto de forma racional. Son cosas naturales.

—¿Cosas naturales? —repitió mi padre rabioso dándose la vuelta—. Será mejor que se marche. ¡Este asunto es entre mi hija y yo!

El doctor Meyerhoff vaciló, pero al final asintió.

—Tal y como hemos hablado, le haré llegar un medicamento para las náuseas —dijo, dirigiéndose a mí. Luego salió del piso.

Mi padre se apostó frente a la puerta de mi dormitorio, resoplando de rabia, como si fuera un guardián y quisiera asegurarse de que no me escaparía. Permanecimos en silencio un buen rato.

—¿Quién es ese tipo? —volvió a preguntar en tono amenazador—. Vas a tener que casarte con él para que esta deshonra no salga a la luz.

—Yo..., yo... —Me falló la voz.

Mi padre dio unos pasos hacia mí. Mi madre entretanto había dejado de llorar. Deseé que se acercara a mí y me protegiera. Que dijera que ya encontraríamos una solución. Sin embargo, se mantuvo alejada de mi dormitorio.

—¡No puedo casarme con él! —dije rápidamente con mi padre muy cerca de mí. Para zafarme de él habría tenido que arrojarme por la ventana. Sin embargo, él no me volvió a tocar.

—¿Por qué no? ¿Con qué clase de inútil te has enredado?

—Él..., él está... Él está casado —farfullé esperando recibir de un momento a otro una bofetada como castigo. Mi padre alzó la mano, pero interrumpió el gesto. Por su mirada, supe que acababa de adivinar quién podía ser el responsable.

—¿Es ese profesor para el que trabajas? ¿Te sedujo?

Al sentirme descubierta, apreté los labios. Me podría haber defendido y alegar que por aquel entonces él se estaba divorciando. Que había depositado mis esperanzas en él. Pero eso habría provocado exactamente la disputa que yo temía y para la que no me sentía con fuerzas.

—Lo sabía. ¡Menudo bastardo! —rugió, dirigiendo la mirada a la alfombra. ¿Qué pasaría ahora?

Mi padre endureció la mirada.

—Largo de mi casa. ¡Ahora! —bramó, señalando la puerta con el dedo—. ¡No pienso vivir bajo el mismo techo que una puta estúpida! ¡Ya te las arreglarás tú misma para salir de esto! ¡Tú sola!

Sentí que algo en mi interior se rompía, como un cristal que tras agrietarse era incapaz de soportar la presión exterior.

Mi padre salió de la habitación, pero sus palabras siguieron resonando en el cuarto. Una puta estúpida. Sí, esa era yo. Pero seguía siendo su hija también.

Con todo, lo peor era que yo ya había previsto aquella reacción.

De repente me sentí como si estuviera en caída libre. Como si fuera una maceta de geranios precipitándose desde el alféizar de la ventana a las profundidades. Sin embargo, lejos de estallar en pedazos con el impacto, permanecí de pie y fui consciente de que aquellos serían mis últimos momentos en ese dormitorio.

Oí a mi madre en la cocina.

—¡Heinrich, no puedes hacer eso! ¡Es tu hija!

—¡Por supuesto que puedo! —rugió él—. Ella tomó una decisión al meterse en la cama con ese tipo. ¡Pues que ahora se atenga a las consecuencias!

—Pero ¿a dónde se supone que va a ir?

—¡Ese es su problema! ¡Que se marche a casa de ese tipo! ¡No quiero verla más por aquí!

Cada palabra era como una puñalada. Me consolaba ver que mi madre aún me apoyaba un poco, pero al mismo tiempo me daba cuenta de que era demasiado débil para enfrentarse a él. Se resignaría. Y yo también.

Inspiré profundamente. En mi cabeza, intentaba dar con una solución. Podía ir al laboratorio de Georg. Él no estaría allí, y yo tenía una llave de emergencia. Sin embargo, algo en mí se oponía de forma vehemente a esa idea.

No, necesitaba algo distinto. Necesitaba a otra persona.

Mientras pensaba, mi padre seguía despotricando. Sus palabras se deslizaban como nubarrones de tormenta.

—¡Es tu hija! —exclamó mi madre al final.

—¡Yo ya no tengo hija! —replicó mi padre.

Unos pasos retumbaron en el corredor y luego una puerta se cerró de golpe.

Todo mi cuerpo temblaba. De miedo, de rabia y de desengaño.

De nuevo oí llorar a mi madre, pero no se asomó a mi habitación. Mamá, pensé. Mamá, ¿por qué no vienes? ¿Por qué no me hablas? Aguardé varios minutos. Fue en vano. En algún momento ella desapareció en su dormitorio.

Las lágrimas me caían por las mejillas, pero estaba demasiado afectada para sentir dolor. Debería haberme acercado a ellos, suplicarles su perdón. Pero sabía que eso no serviría de nada. Conocía demasiado bien a mi padre. No perdonaba a quien le ofendía.

Con un gesto mecánico, me di la vuelta y abrí el armario. Mi decisión estaba tomada.

3

Recliné la cabeza en la ventana del metro. Sentía en las sienes los latidos del corazón. Las conversaciones a mi alrededor parecían apagadas. El traqueteo del tren me sacudía el cuerpo, blando y sin consistencia como el de una muñeca de trapo. Regresé con la mente al día en que conocí a Henny.

En verano los Wegstein se habían mudado al edificio en el que vivíamos junto con otras ocho familias. El padre era un hombre muy tranquilo y la madre, muy animada. Me recordaban a la parejita que sale en las casitas meteorológicas de madera, aunque ella solía estar en la calle la mayor parte del tiempo, mientras que él apenas se dejaba ver. Se decía que estaba enfermo, no física sino mentalmente.

Henny era una niña vivaracha de trenzas rubias y se me acercó en cuanto me vio.

—¿Puedo jugar contigo? —preguntó.

Yo, como tantas veces, estaba sentada en silencio y sola en un rincón del patio. No había encontrado la manera de relacionarme con los otros niños que vivían allí; seguramente les debía de parecer demasiado rara con mis canicas de cristal, con las que era capaz de jugar durante horas sin aburrirme.

La miré. El sol por encima de su cabeza le hacía brillar los mechones de pelo que se le habían soltado del peinado. Era dos años mayor que yo y cuando sonreía se le veía un gran hueco entre los dientes. Aquello fue lo que me gustó de ella. Henny, igual que yo, a quien llamaban «cuatro ojos» por las gafas, no era perfecta. Asentí, se puso en cuclillas a mi lado y dejó que le explicara el significado de cada canica. No le molestaba que llevara gafas.

Nuestra amistad prosiguió durante años y, mientras que Henny se fue volviendo cada vez más guapa, en mi nariz siguieron reposando las gafas.

Aunque en el colegio íbamos a clases diferentes, éramos inseparables. Durante las pausas Henny y yo estábamos siempre juntas. Luego mi padre abrió su tienda y en casa empezó a entrar más dinero. Me llevaron entonces a una escuela de educación superior para chicas y mi amiga se quedó en el antiguo colegio.

Eso no afectó a nuestra relación. Ni siquiera el traslado de nuestra familia a otra parte de la ciudad perjudicó nuestra amistad. Aunque vivíamos a muchas calles de distancia, nos visitábamos siempre que nos resultaba posible.

Para mi padre, aquella amistad era como una piedra en el zapato. A él le habría gustado que me hiciera amiga de chicas más acomodadas. Pero esas no me aceptaban a causa de mis granos y mis gafas. En cambio, yo a Henny le gustaba tal y como era. Finalmente, mi padre cedió y me permitió que fuera a visitarla a su casa y que ella viniera a la mía.

Nos veíamos por lo menos dos veces a la semana y compartíamos todas nuestras historias y secretos. Ella me consolaba cada vez que se mofaban de mí y probó conmigo la primera crema cosmética que elaboré. Cuando me aceptaron en la universidad, lo celebramos toda una noche. En esa época, ella había dejado de hacer de limpiadora y había empezado a bailar. Al principio me alarmó que tuviera que hacerlo desnuda, pero también envidiaba la libertad de la que disfrutaba Henny. Tras haber cumplido los veintiún años, sus padres se mantuvieron al margen de su vida. Su madre estaba demasiado ocupada con su marido, cuya mente se ensombrecía cada vez más, como para poder atender a su hija. Solo de vez en cuando intentaba convencerla para que se casara. Pero Henny no tenía ninguna intención. Ella era libre como el viento y no quería atarse a ningún hombre.

Con el tiempo, hablarles a mis padres de Henny se fue volviendo cada vez más difícil. Mi padre no habría tolerado jamás su modo de vida, ni mi trato con ella. Como yo dependía de él y no quería problemas, tuve la prudencia de no decirles a qué se dedicaba. Aunque Henny no lo entendía, le pedí que no fuera demasiado franca con mis padres cuando viniera a casa de visita. Yo no me avergonzaba, pero temía que dejara de ser bienvenida.

Di un respingo cuando el tren entró en la estación de Kurfürstenstraße. Cogí el equipaje a toda prisa y me apresuré a salir. En el andén me sentí infinitamente perdida. Un hombre sentado contra uno de los postes, que llevaba un cartel que decía «¡Tengo hambre!», me dirigió una mirada algo extraviada que me asustó, así que subí a toda prisa la escalera.

La lluvia arreció. A la casa donde Henny llevaba tres años viviendo, llegué empapada y castañeando los dientes. Era un edificio para trabajadores en bastante buen estado que limitaba con el parque de Tiergarten, un edificio de cuatro pisos con un pequeño patio trasero en el que cada palabra, por bajo que se pronunciara, se amplificaba como si fuera el altavoz de un gramófono.

Levanté la vista hacia la parte superior de la fachada. Mi amiga vivía tras una de las ventanas del piso más alto.

En mi fuero interno me resistía a pedirle ayuda. Pero, si no quería pasar la noche bajo un puente o en una estación de metro, no tenía otra opción. Aunque yo había llegado a conocer a mis abuelos maternos, hacía tres años que estos habían muerto. Mi padre había quedado huérfano muy pronto y se había criado en casa de una tía que también había fallecido. Excepto mis padres, no tenía familia. Y, excepto Henny, no tenía amigas.

Llamé al timbre.

En ese momento se me ocurrió que tal vez Henny estaba aún en el teatro de variedades. La perspectiva de permanecer bajo la lluvia hasta el amanecer aumentó todavía más mi desesperación.

Entonces una ventana del piso de arriba se abrió y se oyó la voz de Henny.

—¿Quién es?

—Soy yo, Sophia.

Me di cuenta de que los vecinos alrededor nos oirían. Era solo cuestión de tiempo que otras personas asomaran también la cabeza por la ventana.

—¡Sophia, cariño! —exclamó con asombro—. Espera, ya bajo.

Al poco rato, la ventana del vestíbulo se iluminó. Luego se mostró una silueta y finalmente la puerta se abrió.

Henny llevaba su pelo rubio recogido con una toalla y el cuerpo envuelto en una bata. En la cara se había aplicado una capa gruesa de crema hidratante que no le hacía ninguna falta. Siempre había tenido la piel suave y rosada, como de melocotón.

—¡Cielo santo! —exclamó—. ¿Qué ha ocurrido?

Consciente de que las paredes allí tenían oídos, respondí:

—¿Puedo quedarme en tu casa un tiempo? ¡Por favor! Te lo cuento todo arriba.

Me miró con asombro, luego me tomó del brazo y me llevó con ella.

Sentí de pronto un intenso hedor a tabaco, humedad y orines de gato. Una sensación de náusea se apoderó de mí. En las paredes, el papel pintado estaba lleno de manchas de humedad y en algunos puntos se había despegado. Apenas se podía ver el estampado. Unas huellas de barro ensuciaban las alfombras desgastadas de los escalones.

De repente, me pareció que el cuerpo me pesaba como si fuera de plomo. Aún tenía por delante muchos escalones. ¿Cómo lo conseguiría? Sin embargo, a pesar de que me dolían, las piernas empezaron a moverse por su cuenta. El ruido de mis pasos fue amortiguado por las sucias esteras de esparto.

El piso de Henny estaba en la parte superior, en la cuarta planta, y no era más que una habitación grande con una ventana. Apenas hube traspasado el umbral las fuerzas me abandonaron y caí de rodillas. Entonces estalló el llanto acumulado durante esas horas. Me acurruqué y me abandoné al dolor que me recorría el cuerpo.

En medio de la confusión que sentía en mi interior, oí que Henny cerraba la puerta detrás de mí. Al poco rato, sentí sus manos en la espalda acariciándome suavemente la columna vertebral.

—¿Qué ha pasado, cariño?

Yo solo lograba emitir gemidos entrecortados. Henny mantuvo la mano posada en mí hasta que por fin fui capaz de incorporarme un poco. Luego me atrajo entre sus brazos y me acunó suavemente.

—Todo irá bien —me susurró contra el pelo—. Aquí nadie puede hacerte daño.

Me entregué a mi desesperación todavía un rato más, y luego recuperé la calma.

—¿Crees que puedes levantarte? —preguntó finalmente Henny cuando mis lágrimas se hubieron secado.

La miré con los ojos hinchados y asentí. Me ayudó a ponerme de pie y me llevó a la cama de metal que ocupaba la mayor parte del cuarto. Al tumbarme, los muelles rechinaron suavemente.

—¿Quieres que te haga una infusión? —preguntó—. Solo tengo manzanilla, pero mi madre jura y perjura que va bien para todo.

Negué con la cabeza.

—No, no hace falta —dije con la nariz congestionada—. Yo...

—Entonces, ¿tal vez un poco de agua? ¿O te apetece algo más? Tengo también café aguado.

—Necesito que me ayudes —dije bajando la cabeza. De repente noté en mis hombros el peso de mis actos—. Mis padres me han echado de casa.

—¿Te han echado de casa? —repitió ella, asombrada—. ¿Por qué? ¿Qué has hecho?

Levanté la cabeza. No había sido capaz de decírselo a mis padres, pero con Henny no sentía la menor timidez.

—Estoy embarazada.

—¡Madre mía! —Henny se llevó la mano a la cara—. ¿De ese profesor?

—Sí.

Ella sacudió la cabeza atónita.

—¡Menudo canalla! No es que yo no te hubiera advertido sobre él, pero...

En efecto, lo había hecho. Pero la pasión que me embargaba cuando estaba con él me había impedido pensar lo que podía significar todo aquello. Las consecuencias que podía tener.

—Lo siento —dijo Henny, sentándose junto a mí en la cama—. No pretendía ser tan dura contigo.

—¡Tenías razón! —exclamé sollozando—. Pero... es que yo... ¡creía de verdad que se iba a divorciar! Y, ahora, en cambio...

—¿No lo va a hacer?

—No. Su mujer ha retirado la demanda de divorcio y él teme el escándalo.

—¡Y con razón!

—¡Pero yo también!

Empecé a sollozar de nuevo.

Henny reclinó su cabeza contra la mía mientras me sostenía por los hombros.

—¿Le amas? —me preguntó con la boca hundida en mi pelo.

—No lo sé —respondí—. A mí..., a mí me gustaba sentirme deseada. Y un poco también pensaba... ¿no sería bonito contar con un hombre que entiende lo que te gusta? Sabes que yo antes no había tenido nada que ver con los hombres... Henny suspiró.

—El diablo pilla primero a la gente honrada —murmuró dándome un beso en la mejilla—. Te traeré un vaso de agua.

Mientras desaparecía detrás de la cortina que separaba su «baño» del resto de la habitación, yo me quedé mirándome los zapatos. Habían dejado un pequeño charco en el suelo de madera. Tenía el dobladillo del abrigo cubierto de salpicaduras de agua, porque de camino hacia ahí algunos conductores habían pasado sin miramientos por encima de todos los charcos que sus ruedas encontraban.

—Puedes quedarte aquí por un tiempo —dijo Henny, poniéndome una taza esmaltada en la mano.

—Gracias —repuse—. Te prometo que, en cuanto encuentre otra solución, te dejaré tranquila.

Henny asintió, pero su mirada me dejó claro que, a menos que mis padres cambiaran de opinión, no encontraría una salida a corto plazo.

4

Aunque a la mañana siguiente me sentía agotada, fui a la universidad. Todavía me quedaban algunos libros en casa, que luego iría a recoger. Quería que por lo menos mi madre supiera dónde vivía. Sin embargo, antes deseaba tener la oportunidad de hablar con Georg. Tal vez había cambiado de opinión y estaba dispuesto a ayudarme.

Con los libros bajo el brazo, me dirigí al aula magna y tomé asiento en una de las filas de los bancos centrales. Tenía el estómago revuelto. Por la mañana había vomitado, pero como no había probado bocado desde la mañana del día anterior, solo había salido bilis.

La clase fue aburrida, sobre todo porque el profesor tenía un tono de voz muy monótono. Al rato, se me cerraron los ojos. Me desperté de nuevo con el estruendo de los golpes sobre los pupitres al terminar la lección.

Fuera, en el pasillo, había mucho alboroto de gente. Me asaltó la nariz el penetrante perfume a agua de Colonia mezclado con el olor acre a jabón de afeitar. Sentí náuseas y corrí hacia una de las ventanas.

—Disculpad —les dije a dos estudiantes que no conocía mientras abría la hoja de la ventana.

Al poco me envolvió el aire fresco y húmedo. Noté cómo la saliva se me acumulaba en la boca y recé para no vomitar. Para distraerme, bajé la vista al patio interior. Algunos compañeros se apresuraban por el suelo adoquinado; otros, en cambio, formaban corrillo y conversaban. ¿Tenían idea de lo fácil que era su vida por el mero hecho de ser hombres?

El mareo fue remitiendo gradualmente. El murmullo de voces a mi alrededor se había apagado un poco.

A esa hora tenía clase de bioquímica, pero entonces vi a Georg en la escalera. Parecía un poco distraído; miró su reloj de pulsera y luego volvió la vista a un lado. De pronto, levantó la cabeza y me miró directamente a la cara. Habíamos acordado que yo no debía dirigirme a él. Pero ¿hasta qué punto aquello seguía siendo válido a esas alturas?

En cuanto unos estudiantes, que claramente iban con prisas, hubieron pasado a nuestro lado, se me acercó.

—Fräulein Krohn, ¿podría hablar con usted? ¿En mi despacho?

Sentí nacer en mi interior una chispa de esperanza. Él había encontrado una solución. ¿Por qué, si no, querría hablar conmigo?

—Por supuesto, señor profesor —le respondí y lo acompañé.

—¿Cómo estás? —preguntó en voz baja en cuanto hubo cerrado la puerta.

Inspiré profundamente para calmar los temblores. El corazón me latía agitado. Su voz sonaba distinta al día anterior, más firme y juiciosa.

—Anoche me desmayé. —Incluso yo me sorprendí de mi franqueza—. Nuestro médico de cabecera... se lo comunicó a mis padres.

Georg recibió mi respuesta con un breve asentimiento.

—Entonces, lo saben —se limitó a decir.

—Sí —respondí, intuyendo que aquella era su mayor preocupación—. Mi padre me ha echado de casa.

Inspiré de nuevo y lo miré a la cara.

—¿Le contaste que yo...?

—Él lo adivinó.

—¡Santo Dios! —exclamó sin pensar—. Y, ahora, ¿qué?

—Dijo que voy a tener que salir de esto yo sola. No creo que tengas nada que temer de él.

Respiró aliviado.

—¿Has encontrado alojamiento? —preguntó sin dejar traslucir la menor preocupación en sus palabras. Aquella era una pregunta, sin más.

Me lo quedé observando fijamente, azorada. ¿Había sido siempre así? ¿O acaso yo lo había estado viendo como a través de un velo?

Ciertamente, aquel no era el lugar para arrebatos emocionales. ¡Pero me encontraba en un gran atolladero por su culpa! ¡¿Y a él solo se le ocurría preguntarme por mi alojamiento?!

—Estoy en casa de una amiga —contesté procurando contener el temblor de mi voz—. Además, es muy probable que no vaya a poder venir a las clases el próximo semestre. Mi padre declaró que él ya no tenía ninguna hija. Todo fue tal y como me temía. —Lo miré—. ¡Tienes que ayudarme, Georg! De alguna manera. ¡No sé qué hacer! Necesito ayuda. —Tuve que hacer una pausa al quedarme sin aire—. Si al menos pudieras pagarme algo por trabajar en el laboratorio...

Georg negó con la cabeza.

—Eso es imposible. No...

Se interrumpió. ¿Qué quería decir? ¿Que era demasiado peligroso para mí seguir manipulando productos químicos?

—¿Qué? —pregunté enfadada.

—Cuando la gente note... tu estado...

—¿Qué tiene eso que ver con mi trabajo? —Sentí que el suelo se tambaleaba debajo de mis pies —. Tu mujer no va nunca al laboratorio. Y los demás... ¡no saben de quién estoy embarazada!

Era como si estuviera colgada de un precipicio agarrada a su mano y él la fuera soltando lentamente.

—¿Qué se supone que debo hacer ahora? —pregunté, sintiendo cómo la desesperación me oprimía el pecho—. ¡No puedes abandonarme a mi suerte sin más!

Georg resopló y luego rebuscó en el bolsillo de su chaqueta.

—Yo... te guardaré el puesto en el laboratorio, pero con una condición. —Me entregó una tarjeta de visita—. Que dejes que este médico te ayude.

Atónita, me quedé mirando el nombre y la dirección, que estaba en algún lugar de Friedrichshain. No dijo qué esperaba que hiciera allí, pero yo ya lo sabía.

Yo no había querido engendrar una criatura. De hecho, hasta entonces nunca me había planteado la maternidad. Siempre había antepuesto mis estudios y mi futura carrera como especialista en productos químicos. Con todo, la idea de que un médico me la extirpara me inquietaba sobremanera; de hecho, me aterrorizaba. Y aún me daba más miedo ese hombre, que apenas unos días atrás me estrechaba tiernamente entre sus brazos.

—Así pues, ¿tu condición para ayudarme es que aborte? —le espeté.

—¡Te lo ruego, no grites tanto! —me interrumpió mirando hacia la puerta. Como si hubiera habido fisgones apostados tras ella.

Necesité un momento hasta poder decir algo.

—Aquí lo único que cuenta eres tú, ¿eh? Lo que tú no quieres son problemas, ¿verdad?

Él alzó las manos con gesto apaciguador, pero su expresión era la de un muchacho pillado por sorpresa.

—No, también se trata de ti. ¿Qué crees que te espera con un hijo? Nadie te va a dar trabajo.

Tenía razón. Por eso le pedía ayuda.

—Cuando la criatura haya desaparecido, te contrataré como ayudante. Con un sueldo.

—¿Y ese sueldo bastará para pagar mis estudios?

Era como si la tarjeta que yo sostenía en la mano hubiera salido de la basura. Me habría encantado poder arrojársela a los pies.

—Así tendrías una manera de ganarte la vida —respondió—. Y lo que has aprendido te puede servir para salir adelante.

Eso, al parecer, respondía a mi pregunta. El sueldo no me permitiría seguir con mis estudios. Podría mantener un piso pequeño, permitirme dos o tres comidas y, si era ahorradora, un vestido nuevo de vez en cuando. ¿Y debía sacrificar a mi hijo por eso?

Y, lo que era aún peor, así a Georg se le resolvían dos problemas de una vez: el niño desaparecía, y yo pasaba a depender de él. De ese modo se aseguraría de que yo no le delataría. Me podría atar corto. Comprar mi silencio, o, mejor dicho, chantajearme. Me tendría a su merced.

—Es lo mejor, créeme —insistió. Sus palabras me parecieron como una cerilla encendida—. Para ambos. Cuando esa criatura ya no esté, todo volverá a la normalidad.

—No para mí —respondí.

—Bueno, claro, es una lástima que tus padres se hayan enterado. Todo habría resultado más fácil si hubieras podido ir al médico de inmediato.

—¿Más fácil? —pregunté, atónita—. ¿De verdad crees que habría sido más fácil?

—No entiendo.

—¡Nada habría sido más fácil! —exclamé enfurecida—. De un modo u otro, ¡lo he perdido todo! ¿Acaso crees que mis padres no se habrían dado cuenta? ¡Más fácil habría sido si tú nunca me hubieras abordado! ¡Si no me hubieras dicho que tu matrimonio era terrible y que tu mujer quería el divorcio! —Levanté la voz. Me daba igual quién me oyera; a fin de cuentas, aquel iba a ser mi último día allí—. Habría sido más fácil si no me hubiera acostado contigo, ¡maldito canalla!

—¡Sophia!

Su expresión era de enojo. Era imposible saber si lo que le disgustaba era mi tono de voz o que yo gritara en un lugar donde él tenía mucho que perder.

—¡No pienso arriesgar mi salud acudiendo a ese médico tuyo que practica abortos clandestinos! —proseguí. Sentí los latidos de mi corazón en los oídos. El fuego en mi interior se inflamó. Toda la rabia que no había sido capaz de mostrar a mi padre estalló entonces en mí—. ¡No voy a permitir que maten a esta criatura! ¡No pienso aceptar tu limosna! ¡Vete al infierno, Georg! ¡Al infierno!

Dicho esto, me di la vuelta. Al momento él extendió la mano hacia mí y me agarró del brazo con brusquedad.

—No seas estúpida —repuso enfadado—. ¡Es la única manera! No voy a poder hacer nada por ti si no...

—¡Tú no quieres hacer nada por mí! —le interrumpí—. ¡Lo más seguro es que estés deseando que me muera en la intervención!

—¡Eso no es verdad!

Me solté. Me habría gustado arañarle la cara, pero no tenía fuerza suficiente. Necesitaba emplear la que me quedaba en salir de ahí.

—¡Que tenga un buen día, señor profesor! —dije con toda la compostura de que fui capaz. Luego abandoné el despacho.

En cuanto estuve fuera, me tuve que contener para no arrojar la tarjeta al suelo delante de su puerta. Con los ojos anegados en lágrimas, me la metí en el bolsillo del abrigo.

¿Cómo había podido dejarme seducir por él? ¿Cómo había podido perder de vista mi objetivo a cambio de unos momentos de atención y deseo? A cambio del sueño de encontrar un marido que me entendiera y con el que poder trabajar.

Eché a correr, me daba igual quién me viera. No iba a esperar al final del semestre. No quería arriesgarme a encontrarme con Georg una y otra vez.

Al cabo de una hora, cuando regresé al piso, Henny estaba sentada ante su espejo desgastado. Bajo la brillante luz del día, los desperfectos en su vivienda resultaban aún más evidentes. La grieta del techo parecía peligrosa, el papel pintado de color amarillo estaba lleno de manchas. En el alféizar de la ventana el yeso se desmoronaba. Las cortinas, en cambio, daban una buena impresión, aunque también habían visto días mejores. Los muebles eran un revoltijo desordenado. Había arcas y cajas de cartón en los rincones y no había armario. El cobertor de la cama estaba descolorido.

Aunque mi amiga se ganaba la vida, su sueldo no era suficiente para un piso mejor. Ni, desde luego, para mí.

Sentí remordimientos. En cuanto me hube calmado, me devané los sesos pensando qué podía hacer.

Tal vez me podía unir a las mujeres de Alexanderplatz que pedían trabajo con un cartel en la mano. Podría intentar acudir a alguna oficina pública.

Pero sabía bien qué posibilidades tenía. No en vano entre los solicitantes de empleo estaban siempre las mismas caras.

Sin embargo, no se me ocurría nada mejor.

—Y bien, ¿cómo ha ido? —preguntó Henny sin girarse mientras se aplicaba un polvo de color rosa pálido en las mejillas. Yo seguía teniendo el olfato tan sensible que enseguida percibí el olor a sebo.

—No ha ido bien —dije dejando mi bolsa en el suelo. Me alegré de poder desembarazarme del abrigo, ya que seguía un poco húmedo del día anterior y olía a perro mojado.

—¿Has hablado con él?

Antes de salir, le había explicado mi plan.

—Sí.

—¿Y? ¿Te ayudará?

Me saqué la tarjeta del bolsillo, que también se había humedecido un poco, y se la entregué. Henny interrumpió el gesto.

—¿Te ha dado la dirección de un médico? ¿No confía en tu doctora?

—Este practica abortos clandestinos —respondí—. Me ha dicho que, si me deshacía de la criatura, me dejaría seguir trabajando como su ayudante. Pero eso no es lo que quiero.

Henny negó con la cabeza, perpleja.

—¡Deberías denunciarlo por eso!

—No puedo —repuse—. Él negaría ser el padre. Ya sabes cómo funciona. —Bufé—. Además, no puedo costearme un abogado.

—¿Y tus padres?

—Ellos no lo pagarían. Mi padre ha dejado clara su postura en este asunto.

Henny bajó los hombros. Su mirada se entristeció.

Acerqué una silla y me dejé caer en ella.

—¡Oh, Henny! ¿Cómo pude ser tan estúpida?

Henny negó con la cabeza

—No eres ninguna estúpida. Las mujeres creemos que somos fuertes y capaces de manejarnos solas en el mundo. Entonces llega un tipo, nos hace ojitos y nos ofuscamos hasta que el viento cambia de sentido y nos damos cuenta de cómo es él en realidad.

Sin duda tenía razón. Aunque los hermosos ojos de Georg no fueran los culpables. Yo había querido su deseo. Había querido ser hermosa, al menos para él.

—Tranquilízate un poco. —Henny me acarició el pelo—. Tengo que irme al teatro, así podrás descansar.

No sabía si sería capaz de tranquilizarme cuando la cabeza no dejaba de girar como una peonza en torno a mi gran error.

—Henny, no sé qué hacer —dije, agarrándola de las manos—. No paro de darle vueltas, y no se me ocurre nada. Hasta ahora el camino estaba claro para mí, pero no sé a dónde acudir. ¡No lo sé!

Henny me besó en la sien.

—Ya aparecerá un nuevo camino. Pero ahora debes descansar, y, por oscuros que sean los pensamientos que te asalten, mantente firme. Mi abuela solía decir que después de la lluvia siempre sale el sol. Puede que ahora estés parada bajo la lluvia, pero estoy segura de que el sol volverá a brillar.

La estreché entre mis brazos y estuvimos así un momento.

—Gracias por estar aquí —le susurré en el pelo.

—Saldremos de esta, ¿vale? —Ella me miró—. Preguntaré por ahí. Tal vez haya algo que puedas hacer. Entretanto puedes quedarte conmigo.

5

A primera hora de la tarde fui a casa de mis padres con sensación de mareo. Por suerte, me había llevado las llaves de casa.

Sin embargo, al llegar a la entrada del edificio dudé y miré a lo alto. Los adornos estucados bajo los poyetes de las ventanas estaban tan amarillentos como sus blancos marcos. En otros tiempos el edificio debía de haber sido de color marrón oscuro, pero con el tiempo el tono se había ido apagando hasta convertirse en un tenue color rosa palo. En los cristales las nubes se reflejaban en su paso apresurado ante el sol.

¿Mis padres estarían en casa? Mi padre seguro que no. A esa hora estaría en la tienda. Pero mi madre... Como el día anterior no me había podido despedir de ella, no sabía cómo abordarla.

Oí unos ladridos. Di un respingo y me hice a un lado. Los conocía muy bien.

—¡Ah, fräulein Krohn! ¿Ya ha vuelto de la universidad? —preguntó frau Passgang, cuyo marido tenía una carnicería tres calles más allá que le permitía una posición desahogada. A esa hora ella siempre sacaba a pasear al pequeño spaniel.

—Sí —mentí—. Se acerca el final del semestre, así que tenemos mucho que estudiar.

Frau Passgang no tenía ni la menor idea de cómo eran las cosas en la universidad. Pero el mero hecho de que yo estudiara ahí le entusiasmaba.

—¡Ah, eso es maravilloso! ¡La de posibilidades que tienen hoy en día las mujeres! En mis tiempos, se decía que no había nada mejor que el matrimonio. Y ahora...

Dejó oír un suspiro profundo. Me pregunté si, de haber sido veinte años más joven, no habría optado por no casarse con herr Passgang.

Metí la llave en la cerradura y abrí la puerta para dejarla pasar. En cierto modo agradecí su aparición porque, de lo contrario, tal vez hubiera permanecido de pie indecisa hasta la noche.

—¡Saludos a su señora madre! —dijo la mujer del carnicero con voz meliflua para desaparecer luego en el piso que tenía en la planta baja.

Me quedé un rato junto a la escalera, paralizada. ¿Y si los vecinos descubrían lo que había ocurrido en mi familia? Más pronto o más tarde, mi ausencia se haría notar. ¿Qué historia les contarían entonces mis padres? ¿Dirían que me había ido de viaje?

En cuanto mi pulso se serenó, subí la escalera. Todo estaba en silencio, también detrás de nuestra puerta. Mi madre siempre estaba ocupada, ya en la cocina o en el salón. Incluso cuando se dedicaba en silencio a sus labores, su presencia se podía notar.

En cambio, en esa ocasión, no noté nada. Ella no estaba. Aliviada, pero también algo decepcionada, entré. Percibí el olor familiar a café, a detergente limpiador y un cierto rastro de apio. Pese a todo lo ocurrido, me invadió la agradable sensación de regresar a casa, y tomé aún más conciencia del gran error que había cometido.

Mi cuarto estaba como si el incidente del día anterior no hubiera pasado. Mi madre había hecho la cama como siempre, y había cerrado las puertas del armario. Era como si esperaran mi regreso.

Resistí el impulso de tumbarme sobre el cobertor de la cama y mirar por la ventana desde la que tantas veces había contemplado las nubes por encima de la calle. Debía darme prisa, así que abrí el armario de inmediato.

El día anterior ya me había llevado algunas cosas y ahora iba a recoger lo que quedaba. Pronto la mayoría de los vestidos me vendrían demasiado ajustados, igual que las faldas. Durante un tiempo aún podría llevar blusas holgadas. Una de las faldas tenía una goma elástica. Con unos pocos retoques, podría usarla incluso cuando el tamaño de mi cintura hubiera aumentado.

Empaqueté las pocas prendas de ropa mientras me esforzaba por no llorar. Me llevé también el vestido que me habían regalado cuando cumplí dieciocho años. Tal vez vendrían tiempos mejores y lo podría usar. En caso de emergencia, tendría la opción de empeñarlo.

Por desgracia, nunca había tenido una afición especial por las joyas. Todo lo que tenía y llevaba a diario era una cadenita de oro con un colgante en forma de corazón cincelado y unos pendientes a juego. Mi madre me había regalado aquel conjunto por mi confirmación. Jamás me desharía de él, aunque el oro se valoraba mucho más que cualquier prenda usada.

Al final, dirigí mi atención hacia un pequeño maletín que a primera vista parecía un costurero y que, en vez de agujas, contenía matraces, una cápsula de porcelana pequeña, pipetas, un termómetro y un mortero con su mano. Aquel había sido el primer equipo que había tenido para hacerme cremas para la piel. Mi padre me lo había regalado hacía muchos años por Navidad.

Abrí el maletín y acaricié con cuidado esos frágiles frascos de cristal que me daban mucha más satisfacción que las joyas o los pañuelos de seda.

Estaba tan ensimismada que no oí unos pasos que se acercaban a la puerta del piso. En cuanto la cerradura se abrió, di un respingo. Al instante, cerré el maletín y me levanté a toda prisa. Con el corazón acelerado, miré hacia la puerta.

Los pasos se detuvieron un momento en el pasillo y luego se aproximaron. Mi instinto fue huir, pero ¿por dónde? La única forma de hacerlo habría sido por la ventana.

Mi madre se me quedó mirando inmóvil desde la puerta abierta de mi dormitorio.

—Sophia. —Parecía sorprendida.

—Mamá.

Se hizo un silencio. Era preciso que una de las dos dijera algo, pero al parecer ambas debíamos de tener un nudo en la garganta.

Finalmente empecé a hablar.

—Solo..., solo he venido a por unas cosas.

Mi madre asintió y apretó los labios. Di algo, le imploré en silencio. ¡Grítame, repróchame lo que quieras, pero no te quedes callada todo el rato!

—El doctor Meyerhoff... —Los latidos de mi corazón amenazaban con engullirme la voz—. Los medicamentos...

Esa palabra pareció sobresaltar a mi madre.

—Sí..., ya han llegado. Los... he puesto en el armario de la cocina.

—¿Te importa si me los llevo? —Me sentía como si tuviera delante a una desconocida.

Mi madre negó con la cabeza. Parecía avergonzada. Yo tenía mil preguntas acerca de la noche anterior. ¿Mi padre había permanecido callado tal y como solía cuando se enfadaba mucho? ¿Había dado rienda suelta a su ira? En realidad, ese no era su modo de proceder. Le preocupaba demasiado lo que la gente pudiera pensar de nosotros. Los gritos solo habrían servido para indicar que algo no iba bien. Y, aunque así era, mi padre no habría querido que el escándalo se hiciera público.

—Estoy en casa de Henny Wegstein —le dije, aunque tal vez no quisiera saberlo—. Te acuerdas aún de ella, ¿no?

Mi madre me asió de improviso de la mano y me la apretó.

—¿De verdad que no hay ninguna posibilidad de que él se case contigo? —preguntó. Por su mirada, supe que había estado hablando de ello con mi padre. ¿De verdad me perdonaría si me casaba con Georg?

Aparté la mano.

—He hablado con él. Su mujer ha retirado la demanda de divorcio. Me ha pedido que me libre de la criatura. Que me someta a un aborto clandestino.

Mi madre empezó a sonrojarse. Nunca hablábamos de esas cosas.

—¡Eso sería pecado! —exclamó.

—¿Y qué pasaría si lo hiciera? —pregunté. Aunque yo ya estaba decidida, quise provocarla de algún modo. Hacerla reaccionar. Cualquier cosa era preferible a su silencio constante—. ¿Acaso entonces las cosas volverían a ser como antes? ¿Podríamos hacer como si no hubiera pasado nada?

Lisbeth Krohn levantó la mirada.

—¡No puedes hacer tal cosa! Es tu hijo. Va en contra de la ley. Sería asesinato.

—Bueno, pues entonces no me queda otra opción —dije—. Con un bebé no me queréis, y sin él... —suspiré—. No pienso poner a mi hijo en manos de ese médico. ¡Sin embargo, tampoco puedo enmendar mi error, madre! ¿Y por eso ya no soy vuestra hija?

—¡Nunca debiste cometer ese error! —contestó ella, alterada—. Con todo el dinero que hemos gastado en tu educación...

—Entonces, ¿ya me habéis borrado de vuestra vida? ¿Así de fácil?

Sentí cómo se me encogía el estómago. Aquel día por la mañana, tras abandonar a Georg, había sentido dolor y rabia en mi interior. Después de que Henny se marchara, había dejado la almohada empapada de lágrimas, sin saber qué era lo que más me dolía: el desengaño por un hombre al que había adorado, o la incertidumbre ante el futuro que me aguardaba. Sin embargo, en ese momento la desilusión por mis padres, su rechazo, me pesó aún más.

De nuevo mi madre bajó la vista hacia sus zapatos.

—Está bien que Henny te haya acogido. Yo no puedo hacer nada. Ya sabes cómo es tu padre.

—Entonces, ¿no hay nada que hacer para que cambie? —pregunté—. ¿No puedo hacer nada?

Inspiré profundamente.

Ella apretó los labios y negó con la cabeza.

—¿Y qué hay de ti, madre? —pregunté con los ojos anegados en lágrimas—. ¡Este niño es tu nieto! ¿No vas a querer conocerle?

—Este niño para mí no existe —contestó con una voz firme que no le era propia. Luego dio un paso atrás. Era como si mi padre se hubiera asomado por detrás de mí, recordándole sus deberes como esposa—. Llévate tus cosas y los medicamentos. Si enfermas, puedes informarme, pero, si no es así, te aconsejo que te mantengas lejos de esta casa. No sé cómo reaccionaría tu padre si te ve o descubre que has estado aquí.

Dicho esto, se dio la vuelta y marchó hacia la cocina.

Me quedé mirando fijamente un momento el espacio que había ocupado en la puerta, y luego me eché a llorar en silencio.

Cuando llegué al edificio de apartamentos de Henny, me sentía infinitamente cansada. La correa de la bolsa se me clavaba en el hombro y me hacía daño, y el maletín de química me pesaba mucho. Subí la escalera con dificultad, y me encontré un gato que debía de ser de alguno de los pisos de abajo. Cuando me vio, levantó las orejas y soltó un bufido.

Abrí la puerta del piso de Henny y entré. Al colgar la llave en el llavero de pared, me acordé de que no había traído de vuelta las llaves de la casa de mis padres.

Tras la conversación con mi madre me había echado a llorar, pero luego mi desesperación se había convertido en ira. Había empaquetado mis cosas a toda prisa y había recogido los medicamentos. Mi madre se había retirado a la sala de estar y había cerrado la puerta. Aquel gesto me enfureció tanto que arrojé con fuerza las llaves sobre la consola que había junto a la puerta. Había abandonado el piso sin decir adiós.

Con todo, en cuanto alcancé la acera, fui presa de los remordimientos. Las llaves habían sido como un salvavidas y en ese momento lo había soltado para siempre. Me había marchado hacia el metro con lágrimas en los ojos.

Me dejé caer sobre la cama, que protestó con un chirrido. A menudo a primera hora de la tarde Henny tenía que ir al teatro para ensayar. La habitación, que era muy húmeda, estaba a mi disposición. Debía ventilarla, pero el calor se habría escapado y a la estufa le costaba mucho repeler el frío. Con la humedad que había en ese edificio no era raro oír toser a algunos de sus residentes, como si las paredes fueran de tela.

Cerré los ojos y me masajeé las sienes. Estaba empezando a sentir un sordo dolor de cabeza. Aunque el estómago me crujía, no quería comer.

Nunca en mi vida me había sentido tan abandonada. No podría quedarme en casa de Henny para siempre, aunque ella dijera lo contrario. ¿Cómo iba a salir adelante? Cuando la puerta se abrió, di un respingo. Debía de haberme quedado dormida mientras cavilaba porque a mi alrededor todo estaba muy oscuro.

Henny encendió la luz y soltó un grito de espanto.

—¡Oh, Dios mío! ¿Qué estás haciendo aquí tumbada a oscuras?

Me incorporé trabajosamente. Ahora el dolor de cabeza era solo una pulsación sorda en mis sienes.

—Me he quedado dormida.

—Ya lo veo. Pero podrías haber encendido la luz. ¡No me van tan mal las cosas! —Se apresuró hacia la mesa y vació el contenido de la cesta que llevaba—. ¡Mira! ¡Leche fresca, patatas y cuajada! Mañana nos lo tomaremos. Para hoy he traído algo de la cantina.

Mientras hablaba con entusiasmo de sus compras, yo me limpié la cara. De nuevo me asaltaron los remordimientos, pero los gruñidos de mi estómago los apartaron a un lado. El olor a salami y a pan me hizo salivar. Por primera vez en mucho tiempo, sentí verdadera hambre.

—He hablado con herr Nelson —dijo Henny entusiasmada mientras sacaba platos de su armario y los ponía en la mesa—. Hace unas semanas se lamentaba de que la anciana encargada del guardarropa siempre está enferma. Le he hablado de ti y dice que le gustaría conocerte mañana por la mañana.

—¿Sabe que estoy embarazada? —pregunté con tono abatido mientras me desplomaba en la silla—. ¿De qué le voy a servir cuando tenga al pequeño y no pueda trabajar? Eso por no hablar del escándalo en sí.

—¿Tú crees que aún queda algo que nos pueda escandalizar? —Henny se echó a reír—. Hay mujeres que se disfrazan de hombres, y hombres que se visten de mujeres. Las chicas bailamos desnudas. Y estoy convencida de que algunas se ganan un dinero extra en la cama.

—Pero ninguna de vosotras está embarazada —insistí.

—¡Eso nunca se sabe! —replicó Henny—. De todos modos, me parece que, a menos que quieras actuar desnuda, a herr Nelson no le importará tu barriga.

—¿Estás segura?

—Absolutamente. Tú te dedicarás a recoger y guardar los abrigos. No es difícil. Además, en verano la gente va menos abrigada.

—¿Y cuando nazca?

Seguir viviendo con Henny a esas alturas me resultaba inconcebible.

—Pasito a pasito —respondió ella—. Herr Nelson es una persona amable. Seguro que, siempre que duerma, lo podrás dejar en una cesta en el guardarropa. Y en cuanto los rezagados ya hayan llegado le podrás dar el pecho.

La idea de amamantar a mi hijo entre abrigos mojados me estremeció.

—¿Y si no me quiere? —pregunté.

—Lo hará —repuso Henny, segura de la victoria—. ¿O es que se te ocurre otro sitio donde trabajar?

Negué con un ademán de cabeza sintiéndome una ingrata. Henny le había preguntado al director del teatro sin que yo se lo pidiera. Se me inundaron los ojos de lágrimas.

—Gracias. Nunca lo olvidaré.

La abracé.

Henny resopló con impaciencia.

—¿Es normal llorar tanto cuando se está embarazada?

—No lo sé —respondí secándome la cara—. Pero no es por el niño por quien lloro.

Henny me acarició la mejilla.

—Lo entiendo, no te preocupes. Ya sabes cómo soy a veces. Mi madre también se puso furiosa cuando supo cómo me gano la vida. A día de hoy mi padre aún no lo sabe. Cree que soy actriz. Por suerte, no va al teatro. Me paso por su casa para verlos una vez al mes, me dicen que me busque marido, y listos.

Me soné la nariz y luego le conté:

—Hoy he ido a casa a recoger mis cosas. Mi madre estaba allí.

—¿Y bien? ¿Se ha dado cuenta de que es un error echar de casa a su única hija solo porque ha tenido un desliz?

Negué con la cabeza.

Henny resopló.

—Posiblemente de momento no hay nada que hacer. Pero estoy segura de que se arrepentirán. ¿Le has dicho dónde vives?

Asentí.

—En cuanto las aguas vuelvan a su cauce, seguro que recibirás correo de ella. O tu padre aparecerá por aquí y te dirá que lo siente. Las cosas no siempre son tan negras como parecen. —Me puso un bocadillo en el plato—. Y ahora come algo, que no quiero que el salami se reseque.

6

Al apearme del ómnibus el corazón me latía con fuerza. De camino al teatro Nelson, pasé por delante de algunas tiendas de Kurfürstendamm cuyos escaparates mostraban vestidos preciosos, abrigos de pieles y joyas. La moda nunca me había interesado mucho, pero, al verme reflejada en las vitrinas, me sentí como salida de otra época. Comparada con las prendas de los maniquíes, mi apariencia, con mi abrigo y mi falda de media pierna, resultaba anticuada y anodina.

En cualquier caso, para trabajar en un guardarropa no hacía falta ser guapa. En las pocas representaciones teatrales a las que había asistido con mis padres, las encargadas de guardar los abrigos siempre me habían parecido mujeres amargadas, indefectiblemente vestidas de negro y de porte estricto, que desaparecían en unos cuartos oscuros cargando las prendas del público. Posiblemente me darían un uniforme negro y con cuello babero de color blanco. Más allá de eso mi aspecto no le importaba a nadie.

Me detuve frente al teatro. Fui presa de las dudas. ¿Nelson me aceptaría? Yo no sabía quién era él, solo lo conocía por las historias que Henny contaba a veces. Era una persona muy corpulenta y solía ser simpático. Cuando se enfadaba, gritaba tanto que las paredes temblaban. Por lo demás, era un buen escritor de vodeviles. Todas las obras que se representaban en su teatro llevaban su firma. A decir de Henny, el público se peleaba por conseguir entradas.

Finalmente, hice acopio de fuerzas y entré. En el vestíbulo numerosos carteles anunciaban espectáculos como *El harén ambulante*. Mis padres nunca iban a revistas ni cabarés, decían siempre que era demasiado frívolo. Yo me sentía como en otro mundo.

Atravesé el vestíbulo arrastrando los pies y algo cohibida, pero sin encontrarme con nadie. Las taquillas de las entradas estaban cerradas.

Tras contemplar las lámparas de araña que colgaban sobre mi cabeza sin saber qué hacer, oí voces en uno de los pasillos. Finalmente, un hombre vestido con pantalones de pintor y con una escalera al hombro se me acercó.

—Disculpe —le dije—, me gustaría hablar con herr Nelson.

El hombre me miró un instante, como si no me hubiera acabado de entender.

—Al final del pasillo, última puerta a la izquierda, fräulein —dijo por fin indicándome el camino con el brazo.

Le di las gracias y me dirigí hacia allí.

Una alfombra roja amortiguó el ruido de mis pasos. Al llegar a la puerta alta, que tenía al lado un letrero indicando que aquel era el despacho del director, me detuve e inspiré profundamente. Cuando levanté la mano y di unos golpecitos a la puerta todo el cuerpo me temblaba.

La voz que respondió era grave y algo nasal.

Entré. Lo primero que me llamó la atención fue el piano de cola, que ocupaba gran parte de la sala. Un poco más atrás había un escritorio. En él estaba sentado un hombre muy obeso, vestido con camisa y tirantes y con la americana colgada en el respaldo de su asiento.

Tenía sobre la mesa varias notas escritas en letra muy apretada. Sin apartar la vista de ellas, preguntó:

—¿Qué hay?

—Me llamo Sophia Krohn, yo... Bueno, Henny me dijo que me presentara ante usted.

—Vale, entonces quítate el abrigo, muchacha —me indicó sin levantar aún la vista. ¿Qué tendrían esos garabatos que tanto le cautivaban?—. Si quieres bailar aquí, tendré que verte la figura.

¿Bailar? Era evidente que había habido un malentendido.

—No he venido para bailar —respondí—. Es por el puesto en el guardarropa de la entrada.

Entonces levantó la cabeza. Entrecerró un poco los ojos y me di cuenta de que tenía las mejillas sonrojadas. La lectura de esas páginas parecía cansarle.

—Guardarropa —repitió como si necesitara un momento para recordar la conversación—. Ah, ¡sí! —dijo entonces levantándose. Me recorrió el cuerpo con la mirada, como si, pese a todo, estuviera considerando la posibilidad de contratarme como bailarina—. Me comentó alguna cosa. Sois amigas, ¿verdad?

Asentí.

—Henny es buena chica. De confianza y muy bonita. Gusta a los hombres.

Nada nuevo para mí.

—Cuéntame, Sophia Krohn. ¿Quién eres y por qué quieres trabajar precisamente aquí?

No me esperaba esa pregunta. Reparé en que había olvidado por completo prepararme para la entrevista, de puro miedo y convencida de que, de todos modos, no me contrataría.

—Yo... Bueno, ya sabe cómo me llamo. Nací aquí, en Berlín, mi padre tiene una tienda de productos de droguería.

Al nombrarlo, me estremecí. Mi padre, el que había declarado que ya no tenía hija.

—¿Y a qué te dedicas? —preguntó Nelson.

—Estudio..., mejor dicho, estudiaba química. Hasta este semestre.

Arqueó las cejas.

—¿Química? —Soltó una risa—. ¿Cómo una chica como tú acaba estudiando química?

—Las ciencias me interesan desde que era una niña —repuse.

—Ya veo, y ¿por qué lo dejaste? ¡Una química con carrera debería poder aspirar a algo más que un puesto en un guardarropa!

—Estoy embarazada —le contesté. Más pronto o más tarde él se daría cuenta—. Necesito un trabajo porque no tengo a nadie. Mis padres ya no quieren verme, ni tampoco pagarme los estudios.

Él arrugó la frente, sorprendido. Me sorprendió encontrar en su mirada más compasión que en la de Georg.

—Lo siento —dijo—. Aunque no tengo ninguna hija, sé cómo es la vida a veces.

—Gracias.

Intenté reprimir las lágrimas que sentía bullir en mi interior.

—¿Y qué hay del hombre al que le debes esto? —preguntó señalando mi vientre.

—Está casado —respondí un poco abrumada—. Y no quiere hacerse cargo.

—¡Ah! —se limitó a decir recogiendo las notas de encima del escritorio.

Eso era todo. Ahora me enviaría a casa.

Se tomó un poco más de tiempo y ordenó los papeles; luego se levantó.

—Bien, me temo que tu franqueza no siempre te llevará muy lejos, pero me gusta la gente honesta. Y la honestidad es un requisito fundamental a la hora de manejar a diario abrigos caros, sombreros y, a veces, pieles. —Hizo una pausa y continuó—: ¿Cómo te encuentras? ¿Te sientes capaz de trabajar? ¿En concreto de noche?

—Sí —respondí. A fin de cuentas, no tenía otra opción.

—¿Tienes náuseas a menudo?

—Solo a veces, por la mañana. Mi doctora dice que con el tiempo pasará.

Nelson asintió.

—Muy bien. Puedes empezar esta misma noche. De momento, puedes trabajar aquí hasta que la barriga se te note. Serán quince marcos a la semana.

—¿Y luego? —repliqué sin pensarlo—. ¿Cuando mi barriga... se note?

Nelson soltó una carcajada.

—¡Eres buena! Después ya veremos, a ver cómo te encuentras y si todavía te puedes mover bien. Si estoy contento contigo, seguiremos hablando.

Dicho esto, salió de detrás del escritorio y me tendió la mano.

—¿Hecho?

—Hecho —repetí.

Poco después volvía a estar en el pasillo con Nelson andando a mi lado, majestuoso como un rey gordo en un cuento de hadas.

—Bueno, pues aquí está el guardarropa —dijo, señalando el largo mostrador de madera que ya había visto al entrar en el teatro—. Son diez peniques por sombrero, veinte por abrigo y cincuenta por abrigo de piel. Entregas una de las fichas y te llevas el abrigo a la parte de atrás.

—De acuerdo —contesté.

Nelson se me quedó mirando. ¿Qué esperaba de mí? ¡Las instrucciones eran claras!

—Henny tiene mucho talento —comentó al fin—. No me cabe duda de que un día se marchará para ir a un escenario mayor. —Se metió las manos en los bolsillos del pantalón—. Pero todavía no ha llegado el momento, ¿verdad? En cuanto a ti, aún no puedo aventurar un pronóstico, pero sí te diré que debes sacar lo mejor de tu situación.

Asentí y luego pregunté:

—¿Me van a dar un uniforme?

Nelson se rio.

—Por supuesto, ¿qué te creías? ¡No permito que el personal del guardarropa ande por el teatro en ropa de calle!

Comparado con la mañana, de noche el teatro tenía un aspecto completamente diferente. Todo estaba muy iluminado y el aire parecía centellear de energía. Ante la puerta de entrada había hombres fumando con abrigos caros y mujeres con estolas de piel enormes en torno al cuello. De vez en cuando, alguna joya atrapaba la luz de las farolas y refulgía como una estrella fugaz.

Fascinada, me detuve y miré a la gente de lejos. Aquel era un mundo completamente diferente al que había conocido hasta entonces. Y yo también era otra. El uniforme que me había proporcionado herr Nelson me picaba, pero me daba esperanza. ¡Iba a ganar dinero! Así pues, no me importaba que, como era de esperar, fuera negro con un pequeño cuello redondo de color blanco y que me recordara un poco al vestido de duelo que llevaba una vecina después de la guerra.

Henny me tiró del brazo.

—¡Vamos! Luego te hartarás de verlos. En cuanto se abran las puertas, esto será el infierno. Las prisas entonces impedirán que te puedas asombrar.

Entramos por la entrada posterior. También dentro del edificio el ambiente era electrizante: chicas apresurándose de un lado a otro y, entre ellas, mujeres acarreando fundas para ropa; músicos arrastrando sus instrumentos por el vestíbulo. Un contrabajo, que prácticamente ocultaba a su dueño, nos cortó el paso por unos instantes.

—¿Por qué la gente está aquí tan pronto? —pregunté asombrada mientras me quitaba el abrigo—. La función no empieza hasta las ocho.

—¡Quieren los mejores asientos! —explicó Henny. Luego me abrazó e hizo ver que escupía por encima de mi hombro—.

¡Mucha mierda! —Al darse cuenta de mi desconcierto, añadió—: Es algo que se dice en el teatro. Tú debes desearme lo mismo.

Aquello era lo último que le deseaba a mi amiga, pero correspondí obediente a su petición.

—Cuando haya un poco más de calma, asómate por la puerta. Tal vez puedas ver algo de la revista. Pero procura que no te pillen.

Dicho esto, desapareció con las demás chicas y se marchó con ellas a algún lugar del edificio. Contemplé el mostrador marrón ante mí y sentí cómo el corazón se me agitaba por la emoción. Me eché el pelo hacia atrás y erguí la espalda, pero eso no redujo mi nerviosismo. Aunque mi tarea era simple, temía equivocarme en alguna cosa.

Entonces se abrieron las puertas y ya no tuve tiempo de temer nada. Me asombré de ver cómo los hombres ponían en mis manos sus abrigos caros y sus sombreros de copa. Los ojos se me salieron de las órbitas al contemplar a las mujeres con vestidos deslumbrantes, casquetes de perlas en la cabeza y joyas grandes en el cuello.

Al principio podía distinguir entre las lociones para después del afeitado y los perfumes, pero al final todo se volvió una mezcla desagradablemente dulzona que me encogía el estómago.

—Vaya, vaya, ¡Nelson tiene una nueva! —dijo un joven rubio insolente de tupé engominado y bigote fino coreado a voces por sus acompañantes—. Bueno, guapita, ¿me podrás dedicar un poco de tiempo después de la función? —preguntó, inclinándose provocativamente sobre el mostrador. Me aparté un poco.

Cosas como esas ya las había oído otras veces, sobre todo en el primer semestre en la universidad, hasta que los chicos se acostumbraron a la idea de que las mujeres no iban a la universidad para echarse novio.

—¡Esta no es para ti! —sentenció otro—. ¡Demasiado apocada! ¡Fíjate en su vestido!

Los otros dos jóvenes, que aún no habían hablado, se rieron.

Bajé la mirada para observarme. El uniforme me quedaba mal, pero allí yo no formaba parte del público, solo era una empleada.

—Lo siento —dije, con toda la calma que me permitía mi creciente enfado—. Ya estoy comprometida.

Eso no pareció disuadir a ese tipo tan pesado.

—A ver, ¿qué tendrá él que no tenga yo?

Un hijo conmigo, pensé, pero tuve el buen juicio de no decirlo en voz alta.

—Caballeros, ¿podrían dejar de importunar a la señorita del guardarropa? —intervino por fortuna un hombre mayor que estaba tras ellos—. A nosotros también nos gustaría dejar los abrigos antes de que empiece la función.

El desconocido se giró; temí que le contestara alguna insolencia al anciano, pero no se atrevió.

—¡Nos vemos luego, cariñín! —se despidió con un guiño.

Acto seguido, el cuarteto se marchó.

—Mis disculpas —le dije al hombre, que parecía visiblemente molesto.

—No debería usted coquetear con esos indeseables —me aconsejó mientras me daba la bufanda, el abrigo y el sombrero. Como si yo hubiera empezado.

Me abstuve de replicarle, le di al desconocido la ficha por los abrigos a cambio de las monedas y dirigí la atención a la siguiente pareja.

Al cabo de unos tres cuartos de hora, finalizó la entrada. Los pies me ardían, tenía la espalda dolorida y detrás de mí la ropa se amontonaba formando un bosque espeso.

Me dejé caer en un pequeño taburete. De vez en cuando algún rezagado atravesaba el vestíbulo, pero sin dirigirme la mirada, algo que me alegró.

En un momento dado, la gran puerta de la sala se cerró y empezó a sonar la música. No se parecía a nada de lo que yo había oído en casa. Ni la Novena de Beethoven del piso de arriba, ni Bach o Brahms en el despacho de mi padre, ni las melodías ligeras de cuando mi madre tomaba el control del gramófono.

Ahí la música era estridente y variopinta, parecía explotar para deslizarse luego lentamente por el teatro. Al principio pensé: ¡qué barullo! Pero poco a poco fui reconociendo las melodías y me dejé envolver por ellas.

Ni se me pasó por la cabeza abandonar mi asiento y asomarme a mirar por la puerta de la sala, pero sí cerré los ojos y me imaginé a la gente sentada en la sala viendo a las bailarinas con sus vestidos coloridos, bebiendo champán y disfrutando de la vida.

Aquel mundo me parecía infinitamente ajeno. Para mí hasta entonces solo habían existido mis estudios.

Unas fuertes risotadas me sacaron de mis ensoñaciones. La música había cambiado, los instrumentos no se oían tanto y, en su lugar, se elevó una voz de mujer.

Reconocí esas canciones, algunas mujeres las cantaban con las ventanas abiertas en el patio trasero de casa. En nuestra antigua vivienda había una vecina que sentía debilidad por esas coplillas.

Oí entonces el largo y prolongado: «¡*Heeeeeermann es su nombreeeeee!*». La vecina también cantaba esa canción dedicada a Hermann, el mujeriego. Pero en esa época yo aún era una niña y no alcanzaba a comprender el sentido de la letra. Ahora que lo entendía, me dije que esa canción bien podría hablar de Georg.

Tras la función, el bullicio en el vestíbulo comenzó de nuevo. La gente, que antes no veía el momento de entrar en la sala, ahora tenía la misma prisa por salir a la calle. El pelotón de asistentes al espectáculo me sitió como un ejército hostil. Fui sacando sus abrigos como si fueran un escudo alegrándome de que me los quitaran de las manos.

Cuando todos se hubieron marchado, apareció Henny. Iba un poco despeinada y todavía llevaba en la cara una gruesa capa de maquillaje. Apenas la reconocí.

Charlaba contenta y emocionada sobre los aplausos que habían recibido; yo, en cambio, me habría podido quedar dormida ahí mismo.

De camino a casa, le hablé de aquellos jóvenes, que también se habían mostrado insolentes al recoger sus abrigos, y eso que probablemente ya habían visto suficiente piel desnuda.

—No te preocupes, hay gente que es así —me dijo mi amiga—. Se han excitado viendo chicas desnudas. Después son aún peor. Las prostitutas de la ciudad estarán contentas.

—Quieres decir que ellos... —Tragué saliva, azorada.

—¡Pues claro! —respondió Henny—. Esta noche esos no se van a privar de nada. Pero, en cuanto se acostumbren a verte, se calmarán.

Asentí y me pregunté cuándo llegaría ese momento. Y también para qué otras cosas debía prepararme.

7

Cuando el mes de mayo llegó a Berlín, ya no me valía la ropa que me había llevado de casa. La dejé en una casa de empeño y solo me quedé con las prendas que quería usar después de dar a luz. El dinero que me dieron a cambio me permitió comprarme en el mercadillo ropa de segunda mano que me quedaba mejor. No eran prendas especialmente bonitas, pero cumplían su propósito.

Para entonces me encontraba en el cuarto o quinto mes de embarazo, y cada vez me avergonzaba más ir sin abrigo, porque tenía la sensación de que todo el mundo me miraba. Me resultaba especialmente desagradable en el teatro con el público femenino, cuyas miradas se me clavaban como agujas en el vientre.

—No te preocupes —me dijo Henny para tranquilizarme—. Tu barriga les trae sin cuidado. Solo les interesa su aspecto. ¿Por qué, si no, se adornan como árboles de Navidad?

—Pero hay algunas que miran, y seguramente se preguntan quién será el padre afortunado —repliqué pensando que todo el mundo sabía lo que me había ocurrido.

—En la frente no llevas escrito que estés sola —repuso Henny—. No tienes razón para sentirte inquieta.

Pero lo estaba, sobre todo ante los hombres más jóvenes, que seguían haciendo comentarios de todo tipo.

El trabajo en el guardarropa se volvió más agotador porque me iba sintiendo cada vez más como un barril, pero me gustaba. Durante la función, daba rienda suelta a mis pensamientos, y llegó un momento en que incluso volví a repasar mis libros de texto.

Solo habían transcurrido unos pocos meses, pero mi etapa universitaria parecía muy lejana. Echaba mucho de menos los estudios, y a veces me costaba reprimir las lágrimas.

Si alguna vez tenía que salir durante el día, me paseaba por la ciudad. A veces tomaba el metro para ir a casa de mis padres y rondarla desde la otra acera. Con mi ropa raída nadie habría podido reconocerme. Pero aquello me dolía y me preguntaba cómo se encontrarían. Estaba tan cerca y a la vez tan lejos de ellos.

De vez en cuando les escribía cartas intentando explicarme, pero hasta entonces no había obtenido ninguna respuesta. Mi padre era capaz de quemarlas sin abrirlas.

Henny, en cambio, estaba convencida de que entrarían en razón.

—Cuando la criaturita haya llegado, los vas a visitar y que la vean. Seguro que tu madre se derretirá de felicidad.

Aunque tenía mis dudas, solía asentir y alejaba de mí esos pensamientos. No me quedaba más remedio; si no, no habría podido salir de la cama.

Con la primavera llegó al teatro una gran sensación; Josephine Baker, la «Venus negra de América», había venido a Berlín y había accedido a actuar en el establecimiento de herr Nelson.

El director no se cansaba de decir a cada instante la suerte que suponía para todos nosotros y el prestigio que le daría al teatro.

Yo me había ido acostumbrando a la idea de que allí algunas chicas bailaban desnudas y ya no me inmutaba cuando coincidía en el baño con ellas ataviadas solo con cuentas de perlas.

Sin embargo, la gran foto de Josephine Baker me turbó. No porque posara desnuda, ni tampoco por su maravillosa piel oscura e impecable. Lo que me hizo sonrojar fue su sonrisa. No parecía importarle en absoluto mostrarse desnuda, al contrario, era como si estuviera muy orgullosa de ello. De un modo que me parecía indecente. Por otra parte, su apariencia era muy hermosa, como una princesa de tierras lejanas.

Dado que ese día se preveía una mayor afluencia de público, tuvimos que presentarnos a trabajar más pronto. Marga, que llevaba ya varias noches ayudándome, era una muchacha pálida y delgada con aspecto de poder hundirse si tenía que cargar con más de dos abrigos gruesos. Sin embargo, había mostrado una fuerza inesperada. Con cada día que pasaba mi temor a que herr Nelson me reemplazara por ella iba en aumento.

Pero aquel no era momento de pensar en esas cosas. Herr Nelson aprovechó la actuación de la famosa miss Baker para dar al personal un pequeño discurso antes de la función.

—¡Hoy vais a hacer historia! —proclamó solemne con una voz que resonó en el vestíbulo donde nos habíamos congregado—. Hasta ahora no ha habido una mujer como ella. Ya lo veréis. ¡Una reina negra! ¡Aquí, en mi humilde establecimiento! Espero que todos deis lo mejor de vosotros.

Nadie se habría atrevido a llevarle la contraria. Las taquilleras sonreían como si las acabaran de nombrar damas de la corte. Los ojos de las bailarinas resplandecían, e incluso yo, la simple encargada del guardarropa, sentía cierto orgullo. Con todo, también esta vez mi función se limitaría a recoger abrigos y seguramente no tendría ocasión de ver a esa «reina negra».

—¡Vamos pues, gente! —Nelson concluyó su discurso dando una palmada—. ¡Que entre el público!

En cuanto él se hubo retirado hacia la parte posterior del edificio, me volví hacia Henny.

—¿La has visto ya? ¿Quiero decir, a la Baker?

Ella negó con la cabeza.

—No, está más protegida que las joyas de la corona inglesa. Y, si lo que se rumorea es cierto, también lleva encima tantas joyas como la mismísima reina. Además, en el hotel tiene dos cabritas.

—¿Cabras?

—E incluso más animales. Le encantan.

—El gerente del hotel debe de estar muy contento —dije.

—¡Vamos, vamos, chicas! ¡A trabajar!

Olga, la directora de baile, llamó a las bailarinas y a Henny para que regresaran al camerino. Todas profesaban un enorme respeto por esa mujer, que siempre llevaba el pelo negro recogido en un moño bajo. Se decía que había rechazado una gran carrera en el ballet ruso por amor.

Las puertas se abrieron y el público se apresuró a entrar. Mientras unos se ponían a hacer cola de inmediato frente a las taquillas y comprar las entradas, el resto se abalanzó hacia el guardarropa como una ola gigante.

Marga y yo fuimos colgando en el perchero abrigo tras abrigo; aunque era primavera, las noches seguían siendo frías y algunas veces hacía falta una prenda gruesa o una capa.

Al cabo de media hora, me dejé caer en la silla con la espalda dolorida. Cerré los ojos y disfruté por un instante del murmullo amortiguado de las voces en el vestíbulo. De momento, la embestida mayor ya había pasado.

Marga seguía aún entre los abrigos. Siempre que andaba por ahí, tenía la manía de colocar bien todos los sombreros y alisar las mangas que habían quedado enrolladas.

Entretanto, empezó a sonar la música en la sala y el murmullo de voces se apagó. Unas notas animadas resonaron en el vestíbulo.

—¿Y si luego tú y yo espiamos un poquito? —me preguntó Marga con los ojos brillantes cuando regresó.

—Si nos pillan, tendremos problemas —respondí.

—Así que no dices que no —señaló Marga y sonrió—. ¿Y bien?

Eché un vistazo a la puerta y a las taquillas, detrás de las cuales dormitaban las vendedoras. A veces algunos rezagados aparecían cuando la función ya había empezado, pero en una ocasión como aquella seguramente nadie se habría arriesgado a llegar tarde.

—Estaremos atentas a la entrada —dijo Marga para convencerme mientras me tiraba de la manga—. ¡Vamos!

Ambas nos escabullimos hasta la puerta que daba a la sala y miramos a través de la rendija.

Fascinada observé cómo las bailarinas daban vueltas y giraban con sus relucientes trajes de plumas, mientras la percusión marcaba el ritmo y la gente brindaba contenta en las mesas. El aire olía a alcohol. Todo el mundo se mostraba más alegre y despreocupado de lo que yo lo había estado en toda mi vida.

A mi lado, Marga se balanceaba de puntillas al ritmo de la música. De vez en cuando echaba la cabeza hacia atrás. No parecía importarle la impresión que me pudiera causar.

Cuando aquel número terminó, herr Nelson subió al escenario. Retrocedí con un gesto instintivo, pero entonces caí en la cuenta de que no podía vernos.

—Damas y caballeros, ¡hemos llegado al momento culminante de la noche!

Todas las miradas se volvieron hacia él expectantes, incluso el público sentado en las mesas del fondo levantó la vista.

—Como saben, la «Venus Negra de América» honra con su presencia este humilde establecimiento. Miss Josephine Baker es la estrella de la noche parisina y durante cuatro funciones gozaremos de la gran suerte de tenerla entre nosotros.

—¿Cuándo habrá llegado? —susurró Marga a mi lado, distrayéndome del discurso de Nelson. Estaba, por así decirlo, muy sofocada, y eso que mientras bailaba apenas se había movido del sitio—. Casi tendrían que haber ampliado la estación para ella.

—Seguramente no querían que nadie la atosigara.

—¡Me gustaría tanto verla algún día! —comentó Marga entusiasmada.

—Ahora lo harás.

—¡No durante una función! —dijo desdeñando esa posibilidad—. Estará tan desnuda como en el cartel. No, a mí me gustaría verla envuelta en sus abrigos de piel. ¡Dicen que lleva uno de marta cibelina! ¿Te lo imaginas?

Negué con la cabeza.

—No, soy incapaz. Ni sé tampoco qué hay de bueno en arrancarles a las martas la piel por las orejas.

—¡Ah, no tienes ni idea! ¡Cómo puedes ser tan pueblerina!

—¡Yo no soy de campo! —protesté.

—¡Pues lo pareces! —replicó Marga.

Antes de que nos enzarzásemos en una riña, un aplauso entusiasta puso fin al discurso de Nelson, y los focos empezaron a ir de un lado a otro por el techo. Sonó un redoble de tambor. Al instante, el público la tuvo ante sus ojos. Cubierta únicamente por un taparrabos de color rojo y un tocado de plumas, empezó a ejecutar una danza salvaje y espasmódica.

Aquella visión me encendió las mejillas. Los pechos le iban arriba y abajo, pero no parecía que le importara lo más mínimo. Recorría el escenario con una sonrisa que mostraba unos dientes blancos y relucientes.

Las miradas de los hombres eran ávidas, y las de las mujeres deliberadamente frías, pero me di cuenta de que a todas las presentes les habría gustado ser como la Baker: hermosa, esbelta, flexible y, sobre todo, desinhibida.

Estaba como hechizada contemplando su baile, cuando oí a unos rezagados en la entrada. Marga no parecía haberse dado cuenta. Me aparté de la puerta para recibirlos. Los dos hombres parecían bastante contrariados.

—Maldito metro —murmuraron mientras se desprendían rápidamente de sus abrigos—. ¿Ya está en el escenario?

—¿Se refieren a miss Baker? —pregunté.

—Sí.

Asentí.

—Ahora mismo está actuando.

—¡Oh, Dios mío! —exclamó uno y con el abrigo me puso en la mano un billete de diez marcos.

—¡Señor, es demasiado! —exclamé mientras se alejaba.

—¡Su propina! —contestó mientras desaparecía en el interior de la sala con su acompañante, que también me había entregado el abrigo. Me pregunté si habrían visto a Marga.

Al terminar la función, esperé a Henny como siempre en la puerta de atrás. Solía estar yo sola allí, pero en aquella ocasión me encontré rodeada de mucha gente que fumaba y charlaba sin apartar la mirada de la puerta. ¿Miss Baker seguía en el edificio? ¿Querían un autógrafo suyo? ¿Vislumbrar sus joyas?

También Henny se hizo esperar. ¿Acaso las bailarinas estaban hablando con miss Baker? Yo sabía lo mucho que Henny la idolatraba. Seguramente se pasaría la noche ensalzándola.

Un grito de júbilo me hizo dar un respingo. Henny se me acercó corriendo y me abrazó. El aliento le oía a alcohol.

—¡No te vas a creer lo que me ha pasado hoy! —Estuvo a punto de derribarme, pero logró detener la caída y me agarró de los brazos—. ¡Me han invitado! ¡Mañana! ¡A una fiesta con la Baker! Habrá también otras chicas, oficialmente para que entretengamos a los invitados, pero extraoficialmente se dice que su mánager y su promotor le están buscando acompañantes.

—¿Acompañantes?

—La Baker quiere regresar a París dentro de una semana. Y, como le ha gustado tanto estar aquí, ¡quiere llevarse a alguna de nosotras!

—¡No puede ser verdad!

Sabía que Henny soñaba en secreto con actuar en París. Allí, las bailarinas no solo tenían la oportunidad de conocer a hombres ricos, sino que también podían convertirse en estrellas, e incluso hacer carrera en el cine.

—¡Sí! Y parece que a ella, o al menos a su representante, les he caído en gracia. —Sonrió para sí misma—. ¡Por cierto, en la fiesta vamos a estar todas desnudas!

Arqueé las cejas.

—¿Los hombres también?

Henny sonrió con picardía.

—No, ellos no. Al menos, al principio no.

—No querrán que...

—¡No, no, no te preocupes! ¡No es un prostíbulo!

Soltó una risa y se apartó un mechón de la cara.

—Los hombres se comportarán, la Baker se encargará de ello. No tolera que un hombre se le acerque más de lo debido. ¡Vamos! Tenemos que celebrarlo.

Aunque me daba la impresión de que Henny ya lo había celebrado bastante, me dejé arrastrar por ella.

8

Henny, que esa noche iba a bailar con la Baker, estuvo todo el día fuera de sí. Una y otra vez se miraba desnuda al espejo para comprobar su silueta.

—Ayer no debería haber comido col —dijo acariciando su vientre—. Me veo hinchada.

—¿Quieres compararla con mi barriga? —pregunté arqueando mi espalda. De hecho, hacía tiempo que no me atrevía a mirarme al espejo, sobre todo desnuda, porque cada vez me sentía más como un tonel.

Con todo, Henny no dejó de mirarse de manera crítica.

—¿Y si no les gusto?

—Pues te vas a casa y sigues como hasta ahora —respondí—. Solo será una noche. ¿Por qué le das tantas vueltas?

—¡Son las posibilidades, Sophia! Si todo sale bien esta noche, iré a París. ¡Tendré la oportunidad de ser famosa, como la Baker! ¡Y nos podremos permitir algo mejor que este agujero!

—¿Nosotras? —dije con tono de duda—. Me parece que no debería vivir mucho más tiempo a tus expensas.

—¿A mis expensas? —Henny se volvió—. Cada mes me pagas veinte marcos. Eso no es vivir a expensas de nadie.

—Pero no vamos a poder vivir siempre juntas. Cuando el niño nazca...

—¡Tonterías! —me atajó—. ¿Te parece que es divertido vivir sola? Me gusta tener compañía, y desde luego hay compañeras de piso peores.

—Pero algún día vas a querer tener marido e hijos.

Henny se echó a reír.

—Sí, cabría esperar tal cosa, ¿verdad? ¿Y si no quisiera marido? ¿Y si me bastara con vivir con mi amiga?

—¡No digas tonterías! Si esto no me hubiera ocurrido —repliqué señalando mi vientre—, no estaría aquí. Y tú podrías hacer lo que quisieras.

—Pero si ya lo hago. Además, creo que me traes suerte. —Se volvió de nuevo hacia el espejo—. Y, como necesito suerte, puedes quedarte todo el tiempo que quieras.

En el teatro todavía reinaba mucha agitación, y el público se agolpaba frente al edificio. Por la manera en que la gente estiraba el cuello, pensé que esperaban poder ver el coche de la Baker.

—¡Oh, Dios mío! —me murmuró Henny al oído—. Son incluso más que ayer. Seguramente algunos se quedarán fuera.

—Eso provoca enfados —señalé.

—¡Desde luego! Pero hace tintinear la caja. Tal vez Nelson nos pague unos cuantos marcos más.

Soltó una risita.

—¿Crees que va a aparcar aquí delante, sin más? —pregunté, todavía fascinada por la multitud—. La gente le arrancará la ropa del cuerpo.

—Menos ropa que tendrá que quitarse —dijo Henny, y las dos desaparecimos por la entrada trasera.

En el guardarropa, Marga no hacía más que hablar sin cesar sobre una película que quería ver. Yo la escuchaba sin prestarle gran atención, porque mis pensamientos estaban con Henny. Solo quería que la contrataran.

La multitud de espectadores entró en estampida, como siempre. Sonreí, recogí los abrigos y repartí las fichas. No atendí a las burlas de los caballeros jóvenes y me concentré por completo en encontrar un sitio para cada chaqueta.

El montón de prendas crecía, impidiéndonos ver la gente que aguardaba. ¡Qué bonito habría sido poder quedarse ahí dentro, sin más! Pero aún no se vislumbraba el final de esa acometida, así que volví a sumergirme en la maraña de chaquetas y abrigos, y me dirigí al siguiente espectador.

—Buenas noches, caballero, por...

Las palabras se me quedaron atrancadas en la garganta al ver el rostro de aquel hombre en frac. Con el pelo engominado casi no lo había reconocido.

Georg. Y, a su lado, una mujer. De una apariencia tan juvenil que no podía ser su esposa.

—Sophia —farfulló Georg. Abrió los ojos de par en par, asustado—. Tú...

Reparé en la mirada que le dirigió la mujer que lo acompañaba. Y tampoco se me pasó por alto cómo ella posó sus ojos en mi vientre, que se adivinaba claramente bajo mi uniforme.

Sentí una quemazón intensa en las entrañas. Se me hizo un nudo en la garganta. Hacía mucho tiempo que no veía a Georg. Había logrado alejar de mí cualquier pensamiento sobre él. Y ahora me lo encontraba de frente. Con otra. Al parecer, su matrimonio, que con tanta vehemencia había defendido ante mí, sí había tocado a su fin. ¿Le contaría también a la nueva que Brunhilde quería divorciarse? ¿O acaso les contaba eso a todas las mujeres de las que se encaprichaba?

—El servicio de guardarropa para un abrigo son veinte peniques. Su sombrero...

Me quedé sin voz y todo el cuerpo me empezó a temblar. Los pensamientos me empezaron a dar vueltas en la cabeza, mareándome.

Marga se acercó a mí. Al parecer, había notado que no me sentía bien.

—Por favor, denme sus prendas —dijo apartándome con suavidad.

Sentí como si la mirada de Georg me fuera a abrasar. Me noté el estómago encogido. A duras penas logré contener los sollozos.

Marga se encargó de los abrigos de él y de la mujer. Él se hizo a un lado, la mujer se le colgó del brazo y volvió a dirigirme una mirada. Seguramente le preguntaría quién era.

—Eh, ¿qué te ocurre? —me susurró Marga—. ¿Es el pequeñín?

—No —respondí mientras empezaba a sudar. En pocos segundos noté que las gotas me recorrían la espalda—. Es solo que el aire aquí está muy cargado.

—¿Qué pasa con los abrigos? —preguntó un espectador.

—¡Ahora mismo! —dijo Marga y se volvió hacia mí.

Me apoyé en uno de los percheros tratando de serenarme. Nunca me había sentido de esa manera. Era como si me hubiera invadido el pánico. Pero pánico ¿a qué? Georg había encontrado otra amante. Tal vez incluso esa mujer fuera su esposa. ¿Qué había de malo en ello?

Marga me posó la mano en el hombro. Tenía que seguir trabajando o Nelson me echaría.

—Ya estoy mejor —musité y apreté los puños. Debía recobrar la compostura. ¿Por qué me resultaba tan difícil?

La gente continuó refunfuñando. Los envié a todos al infierno, especialmente a Georg. Esa ira me dio fuerzas.

—Ya puedo seguir —dije y regresé al mostrador.

El dolor de estómago desapareció y dejé de temblar. Mi gesto volvió a ser firme. Solo el sudor en mi uniforme recordaba ese encuentro.

—¿Qué ha sido eso de antes? —preguntó Marga cuando la gente hubo desaparecido en la sala—. ¿Estás enferma? Se dice que estos días hay un brote de...

—No, es solo...

Me interrumpí. Excepto a Henny, hasta entonces no le había contado a nadie la historia de mi hijo. A los que mostraban demasiada curiosidad les decía que mi prometido era marinero y estaba viajando y que aún no sabía de su suerte.

—Ese hombre... me ha recordado a una persona. Alguien con quien tuve una mala experiencia. Luego, cuando salga, ¿te podrás encargar de su abrigo?

—Por supuesto —contestó Marga—. No hay problema. Tal vez deberías salir y dar una vuelta al edificio. El aire fresco te sentará bien.

Asentí obediente y me levanté.

Al pasar por delante de las taquillas, Erna me preguntó:

—¿Todo bien, cariño? ¿El pequeñín te está dando la lata?

Negué con un gesto de la cabeza. Su padre había aparecido. Eso de por sí ya era bastante malo.

En la calle, frente a la puerta, había unas cuantas personas, hombres en su mayoría, que parecían no saber si marcharse o entrar. Contemplé su silueta bajo la luz de las farolas.

—¿Quedan entradas? —me preguntó uno de ellos rozándome el brazo. Me quedé paralizada. Tal vez no había sido una buena idea salir a la calle. Miré a mi alrededor con inquietud.

—¡No! —dije con un tono más brusco del que pretendía—. Están agotadas.

El hombre y sus amigos refunfuñaron, pero me dejaron en paz. Sin saber a dónde dirigirme, me metí las manos en los bolsillos del uniforme. Dentro encontré una nota. La saqué y la miré. En ella había una fórmula escrita.

Me di cuenta entonces de que mi uniforme no había visto un barreño desde hacía mucho.

¿Cuánto tiempo hacía que no me llevaba los libros al guardarropa? ¿Tres, cuatro semanas? Últimamente ya no sentía ganas de seguir estudiando.

Y ahora Georg reaparecía y yo entraba en pánico. Todas las cosas a las que había aspirado alguna vez me parecían muy lejanas. Aquella joven que se creía capaz de todo había dejado de existir.

Hice girar la nota entre mis dedos un rato más y luego la arrojé al suelo. Me di la vuelta y subí de nuevo la escalera.

Al regresar, Marga no estaba en ningún sitio. Supuse que se había escabullido al fondo y que volvía a mirar el espectáculo por la puerta de acceso a la sala. Oí entonces unos pasos y me giré. No era Marga, sino un hombre. Al reconocerlo, resollé.

—Sophia —susurró tan bajo que la música de la sala casi ahogó su voz. Me miró un momento y luego se me acercó.

Negué con la cabeza.

—No tenemos nada que decirnos.

Arqueó las cejas, casi pareció sorprendido.

—Yo... Bueno, tú...

Levanté la mirada y deseé que antes, en lugar de pánico, hubiera sentido lo que sentía en esos instantes.

—Elegí no ir a ver a ese médico. ¿Acaso esperabas otra cosa?

Bajé la vista hacia la punta de mis zapatos, porque me resultaba difícil soportar su mirada.

Georg se quedó observándome sin decir nada durante un rato.

—Podrías haber llegado muy lejos —musitó al fin.

Alcé la cabeza.

—¿Si no te hubiera conocido? —espeté bruscamente sintiendo que la rabia en mi interior era como un ácido capaz de engullir en segundos toda materia orgánica—. ¿Si no me hubieras embaucado? ¿Si no te hubiera creído?

Georg miró turbado en dirección hacia las taquillas. A mí me traía sin cuidado que las chicas nos oyeran.

—A ver, ¿por qué quieres hablar conmigo? ¿Por qué actúas como si no fueras responsable de todo esto?

—Te hice una oferta.

—¡Una que me habría enviado a la cárcel! ¡O al cementerio! ¡Una oferta que me habría hecho depender de ti! ¡Gracias, pero no era eso lo que necesitaba! —Me obligué a bajar la voz, aunque hubiera preferido gritar por todo el teatro—. Si hay algo que quieras contarme, si quieres decirme que lo sientes o si has pensado en otra solución, habla de una vez. Si no, déjame en paz y vuelve con tu mujer o lo que sea.

—Sophia...

—¡No!

Levanté la mano y Georg retrocedió al instante.

Se me quedó mirando, callado.

Yo sentía la sangre recorriéndome todo el cuerpo.

—¡Largo de mi vista! —dije por fin y me di la vuelta. Tal vez Marga estuviera por ahí y nos estuviera observando.

Regresé al interior del guardarropa y desaparecí entre los abrigos donde Georg no pudiera verme. Allí me derrumbé. Se me escapó un sollozo, pero luego me tapé la boca con la mano. No quería que me oyera llorar.

Me quedé oculta hasta que me hube recuperado. Tenía la leve esperanza de que él no se hubiera retirado. Que estuviera esperándome; que, en cuanto yo asomara de nuevo, diera con algunas palabras para acogerme, para ayudarme. Sin embargo, cuando me acerqué de nuevo al mostrador, el lugar que él había ocupado estaba vacío.

No tuve ocasión de hablar con Henny antes de que se marchara a la fiesta con las otras chicas. Las recogieron en un magnífico automóvil blanco para llevarlas hasta la casa de un hombre influyente en la que iba a tener lugar el evento.

Aunque a mí el nombre de Max Reinhardt no me decía nada, los ojos de Henny se habían iluminado al mencionarlo, como si fuera un príncipe de una hermosa tierra lejana. Lo único que yo deseaba es que estuviera a salvo. Por supuesto, Henny iba sola por la ciudad muy a menudo, pero nunca la invitaban a residencias de caballeros desconocidos. ¿Qué haría yo si le ocurría algo?

Aparté esos pensamientos de mi cabeza y me apresuré a llegar al piso. Allí me dejé caer en la cama vestida aún con el uniforme y caí dormida al instante.

Horas más tarde me desperté sobresaltada al oír que se abría la puerta del piso. La mañana se alzaba ya sobre los tejados de la ciudad. La primera luz del sol se deslizaba por el techo de la habitación como una lengua roja de fuego.

Al momento apareció Henny. Tenía las mejillas sonrojadas como si hubiera estado corriendo todo el camino. Su energía llenó inmediatamente la habitación. Olía a puros y perfume, y el aliento también le apestaba un poco a alcohol.

—Lo siento si te he despertado —dijo con tono alegre quitándose el abrigo.

—No pasa nada. ¿Qué tal ha ido? —respondí bostezando, mientras me incorporaba y me apartaba el sueño de los ojos.

—¡Muy bien! —contestó Henny.

Llevaba un vestido de flores que le daba una apariencia casi demasiado formal. Por lo que yo tenía entendido, había acudido a la fiesta con la «ropa» de la función.

A veces ella dejaba esas cuentas de perlas, plumas y cintas sobre la cama. Yo, perfectamente consciente de dónde las llevaba, no me atrevía ni siquiera a tocarlas, pues incluso ese simple hecho me parecía indecente. Henny se burlaba de eso. Pero ella no era la que iba a tener un hijo, sino yo, lo que dejaba bien claro quién de las dos era más indecente.

—Imagínate, en casa de herr Reinhardt había representantes de miss Baker en busca de nuevos talentos. Y yo soy una de las pocas seleccionadas para ir a París con ellos. ¡A París!

Extendió los brazos en alto en señal de victoria.

—¡Eso es maravilloso! —respondí, aunque al abrazarla comprendí lo que aquello significaba. Ella se marcharía a Francia y... yo me quedaría sola.

Pero no tenía derecho a objetar nada en contra. Henny merecía todas las oportunidades del mundo y, si la felicidad la esperaba en París, mi deber como amiga era desearle suerte y apoyarla en la medida de lo posible.

Aun así, no fui capaz de festejar la noticia con el entusiasmo que merecía.

—¿Va todo bien? —preguntó soltándome.

Con ella no necesitaba fingir. Incluso tras la suerte de haber pasado una noche sin soñar con nada, lo primero que me vino a la cabeza fue el encuentro con mi antiguo amor.

—Anoche Georg estuvo en el teatro.

A Henny se le congeló la sonrisa. Adelantó un poco la cabeza a la vez que la ladeaba ligeramente, un gesto que hacía siempre que oía algo increíble.

—¿Entre el público?

—Iba del brazo de una mujer, feliz y desprevenido. Casi me saca de mis casillas.

Le conté mi reacción y le expliqué que Marga me había sustituido rápidamente.

—¿Y me lo cuentas ahora? —preguntó Henny indignada—. ¡Podría haber advertido a los vigilantes! ¡Habrían puesto a ese canalla de patitas en la calle!

Sacudí la cabeza.

—En realidad, no hizo nada malo. No me atosigó ni nada.

—Pero pareces bastante afectada.

Henny se sentó a mi lado. Quería saber más detalles.

—Me puso muy mala cara, como fulminándome con la mirada. Y la chica que le acompañaba...

—¿Su esposa?

Me encogí de hombros.

—Ni idea. No la conocía. Pero me pareció demasiado joven para serlo; con su mujer tiene un hijo mayorcito.

—¿Y qué te dijo? ¿Te dijo algo?

—Al principio, no.

—¿Ni siquiera te preguntó cómo te iba todo?

Negué con la cabeza.

—Luego se acercó para hablar conmigo.

—¿Y?

Henny me agarraba del brazo como queriendo salvarme de una caída.

—Se dio cuenta de que yo había tomado una decisión —respondí mientras trataba de contener las emociones que empezaban a brotar en mi interior. Pero fue en vano y de nuevo la ira se abrió paso en mis entrañas.

—Vaya, ¡menudo lumbreras! ¿Acaso creía que ibas por la vida con una almohada pegada al cuerpo?

—Y me reprochó lo que yo podría haber llegado a ser. —Apreté los labios.

—¡No puede ser cierto! ¿Y no se ha molestado en disculparse?

—¿Y de qué me serviría? Mi vida está arruinada igualmente. El infierno se helará antes de que él asuma su responsabilidad.

La rabia logró arrojar a un lado los últimos restos de cansancio.

—¡Ah, Sophia, cariño! —dijo Henny volviendo a abrazarme—. No te preocupes. Saldréis adelante, tú y la criatura.

—Pero cuando la tenga no podré trabajar. Y Marga...

—No te preocupes, ella no te quitará el puesto. De hecho, de día va por las oficinas para ver si puede conseguir un trabajo como administrativa. Eso también sería una opción para ti. No tienes un pelo de tonta.

—No, pero no sé taquigrafía. Ni tampoco sé escribir a máquina.

—Bueno, aún tienes tiempo para aprender, ¿no?

Deseé que me contagiara su optimismo.

—Pero ahora creo que deberíamos acostarnos un poquito —dijo Henny, desabrochándose el vestido—. El día acaba de empezar y, aunque tal vez no se me note, estoy reventada.

Dejó oír un suspiro que, lejos de sonar cansado, parecía querer abrazar al mundo entero.

Nos acostamos, y mientras me figuraba que Henny debía de estar a punto de explotar de felicidad, mis pensamientos daban vueltas de un lado a otro en mi cabeza, incapaces de ordenarse.

—¿Sabes qué? —dijo de pronto mi amiga al cabo de un rato.

—¿Qué? —respondí intentando sonar lo más somnolienta posible, aunque cuando a Henny se le metía algo en la cabeza no había forma de detenerla.

—¡Te llevaré conmigo!

—¿A dónde?

—¡A París!

—¿Y qué se supone que voy hacer yo allí? —pregunté.

—Ni idea. ¿Buscarte un hombre guapo? ¿Continuar tus estudios? Lo que quieras.

Me giré.

—¿Y cómo se supone que voy a hacerlo?

—Allí puedes trabajar. Tal vez en el Folies Bergère necesiten personal para el guardarropa. Tú hablas francés, ¿no? Bueno, en secundaria lo estudiabas.

—Sí, sé francés —respondí, recordando por un momento a nuestra profesora, con ese moño severo, los ojos negros como el carbón y su habilidad con la vara—. Pero las universidades no van a esperarme. ¿Y cómo lo iba a pagar?

Se volvió hacia mí y noté su aliento en la cara.

—Eres inteligente, Sophia, mucho. No mereces aborregarte aquí.

—No me queda otra —repuse a la vez que sentía cómo la mera idea de perderla ya me dolía.

—¡Tonterías! —exclamó Henny—. ¡Siempre se puede dar más de sí! Además, piénsalo bien. En París serás una mujer completamente nueva. Allí nadie te conoce. Estás embarazada, ¿y qué importa eso? Siempre puedes decir que tu querido esposo falleció. En un naufragio, o algo así.

—¿Crees de verdad que es posible empezar una nueva vida con una mentira?

De nuevo fui presa de la autocompasión, y eso me avergonzó.

—También te puedes limitar a no decir nada en absoluto. Créeme, todo lo que aquí es un problema en París no lo será.

Desde luego, aunque ella no tenía ni idea de cómo era París en realidad, debía admitir que me gustaba esa perspectiva. Una ciudad desconocida. París. La famosa Sorbona. Una nueva vida...

—Todavía no sabes si te han escogido —señalé.

—Tengo un buen presentimiento —respondió optimista.

Entonces, como si el mecanismo de una muñeca mecánica se hubiera parado, se quedó dormida.

Cuando, horas más tarde, nos despertamos, el sol nos iluminaba con fuerza la cara. Lo primero que me vino a la cabeza fue París. Mi mente seguía considerando imposible viajar hasta allí, pero mi corazón estaba entusiasmado ante la perspectiva.

Lo único capaz de retenerme en Berlín eran mis padres, a pesar de que no habían intentado contactar conmigo, ni habían respondido a ninguna de mis cartas. La esperanza de que volvieran a hablarme disminuía cada día que pasaba.

Cuando, algo más tarde, las dos nos sentamos en la mesa de la cocina para tomar una taza de café con achicoria, que estaba de oferta en la tienda, pregunté:

—¿Qué hay de mis padres? ¿Y los tuyos?

Henny, con la mente a todas luces en su trabajo en París, me miró sin comprender.

—Hace tiempo que mis padres han dejado de meterse en mis asuntos. En cuanto a los tuyos..., ¿qué pasa con ellos?

—Si me marcho a París, no me encontrarán.

Por fin ella volvió a la realidad procedente del reino de los vestidos deslumbrantes y las plumas.

—¡Pues cuando llegues allí les escribes!

—Como si fuera tan fácil...

Aunque me ignoraban, me reconfortaba saber que estaban en la misma ciudad.

—Bueno, no cambiarán de domicilio, ¿verdad?

—Pueden negarse a recibir mi correo.

Henny se inclinó sobre la mesa y me asió la mano.

—¡No seas tan pesimista! Seguro que todavía te quieren, solo que aún no se pueden hacer a la idea. —Hizo una pausa y luego continuó en voz baja—: Sophia, no quiero dejarte aquí sola. Cuando llegue el momento de tener a tu hijo me gustaría poder estar contigo.

—Me lo pensaré —repuse. Hasta entonces había intentado no pensar en el parto.

—Bien —dijo ella reclinándose hacia atrás—. Tienes tiempo hasta que me comuniquen la decisión. Pero no esperes mucho. En cuanto esté tomada, dispondremos de un mes para irnos.

—¿Tan rápido? —pregunté vacilante—. ¡Necesitaré papeles!

—Deja que yo me encargue de eso, ya averiguaré lo que hace falta.

Henny me dirigió una sonrisa animosa y luego volvió la mirada hacia la ventana.

—¡París! —murmuró ilusionada—. ¿Tú crees que nuestra habitación tendrá vistas a la torre Eiffel?

No supe qué responderle porque no sabía cómo funcionaban las cosas en París. En cualquier caso, era consciente de que las viviendas con vistas hermosas no estaban precisamente al alcance de bailarinas desnudas y empleadas de guardarropa embarazadas.

9

Pasaron dos semanas sin noticias del representante de Josephine Baker. Los días de primavera, cálidos al principio, se volvieron más frescos, hasta el punto de que tuvimos que volver a encender la estufa.

Entretanto pensaba a menudo cómo sería ir a París con Henny. Sí, ¡incluso lo esperaba con ganas! Esto, claro está, no facilitó para nada la espera. No habría sabido decir cuál de las dos estaba más impaciente.

Para distraerme un poco, una mañana volví a sacar los libros y el maletín de química. Tuve una sensación agradable cuando toqué los recipientes de vidrio. Representaban un tiempo que, aunque pasado, también había sido mejor. Representaban la esperanza que entonces había albergado. Mi ambición. Tener conmigo aquel maletín era un rayo de luz para mi ánimo.

Recordé mis primeros experimentos, que había realizado con trece años. Eran, sobre todo, remedios para mis problemas de piel. Prácticamente de la noche a la mañana, mi piel de melocotón se había convertido en un paisaje lleno de cráteres que era motivo de burla casi a diario en la escuela.

Aunque había remedios para ello, en general eran demasiado agresivos para la piel e incluso agravaban el problema. Tampoco ayudó gran cosa consultar al médico. En su opinión, comía alimentos demasiado condimentados y por eso tenía la piel tan mal. Pero yo estaba convencida de que había otra forma de abordar el problema.

Rebusqué a fondo por la ciudad en parques, patios interiores y márgenes de caminos en busca de manzanilla. En clase de economía doméstica habíamos hablado de que esa planta aliviaba los dolores de estómago. Al oír aquello me había pasado el resto de la hora de clase pensando en si tal vez sería buena para mi piel.

Al principio, los fracasos se sucedían uno tras otro. Estropeé la mejor olla de mi madre y me llevé muchas broncas. Sin embargo, al cabo de un tiempo, logré crear una crema que incluso resultó ser eficaz. Desde ese momento había sabido exactamente lo que quería hacer.

Levanté la vista y me miré en el espejo.

¿Y si retomaba esa labor? ¿Y si hacía cremas y las vendía? Por lo que me decía Henny había bailarinas que cuidaban mucho de su apariencia. Aunque apenas iban vestidas, tenían que empolvarse y maquillarse. A largo plazo, no todas las pieles soportaban algo así.

Esa idea me persiguió todo el día. Busqué en mis libros fórmulas que pudieran ayudarme a preparar esas cremas.

Ante la mirada atónita de Henny, me llevé uno de mis tratados de química al teatro.

—¿Piensas volver a estudiar? —preguntó mientras me metía el libro en el bolso. Al parecer, ella también había notado que durante un tiempo había dejado de lado todo eso.

—Un poco —respondí misteriosamente.

Una sonrisa se dibujó en su rostro.

—¿En la universidad?

—Henny —le dije con tono de reproche—, sabes lo que me paga herr Nelson. Eso no es suficiente para cubrir la matrícula.

Aún no quería contarle mi plan de hacer cremas. De hecho, no sabía tampoco si algún día tendría dinero suficiente para comprarme la materia prima.

En cuanto finalizaron las funciones de Josephine Baker, en el teatro el ambiente recuperó una cierta tranquilidad. La gente seguía teniendo ganas de divertirse, aunque empecé a notar que la clientela cambiaba. Los que ya conocían de memoria nuestro repertorio desaparecieron, pero llegaron otros, probablemente hastiados del Wintergarten o de otros establecimientos.

Herr Nelson llevaba tiempo soñando con una nueva revista. Henny decía que, a veces, cuando ensayaban un nuevo baile, él aporreaba con tanta fuerza el piano que la profesora de baile montaba en cólera porque esas melodías hacían perder el paso a las bailarinas.

—Ya verás, a lo sumo en verano habrá algún estreno —profetizó mi amiga cuando entramos en el teatro—. Lástima que para entonces ya no estaré aquí.

—Han pasado más de dos semanas —observé—. Hace tiempo que la Baker volvió a París. ¿No te parece que a estas alturas ya deberían haberos dicho algo?

No quería que perdiera el optimismo, pero ¿realmente podíamos seguir albergando esperanzas?

—Hace falta tiempo para montar una nueva revista —arguyó Henny. Luego me dio un beso en la mejilla y desapareció en los camerinos.

Esa noche los abrigos se sucedieron uno tras otro. La actuación de una cantante nueva parecía haber despertado la curiosidad de la gente.

En este caso, ella no salía a escena con un vestido vaporoso y brillante, sino en ropa de hombre. De igual manera, el pelo, negro y corto, lo llevaba engominado, muy pegado al cuero cabelludo. En el labio superior lucía un delicado bigote Menjou falso, que se colocaba en el camerino.

Embutida en un frac negro y con chistera, se sentaba en un taburete alto y desde allí cantaba con un registro difícil de ubicar. Con los ojos cerrados, su voz era de mujer, pero al verla vestida de esa guisa uno creía que estaba viendo a un hombre.

Como aquel día Marga no trabajaba, después de la entrada me acomodé en mi silla y saqué el libro. Sentí el conocimiento fluyendo en mi interior, vigorizándome la mente y apartando todas las dolencias físicas. Llegué incluso a olvidarme de la hora.

Así, para mí el final de la revista ese día llegó más pronto de lo esperado. Las puertas de la sala se abrieron y en pocos instantes me volví a ver rodeada de gente. Me costó un poco concentrarme porque tenía la cabeza ocupada en las fórmulas y en la idea de sacar algún provecho de mis conocimientos.

Cuando terminó el turno, salí tambaleándome literalmente del teatro, pero con una sonrisa en la cara que incluso asombró a las taquilleras.

—¿Qué te pasa, chica? ¿Has encontrado cien marcos? —preguntó Berta.

Negué con la cabeza.

—Solo he estado soñando despierta.

Al abandonar el edificio, Henny se me acercó a toda prisa. Eso me sorprendió un poco, porque ella solía salir después de mí. ¿Acaso no había bailado en el último número? ¿Había habido algún problema?

De hecho, parecía un poco confusa.

—No me lo puedo creer —dijo negando con la cabeza.

—¿El qué? —pregunté intentando apartar de mí la idea de que había ocurrido algo malo.

—¡Los representantes de miss Baker ya nos han comunicado su decisión!

Henny me miraba con absoluta incredulidad. En un primer momento, no supe cómo interpretarlo.

—¿De verdad?

Henny asintió. Entonces, de pronto, pegó un salto y empezó a dar palmaditas.

—¡Estoy contratada! ¿Lo oyes? ¡He entrado!

—¡Has entrado!

Nos abrazamos entre gritos de júbilo.

—Soy la única del teatro, ¿te imaginas cómo revientan de envidia las otras? —exclamó—. ¡Juraría que a Lilly le salía espuma por la boca! Voy a tener que vigilar que en los próximos días no me haga nudos en las cuentas de perlas.

—Eso es maravilloso. ¡Enhorabuena!

De nuevo la apreté contra mi pecho. Tenía el corazón acelerado y sentía el estómago agitado por la excitación. ¡París! Estaba ocurriendo de verdad.

Cogidas del brazo y cantando en voz alta, como si hubiésemos bebido de más, nos dirigimos a la estación de metro, ajenas a las miradas de las personas que pasaban junto a nosotras.

—Ahora la cosa se pone seria —comentó Henny cuando llegamos a casa—. En un mes estaremos viviendo en París. ¡Las dos! He pedido a los representantes que me digan qué documentos voy a necesitar. Los solicitaremos a la vez para ti.

Vacilé. Ya me había resignado un poco a la idea de que no nos marcharíamos.

—Se me ocurrió una cosa —repuse al fin—. Por eso me viste de nuevo con el libro. ¿Y si volviese a hacer cremas para venderlas?

—¿A quién se las venderías?

Los ojos de Henny brillaban de curiosidad.

—A otras mujeres. Bailarinas. Betty y Christa se quejan siempre de que la piel se les seca mucho por el maquillaje.

—Pero no puedes vivir de dos clientas. —Ella, por supuesto, se había dado cuenta de a dónde quería llegar. Me asió de las manos—. No pretenderás dejarme, ¿verdad?

—Yo...

Las palabras se me atravesaron en la garganta. En efecto, por un momento, había considerado la posibilidad de quedarme. Pero Henny tenía razón, dos clientas no me podían dar de comer. Y, con lo que ganaba en el guardarropa, ni siquiera podía permitirme aquel piso.

—Sophia, cariño —dijo suavemente apretándome las manos—. ¡No puedo dejarte de ninguna manera aquí, donde tus padres te tratan como si no existieras! En Francia vas a poder empezar de nuevo. Tal vez incluso con tus tubos de ensayo. —Extendió los brazos—. ¿Acaso no aspiras a algo más que esto? Yo también estoy harta de Berlín. Todos los días son iguales, siempre la misma gente, el mismo gris sobre los tejados. Me da la impresión de que ni siquiera en verano el sol sabe hacerse valer frente a los humos de las fábricas. Todo parece estar sumido en una neblina amarillenta. En París seguiré siendo bailarina, pero a saber lo que me depara el destino. Dime, pues, ¿no quieres eso también? ¿Esperanza? ¿Una nueva vida?

Claro que quería, pero tenía muchas dudas. ¿Y si en Francia no lográbamos salir adelante? Ahí al menos tenía la promesa de mi madre de que me ayudaría en caso de extrema necesidad...

—Sí —me oí decir a pesar de todo—. Sí, me encantaría. Una nueva vida.

Henny esbozó una amplia sonrisa.

—¡¿Lo ves?! ¡Lo sabía! ¡Ya te digo que París será nuestra felicidad!

Estuve toda la mañana pensando en qué dirían mis padres sobre mi partida a Francia. Llevaba dos meses sin hablar con ellos y no había recibido tampoco noticias suyas. La probabilidad de que me hubieran perdonado era escasa.

Con todo, a primera hora de la tarde me dirigí a Charlottenburg.

Los pájaros trinaban desde las copas de los árboles de delante de la casa de mis padres. Cerré los ojos un momento y escuché.

En el patio interior de la casa de Henny también había un árbol, pero con todo el muérdago que le colgaba de las ramas a las aves les resultaba poco acogedor. Si algún pájaro se extraviaba e iba a parar ahí, se quedaba muy poco tiempo.

Al cabo de un instante, volví a abrir los ojos, me acerqué a la puerta y pulsé el botón del timbre. Por un momento lamenté no tener las llaves, pero luego me dije que de ese modo les había demostrado a mis padres que podía arreglármelas sola. Y tampoco entonces iba a su casa a pedir ayuda.

Mi llamada al principio no obtuvo respuesta. ¿Acaso mi madre no estaba en casa?

Cuando ya me disponía a darme la vuelta la cerradura de la puerta se abrió de repente. La verdad es que contaba con que antes preguntaran quién llamaba. Pero tal vez mi madre estuviera esperando algún paquete postal.

Subí la escalera. A esas alturas me resultaba más difícil que antes, pero por lo menos podía confiar en que la barandilla aguantaría. En casa de Henny, siempre subía por el lado de la pared porque allí el pasamanos se tambaleaba peligrosamente.

Mi madre debía de esperarme junto a la puerta, así que me volví a arreglar el pelo con la mano y me pellizqué las mejillas para no parecer demasiado pálida.

Al llegar a lo alto, me detuve al ver unas perneras ante la puerta.

Aunque me habría gustado dar la vuelta en ese mismo instante, era demasiado tarde. Acabé de subir los últimos escalones.

Mi padre palideció en cuanto me vio.

—Buenas tardes —le saludé, asustada—. Padre, yo...

Me interrumpí al ver que dirigía la mirada a mi vientre. Me lo cubrí con el abrigo en actitud protectora, pero la tela ya no alcanzaba para ocultarlo.

—¿Cómo te atreves a presentarte aquí?

—Me gustaría comunicaros algo a ti y a madre.

Noté que el corazón me latía agitado, y me sentí la lengua pegada al paladar. Supuse que me iba a echar como a una pordiosera, pero entonces se oyeron pasos en el piso de arriba. Al parecer, nuestro vecino, una persona socialmente muy distinguida, se disponía a dar un paseo.

Mi padre levantó la vista un momento y luego abrió la puerta. Era evidente que solo me dejaba pasar porque no quería que el vecino me viera allí. No tenía ni idea de lo que él le había contado a la gente, ni de si alguien había reparado en mi ausencia.

Cerró la puerta, pero se quedó en el recibidor, como un guardián, dispuesto a impedirme el acceso a alguna de las habitaciones.

Durante un momento solo nos miramos. Su palidez inicial se convirtió gradualmente en un rubor iracundo.

—¿Está madre? —pregunté por fin mientras por dentro deseaba haber escrito una carta en lugar de coger el metro. ¿Cómo se me había podido ocurrir?

—Tu madre ha salido a hacer recados —respondió con frialdad.

La pregunta de por qué él estaba en casa a esas horas se me quedó atravesada en la garganta.

—Salta a la vista que aún no has encontrado ninguna solución a tu problema —dijo cruzando los brazos—. ¿Acaso al final el tipo que te hizo esto se va a casar contigo?

¿Era posible que a mi padre solo le importara que compensara su deshonra casándome?

—Él no va a abandonar a su familia —repuse. No quise darle más explicaciones.

Mi padre adoptó una actitud agresiva, apretaba los labios y echaba chispas por los ojos. Me tensé. Mi madre no estaba en casa, no podría protegerme de su ira. Y yo no sería capaz de defenderme de él. Nunca había sentido miedo de mi padre, pero en ese momento me pareció un desconocido amenazador.

—Lo has arruinado todo —musitó—. Todo. Tu vida, tu futuro. Has destruido nuestra familia.

Yo no había hecho nada de eso, pero no me atreví a contradecirle en ese momento.

—¿Y ahora qué? —preguntó—. ¿Piensas seguir viviendo en un lugar de mala muerte, como una golfa? Si al menos tuvieras otro hombre dispuesto a casarse contigo...

—¿Dónde se supone que puedo conseguir uno tan rápido? —repliqué notando cómo mi temor inicial se convertía en despecho—. Además, no vivo en un lugar de mala muerte como una golfa. Tengo un trabajo y vivo con Henny. Te acuerdas de ella, ¿verdad?

—¡Ella es igual de golfa! —contestó airado—. Pero parece que a ti todo te da igual. Lo que será de tu madre y de mí. De nuestra empresa. ¡Tenía grandes planes para ti, y ahora todo está perdido! —Hizo una pausa y luego añadió con tono sombrío—: ¡Si al menos hubieras abortado con ese médico!

Lo miré fijamente, sobresaltada. Mi madre había hablado con él.

—¿Habrías preferido enterrarme después de que acudiera a ese practicante de abortos? —pregunté casi sin aliento—. ¿Solo para compensar tu deshonra?

Mi padre apretó los labios. Temblaba. Con todo, mi consternación era mayor que el temor a que me abofeteara.

—No quería matar a esta criatura, padre —continué—. Es mi hijo. Tu nieto.

—¡Un niño que ha arruinado tu posición social! —bramó—. Deberías haber...

—¡Padre! —le interrumpí hablándole igual de fuerte, sorprendida al instante por mi osadía—. ¡Soy muy consciente de eso! He tenido suficiente tiempo para pensar en ello. Y no estoy aquí para pediros que me acojáis de nuevo. Solo he venido para haceros saber que durante un tiempo no voy a estar en Alemania. Me marcho a París para acompañar a Henny. Ha conseguido un trabajo allí. Intentaré labrarme un futuro en esa ciudad.

El corazón me latía a toda velocidad.

Mi padre pareció confuso por un momento, y luego me contestó:

—¿Así que ahora quieres irte con los franchutes? ¿Cómo crees que os van a recibir después de la guerra?

—¡La guerra terminó hace tiempo! —repliqué—. Es un país como cualquier otro. Y posiblemente allí a la gente le dé igual si tengo o no un hijo.

—¡Largo! —gritó—. ¡No quiero volver a verte! ¡Nunca más!

—Ni falta que hace —dije sin poder reprimirme—. ¡Ya me las apañaré de algún modo!

Dicho eso, giré sobre mis talones y abrí la puerta. En ese momento, no me habría importado ni siquiera encontrarme de frente con la cara de asombro de nuestro distinguido vecino. Pero en la escalera no había nadie, y, mientras bajaba a toda pisa, oí cómo la puerta de arriba se cerraba con gran estrépito.

Abandoné el edificio con los ojos anegados en lágrimas, pero me las sequé con obstinación. No iba a llorar nunca más. No contaría con que mis padres cambiaran de opinión. A partir de ese momento, mi vida solo estaba en mis manos. Y posiblemente París era mi salvación.

10

ada día me maravillaba más la rapidez con que hacíamos los trámites. Aquella velocidad casi me parecía irreal. Fuimos juntas a varios departamentos oficiales para obtener la documentación necesaria para el viaje. Henny convenció a la casera para que mantuviera el piso sin ocupar durante un par de semanas, por si nuestra estancia en París no salía como imaginábamos. Yo me encargué de comprar los billetes de tren y unos planos de la ciudad. De noche nos sentábamos juntas ante ellos, intentando convertir mentalmente en imágenes de la ciudad las calles y las hileras de casas allí dibujadas.

Las noches se volvieron más difíciles para mí, porque el pequeño, como si percibiera mi nerviosismo, empezó a moverse más.

Los días previos a la partida ambas estábamos como electrizadas.

Lo único que temía era comunicar mi dimisión a herr Nelson. Él me había acogido con amabilidad y siempre me había pagado el sueldo puntualmente. Tenía la impresión de estar siendo ingrata.

Henny me infundió valor.

—No temas, herr Nelson lo comprenderá. También las bailarinas cambian continuamente. No se enfadará contigo.

Sin embargo, me presenté ante él en su despacho con cierta aprensión.

—¿Estás segura de que quieres marcharte con tu amiga? —preguntó tras expulsar de sus pulmones el humo del puro en forma de nubecitas. Aquello le daba un tono azulado a la luz, y él, con su chaqueta de estar por casa de color morado, parecía un mago a punto de desaparecer de un momento a otro.

—Sí, herr Nelson.

Él asintió y apoyó el puro en el borde del cenicero.

—Recuerdo que te dije que llegaría un día en que deberías echar mano de tu inteligencia. Pero ¿de verdad crees que es prudente adentrarse en lo desconocido?

Me asombró que estuviera tan interesado en mi devenir, algo que no había ocurrido ni con mi propio padre.

—Quiero intentar empezar de nuevo —respondí—. Si no funciona, siempre puedo volver, ¿no?

Nelson resolló.

—Bueno, entonces abrígate bien. Sobre todo ahora, que ya falta poco para la llegada del pequeño. —Me miró el vientre como si lo estuviera midiendo—. ¿Dos meses aún?

Asentí con la cabeza.

—Dos o tres.

—Será mejor que te sientes, no vaya a ser que el pequeño húsar se te escape en mi oficina.

Me señaló una silla. Me senté obediente.

—He pensado en aprovechar un poco mis conocimientos de química —expliqué.

—¿Así que quieres seguir estudiando?

—No creo que pueda pagarme los estudios, pero si en Francia no se tuviera que pagar..., ¿quién sabe? En todo caso, quiero volver a empezar.

—¿Y qué harás? ¿Fabricar productos de limpieza? ¿Vender tinturas milagrosas?

—¿Por qué no? —pregunté.

—Yo de esas cosas no sé nada —respondió Nelson—. ¡Lo que sé es que París es muy duro! Y más después de la guerra. Existe mucho resentimiento contra los alemanes. Henny estará a salvo en el mundo del teatro, pero tú vas a tener que demostrar tu valía fuera de él.

—Me esforzaré al máximo. El contrato de Henny es de un año. Si todo sale mal, volveré con ella.

—Me gustan las chicas que no se amedrentan —dijo Nelson—. Pero no temas pedir ayuda. Y, si necesitáis regresar, no dudéis en pasaros por aquí. Buscaré algo para vosotras.

—Gracias, herr Nelson.

Me levanté.

—Bueno, pues ya no hay más que decir...

El director del teatro sacó un sobre vacío del cajón de su escritorio y se levantó. Vi que se acercaba a uno de los cuadros que decoraban las paredes y, para mi sorpresa, lo descolgó. Detrás había una pequeña caja fuerte.

Sacó algunos billetes de una cajita y luego volvió a ocultar el escondite.

—Aquí tienes el resto de tu sueldo —dijo acercándose a mí y tendiéndome el sobre ya cerrado—. Te deseo lo mejor, muchacha.

Asentí, tomé el sobre y le tendí la mano.

Al cabo de unos días, me encontré de pie en el andén de la estación Lehrter Bahnhof con el corazón latiéndome con fuerza. Con las manos ateridas agarraba el asa de la maleta que contenía todo cuanto tenía.

También llevaba conmigo el maletín de química. Según Henny podría haberlo enviado a París, pero me había parecido demasiado arriesgado. ¡No sabíamos ni siquiera dónde íbamos a vivir!

Solo teníamos la dirección del Folies Bergère en París y el nombre de una persona de contacto, monsieur Jouelle. Aunque la gente no habría sabido qué hacer con mis matraces, termómetros, tarros y el pequeño mechero Bunsen, a alguien se le habría podido ocurrir quedárselo todo y venderlo. Prefería acarrearlo conmigo antes de que sucediera algo así.

Mientras recorría las vías con la mirada, recordé de nuevo la cálida despedida que la madre de Henny nos había dado el día anterior. Aunque el padre había permanecido sentado en su silla junto a la ventana, aparentemente ajeno a todo, frau Wegstein nos había agasajado y nos había deseado todo lo mejor. El hecho de que yo estuviera embarazada no parecía haberla incomodado y lo había pasado por alto con discreción. Al principio me había sentido muy ilusionada, pero el resto del día me había encontrado triste, consciente de que mis padres no se despedirían de mí.

—¡Oh, Dios mío! ¿Dónde se ha metido el verano? —gruñó Henny a mi lado apartándome de mis pensamientos.

Llevaba una maleta grande como una cómoda. Algunas de sus cosas ya habían partido hacia París y estaban depositadas en una oficina de correos; sin embargo, le había quedado lo suficiente como para llenar esa monstruosidad.

—Al principio hacía bueno, pero ahora...

—Debe de ser eso que algunos llaman el frío de la oveja —observé.

Nuestro profesor de biología decía eso siempre que en verano hacía mal tiempo.

—¡Pero no en junio!

—¡Sí! ¡Siempre es en junio! —repuse—. Antes de que haga calor de verdad, el frío regresa unos días. ¡Piensa en el 27 de junio, la festividad de los Siete Durmientes!

—¡No me vengas ahora con los Siete Durmientes! —murmuró frotándose los brazos para entrar en calor.

A decir verdad, que Henny tuviera frío no se debía solo al aire fresco de primera hora de la mañana que convertía el aliento en nubecitas. Estaba nerviosa. Por la noche no había parado de moverse, haciendo más ruido que nunca, hasta el punto de que yo tampoco había podido conciliar el sueño. Una y otra vez se había levantado de la cama, había comprobado algo del equipaje y luego se había vuelto a meter bajo las sábanas helada, lamentándose de que apenas teníamos tiempo para dormir. Al final se me habían cerrado los ojos, pero poco después su despertador me había arrancado del sueño.

Me sorprendió no sentirme como cabía esperar al partir hacia otro país. Me parecía como si hubiera abandonado el piso y fuera a regresar en unos días. No sabía con certeza cuánto tiempo íbamos a estar ausentes. ¿Y si de verdad fuera para siempre?

Por fin se oyó el anuncio de la llegada del tren con destino a Colonia. Al finalizar el aviso, el altavoz dejó oír un ruido estridente. Poco después, una locomotora pesada se deslizó por la vía. El mundo desapareció tras una humareda blanca y solo pude distinguir la silueta de los demás pasajeros. Volví la mirada hacia Henny, que tenía el cuerpo tenso como si esperara encontrar a su amado dentro del tren.

Las puertas se abrieron y se apearon varios pasajeros.

—Adelántate y ocupa nuestro sitio —dijo Henny. A continuación, se volvió hacia el carrito del equipaje para depositar su maleta.

Subí los escalones para entrar en el vagón.

El compartimento olía a cuero artificial, linóleo y humo de cigarrillo. Al alzar la maleta para colocarla en el portaequipajes, alguien a mi espalda dijo:

—Aguarde, señorita, la ayudo.

Me giré y me encontré frente a un hombre joven de pelo rubio y con un abrigo de color camel. A su lado había una mujer, joven también, que, como yo, estaba embarazada. El abrigo de ella era de color burdeos claro y debajo llevaba un vestido azul marino de florecitas. El sombrero que le adornaba la cabeza estaba decorado con una cinta de seda brillante.

—En su estado no debería usted levantar ningún bulto pesado —dijo el desconocido con amabilidad mientras alzaba la maleta. Tuve la impresión de que se había figurado que pesaría menos, porque las mejillas se le sonrojaron de forma visible. Ahogué una risita y le di las gracias.

—¿Dónde está su marido? —preguntó tras haber asegurado la maleta.

—Viajo con una amiga —respondí sintiendo cómo la sangre me subía a las mejillas.

De repente, tuve la impresión de que esa parejita agradable era lo que Georg y yo habríamos podido ser, aunque, ciertamente, en ellos la diferencia de edad no era tan notoria y, sin duda, el hombre no había estado casado antes de conocer a esa hermosa chica. Pero, en otra vida, en otras circunstancias, nosotros habríamos podido viajar como esa pareja.

Me tragué el nudo que se me había formado en la garganta.

—¿A dónde viajan ustedes? —Me volví hacia la mujer, que hasta entonces no había dicho nada y se había limitado a saludarme con un ademán de la cabeza.

—A Colonia —respondió ella—. Vamos allí a visitar a unos parientes.

Agarró a su marido por el brazo, dejándome claro con ese gesto que él le pertenecía y que no me hiciera ilusiones. Tuve la impresión de que él lo había entendido también así y se aclaró la garganta, avergonzado.

—Nosotras vamos a París —respondí sintiendo la mirada desdeñosa de la mujer.

Mi ropa se veía desgastada por el uso y saltaba a la vista que el vestido que llevaba había sido barato.

—¿Su marido trabaja allí? —preguntó el desconocido, dando palmaditas a la mano de su mujer y sentándose con ella en los asientos de enfrente.

Por un momento vacilé, pero luego decidí que esa gente, que de todas formas no me conocía, no merecía tampoco mi honestidad. De hecho, el hombre parecía obsesionado con «mi marido».

—Sí —respondí—. En el teatro. Él quería que fuera a verlo, así que voy para allí con mi amiga.

En ese momento Henny dobló la esquina.

—Henny, mira, este caballero tan amable ha tenido el detalle de ayudarme con mi maleta —dije, antes de que ella reparara en la pareja—. Les estaba contando a él y a su mujer que vamos a París a ver a Johann en el teatro.

Levanté las cejas, un gesto mío que Henny conocía muy bien. Ya de niñas era como nos advertíamos de que no era momento de delatarse.

—Sí, claro —respondió ella—. Encantada de conocerlos. Me llamo Henny Wegstein.

Henny le estrechó la mano a él con firmeza y luego a su mujer. Yo no les dije mi nombre, pero, confirmada por fin mi mentira, tampoco pareció interesarles.

Por fin el tren se puso en marcha. Me habría gustado haber podido hablar con Henny libremente, pero no me atreví debido a nuestros compañeros de viaje. Por su parte, nosotras parecíamos ser quienes impedíamos toda conversación íntima entre ellos. Se limitaron a lanzarse miradas cariñosas, y de vez en cuando el hombre acariciaba el vientre de su mujer. Ese gesto me provocó envidia. Así pues, volví la mirada hacia la ventana ante la cual se deslizaban tanto casas elegantes como edificios toscos y pobres para obreros.

Al pasar por Charlottenburg, pensé en mis padres. A esa hora mi madre debía de estar en la cocina haciendo café. Mi padre tendría la cabeza en sus negocios. ¿Pensaban en mí? Posiblemente muy poco.

Henny me había animado a que les escribiera al llegar a París, pero yo no estaba segura de querer hacerlo. Mi único deseo era castigarlos. ¿Y qué mejor manera que no decirles dónde vivía? De todos modos, ¿acaso eso les importaba?

Cerré los ojos e intenté reprimir esos pensamientos negativos y que no me fastidiaran la ilusión. Cuando volví a alzar la vista, Wannsee había quedado atrás y circulábamos por campo abierto.

11

Al llegar a París estaba tan dormida que al principio creí que aún no habíamos salido de Berlín. Mientras me incorporaba, posé la vista en un cartel publicitario en francés pegado a uno de los pilares que sostenían el techo de la estación. Fue entonces cuando tomé conciencia de que, después de un agitado cambio de tren en Colonia, habíamos llegado a nuestro destino.

—¡Vamos, coge la maleta! —me urgió Henny con las mejillas sonrojadas de la excitación.

Me levanté trabajosamente, aturdida aún por las horas de sueño profundo, pero, en cuanto retiré la maleta del portaequipajes, empecé a sentirme las rodillas más firmes.

Mi amiga ya estaba en el pasillo. Ahí se agolpaban los pasajeros, algunos con equipajes muy voluminosos.

Henny me cedió el paso, y poco después nos dirigimos a la puerta de salida. A mi alrededor oía palabras en francés, había gente abrazándose en el andén, otros examinaban las ventanillas del tren en busca de alguien o se apresuraban hacia las puertas.

Mi amiga me pidió que aguardara bajo el cartel de la estación Gare du Nord y se marchó para ir a recoger su maleta. Yo me entretuve observando a la gente que se apeaba.

Vi a un hombre que era recibido por una mujer vestida a la moda con un sombrero fucsia; otro tenía a toda su familia colgada del cuello, padres, esposa e hijos.

Luego mi mirada se posó en una señora con un bebé en brazos. Llevaba un abrigo azul muy elegante y se pasaba el rato haciendo mimos al pequeño, al que apenas se podía ver envuelto en su toquilla. Deseé ser esa mujer, acompañada de un hombre guapo que la ayudaba y que los protegía a ella y a su hijo.

De pronto me sentí indefensa, a merced de los desconocidos que me miraban al pasar. Era como si llevara escrito en la frente que no tenía marido y que mi pequeño no tenía un padre que se preocupara por él.

La aparición de Henny disipó de nuevo mis pensamientos sombríos. Vino seguida de un joven vestido con el uniforme del ferrocarril que acarreaba su equipaje. Henny sabía presentarse en francés y decir *bonjour*, eso lo habíamos practicado en Berlín. También sabía preguntar direcciones. Era obvio que su lenguaje por señas le había bastado para convencer al mozo para que le llevara la maleta.

—¿Puedo presentarte a monsieur Leduc? —dijo Henny con una amplia sonrisa y los ojos brillantes—. Ha tenido la amabilidad de brindarme su ayuda con el equipaje.

El joven se sonrojó sin entenderla, y nos siguió manso y arrastrando los pies hasta la oficina de trámites aduaneros, donde dejó la maleta frente la puerta. Tras llevarse la mano a la gorra para saludar, se marchó de nuevo.

—¿No te parece adorable? —preguntó Henny mientras lo veía alejarse—. Si todos los hombres de aquí son así, no será difícil conocer a uno.

—No es lo que deseo yo, pero espero que tú tengas suerte —respondí secamente.

Henny me dio un codazo.

—No pienses que vas a estar sola toda tu vida. Un día conocerás a otro hombre.

—¿Con un hijo? —pregunté dudosa.

Me resultaba difícil imaginar que un hombre se prestara a velar por un hijo que no era suyo.

—Si te quiere, no le importará. Mejor dicho, si te quiere, también querrá a tu hijo. —Henny me sonrió—. Tal vez sea un francés guapo como ese monsieur Leduc.

—Entonces supongo que voy a tener que esperar a que nazca el bebé —contesté—. La verdad, últimamente no me apetece mucho salir a bailar.

En la aduana tuvimos que hacer cola, pero era bastante corta. Algunos viajeros hablaban en alemán, otros en ruso, y otros más en idiomas que no sabía identificar.

Finalmente, nos llegó el turno.

Ciertamente, el funcionario de aduanas no era tan adorable como monsieur Leduc. Nos miró con unos ojos oscuros y apagados, que parecían haber visto ya demasiada gente a esas horas. Tenía los labios ocultos tras un gran bigote negro y el pelo ralo en torno a la coronilla.

Nos cogió los pasaportes y nos preguntó con tono brusco si teníamos algo que declarar. Posó la mirada en mi pequeño maletín con los matraces.

—¿Es usted médica?

Negué con la cabeza.

—No, estudiante —respondí a pesar de que no era cierto. ¿De qué otra forma podía justificar esos recipientes?

—¿Qué estudia usted? —preguntó examinando mis papeles.

—Química.

—¿En la Sorbona?

¿Sería capaz de descubrir que le estaba mintiendo si ni siquiera me miraba?

—Hasta ahora en Berlín, pero espero matricularme muy pronto aquí.

Entonces levantó la cabeza y me escrutó con la mirada, como intentando descubrir una mentira. Sin embargo, era cierto:

yo anhelaba en secreto poder matricularme allí. Algún día, cuando ganase dinero suficiente para costearme los estudios.

—¿Qué hay del padre de su hijo? —preguntó por fin—. ¿Es francés?

No estaba segura de si una respuesta afirmativa podía o no facilitarme la vida, así que en ese asunto me ceñí a la verdad. Para entonces el funcionario parecía aún más malhumorado. Finalmente me estampó el sello en el pasaporte.

—Para poder quedarse aquí mucho tiempo, señorita, necesita usted permiso de residencia. Puede solicitarlo en una comisaría.

Asentí. Henny ya me lo había dicho.

A continuación, el funcionario de control de aduanas fijó su atención en mi amiga, que tampoco tenía nada que declarar, pero que apenas entendía una palabra, así que tuve que ayudar traduciendo. Esto retrasó un poco el proceso, pero al cabo de una hora y una breve parada en la oficina de cambio, por fin logramos salir de la estación. El sol caía sobre la explanada, y entre los arriates de flores unas palomas se peleaban por unas migas de pan. La gente caminaba con paso decidido ante nosotras, mientras una y otra vez yo percibía el delicado olor de los perfumes femeninos, o el aroma acre de las lociones de afeitado.

Henny echó la cabeza hacia atrás y estiró los brazos. Al hacerlo, inspiró profundamente.

—¿Hueles eso? —preguntó—. ¡Es el aire de París!

Me pareció que, dejando aparte los perfumes, no olía muy distinto a Berlín. En el aire se percibía una ligera capa de humo de gasolina y, aunque olía a suciedad, también se notaba el aroma de las flores. Todo ello mezclado con un levísimo hedor a letrina.

Aun así, entendí qué quería decir mi amiga. Apenas unos meses atrás ni se me hubiera ocurrido abandonar Berlín. Y ahora ahí estábamos, dispuestas a iniciar una nueva vida.

—Será mejor que cojamos un taxi —le dije finalmente a Henny, que seguía mirando extasiada a su alrededor.

Aunque teníamos que ser muy cuidadosas con el dinero que habíamos cambiado, considerando que nuestro destino se encontraba algo alejado y que sería difícil llegar hasta allí andando con el equipaje, me pareció que era lo más conveniente. Además, ir en autobús también nos habría costado algo de dinero y, en cambio, nadie nos habría ayudado a acarrear las maletas.

El taxista, en cuyo vehículo nos subimos al cabo de un rato, era un hombre tirando a mayor y gruñón que estuvo refunfuñando durante todo el trayecto porque el dueño de un restaurante le había engañado. Seguramente daba por hecho que le entendíamos, aunque, por otra parte, no parecía esperar ninguna respuesta.

Como el taxi era descapotable, el viento nos silbaba en los oídos. El tráfico era denso y avanzábamos con lentitud, lo cual me permitió contemplar los magníficos edificios.

Las novelas hablaban de barrios coloridos de artistas en los que reinaba un auténtico caos. De tendederos con ropa colgada por encima de la calle. Por donde pasábamos no se veía nada de eso, aunque pensé que tal vez lo descubriera en cuanto conociera mejor la ciudad.

Por lo menos, ahí, en un amplio bulevar, todo me pareció sorprendentemente ordenado, limpio y concurrido. La gente se agolpaba en las aceras; la mayoría de los hombres llevaban trajes, y las mujeres, blusas blancas, faldas y, a pesar del buen tiempo, elegantes sombreros en la cabeza. La moda, aunque apenas difería de la de las zonas más elegantes de Berlín, resultaba un poco más refinada y colorida.

Algunos edificios de viviendas parecían sacados de un libro de cuentos antiguo, con pequeñas estatuas situadas en las cumbreras, torretas, ventanas altas y numerosos elementos decorativos de estilo *rocaille* en las fachadas. Las jardineras en los balcones rebosaban de colores. Parecían tener más de cien años, posiblemente desde sus ventanas la gente había contemplado la llegada de Napoleón o el camino de María Antonieta hasta el cadalso.

¿Quiénes vivían ahí ahora? ¿Comerciantes ricos con sus familias? ¿Funcionarios? ¿Viudas de hombres adinerados? ¿Seguían siendo viviendas, o eran ahora edificios de la administración?

Tras dejar atrás el arco del Triunfo, vimos a lo lejos la torre Eiffel, que hasta el momento yo solo conocía por la prensa. Me sorprendió lo enorme que era en realidad. ¿Cómo sería estar en lo alto y contemplar la ciudad? Ver todos los edificios, todos los palacios antaño habitados por reyes, contemplar los parques por donde habían paseado. A pesar de la incertidumbre y la inquietud que sentía ante mi nueva vida allí, ardía en deseos de conocer París y descubrir sus maravillas.

Al cabo de un rato, llegamos a una parte de la ciudad que parecía mucho menos cuidada, aunque más variada. Los pequeños teatros se agolpaban junto a cafés y cines.

Cuando nos detuvimos ante el Folies Bergère, pagué la carrera al conductor, recogimos las maletas e, instantes después, el taxi se volvió a incorporar al tráfico.

Me asombré al encontrarme con una fachada antigua y venerable cuyos amplios ventanales y columnas decorativas de inspiración griega recordaban más a un teatro de la ópera que a uno de variedades. Me sorprendió que el edificio estuviera completamente encajonado entre otros, como si con el tiempo estos hubieran crecido y lo hubieran dejado atrás.

Una estructura metálica de color verde, que por su ornamentación recordaba a los cuadros de Alfons Mucha, sostenía el nombre del establecimiento, el cual también estaba cincelado en la cumbrera.

A la altura de los ojos, las ventanas eran más pequeñas, casi evocando las vidrieras plomadas medievales. Debajo colgaban carteles de colores vivos que presentaban el programa de funciones del momento. A primera vista, entre las hileras de bailarinas, con sus vestidos abombados de color rojo y blanco y las faldas levantadas, no era posible distinguir entre personas y telas.

—Nunca creí que llegaría este día —murmuró Henny con reverencia.

Como la puerta estaba abierta de par en par, entramos sin más. También por dentro el local era muy diferente del teatro Nelson. Las columnas doradas y el color turquesa de las paredes le daban un cierto aire antiguo, pero aquel colorido hizo que se me salieran los ojos de las órbitas. Decorando el espacio entre las columnas, pendían unos cortinajes labrados en piedra y pintados de color dorado que estaban adornados con flores también doradas y de color turquesa. En el centro, dos caballos enormes hacían las veces de candelabros inmensos. Parecían muy valiosos, como si en otros tiempos hubieran flanqueado la escalera de un palacio. En torno a sus cuerpos lucían un arnés de color verde y plata.

Estuve unos instantes admirándolos y luego volví la vista hacia un cartel que había junto a la puerta de entrada. En él destacaban sobre todo los tonos morados y rosados y se mostraba una mujer con el pecho desnudo cuyas piernas se transformaban en una especie de cola de sirena hecha de plumas. En la cabeza lucía un tocado de plumas similar, a la vez que sostenía un abanico de color azul claro.

—Ya va siendo hora de que nos modernicemos un poco aquí, *n'est-ce pas?* —preguntó una voz masculina en francés.

Nos dimos la vuelta.

El hombre que había aparecido detrás de nosotras tenía una barba negra bien cuidada y llevaba un traje azul marino a rayas que claramente había sido hecho a medida. Se nos acercó con gesto resuelto.

—¿Qué puedo hacer por ustedes, mesdames? Aún no hemos abierto.

Al ver nuestras maletas, debió de creer que éramos turistas.

Henny me miró pidiéndome ayuda. Entonces le expliqué al hombre en mi mejor francés del colegio por qué estábamos en el Folies Bergère.

—Oh, no hemos venido a ver el espectáculo. Acabamos de llegar de Berlín y nos han pedido que nos presentemos en esta dirección.

El desconocido me miró con asombro. ¿Acaso no me había entendido? Mi acento era terrible, pero no había habido problemas ni con el funcionario de aduanas, ni con el taxista.

—¿Son ustedes las bailarinas que se supone que van a acompañar a mademoiselle Baker? —preguntó entonces en un alemán extraordinariamente bueno mientras nos tendía la mano.

Al hacerlo, posó la mirada en mi vientre y adoptó una expresión interrogativa.

—Mi amiga ha sido invitada por mademoiselle Baker —respondí devolviéndole el apretón de manos—. Yo solo la acompaño. Me llamo Sophia Krohn, ella es Henny Wegstein.

Al menos, ese nombre parecía sonarle.

—Soy Maurice Jouelle —se presentó el hombre—. Soy el ayudante de nuestro director, monsieur Derval. Por si les intriga: mi abuela era de Alsacia y hablaba alemán.

—¡Oh, no estábamos nada intrigadas! —contestó Henny con una risita.

Monsieur Jouelle volvió a mirarme.

—¿Usted también baila? —preguntó y, mirando mi vientre, se corrigió—: ¿Usted también bailaba?

—No —respondí un poco desconcertada—. Yo he estudiado química.

El hombre arqueó las cejas con sorpresa, y en su frente asomaron dos líneas profundas.

—¿Quieren vivir juntas? —siguió preguntando Jouelle.

—¡Sí, eso es! —respondió Henny.

—Bueno, el alojamiento que tengo previsto para usted es diminuto. Me temo que no hay espacio suficiente para dos.

—Mi intención es encontrar un trabajo y una vivienda cuanto antes —me apresuré a decir sin ganas de parecer que me aprovechaba de la situación—. De hecho, solo he venido para traducir por si era necesario. Pero ya veo que no lo es...

La mirada de ese hombre me desconcertaba. Era como si no aprobara que Henny hubiera venido acompañada.

—Así pues, ¿ya tiene usted permiso de trabajo? —preguntó con tono burlón.

Lo miré, sorprendida.

—¿Permiso de trabajo?

¿Acaso Henny y yo habíamos pasado algo por alto?

—¡Pues claro! Como extranjera, aquí lo necesita. ¿Acaso no lo sabía?

Miré a Henny. Ella se sonrojó.

—Me encargaré de conseguirlo lo antes posible —dije, con todo el aplomo del que fui capaz. No acababa de entender por qué se mostraba tan interesado en mí. ¡Era Henny la que iba a bailar allí!

—¡Bueno, pues, *bonne chance*! ¡Suerte! —respondió Jouelle con una sonrisa—. Mademoiselle Wegstein, ¿me acompaña, por favor?

Señaló el pasillo y se giró. Henny me dirigió una mirada rápida y luego lo siguió.

No sabía qué pensar de ese hombre. Era educado, pero también muy reservado. Un tipo muy diferente a herr Nelson. Además, parecía tener algo contra mí. Ese modo de desearme suerte me había parecido un poco burlón. ¿Acaso no me creía capaz de obtener ese permiso? ¿Era por mi vientre, tan visible? ¿Por haberle dicho que había estudiado química?

Aunque me dolían los pies, me sentía inquieta y me puse a dar vueltas por el pasillo. Empecé a sentir cierta aprensión. No dejaba de mirar la hora, esperando que Henny saliera pronto y nos pudiésemos ir a ese alojamiento supuestamente tan pequeño. Pero los minutos se alargaban. En algún lugar del edificio una mujer soltó una risa.

Por fin se abrió la puerta y apareció mi amiga. Tenía las mejillas sonrojadas.

—Bueno, aquí estoy —señaló, echando los hombros hacia atrás como si se desprendiera de un abrigo pesado.

—Y bien, ¿qué ha dicho?

—Que mañana a primera hora de la tarde debo presentarme para ensayar. Por cierto, he sido la primera en llegar. ¡Bien por mí!

Al decir aquello, su actitud no parecía tan despreocupada como antes, cuando estábamos frente al teatro. Su mirada era más sombría. Como si le hubieran dado una mala noticia.

—¿Estás bien? —pregunté mientras salíamos—. ¿Ha dicho algo sobre mí? ¿No le parece bien que haya venido contigo?

Mi corazón latía desbocado. No quería que Henny se metiera en problemas por mi culpa.

Mi amiga forzó una sonrisa.

—No, no, no es nada. Todo va bien. Solo estoy un poco abrumada con todo esto.

—Normalmente no eres así —repuse—. Si a él no le gusta...

Henny me tomó la mano, me obligó a detenerme y me miró.

—Todo va bien, Sophia, cariño —dijo con calma—. Es asunto mío a quién meto en mi casa. Además, de todos modos, cuando logre entrar en el reparto habitual nos podremos permitir otro piso.

—O cuando yo encuentre trabajo —repliqué con voz apocada. Henny me acarició el vientre.

—Conseguir el permiso de trabajo te llevará un tiempo. Ahora deberías centrarte en el bebé. Luego ya se verá, ¿de acuerdo?

Me faltaban aún dos meses para dar a luz. Todavía nos quedaba un poco de dinero, pero ¿y si no encontraba un trabajo?

Henny me miró fijamente.

—Veré lo que puedo hacer. Pero antes tengo que abrirme aquí mi espacio. Va a ser más complicado que en Berlín, pero lo conseguiré.

—No puedo estar siempre dependiendo de ti —objeté.

—Por supuesto que puedes. Y ahora vamos a ver en qué agujero nos han metido. Viviremos en la pensión de una tal madame Roussel, en la rue du Cardinal Lemoine. —Sacó un papel y me lo entregó—. ¿Crees que tenemos dinero para otro trayecto en taxi?

12

Al final, aunque teníamos un trecho largo por delante, decidimos andar. Consultaba continuamente el plano de la ciudad y, aun así, en un par de ocasiones nos equivocamos de dirección y nos perdimos entre edificios extraños.

Con todo, el panorama era magnífico. Las casas en los callejones eran tan diferentes entre sí como las caras de la gente. Algunas estaban pintadas de color blanco, otras en cambio eran de colores. Las había con las puertas de entrada pintadas en colores vivos, mientras que otras parecían descoloridas. Algunas ventanas estaban cerradas herméticamente con postigo, otras estaban abiertas de par en par, dejando escapar los olores de las cocinas y la música de los gramófonos. En uno de los balcones vislumbré un caballete, y por las ventanas de otra casa se agitaban unas cortinas de rayas amarillas y rojas. De vez en cuando pude entrever a sus moradores: una señora de pie en el balcón vestida con una bata lila a pesar de lo avanzado del día; un caballero con un traje elegante arreglándose ante un espejo. Los niños que alborotaban en las esquinas de los edificios estaban tan absortos en su juego de peonza que ni siquiera repararon en nosotras. Me podría haber pasado el día paseando por ahí de un lado a otro, y Henny también parecía entusiasmada.

—Un día viviremos en una de esas casas —dijo agarrándome por el brazo—. Y los que jueguen por aquí serán nuestros hijos. ¿A que sería bonito?

—Sí, desde luego —respondí. Me permití un momento de optimismo, aunque era muy consciente de que mi nueva vida sería cualquier cosa menos fácil.

Finalmente llegamos al Barrio Latino.

La dirección que nos habían dado conducía a un patio trasero lleno de recovecos, prácticamente a la sombra de los edificios altos e imponentes que lo rodeaban. A primera vista, no parecía que ninguno de esos edificios albergara una pensión. Busqué en vano una señal que lo indicara.

Sin embargo, nuestra presencia no pasó desapercibida por mucho tiempo. Mientras mirábamos a nuestro alrededor sin saber qué hacer, asomó una mujer pequeña y rechoncha, de nariz larga, ojos oscuros como el carbón y pelo crespo. Bajo el delantal llevaba un vestido negro, lo cual me llevó a concluir que era viuda. Tenía los tobillos tan hinchados como los míos.

—¿Qué quieren? —Habló en un dialecto que al principio me costó entender.

—Nos manda monsieur Jouelle —respondí—, el ayudante de monsieur Derval en el Folies Bergère. Nos gustaría hablar con la dueña.

—Soy yo. Martine Roussel. —Nos miró—. Así pues, ¿ustedes son las bailarinas alemanas?

—Es mi amiga —respondí.

Henny sonrió, se presentó y le tendió la mano a la mujer. Esta, sin embargo, no se molestó en estrechársela. Al instante siguiente, Henny la retiró.

—¿Y usted? —me espetó la mujer.

—Sophia Krohn.

—¿También baila?

—No, soy una amiga —contesté—. Yo... me quedaré solo de forma temporal y también pagaré mi parte.

Habíamos acordado que utilizaríamos para el alquiler parte del dinero que había logrado ahorrar.

—¿Y quieren vivir las dos en la misma habitación? —La mujer hizo una mueca—. Es muy pequeña.

—No nos importa —respondí, sintiendo que Henny me miraba sin comprender nada. Ya se lo contaría todo con detalle más tarde.

La mujer se me quedó mirando aún durante un rato. ¿Qué estaría pensando de mí?

—Bueno, es asunto suyo —dijo al fin—. Siempre que paguen puntuales, me parecerá bien. ¡Acompáñenme!

Señaló una pequeña puerta con aspecto de llevar a un establo. Detrás había una escalera de caracol.

Me pregunté si acaso aquello en otros tiempos no había sido la salida del servicio. Los adornos de estuco en torno a las ventanas demostraban que la casa había visto tiempos mejores.

Después de subir cuatro pisos alcanzamos la última planta. Yo resoplaba y, cuando sentí un leve mareo, me agarré con fuerza al pasamanos. Mientras intentaba recuperar el aliento, madame Roussel sacó su manojo de llaves y abrió una puerta.

—La habitación está pensada para una sola persona —explicó—. También tenemos habitaciones para dos, pero están todas ocupadas. El caballero del teatro no me advirtió que serían dos.

No hice ningún comentario y miré alrededor. En el pasillo había dos puertas más, una frente a la nuestra y otra, a la derecha. Seguimos a la dueña de la pensión a la puerta de la izquierda.

Al instante me di cuenta de que, comparado con esa habitación minúscula, el piso de Henny en Berlín era un palacio.

El suelo estaba bien entarimado, pero todo lo demás tenía una apariencia desgastada. La pintura de las paredes, de color rosa palo, estaba descolorida. Al menos, en las dos ventanitas, que aligeraban un poco el techo inclinado, colgaban unas cortinas impecables, aunque pequeñas.

Allí dentro apenas había espacio para una cama y una mesa. Por suerte estos muebles ya estaban, así como una cómoda estrecha que reducía aún más el espacio y una silla situada junto a la cama. La estufa era pequeña, pero tampoco había mucho que calentar.

—La leña se la tendrán que comprar ustedes, no se incluye en el precio —explicó madame Roussel—. Para comer, pueden ir a alguna cafetería, pero no vayan al Café Amateur; no es para gente delicada como ustedes.

Por suerte, la temperatura exterior era tal que prácticamente no hacía falta caldear el cuarto.

—¡Y no olviden cerrar las ventanas por la noche! —nos siguió aconsejando—. El carro de letrinas pasa sobre las once a limpiar los pozos negros. La peste es tremenda, aunque por la mañana ya ha desaparecido.

Un carro de letrinas y una cafetería no apta para mujeres delicadas. ¿Qué más cosas nos aguardaban?

—Lo recordaremos —dije. La mujer hizo un gesto de asentimiento, pero su expresión no cambió.

—A propósito, sobre este tema. El retrete se encuentra al final del pasillo. Es compartido con los demás inquilinos de la planta. Y abajo hay una zona común de baño donde también pueden lavar la ropa si lo necesitan.

El piso de Henny era similar en ese sentido.

—Me pagarán puntualmente el alquiler el primer día de cada mes. Si no pueden pagar, háganmelo saber. Si se comportan, puedo fiarles.

—No será necesario —me apresuré a responder.

La dueña de la pensión sacó una llave de su enorme manojo.

—Aquí tienen. Si la pierden, deberán reponerla.

—Cuidaremos bien de ella —contesté tomando la llave.

—Muy bien, pues, acomódense. Las visitas de caballeros están prohibidas. Si quieren un amante, vayan a casa de él.

Me la quedé mirando, azorada. Aquello no era de su incumbencia. Y, además, ¿no se había dado cuenta acaso de mi estado?

¿Qué imagen se había hecho de mí? ¿Creía que estaba así por recibir visitas de caballeros?

—Si necesitan algo, bajen a la cocina. Les puedo ofrecer una cena a cambio de un emolumento, aunque eso lo suelen hacer los huéspedes de los apartamentos caros. Por lo demás, en la planta baja se pueden servir siempre café o agua, ambas cosas están incluidas en el precio.

Me resultaba imposible creer que una mujer como esa pudiera ofrecer una comida más cara que la de un restaurante. En todo caso, la oferta de café sonaba bien, sobre todo porque en la habitación no era posible preparar nada.

—*Merci*, madame Roussel —dije. Henny lo repitió. Luego, la mujer se marchó y cerró la puerta al salir.

—¡Puaj! —exclamó Henny, dejándose caer sobre la cama, que emitió un chirrido de protesta—. Esa mujer parecía bastante antipática. Me gustaría haber entendido todo lo que decía.

—Nos ha avisado de que la leña nos la tenemos que comprar nosotras, que de noche cerremos las ventanas porque pasa el carro de letrinas y que nos abstengamos de ir a una cierta cafetería porque no es para mujeres como nosotras.

—Bonito sitio donde nos han metido —comentó Henny, quitándose la chaqueta.

—De todas formas, tú te pasarás la tarde y parte de la noche en el teatro y por las mañanas dormirás hasta tarde —le dije—. Yo haré mis recados por la mañana y al final del día me encargaré del piso. Así pues, no importa gran cosa dónde nos hayan metido.

—Además, no será por mucho tiempo —repuso ella—. Cuando pase a ser miembro estable de la compañía y tú vuelvas a ir a la universidad, nos mudaremos a Montparnasse, al barrio de los artistas. Allí tú cazarás a un pintor o a un escritor.

Mi pesimismo iba a manifestarse de nuevo cuando mi mirada se posó en una de las ventanitas desde las que se podía ver una gran extensión de tejados de París y un buen pedazo de cielo.

Era una vista magnífica, con todas las chimeneas, los tejados y las palomas, que se posaban en ellos después de volar.

—Lo conseguiremos —dije y le permití al corazón albergar un poco de esperanza.

Al colocar nuestras cosas y distribuir los rincones de la estancia, fui consciente de lo pequeño que era nuestro alojamiento. La cama era un poco más grande que la de Berlín, pero, en cambio, apenas nos permitía colocar nada en los lados. Además, íbamos a tener que ir con cuidado de no quemar la colcha con la estufa. Pero, en cualquier caso, ¡era un lugar donde vivir!

Dejé mis libros y parte de mi ropa dentro de la maleta y la metí debajo de la cama. Coloqué el maletín de química debajo de la ventana, contenta de que su contenido hubiera llegado indemne.

Estuve tan ocupada en esas cosas, que casi olvidé la expresión grave de Henny al salir del teatro.

Más tarde, cuando las dos estábamos sentadas en la mesita bajo la tenue luz de la lámpara comiendo lo que nos había quedado de las provisiones que habíamos traído, saqué el tema.

—Me parece que a monsieur Jouelle no le ha gustado mi presencia.

De nuevo, percibí una sombra en su mirada.

—Se sorprendió, eso es todo —repuso volviendo a tomar un sorbo del café que yo había traído de la cocina. No era especialmente bueno, pero estaba caliente—. Normalmente, las bailarinas no llegan acompañadas de una amiga.

—Traduje en tu nombre —señalé—. ¿Qué hay de malo en eso? No podía saber que hablaba alemán. ¿O acaso tienen algo en contra de que viva contigo?

Ella negó con la cabeza.

Suspiré con fuerza. Todo eso no aclaraba la pregunta de por qué Jouelle se había comportado de una forma tan extraña.

—No le des más vueltas —dijo Henny por fin—. Todo está bien. Estamos aquí. —Apartó su melancolía con una sonrisa—. Lo demás ya se arreglará.

Pasamos el resto de la tarde repasando vocabulario en francés. Durante el viaje, había anotado algunos textos y palabras para que Henny se los aprendiera.

En una ocasión tuve que ir al baño del final del pasillo, y quedé horrorizada por su sencillez. Era un retrete de cuclillas, no había visto nunca una cosa igual. Con cierta incomodidad y, a causa de mi barriga, con bastante esfuerzo, me puse de cuclillas sobre el agujero del suelo, cuyo desagüe desembocaba probablemente en una de las fosas sépticas que luego vaciaba el carro de letrinas.

¿Los baños de los restaurantes serían igual? Me dije que probablemente no y decidí que, en la medida de lo posible, haría mis necesidades en otro sitio.

Al salir del baño, me encontré con una mujer que se dirigía a la puerta enfrente de la nuestra. Llevaba un vestido de color burdeos y se sujetaba su cabellera rizada y negra con una pequeña pinza brillante. Sus medias de color morado contrastaban de manera extravagante con sus zapatos de tiras.

—*Bonjour* —saludé a la mujer, y al reparar en su mirada interrogante añadí—: Yo... me acabo de mudar.

—¡Oh! En ese caso ya conoce usted nuestro magnífico *toilette à la turque*.

La desconocida se echó a reír.

—¿Cómo dice...? —pregunté, confundida.

—*Toilette à la turque*... Es como se llama a los retretes cuando la casera es demasiado tacaña para instalar uno como es debido.

Me sonrió y me recorrió la figura con la mirada.

—Realmente en su estado debería buscar otro modo.

—Bueno, es mi primer día aquí...

Vacilé. Era una coincidencia extraña. Tal vez yo debería haber desaparecido detrás de la puerta sin decir nada, pero eso habría sido de mala educación.

—Soy Sophia Krohn. Discúlpeme si no le doy la mano...

—Genevieve Fouquet —respondió asintiendo con un gesto comprensivo. Entonces preguntó—: Usted no es de aquí, ¿verdad? Quiero decir, no es de Francia.

Negué con la cabeza.

—Somos de Berlín.

—¿Somos?

—Mi amiga y yo —dije—. Ella baila en el Folies Bergère.

—¿Y usted?

—Busco trabajo. Estudié química, pero... —Bajé la vista hacia mi vientre y ella pareció entender—. Me han dicho que voy a necesitar un permiso de trabajo, así que...

—Y un permiso de residencia también —explicó—. Conseguirlos le llevará un tiempo. Pero no permita que la desanimen. Siempre hay modos de ganar un poco de dinero bajo mano.

—Gracias —repuse, preguntándome qué quería decir.

—*Bonne chance* —me deseó también, aunque sin el tono burlón que monsieur Jouelle había usado antes—. ¡Y por los buenos vecinos!

—¡Por los buenos vecinos! —respondí.

Luego desapareció tras la puerta de su habitación.

Al regresar del aseo de la planta baja, que al menos tenía una apariencia aceptable, le hablé a Henny de ese encuentro.

—¿Crees de verdad que va a ser tan difícil conseguir un permiso de trabajo?

Henny se encogió de hombros.

—Yo solo sé que el teatro se ha encargado de ese asunto por mí. Me han dicho que recoja la documentación pertinente en sus oficinas.

Solté un gemido. No había pensado en ese permiso. De todos modos, ¿cómo iba a saberlo? Ni siquiera el funcionario de aduanas había comentado nada.

—Me ha dicho que hay maneras de ganar algo de dinero bajo mano —continué—. Tal vez le debería preguntar a qué se refiere, si realmente es tan difícil conseguir el permiso....

—¿Cómo se ganará la vida ella alojándose en una pensión? —preguntó Henny—. Tal vez sea bailarina.

Negué con la cabeza.

—No, no tiene ese aspecto. Es un poco mayor y no está tan delgada como tú.

—Eso no significa nada —repuso Henny—. Hay revistas en las que también actúan bailarinas más robustas. O quizá sea artista. Pintora, tal vez, o escritora. Ese tipo de personas a veces no tienen suficiente dinero para permitirse un piso decente. ¿Te parece que llamemos a su puerta y nos presentemos como es debido? Presentarse de este modo, tras salir tú del baño, resulta un poco extraño, ¿no?

—Mejor lo dejamos para mañana —repuse—. Ahora deberíamos volver a centrarnos un poco en tu francés.

Henny pareció algo decepcionada, pero asintió.

—Está bien. Aunque no tengo la menor gana de aprender ese maldito vocabulario.

Me senté en la cama y volví a coger el cuaderno.

—Una hora más y lo dejamos, ¿vale?

Al poco fue evidente a qué se dedicaba madame Fouquet entre sus cuatro paredes. Mientras le preguntaba el vocabulario a Henny, escuchamos unos pasos en la escalera. Al principio, nada fuera de lo común. Luego empezaron a oírse ruidos. Unos ruidos inequívocos que contravenían todo lo que madame Roussel nos había dicho. ¿Nada de visitas de caballeros? Todo indicaba que eso a Genevieve Fouquet le traía sin cuidado.

—¡Madre mía! —murmuró Henny cuando los fuertes gemidos atravesaron nuestra pared—. ¡Nunca había oído nada igual! Es como si fuera a matarla.

—O ella a él —repuse sin pensar mirando la curva de mi vientre.

Las veces que Georg y yo nos quisimos fuimos siempre muy silenciosos. De ningún modo habíamos pretendido llamar la atención. Pero a madame Fouquet y a su acompañante eso les daba absolutamente igual.

La cita se prolongó una media hora, en el curso de la cual ella empezó a emitir gemidos agudos cada vez más frecuentes. Entonces, de repente, se hizo el silencio, hasta que por fin se oyó el ruido de alguien recogiendo cosas del suelo.

Llevada por la curiosidad, me acerqué a la puerta y a través de la pequeña mirilla vi junto a la puerta a un hombre vestido con un traje marrón besándole el brazo a madame Fouquet. Ella lo despidió sacudiendo el brazo con una sonrisa y luego se retiró rápidamente. Aun así, ese breve instante me bastó para observar que solo llevaba un delicado negligé blanco.

—¿Qué se ve? —preguntó Henny.

—Había un hombre con ella.

—¿Quieres decir un amante?

—Si es así, debía de tener prisa —contesté regresando a la cama donde tenía los libros abiertos—. De hecho, él se habría podido quedar un rato más.

—No si el marido está a punto de regresar.

Algo me decía que al amante no lo había alejado un marido. Tenía que tratarse de otra cosa.

Apenas media hora más tarde, volvieron a sonar unos pasos. Alguien llamó a la puerta y madame Fouquet abrió.

Instantes después ella volvía a gemir apasionadamente, luego los ruidos se interrumpieron de nuevo, siguió el trasiego de prendas al ser recogidas del suelo, se abrió la puerta y unos pasos resonaron por el pasillo.

No fui la única que cayó en la cuenta del tipo de oportunidades a las que ella se había referido para tener algunos ingresos adicionales.

—Ya te digo: es puta —murmuró Henny cuando ambas nos recogimos ya bajo las sábanas frías—. Ninguna mujer normal recibe tantas visitas de caballeros al final del día. Ni aguanta tanto.

—No deberías llamarla así —la reprendí.

—Vale, pues prostituta —se corrigió mi amiga—. Aunque no deja de ser lo mismo. —Soltó una risita—. Creo que van a ser unas noches interesantes. Deberías acostumbrarte a dormirte rápidamente, antes de que llegue el siguiente cliente.

—¿De verdad crees que hace eso cada noche?

—¡Por supuesto! Y ahora trata de dormir un poco. Antes de que empiece de nuevo.

Instantes después, mientras Henny respiraba tranquilamente y de forma regular, yo tenía la vista clavada en la oscuridad, atenta por si en algún momento volvían a sonar unos pasos. Pero no fue así. En cambio, en algún momento retumbó el estruendo de un carro de caballos en la calle. Los cascos repiquetearon con fuerza sobre los adoquines y luego el vehículo siguió su camino. Era el carro de letrinas del que nos había prevenido madame Roussel. De tramo en tramo, se abría paso por la calle.

Cuando llegó a la altura de nuestro edificio, oí los juramentos apagados de los hombres al poner en marcha la bomba. Al poco rato, el carro se alejó, pero durante un buen rato seguí oyendo el sonido de los cascos y las ruedas.

13

A la mañana siguiente, me encontré a madame Fouquet en la sala de aseo. Me deseó los buenos días con voz alegre; yo, en cambio, me sonrojé y rehuí su mirada. Por fortuna, ya me había aseado un poco y me había vuelto a poner la camisa. Era una mujer igual que yo, pero la sola idea de mostrarme desnuda ante ella me avergonzaba.

—¿Qué te ocurre, tesoro? —preguntó con voz dulce mientras se quitaba la bata que cubría su cuerpo desnudo—. ¿No habías visto nunca a una mujer sin ropa?

Estuve a punto de dejar caer las gafas al suelo de espanto. No sabía con certeza si lo que me inquietaba era su franqueza o lo que habíamos oído el día anterior.

—Bueno, digo yo que alguna cosa sabrás de la vida. Si no, no tendrías el vientre del tamaño de una sandía.

Aquello me sofocó aún más. De buena gana habría salido corriendo de la sala de aseo, pero las piernas no me obedecían. Contemplé las gafas que llevaba en la mano. Tal vez era mejor dejar que el mundo siguiera aún un poco borroso.

—Seguramente oísteis lo de anoche en mi habitación —explicó mientras se frotaba de arriba abajo con una manopla—.

Lamento si hice demasiado ruido, pero ahora mismo el negocio me va de perlas.

—¿Madame... —la pregunta amenazaba con secarme la garganta—, madame Roussel le ha dado permiso...?

—¿Para recibir visitas masculinas? —preguntó Genevieve Fouquet soltando una carcajada—. No se lo permite a nadie.

—Pero...

—No eran visitas. Eran clientes. Ella sabe a qué me dedico. Tampoco estoy aquí todo el tiempo. Solo si la clientela me lo pide. Le pago bien a la Roussel, eso es lo único que le importa. ¿Por qué crees tú, si no, que da alojamiento aquí a dos *boches* como vosotras después de los horrores que nos hicisteis pasar?

Contemplé mi reflejo en el espejo con espanto. Conocía ese término despectivo. Había leído en el periódico que los franceses nos llamaban así a los alemanes, sobre todo desde la guerra. Considerando el padecimiento que la guerra había traído consigo, entendía el desdén, ¡pero yo no podía hacer nada al respecto!

—¡Yo a usted no le hice nada! —le espeté—. Y mi amiga tampoco.

Madame Fouquet se quedó quieta y me miró con los ojos muy abiertos.

—¡Ah, no te ofendas! Aquí hablamos así. No será la última vez que oigas esa palabra.

La miré un momento más, luego me giré y salí a toda prisa de la sala.

Al llegar arriba cerré la puerta con fuerza.

—¿Qué ha ocurrido? —preguntó Henny, al verme ir de un lado a otro muy alterada.

—Esta maldita... —Me interrumpí.

—¿Quién? ¿La casera? ¿Te ha molestado mientras te aseabas?

—No, esa, la de enfrente. —Señalé la puerta—. Ha entrado en el lavabo, se ha desnudado y me ha insultado.

—¿Te ha insultado estando desnuda? —preguntó Henny, frunciendo el ceño—. ¿Por qué?

—Me ha contado que tiene un acuerdo con madame Roussel, y ha llamado a esos hombres sus clientes. Y luego me ha dicho que la dueña está obsesionada con el dinero, tanto que no le impide ni siquiera alojar a *boches.*

—¿*Boches?* —preguntó Henny.

—Es un término despectivo para llamar a los alemanes —le respondí.

Henny se quedó pensando un rato y luego negó con la cabeza.

—Si lo ha dicho de ese modo, entonces es que no pretendía insultarte.

—¿Qué pretendía si no? —pregunté.

—Puede que sea algo que aquí la gente dice sin pensarlo. En alemán también tenemos motes para cualquier cosa o persona. —Henny me asió de la mano—. Vamos, no te enfades con ella. Solo es nuestra vecina. Quién sabe el tiempo que estaremos aquí. Tal vez pronto nos podamos permitir un cuarto propio.

Yo esperaba fervientemente que así fuera, aunque no sabía cómo íbamos a conseguirlo.

Mientras Henny partía hacia el teatro, yo me dirigí a la comisaría para solicitar el permiso de residencia. Era mi primer paso hacia una nueva vida y salí a la acera de delante de la pensión repleta de esperanzas.

Como no quería gastar dinero en taxis, me serví del plano de la ciudad para ir hasta la Cité. Al principio, el camino me pareció muy largo, pero avancé bien y solo me perdí una vez en un laberinto de callejones estrechos.

Al llegar a la comisaría comuniqué lo que quería y me dirigieron a las oficinas de extranjeros. Al llegar a la sala de espera me sorprendió la cantidad de personas que aguardaban. Nunca antes había visto tanta gente distinta, ni siquiera en las horas punta del metro de Berlín.

Algunas mujeres iban vestidas con ropas rústicas y las había que llevaban niños consigo. Los que eran un poco mayores jugaban en un rincón y no parecía importarles que el tiempo pasara sin que nada ocurriera; sin embargo, la cara de sus madres reflejaba fastidio. La mayoría de los hombres también tenían la mirada perdida y una expresión de enojo. Esperaban a que los llamaran para acercarse a una de las tres ventanillas, pero curiosamente la cola no parecía avanzar.

Cuando por fin llamaron a un grupo de personas, conseguí hacerme con un asiento libre. Noté las miradas malhumoradas de la gente que aguardaba de pie, pero, al verme embarazada, nadie dijo nada. Por mi parte, no sentí ningún escrúpulo. Me dolían las piernas y la espalda a causa de la caminata y era un alivio poder descansar un poco.

De todos modos, no podía hacer otra cosa. Había supuesto que sería un trámite rápido y que luego tendría tiempo para dar una vuelta por la ciudad, así que no me había llevado nada para entretenerme.

Sin embargo, las horas iban pasando. Las entrevistas con las personas a las que llamaban se alargaban porque algunas no sabían francés. Aquello me dio tiempo para reflexionar sobre lo ocurrido. ¡Todo me parecía tan irreal! Apenas unos días antes estaba en Berlín y ahora me encontraba ahí sentada esperando. Era extraño. Al convertirme en francesa o, por lo menos, al obtener el derecho a quedarme en el país, me desprendería por completo de la antigua Sophia y me convertiría en una nueva persona. Pero ¿qué versión de mí sería?

La estudiante iba a convertirse en madre, algo que meses atrás ni se me había pasado por la cabeza.

Ya no tenía padres. Había dejado atrás todo cuanto me era familiar. Debía descubrir cómo quería vivir. Cómo quería alimentar a mi hijo.

Miré a las mujeres y a sus hijos pequeños, que también aguardaban. Parecían cansados y acongojados. No quería una vida así. Pero ¿estaba en mis manos? Me acordé entonces de Henny hablando de vivir en una de las casitas de colores que habíamos visto por el camino. Seguro que a mi hijo le gustaría, y a mí también. Pero solo alcanzaría ese objetivo trabajando; y no en el guardarropa de un teatro, sino como química. Con todo, aún no sabía cómo hacerlo sin tener el título.

Cuando llamaron a los siguientes, mi cuerpo se tensó, pero de nuevo constaté que no estaba en la lista. Lancé un suspiro y me hundí en el asiento observando con envidia cómo otros abandonaban el edificio con el preciado sello en su pasaporte. ¿Qué podía hacer para acelerar el proceso? ¿Y cómo tomar las riendas de mi vida una vez superado ese obstáculo?

El sol dejó de posarse sobre el edificio y el día se fundió bajo la luz roja del atardecer.

—Vamos a cerrar —atronó finalmente una voz—. Vuelvan mañana, por favor.

Mientras las personas que esperaban se levantaron sin inmutarse, yo miré a mi alrededor confundida.

—¿Por qué cierran? —pregunté a la mujer que tenía a mi lado y que había pasado el tiempo tejiendo una bufanda de lana gris.

Se me quedó mirando asombrada y luego respondió en un francés con un acento aún más fuerte que el mío:

—Se ha acabado el tiempo. Mañana seguimos. Nos sentamos aquí y esperamos a que llegue la hora. Es como estar en el purgatorio.

—¿Purgatorio? —pregunté, desconcertada.

—Sí —respondió ella—. O vamos al cielo, o al infierno. Requiere tiempo.

Dicho eso, se levantó, estiró las extremidades con un gemido y recogió su cesta. Con ella en la mano avanzó con paso cansino hacia la salida.

Yo no salía de mi asombro. ¿Todas esas horas habían sido en vano?

Miré los mostradores, pero ya no había nadie y las ventanillas estaban cerradas. No había otra opción: iba a tener que marcharme con las manos vacías.

Cansada y hambrienta, avancé de modo tambaleante por las calles. Estaba demasiado agotada para fijarme en la gente que pasaba junto a mí con andar apresurado. Tenía muchas ganas de comer algo y de dormir. Me compré una bolsita de manzanas en una frutería y me comí dos. Las otras dos se las daría a Henny porque seguramente tendría hambre después del ensayo.

Al llegar a la rue du Cardinal Lemoine observé que de noche el ambiente en la calle cambiaba. Mientras que a nuestra llegada y también esa misma mañana daba la impresión de ser un lugar bastante lúgubre, a esa hora estaba poblada de todo tipo de gente. En cualquier caso, esas personas no eran las que había en el centro de la ciudad. Algunas me recordaron a los pordioseros apostados en las estaciones de metro de Berlín; otras, aunque tenían buena apariencia, al pasar a mi lado desprendían un intenso olor a alcohol, y no solo su aliento, sino también su ropa. En algunos casos, el hedor era tan fuerte que me llegué a preguntar si ya sería alcohol lo que les corría por las venas.

De repente, sentí un gran malestar. Las miradas que la gente me dirigía me parecieron amenazadoras. Cuando al final alguien me asió por el brazo y me farfulló algo que no entendí, me solté y salí corriendo hacia la pensión. Al llegar ahí crucé el patio trasero a toda prisa hasta llegar a la puerta de entrada y luego la cerré rápidamente detrás de mí.

Me recliné en el pasamanos inspirando profundamente.

Lo más probable era que yo estuviera demasiado susceptible y que la gente no quisiera nada de mí. Pero de algún modo tuve la sensación de que el Café Amateur no era el único lugar poco apropiado para mujeres como Henny y yo.

Sin embargo, a mi amiga eso no parecía preocuparle. Al cabo de media hora entró en la habitación, de buen humor y con una bolsa repleta de cosas. Aparté la vista del anochecer con cuya contemplación había intentado sosegarme desde mi llegada.

—Y bien, ¿qué tal ha ido? —preguntó alegremente mientras se quitaba el sombrero—. ¿Ya te han dado el permiso?

Negué con la cabeza.

—No.

Henny me miró con asombro.

—¿No? ¿Por qué no?

—No ha habido tiempo.

—¿Tanta gente había?

—Sí, y parece que es un trámite complicado. Solo han atendido a unos pocos. Muchos no sabían francés, así que todo se ha ido alargando.

—Mis papeles han llegado hoy junto con mi permiso de trabajo.

Se sacó un sobre del bolsillo. Me dio un poco de envidia que todo le resultara tan fácil. Pero a ella la necesitaban. La habían invitado a venir. A mí nadie me esperaba. No me necesitaban.

—Puede que, después de todo, no fuera buena idea venir contigo —dije mientras me masajeaba los pies doloridos. Me horrorizaba la idea de tener que esperar de nuevo durante horas al día siguiente.

—Pero ¿qué dices? —preguntó Henny poniéndose en cuclillas ante mí—. No irás a rendirte después de un solo día, ¿verdad?

—No, pero... Éramos tantos esperando en vano. Quién sabe cuánto tiempo llevan intentándolo. Algunos al salir lloraban. Me temo que su demanda ha sido desestimada. ¿Qué haré si no me aceptan?

—Seguro que lo hacen. Eres joven y estás sana. Es lo que necesitan aquí.

—Estoy embarazada y no soy rica.

—Yo tampoco soy rica.

—Pero Josephine Baker quiere que bailes con ella. ¡Podría llevarte con ella a Estados Unidos!

La mirada de mi amiga resplandeció. Aquel parecía ser su sueño.

—¡Entonces tú vendrás conmigo! —dijo tomándome de las manos—. ¿Te lo imaginas? ¡Sería tan emocionante!

Yo sabía que no iría. Con un niño pequeño y sin dinero, ¿cómo iba a lograrlo?

—Pero antes debes pensar en tus papeles —prosiguió—. Lo conseguirás. Si hay tanta gente, no es raro que tarden, ¿verdad?

Asentí y esbocé una sonrisa valiente.

—Tienes razón. Mañana regresaré allí. No pienso arrojar la toalla tan pronto.

A la mañana siguiente no pasé por la sala de aseo. En vez de ello, me hice con una palangana y una jarra de agua.

Henny, que tenía muchas ganas de ver a nuestra vecina, sí bajó, pero volvió decepcionada.

—No estaba.

—Suerte que tienes —dije mientras me ponía el vestido.

—¿Por qué? He visto muchas mujeres desnudas, eso no me molesta. Tal vez deberías pasarte por el camerino del teatro, así se te curaría el pudor.

—Prefiero mantenerme lejos del teatro, si no monsieur Jouelle me echará a la calle.

—¡Ah, qué dices! ¡Él nunca haría tal cosa! Es verdad que al principio parecía muy suyo, pero eso se pasa en cuanto le conoces mejor.

—No creo que tenga ocasión de ello —repuse, señalando la pila de libros que había junto a la cama—. Y tal vez sería bueno que siguieras aprendiendo francés para poder entender a los demás.

—¿Es que no tienen pies ni manos? —repuso ella riendo. En Berlín ya me había dado cuenta de que no ponía un gran interés en aprender el idioma, pero, si pretendía quedarse allí, era importante que lo hiciera—. De todos modos, ayer salí airosa con la mayoría.

Sí, ese era su talento. Aunque la gente no la entendiera, Henny sabía gustarles.

—De todos modos, sería bueno que practicaras. Tal vez no pueda quedarme aquí por mucho tiempo.

Henny negó con la cabeza.

—¡Bobadas! Ya verás como hoy te atenderán.

Intenté sonreír, aunque no creía que tal cosa fuera a ocurrir.

—Si no me dan el permiso, tendré que marcharme. Es así. Por eso, sería conveniente que hicieras algo para dominar el idioma.

Entonces Henny también se puso seria. Se me acercó y me dio un abrazo.

—No te echarán. No pueden hacerlo. ¿Qué haría yo sin ti?

—Ya las arreglabas antes de que yo apareciera. Y si no hubiera acudido a ti estando embarazada, te habrías venido a París de todas formas.

—Me has traído suerte —objetó, pero yo negué con la cabeza.

—No, tu talento te ha traído suerte —dije—. Y te llevará más lejos aún. Yo soy solo una carga para ti...

Henny quiso objetar algo, pero sacudí la cabeza.

—No te preocupes, no me estoy compadeciendo de mí misma. Intento ser realista. —Señalé el maletín que había colocado debajo de la ventana—. De todos modos, pienso aprovechar el tiempo.

14

En lo que siguió de semana, cada día fue igual al anterior. Me presentaba en la comisaría, hacía cola, esperaba, consultaba mis libros y tomaba notas hasta que los ojos me ardían a causa de la luz deslumbrante y la sequedad del aire. Intentaba meterme en la cabeza todos los conocimientos posibles. De vez en cuando, me permitía soñar. En un laboratorio, en una casa. En retomar mis estudios. En mi hijo y en un nuevo amor. Quizá. Después de lo que había vivido con Georg, no sabía si sería capaz de abrir mi corazón a alguien. Una y otra vez una vocecita en mi interior me decía que los hombres no perderían la cabeza precisamente por una mujer con un niño pequeño. En cualquier caso, yo quería amor, un amor de verdad, quería un hombre a mi lado que no me abandonara a mi suerte.

De tanto en tanto me sorprendía a mí misma contemplando jugar a los niños que también aguardaban. ¿Debería haber esperado a después del parto? Imposible decirlo. Lo que sí sabía era que quería darle a mi hijo una vida mejor. Los que había allí parecían muy pobres. El viaje debía de haber sido agotador para ellos. ¿Habría querido que mi hijo pasara por algo así? Seguro que no.

Para distraerme, todos los días, después de la hora de cierre, paseaba un poco por la ciudad en busca de inspiración, de una vía que tomar en cuanto hubiera superado el primer obstáculo.

Un día me detuve ante una tienda de ropa infantil. Los vestiditos, los pantalones y las chaquetas diminutos del escaparate me inundaron los ojos de lágrimas.

¿Sería niña o sería niño? ¿Qué aspecto tendría? Me disgustaba que Georg fuera su padre, pero tenía ganas de mirar la carita de esa criaturita y conocerla. Me imaginaba a esa pequeña maravilla arropada en mis brazos o caminando a mi lado vestida con una de esas prendas.

Mientras la visión del escaparate se desdibujaba ante mis ojos llorosos, apreté los puños y me juré a mí misma que lo conseguiría. Lograría cuidar de mi hijo y, aunque nunca había pensado en ser madre tan pronto, me enfrentaría a ese reto.

Cuando el viernes por la tarde entré en el patio de la pensión, agotada y aún sin papeles, casi no reparé en la figura que fumaba apoyada en la pared.

—¡Eh, muchachita! —me dijo.

Levanté la vista y vi que era Genevieve Fouquet. Esta vez lucía un vestido de color verde lima y llevaba su oscuro cabello ondulado. Se parecía a una de las mujeres que había visto desde el taxi el primer día.

No tenía ganas de hablar con ella.

—*Bonsoir* —saludé por cortesía, pero sin detenerme.

—Aguarda —dijo, apagando el cigarrillo con el tacón de su zapato y viniendo detrás de mí—. Escucha —añadió en tono tranquilo mientras me tocaba el brazo y me detenía—. Lo del lavabo no lo dije con mala intención. Son palabras que se usan sin más, ¿vale? De los alemanes nosotros no sacamos nada bueno. Mi hermano pequeño murió luchando contra ellos.

—Lo siento —contesté sintiendo un nudo en la garganta.

—De todas formas, el término *boche* no siempre tiene un significado negativo —continuó—. Es simplemente el modo en que os llamamos. Seguro que vosotros también os referís a los franceses de alguna manera, ¿no?

Recordé a mi padre durante y después de la guerra renegando de los «franchutes cobardes» y los «tragarranas».

—Sí, pero yo aquí no llamaría a nadie de ese modo —repliqué.

Madame Fouquet me escrutó con la mirada.

—Desde luego, parece que eres una chica decente.

Me tomó de la mano. El cuerpo se me tensó instintivamente, aunque su piel era cálida y seca y no resultaba desagradable.

—*Alors*, seamos amigas de nuevo, ¿vale? A veces la vida te vuelve más dura de lo que quisieras. Da la impresión de que tú ya has pasado por muchas cosas, y lo que te queda todavía. París no siempre es una ciudad acogedora, en eso los poetas y los pintores engañan. Si tú o tu amiga necesitáis ayuda, preguntadme.

Asentí, aunque decidí no molestarla si no era imprescindible.

—Gracias, madame...

—Llámame Genevieve —dijo entonces—. Todo el mundo me llama así. No tienes que tratarme como a una señora.

—Yo soy Sophia —respondí.

—Sophie —dijo Genevieve con una sonrisa—. Te llamaré así. Te queda mejor. A fin de cuentas, tú aún no eres una vieja matrona, ¿eh?

Tenía razón. Yo no era una vieja matrona, aunque el perímetro de mi cuerpo me hiciera sentir como tal.

—Muy bien. —Genevieve asintió con la cabeza mientras se volvía a guardar el mechero en el bolsillo—. Voy a ponerme en marcha. ¿Dónde me dijiste la otra vez que baila tu amiguita?

—En el Folies Bergère —respondí.

—¡Vaya! Hace tiempo que no voy por allí. Tal vez debería hacerlo. Seguro que habrá caballeros interesados después de que esas chicas desnudas les hayan abierto el apetito.

Chicas entre las que Henny también estaba, a esas alturas yo ya lo tenía claro. En Berlín había sido lo mismo, aunque las chicas fáciles no se paseaban por el vestíbulo.

—Has puesto cara de espanto, ¿qué ocurre? —preguntó.

—Yo..., quiero decir, ¿está permitido que usted...?

Genevieve soltó una carcajada.

—Por regla general está prohibido, pero hay teatros que nos permiten estar ahí. No quieren que los hombres molesten a sus chicas. ¿Qué hay de malo en que conversemos con algún que otro caballero?

—Bueno, pues... ¡buena suerte! —respondí.

—Gracias, la necesito. Después de todo, ya no soy una jovencita.

Soltó una risa y salió a la calle con paso animado.

La siguiente semana empezó también con la espera en comisaría. A veces, ver que no me llamaban me hacía derramar lágrimas de desesperación. Sin embargo, recordé mi promesa. Por mucho tiempo que me costara, ¡no cejaría! Me encargaría de que mi hijo tuviera esa ropa bonita y de que llevara una buena vida como la que yo había tenido.

El miércoles por la tarde, incapaz de concentrarme por más tiempo en mis libros, estuve hablando con una mujer mayor que ya esperaba ahí cuando llegué por primera vez. Venía de Hungría y hablaba francés con un acento muy marcado, pero, de alguna manera, conseguí entenderla.

—Con mis sobrinas fue rápido, pero, claro, ellas son jóvenes. Seguro que el funcionario debió de pensar que le demostrarían su agradecimiento. Pero ¿quién quiere la gratitud de una anciana?

Soltó una carcajada.

No tuve que darle muchas vueltas para saber a qué tipo de gratitud se refería. En mi caso eso estaba fuera de lugar.

Me acordé entonces del ofrecimiento de Genevieve. Tal vez ella podría darme algún consejo. De hecho, no tenía intención de pedirle nada, pero a esas alturas simplemente estaba desesperada. Era la única francesa de verdad con la que había intercambiado más de una frase.

Cuando regresé a nuestra habitación, Henny aún no había llegado, así que me armé de valor y llamé a la puerta de nuestra vecina. Genevieve recibía a sus clientes entre las siete y las once de la noche, así que no había peligro de que la molestara.

Como no percibí ningún movimiento de inmediato, temí que hubiera salido. Me disponía a girar sobre los talones cuando oí unos pasos. Al rato, Genevieve se asomó a la puerta. Llevaba el pelo tapado con un pañuelo, tenía una capa de crema en la cara y el cuerpo envuelto en una bata.

—¡Vaya, qué sorpresa! ¿Qué ocurre, Sophie?

Me sonrojé.

—Yo..., hoy he vuelto a ir a la policía y...

Genevieve suspiró y ladeó la cabeza.

—¿Todavía no tienes el permiso?

Negué con la cabeza.

—Otra vez han cerrado las ventanillas antes de que me llegara el turno. Ya no sé qué hacer.

Posé la mano en mi vientre.

Genevieve asintió.

—Y ahora ¿qué? ¿Quieres que te ayude?

—Pensé que tal vez usted me podía dar algún consejo.

Me miró un instante y luego asintió.

—Pasa.

Aunque su cuarto no era mucho mayor que el nuestro, me asombró el provecho que le había sacado. En las ventanas colgaban unas cortinas de terciopelo de color rojo oscuro con unas borlas doradas que parecían sacadas de Versalles. La cama de latón, decorada con unas volutas, estaba tapada con un cobertor de color y material similar al de las cortinas.

Era la cama donde recibía a sus clientes.

—¡No te quedes embobada! —dijo dirigiéndose al tocador que tenía frente a la cama. Excepto por aquel y un taburete redondo de cuero, no había ningún otro mueble. En el techo, colgada como un columpio, había una barra para la ropa con unas pocas faldas y blusas. El suelo estaba cubierto por una gruesa alfombra roja.

—Solo paso la mitad de la semana en esta habitación, cuando trabajo. Tengo otro sitio en Montparnasse.

—¿El barrio de los artistas?

Ella asintió.

—Veo que ya conoces la ciudad.

Negué con la cabeza.

—Un poco. La mayor parte del tiempo lo paso en la comisaría. A estas alturas soy capaz de ir allí dormida.

Genevieve asintió y empezó a retirarse la crema de la cara con un paño.

—Siéntate, y no temas, que la cama no muerde. De hecho, la conservo tan bien que cuando trabajo no hace mucho ruido. Eso distrae a los hombres y a algunos de pronto les entran ganas de arreglarla. Yo, la verdad, no quiero que esos tipos estén aquí más tiempo del necesario.

Me senté en la cama con gesto vacilante. En efecto, apenas se oyó ningún ruido. Rememoré el modo en que Georg y yo nos habíamos acostado en el sofá. Aquello me parecía muy lejano, como si hubiera ocurrido en otra vida. Mi vientre, en cambio, me recordaba que de eso solo hacía siete meses.

—Bien, pues cuenta —comenzó a decir mientras se quitaba el pañuelo del pelo. Se lo había puesto para no arruinar su peinado. Su cabeza lucía de nuevo unas ondulaciones negras y elegantes—. ¿Qué hay del hombre que te hizo eso?

Me quedé mirándola con horror.

—¿Qué quiere usted decir?

—No está contigo, ni tampoco te espera aquí, ¿me equivoco?

Negué con la cabeza, resignada.

—No, no se equivoca.

—Entonces, ¿qué le ocurre? ¿Por qué te ha dejado ir a París con una amiga?

Al mirarla a los ojos, caí en la cuenta de que seguramente había oído muchas historias como la mía. Sabía lo que había ocurrido. Lo único que quería era oírlo de mis labios.

—Tuve una aventura con mi profesor en la universidad. Me dijo que quería divorciarse, pero luego su mujer cambió de opinión y él no quiso ayudarme. Cuando Henny me propuso llevarme con ella a París, acepté.

—¡Oh, vaya! —Durante un instante, esas fueron sus únicas palabras—. Una chica como tú..., tan llena de esperanzas... —siguió diciendo. Suspiró con fuerza, luego alzó la mano y me acarició el pelo—. Alguien como tú siempre lo tendrá difícil en la vida.

La miré.

—Lo sé, pero yo quiero esta vida nueva. Se lo prometí a mi hijo. Si no, mejor me dejo morir en una cuneta.

—De ningún modo deberías hacer tal cosa, *chérie*. —Genevieve se me quedó mirando un buen rato y luego dijo—: Bien, en cuanto al permiso de residencia, lo único que tienes que hacer es utilizar un pequeño soborno. Hazte con un frasco de perfume, un jabón o una crema para la piel. Pero que sea una crema o un jabón buenos, porque el personal de ventanilla recibe muchos «obsequios» de ese tipo. Lo mejor es que te dirijas a una mujer. Aunque pondrá mala cara, aceptará tu obsequio. Y te pondrá el sello adecuado en el pasaporte.

—Así pues, ¿puedo acercarme a ellos, sin más?

—¿Por qué no? Haz como si solo quisieras hacer una pregunta. O como si conocieras a la señorita de detrás del mostrador. Luego, le entregas el paquetito discretamente y todo listo.

—¿Discretamente? —pregunté, algo desconcertada.

—Fíjate en cómo lo hacen los demás. Cuando a alguien el turno le llega pronto es que ha sobornado, es casi una ley.

—¿Y cómo sabe usted esto?

—Tengo conocidos que no son franceses. Lo hicieron de esta manera y les salió bien.

Inspiré profundamente. No quería hacer nada ilegal, pero ¿acaso tenía otra opción?

Tal y como Genevieve me aclaró de inmediato, probablemente no.

—Si esperas a que te llamen, seguramente en un mes seguirás allí sentada. O, en el peor de los casos, darás a luz al bebé en comisaría.

La idea de que las contracciones empezaran mientras esperaba ahí, o justo cuando me llamaran, me pareció lo bastante atroz como para intentarlo.

—En cuanto a conseguir un trabajo, eso es más complicado. Para contratarte, las empresas exigen que tengas un permiso de trabajo. Y para conseguirlo hace falta que una empresa vaya a contratarte. Todos los que tienen una tienda aquí deben contratar de forma prioritaria a ciudadanos franceses, a menos que entre sus compatriotas no haya nadie adecuado para esa labor. Además, en esos casos es preciso acreditar que ese extranjero es absolutamente imprescindible. Como te puedes figurar, en un país con tantos millones de habitantes es algo difícil. Por otra parte, después de la guerra a la mayoría de las empresas no les gusta la idea de emplear a un... alemán. Aunque tu francés sea más que aceptable.

Aquellas palabras me desanimaron. No encontrar trabajo significaría atrasar de forma indefinida mi plan. ¿Cómo podría mantener a mi hijo si no podía trabajar?

—¿No hay otro modo? —pregunté desesperada.

Genevieve frunció el ceño.

—Lo siento, querida, pero me temo que no. Evidentemente, podrías unirte a mi gremio, pero entonces ya tendrás una boquita que alimentar. Y la próxima vez no te librarás de someterte a un aborto. Por desgracia, no tenemos modo de reparar los descuidos, y a los hombres... —Hizo un gesto despectivo con la mano mientras su rostro se volvía sombrío—. En cuanto se han abrochado los pantalones, ya no les importa lo que sea de nosotras.

Se me quedó mirando un rato, pensativa. ¿Cuántos hombres habría recibido? Debían de ser docenas. Dedicarme a algo así me parecía inconcebible.

—¿Cómo lo consigue? —pregunté—. Quiero decir..., lo de los niños.

—¿Quieres decir no quedarme embarazada? —Genevieve esbozó una sonrisa torcida—. Me figuro que debo de tener algo estropeado y no me sucede. De todos modos, no te aconsejo que sigas ese camino. Cuando hayas recuperado el tipo, mejor pregunta entre los pintores si necesitan una modelo. Eres guapa, y, sin las gafas, incluso podrían acogerte entre ellos. Tienes el pelo largo, eso les encanta. Y no reparan en gastos. Incluso podrías lograr que alguno manifestase que eres indispensable para su trabajo.

Aquello no me pareció mucho mejor que prostituirme. Suspiré con fuerza.

—Tal vez lo pruebe cuando deje de estar gorda como un tonel —dije levantándome—. Gracias por el consejo.

Al volverme hacia la puerta, se me ocurrió algo y me detuve.

—¿Dónde puedo comprar un perfume o una crema en esta ciudad?

—¿Bromeas? —Genevieve echó la cabeza hacia atrás y soltó una carcajada—. ¡Esto es París! Si quieres algo bueno, ve a Faubourg Saint-Honoré. Allí encontrarás las mejores tiendas.

15

A la mañana siguiente no fui a la Cité para hacer cola inútilmente en comisaría. Aunque llevaba todo lo necesario para aprovechar el tiempo de espera, siguiendo el consejo de Genevieve me dispuse a encontrar una tienda de jabones o de perfumes.

La rue du Faubourg Saint-Honoré, con sus magníficos edificios y sus hermosos escaparates, me dejó sin habla. El tráfico allí era tan caótico que incluso daba miedo cruzar la calle.

Viendo la oferta que se exponía en los escaparates, me di cuenta de que había estado tan pendiente de mis estudios durante tantos años que no había tenido oportunidad de atender a mi cuidado y belleza. Ni siquiera había tomado conciencia de ello. Todo lo que había querido durante mi adolescencia era tener una piel sana. Aún llevaba el pelo recogido en un moño a la altura de la nuca. Igual que meses atrás en la avenida Kurfürstendamm de Berlín, me sentí extraña y fuera de sitio, como si perteneciera a otra época.

Todas las mujeres que vi vestían con elegancia y buen gusto. Muchas llevaban vestidos de colores vivos y sombreros a juego; algunas lucían unas faldas tan cortas que se les veían las rodillas. Paseaban cogidas del brazo por las aceras, ante las miradas y la admiración de los caballeros, que también llevaban trajes elegantes.

Yo, en cambio, tenía la apariencia de una pordiosera andrajosa. De hecho, en cierto modo, lo era, y además embarazada. Las miradas con que me topaba iban de la compasión al desprecio. Probablemente la gente debía de preguntarse si me había perdido.

De hecho, al cabo de un rato, me sentí exactamente así. Me desorienté sin remedio en aquel laberinto de calles y escaparates. Finalmente, logré sentarme en un banco de un parque. No sabía qué hacer. Todo lo que ahí se ofrecía para comprar era increíblemente caro.

Por otra parte, sabía que no podía presentarme en la ventanilla con un trozo de jabón vulgar. Necesitaba algo bueno, que tuviera una apariencia sofisticada. Por un instante consideré la posibilidad de hacer yo misma una crema, pero ¿dónde encontrar la materia prima?

Recorrí con la vista la superficie verde del parque y me acordé de cuando buscaba manzanilla en los patios interiores de Berlín. Sin duda ahí debía de haber hierbas adecuadas para poder obtener extractos, pero me harían falta además aceites y grasas como ingredientes básicos, y también eso tenía un precio. Me pregunté si mis ahorros alcanzarían para hacer experimentos.

Mientras seguía cavilando observé de reojo a dos mujeres.

—¡Madeleine! —oí que exclamaba una de ellas. El cabello que le asomaba por debajo del ala del sombrero rosa brillaba de un modo poco natural, casi como si lo llevara oxigenado. Fuera como fuera, aquel tono combinaba muy bien con su conjunto de color rosa.

La mujer a la que se había dirigido llevaba el pelo oscuro en un corte *garçon*; no llevaba sombrero, pero en cambio lucía un abrigo de color azul claro que resaltaba su esbelta figura.

—¡Edith! —exclamó abrazando a la mujer rubia.

El saludo fue tan cordial que o bien eran muy buenas amigas, o no se habían visto desde hacía mucho tiempo.

No sin cierta envidia, las contemplé fascinada mientras se dirigían al banco contiguo y empezaban a charlar animadamente.

—Tienes un aspecto estupendo, querida, ¿cómo lo haces? —preguntó la mujer de pelo oscuro—. No tendrás otra vez un nuevo amante, ¿verdad?

—¡No! ¡Qué te has creído! Con Paul estoy más que satisfecha. Pero me he dado un capricho y me he hecho un tratamiento. Acabo de salir de ahí y la verdad es que ha sido fabuloso.

—¿Y a dónde has ido? Desde que Irina volvió a Rusia aún no he encontrado un buen salón de belleza.

—He ido al salón de Helena Rubinstein —respondió la rubia.

—¿Es rusa?

—No, polaca, pero casi es lo mismo. Ni te imaginas la de cosas que hacen en la Maison de Beauté. Venden cremas, jabones y polvos, pero, si quieres, te hacen también tratamientos de belleza. Te tensan la piel y hacen desaparecer las pecas. Debes ir, querida. Esta noche, en cuanto te vea, Henri quedará prendado de ti.

—¿Me das la dirección? —preguntó la mujer morena.

—Rue du Faubourg Saint-Honoré, número 126 —respondió la rubia.

En otros tiempos, al oír esas conversaciones yo habría puesto los ojos en blanco. Las chicas que solo se preocupaban de su belleza siempre me habían parecido aburridas. En realidad, les tenía un poco de envidia porque solían ser tan guapas que no necesitaban ningún tratamiento.

En cambio, ahora lo que decían me interesaba vivamente.

Reflexioné un poco.

Había pasado por delante del edificio 126 de la rue du Faubourg Saint-Honoré, pero me había parecido absolutamente anodino. Además, allí no había visto nada referido a una Maison de Beauté. Solo había visto el nombre de Helena Rubinstein escrito sobre la puerta. Había dado por hecho que no había nada especial allí y había seguido andando; era evidente que había pasado por alto lo más importante.

En cualquier caso, aquella mujer rubia alabó sobremanera a las masajistas del establecimiento; luego sacó del bolso un tarro pequeño de color rojo.

—Toma, prueba. Te deja la piel como de melocotón.

La mujer morena se aplicó un poco de crema en la mano y la olió.

—¡Oh, Dios mío! ¡Es fabulosa! —exclamó al poco.

Incluso yo percibí aquel perfume delicado. ¡Mis cremas jamás habían olido de ese modo! De hecho, ¡nunca había sentido una fragancia como aquella! Mi madre y yo olíamos siempre al jabón que ella metía entre la ropa. Eso era completamente distinto. Olía a Francia. A un mundo nuevo. Olía al futuro que yo ambicionaba.

Cuando la mujer rubia posó su mirada en mí, me quedé petrificada. Hasta entonces apenas habían reparado en mi presencia, pero en ese momento sentí que me miraba como si quisiera robarles. Rápidamente volví la cabeza a un lado.

No podía olvidar la imagen del tarro de crema. ¡Ese rojo de brillo metálico, la crema de aspecto delicado y, además, ese perfume!

Dado el entusiasmo de esas mujeres, consideré que algo así complacería también a las funcionarias de las ventanillas.

Me habría gustado preguntarles por el precio del tarro, pero en ese momento las dos mujeres se levantaron y se marcharon. ¿Acaso las había asustado con mi apariencia?

En cualquier caso, ¡por fin había dado con algo!

Me levanté del banco y arqueé la espalda. Aún me dolía y, al cabo de unos pasos, también los pies empezaron a protestar.

Me eché el bolso al hombro, saqué el plano de la ciudad y me encaminé hacia allí.

Incluso tras un examen más detenido el edificio era poco llamativo. Aunque tenía varias plantas, era bastante estrecho. Junto a la puerta había una ventana pequeña y otra algo mayor. Al acercarme más reparé en que, en efecto, había expuestos tarros de cremas y jabones, pero nada sugería que tras esos muros se pudiera generar el entusiasmo que había percibido en el parque.

Todo eso cambió en cuanto entré.

Al instante me envolvió una multitud de olores agradables. Al principio apenas fui capaz de distinguirlos, pero al poco rato reconocí el olor a vainilla, a rosa, a distintas hierbas aromáticas e incluso a perejil.

El diseño de la tienda era muy simple y, a la vez, elegante. Las estanterías eran de cristal y latón, los espejos de las paredes ampliaban visualmente el espacio, y las cortinas frente a las ventanas bien podrían haber colgado en una mansión elegante.

Aquella combinación me fascinó de tal modo que por un instante me quedé inmóvil. Un pensamiento me cruzó por la mente: ¿y si un día pudiera llevar una tienda como esa? Entonces, a las autoridades les importaría muy poco mi permiso de trabajo. La pregunta era: ¿de dónde sacar el dinero?

La voz de una joven me sacó de mi estupor.

—*Bonjour*, madame, ¿en qué puedo ayudarla?

Miré al mostrador de recepción. La mujer llevaba un uniforme de color claro, parecido a una bata de laboratorio. De hecho, la decoración del establecimiento tenía una apariencia sorprendentemente clínica. De hecho, aquel olor maravilloso estaba fuera de lugar. Las consultas de los médicos olían mucho a fenol y a alcanfor.

—Yo..., me gustaría comprar una crema —dije, abrumada aún por la impresión.

La joven me miró sonriendo.

—¿Para qué tipo de piel?

—¿Cómo dice?

Sacudí la cabeza y miré a mi alrededor. De las paredes colgaban unos cuadros fabulosos, y en una estantería había tarros de crema pequeños y frascos que ya de por sí parecían obras de arte.

—¿Madame? —insistió la joven.

La miré de nuevo. El pánico se apoderó de mí. No se me había perdido nada en una tienda tan exquisita. Sin duda las cremas debían de costar una fortuna.

Era mejor que me diera la vuelta y me marchara.

Pero entonces pensé en esas colas interminables y en la posibilidad de que las contracciones empezaran mientras yo aguardaba en comisaría. No quería que el niño naciera allí.

—No sé cuál es mi tipo de piel —respondí.

La joven pareció aliviada de que le hablara. Debía de haberme tomado por una perturbada.

Recobré la compostura.

—Tal vez antes convendría analizar su tipo de piel. ¿Le parece?

—No, yo... —Análisis del tipo de piel. ¿Qué significaba todo aquello? Nunca había oído hablar de tal cosa—. Me gustaría regalársela a una amiga. Es un... regalo.

—¿Sabe usted qué tipo de piel tiene? ¿Grasa, seca?

¿Cómo iba yo a saber cómo era la piel de las señoras de las ventanillas? Las había mirado, pero hasta el momento no me había acercado lo suficiente para ver si la piel les brillaba.

Sin embargo, me había dado cuenta de que el ambiente de la sala de espera era siempre muy seco. Tras permanecer sentada allí mucho tiempo los ojos me empezaban a escocer. Y no solo era por los libros.

—Seca —respondí.

—Muy bien —dijo la joven volviéndose hacia la estantería—. ¿Conoce ella nuestros productos?

—No, es... —De nuevo me vinieron a la mente las mujeres del parque—. Es una recomendación. Mejor dicho, oí hablar maravillas de este establecimiento. Así que pensé en sorprenderla.

—Entiendo. En ese caso, le aconsejo nuestra Crème Valaze, uno de nuestros mejores productos. Llévese también uno de nuestros folletos, por si su amiga quiere conocernos mejor.

Sentí escalofríos. Fuera cual fuera el precio, iba a tener que pagarlo. De lo contrario, no podría volver a aparecer por ahí.

—De acuerdo —dije—, ¿cuánto es?

—Tres francos— respondió ella sin perder la sonrisa.

Me contuve para no dejar escapar un gemido de espanto. Madame Roussel nos cobraba diez francos al mes por la habitación. Lo que aquella joven me pedía por la crema me pareció una fortuna.

Aun así, saqué el dinero y confié en que la inversión mereciera la pena.

Envuelta en la fragancia de la Maison de Beauté, volví a salir a la calle. Era como si el rato que había pasado allí hubiera bastado para que los perfumes me impregnaran la ropa. También las impresiones se me quedaron grabadas en la mente, así como el deseo de dirigir una tienda como aquella. A esas alturas era consciente de que tal cosa aún no era posible, pero tal vez algún día eso pudiera cambiar.

Eché un vistazo furtivo en el interior de la bolsa de papel que me había dado la vendedora. Todo parecía tan exquisito, tan caro... ¡La mujer de la ventanilla tenía que aceptar ese obsequio!

Como aún me quedaba algo de dinero, hice el trayecto en autobús. Para entonces ya sabía dónde estaban las paradas. Me alegraba de no tener que hacer el camino de vuelta a pie.

Mientras el vehículo atravesaba la ciudad, deteniéndose una y otra vez para recoger nuevos pasajeros, miré el folleto que también estaba en la bolsa. En realidad, eran dos hojas.

En una había un anuncio de la crema; en la otra, madame Helena Rubinstein anunciaba la apertura de un nuevo instituto de belleza en el número 52 de la rue du Faubourg Saint-Honoré.

Madame Rubinstein, fundadora y alma de la empresa, ha llamado Clinique a su nuevo establecimiento a fin de distinguirlo de otros negocios similares. La Clinique de Beauté está abierta para todas las mujeres que quieran un asesoramiento serio, sin honorarios, ni otras obligaciones. Los tratamientos son realizados por los mejores especialistas bajo la supervisión de un médico, y los productos empleados están en línea con los últimos hallazgos dermatológicos, que les proporcionarán unos resultados precisos.

Eso casi parecía científico. Necesité un rato para que esas palabras calaran en mí. Helena Rubinstein, la mujer cuyo nombre figuraba escrito en letras gruesas debajo del texto, ¿proporcionaba a las mujeres asesoramiento gratuito acerca de su piel? ¿En una clínica creada especialmente para ello? Aquello superaba todo cuanto yo había imaginado sobre cremas hasta el momento.

Me pregunté qué habría dicho mi padre de aquello...

Aparté el pensamiento de él. Me sentía como embriagada por esa visita, y no quería arruinar esa sensación pensando en mi padre. Era mejor soñar de nuevo con la tienda. ¿Cómo la decoraría? A mí me encantaba el tono fresco del turquesa y el verde. Las cortinas podrían parecer agua y en el centro de la recepción se podría instalar una pequeña fuente.

Me quedé tan absorta con esa idea que estuve a punto de olvidarme de bajar del autobús.

Al llegar a casa subí la escalera a toda prisa. Tenía que contarle a Henny lo que había visto.

Cuando entré, se estaba desmaquillando. Quería estar guapa incluso en los ensayos, pues la competencia entre bailarinas era grande. Me había contado que las otras también iban siempre maquilladas a los ensayos porque monsieur Jouelle se pasaba por allí de vez en cuando a supervisar a las chicas.

—¿Qué llevas ahí? —preguntó Henny al ver la bolsa en mi mano—. ¿Y a qué hueles? —dijo levantando la cabeza y olfateando.

—He ido a la ciudad. De compras —respondí eufórica. El perfume que aún me envolvía hacía que mis pensamientos fueran más ligeros.

—¿De compras? ¿Acaso has encontrado una fuente secreta de dinero que yo no conozco?

—Estuve hablando con Genevieve —empecé a explicarle—. Ayer, antes de que volvieras.

—¡Ah! ¿Y ahora me lo cuentas? —preguntó—.No te habrá enviado ella de compras, ¿verdad?

—En cierto modo, sí —dije sacando el tarro de crema.

—Crème Valaze —leyó Henny en voz alta—. ¿Y qué se supone que debes hacer con eso? Espero que te diera dinero para pagarlo.

—Es para un soborno —respondí.

Henny levantó las cejas con sorpresa.

—¿A quién pretendes sobornar?

—A las mujeres de la comisaría. Genevieve dijo que me vendría bien llevar un obsequio y luego acercarme sin más al mostrador.

—Eso suena bastante ilegal. Sobornar a la policía... ¿Y si te arrestan?

—Me explicó que eso es lo que hacen todos los que no quieren esperar mucho tiempo.

—¡Genevieve es una prostituta! —replicó Henny irritada—. ¡Qué sabrá ella de inmigración!

—Tiene conocidos a los que les pasó lo mismo que a mí.

—Lo más probable es que su chulo atrajera aquí a algunas mujeres con falsas promesas.

—Aunque así fuera, esas mujeres también necesitan permiso de residencia. Si la policía las atrapa, entonces...

—¡Pero tú no vas a rebajarte a ese nivel! —bufó Henny.

—Es lo único que puedo hacer —me defendí—. ¡No tienes ni idea de lo que es eso! Te sientas, horas y horas, sin poder hacer nada. Y entonces llega un momento en que cierran las ventanillas y tienes que marcharte, y, al día siguiente, más de lo mismo. —Intenté controlar mi acaloramiento—. No quiero dar a luz a mi hijo en comisaría —añadí.

Las lágrimas me anegaron los ojos. Bien pensado, era absurdo intentar sobornar a la policía. Pero ¿de verdad Genevieve era tan perversa como para hacerme caer en una trampa? Me había parecido bastante sincera.

Henny se acercó a mí y me abrazó.

—No te preocupes, tú no vas a tener a tu hijo allí, sino cómodamente en un hospital —dijo.

—Pero ¿y si a esas alturas aún no tengo permiso de residencia? —pregunté—. ¿Y si todavía no tengo trabajo?

—No llegaremos a ese extremo —aseveró Henny, aunque en su voz detecté cierta vacilación.

—Observaré a la gente —dije secándome por fin las lágrimas de la cara—. Veré cómo lo hacen. Si nadie les da nada ni a las mujeres ni a los hombres, me quedaré con la crema. Si lo hacen, también lo intentaré.

—Sophia... —musitó Henny.

Negué con la cabeza.

—¡Tengo que intentarlo! —insistí—. Si no tomo cartas en este asunto, ¿quién lo hará? Es mejor que fracase a que no lo intente siquiera.

Henny suspiró y se apartó.

Estuvimos en silencio durante varios minutos. Me habría gustado saber qué le pasaba por la cabeza. Sabía que estaba preocupada. Pero yo no podía soportar más la sensación de no estar avanzando.

—Mañana por la noche es el estreno de la nueva revista —comentó por fin. A continuación se levantó y se dirigió hacia la ventana.

—Pero si no me habías dicho nada —repuse, un poco confusa. Últimamente Henny no hablaba mucho del teatro, y yo había dado por supuesto que los ensayos aún se prolongarían un tiempo.

—Han adelantado la función —respondió ella con tono algo afligido—. Dicen que estamos listas.

—Eso es maravilloso —señalé, aunque era incapaz de sentir entusiasmo.

—Por desgracia, lo más seguro es que no puedas asistir al estreno —continuó—. Es para invitados y...

—¡Oh! —dije yo. Aunque en el teatro Nelson pocas veces me había asomado a la puerta de la sala para mirar, pensaba que Henny me llevaría con ella en su primera actuación—. Entiendo.

—Intentaré conseguirte entradas para otra función.

—Eso estaría bien —contesté—. Me gustaría verte actuar aquí. A fin de cuentas, esto es París.

—Sí, París —dijo volviéndose hacia mí. Por primera vez noté cierto agotamiento en su rostro.

—¿Estás bien? —pregunté.

En los últimos días, solo había tenido en la cabeza mi permiso de residencia. Como Henny tenía que ir a los ensayos y por las noches estaba siempre muy cansada, apenas nos habíamos visto y hablábamos muy poco. Era como si nuestros mundos hubieran empezado a distanciarse.

—Sí, claro. Pero... tengo un poco de miedo.

—¿Miedo? —pregunté—. ¿A qué?

—A fracasar —respondió—. Las demás bailarinas son simplemente magníficas. Las alemanas también... Y todas cuentan con quedarse. Y las francesas...

—¿No les gustáis?

Henny suspiró y se dejó caer en la cama.

—Se preguntan por qué nos han elegido justamente a nosotras habiendo tantas francesas que trabajan como bailarinas.

—Pero Josephine Baker no es francesa. Es de Estados Unidos.

—Sí, y eso también les molesta. La diferencia es que no se atreven a ponerla verde. Es a nosotras a quienes critican.

—¿Cómo lo sabes?

—Michelle, ya sabes, la que actuaba en el Wintergarten, habla francés. Dice que las chicas hablan mal de nosotras.

—Puede que lo diga por decir.

Henny negó con la cabeza.

—No, no lo dice por decir. Lo he buscado en uno de esos libros tuyos. —Bajó la cabeza—. La única posibilidad que tengo es ser mejor que las demás. Debo convencer a monsieur Jouelle de que me deje quedarme aquí.

—Pero eso no es decisión suya, ¿verdad? Él trabaja para ese tal monsieur Derval.

—Así es. Pero él es quien recomienda a una bailarina o le dice al director que la deje marchar.

Adoptó una mirada ausente, casi desesperada.

—Estoy segura de que quedará entusiasmado contigo —dije rodeándola con el brazo. En las últimas semanas, siempre había sido yo la que había necesitado consuelo. Ahora era el momento de corresponderle—. Y no hagas caso de todo lo que se dice. Seguro que tienen miedo de que les quitéis el trabajo. Cuando se den cuenta de que no es así, os dejarán en paz. Incluso es posible que te hagas amiga de alguna.

Henny se secó una lágrima del rabillo del ojo y luego me abrazó.

16

Como aquella mañana no había mucha gente en la comisaría, pude elegir asiento. Me pareció que el mejor era uno con buenas vistas a las ventanillas.

La luz de primera hora penetraba en diagonal por las persianas a medio abrir dibujando figuras en las baldosas del suelo. Algunas de las personas que esperaban tenían aspecto de haber pasado la noche al raso y estaban sentadas en cuclillas en los rincones; otras apoyaban la cabeza en las manos. A muchas las conocía desde el primer día. Nadie parecía llevar un regalo de soborno.

Me pregunté si realmente Genevieve había sido sincera conmigo. Las palabras de Henny me habían hecho dudar, pero no me habían disuadido de mi plan. Tal vez aquella fuera la forma más baja de intentarlo, pero no tenía muchas opciones.

Renuncié a sacar mi libro y en su lugar me dediqué a observar a los presentes.

La sala de espera se fue llenando poco a poco. Al cabo de media hora, el ambiente estaba tan caldeado que el aire se podía cortar. Las señoras asomaron detrás de las ventanillas. Al poco rato, llamaron a los primeros. Mi nombre no estaba entre ellos.

Por fin reparé en dos mujeres jóvenes que se apostaron en uno de los mostradores. Fingieron que habían oído su nombre, y entonces me di cuenta de que una de ellas se sacaba algo del bolso y se lo escondía en la mano.

En los minutos siguientes, tuve la sensación de estar viendo una película de intriga. La cola fue avanzando hasta que les llegó el turno a las dos mujeres. ¿La funcionaria de la ventanilla les diría algo? ¿Las echaría?

En cualquier caso, las miró con asombro y entonces una de ellas alzó la mano. Para alguien que no se fijara, parecía como si estuviera poniendo el pasaporte dentro del pequeño cajón que la mujer de la ventanilla le había abierto para que lo depositara. Pero entonces vi que con él iba también el paquetito. La funcionaria volvió a cerrar el cajón, murmuró algo que no entendí y estampó el sello en el pasaporte.

Suspiré aliviada. Me sentí casi como si fuera yo la que estaba ahí de pie. Las dos mujeres salieron sonrientes de la comisaría. Nadie las incomodó y la funcionaria de la ventanilla siguió con su trabajo como si no hubiera pasado nada.

A primera hora de la tarde tuve por fin el valor para hacerlo tal y como había observado. Cuando de nuevo llamaron a varias personas, me levanté y fingí ser una de ellas. Con el alma en vilo, me coloqué detrás de un hombre que llevaba una chaqueta agrietada y que olía a ajo y a alcohol. Una y otra vez dirigí miradas furtivas a los demás que seguían esperando. ¿Alguno se percataría de mi engaño igual que yo lo había hecho con esas mujeres jóvenes y luego con otras personas? ¿O acaso a la gente de allí les era indiferente?

La desazón me revolvía el estómago y el corazón me latía con fuerza.

La cola se prolongó durante mucho rato. El hombre que tenía delante no llevaba nada y además hablaba muy poco francés.

Por desgracia, yo no entendía su lengua materna, porque si no me habría ofrecido como intérprete. Por ello, su tiempo frente a la ventanilla se fue prolongando minuto a minuto. Levanté la vista hacia el gran reloj que colgaba entre los mostradores. La manecilla se aproximaba despiadadamente al final del día. ¿Por qué no me había puesto antes a la cola? Si las cosas no cambiaban, iba a tener que volver al día siguiente...

Pero entonces, cuando faltaban diez minutos para cerrar, aquel hombre algo mayor se marchó. ¡Por fin!

Al ver a la funcionaria alzando la mano supuse que se disponía a cerrar la ventanilla. Con diez minutos de antelación, aunque, claro, mi nombre no estaba en la lista.

—¡Por favor, espere! —exclamé.

Ella me miró sorprendida. Al parecer, tras escuchar tantas palabras extrañas, no contaba con que alguien supiera hablar en francés.

—¿Nombre? —preguntó de mala gana. Tenía una cara muy fina y pálida, y sus ojeras profundas indicaban que o se pasaba las noches bailando, o dormía mal.

—Sophia Krohn —contesté.

Miró su lista.

—Aquí no está.

—Oh, yo creo que sí —respondí—. Compruebe mi pasaporte y lo verá.

La funcionaria me miró con desdén. Me pregunté si tal vez debía hacerle un guiño para que se diera cuenta de que tenía un detallito para ella. Al instante me alegré de no haberlo hecho, porque acto seguido empujó el cajón hacia mí. Dentro puse mi pasaporte y, debajo de él, el tarrito de crema.

La mujer deslizó el cajón hacia dentro, sacó el pasaporte y luego el regalo. De manera imperceptible para los que aguardaban fuera, metió el tarro en una cajita. En el breve instante en que levantó la tapa, pude ver que en su interior había varios obsequios.

Farfulló algo que no entendí, selló mi pasaporte y me lo devolvió.

—Las tasas se pagan en caja. *Au revoir!*

Dicho eso, cerró la ventanilla. Miró la hora y luego la cajita.

Me quedé un rato observando mi reflejo en el cristal, aturdida por la facilidad con que el tarro de crema me había resuelto las cosas. Luego me giré y me dirigí a la caja tal y como me había pedido.

Todavía apabullada por mi buena suerte, salí por fin tambaleándome de la comisaría, pasando junto a la gente que todavía aguardaba en el vestíbulo.

Desbordante de alegría, quise contarle a Henny mi triunfo, pero entonces caí en la cuenta de que aquel era el día del estreno. Posiblemente no regresaría a casa antes de medianoche.

Me dirigí a una pequeña cafetería, compré dos bocadillos de pan de baguette y luego me fui a casa. Me sentía tan contenta que me parecía que iba a reventar en cualquier momento.

Pensé en Genevieve. ¡Su consejo había sido todo un acierto! Por lo menos tenía que darle las gracias.

Subí la escalera a toda prisa; de camino hacia arriba oí ruidos en uno de los pisos inferiores, pero no me detuve. Tenía la esperanza de que nuestra vecina se asomara, pero el pasillo estaba vacío.

Pensé si debía llamar a su puerta, ¿estaría?

Vamos, me dije. Me detuve y llamé a la puerta con unos golpecitos.

Al poco rato, se abrió. Genevieve se pasó la mano apresuradamente por la cara. Saltaba a la vista que había llorado.

—*Bonsoir*, no quería interrumpir, pero... —La miré—. ¿Está usted bien? ¿Puedo ayudarla en algo?

Genevieve me miró con asombro y negó con la cabeza.

—No, en este asunto no me puedes ser de ayuda.

Me pregunté qué le había pasado. ¿Acaso algún cliente se había comportado mal con ella? ¿Alguien le había robado?

—Yo...

Las palabras se me quedaron atascadas en la garganta. Estaba exultante de alegría, pero...

—Vamos, dilo de una vez, ¿qué hay? —preguntó con tono brusco.

—Solo quería darle las gracias. He conseguido el permiso de residencia. Gracias al obsequio que usted me aconsejó.

De nuevo se pasó la mano por la cara y se embadurnó aún más con la máscara de ojos.

—Eso es bueno para ti, felicidades.

—De no ser por usted no lo habría logrado —dije mientras pensaba febrilmente en cómo agradecérselo. Tal vez debería haber comprado otro tarro para ella...

—Bien por mí —contestó. Me dio la impresión de que quería librase de mí.

Pensé en que tal vez debía marcharme, pero entonces reparé en la bolsa que tenía en las manos.

—¿Le apetece comer algo? ¿Y hablar? —pregunté.

No contaba con que fuera a aceptar, pero al menos era una manera de corresponderle.

Su mirada se posó en mi bolsa. Sus lágrimas se iban secando poco a poco.

—Ah, el Centime —dijo leyendo el nombre—. Tienes buen gusto.

—Me venía de paso —contesté.

—No quiero comerme tu comida, bonita —comentó, pero vi que el hambre le asomaba en los ojos. A saber cuándo había sido la última vez que se había echado algo en la boca.

—Para nada —respondí—. Tengo dos y la invito. ¡Venga!

—¿A tu habitación? —preguntó con sorpresa Genevieve, que de pronto no parecía para nada reacia—. Pero ¿qué dirá tu amiga? Hasta ahora apenas ha cruzado un par de palabras conmigo.

—No está. Hoy es el día del estreno. Tardará en volver. —Arqueé las cejas—. Le aseguro que estoy encantada de compartir la comida. Tenemos que celebrar ese sello en mi pasaporte.

Genevieve vaciló un momento más y luego asintió.

—Me cambio de ropa en un instante y voy.

Abandoné la habitación y bajé a la cocina a buscar platos y vasos. A madame Roussel no le importaba siempre y cuando luego los lavásemos.

Cuando Genevieve apareció de nuevo en nuestro cuarto, su aspecto era más animado. Se había puesto un vestido de color crema y se había limpiado los borrones de la cara. Sin maquillaje, parecía algo mayor y se le veían claramente las arrugas finas en la frente y en torno a los ojos y la boca. Miró alrededor con curiosidad.

—Vuestra habitación parece un poco más grande que la mía, pero vosotras sois dos —comentó—. Pero, en fin, qué esperar por un precio así, ¿no?

—En cuanto podamos, buscaremos algo mejor —dije.

Sus ojos siguieron examinando el lugar hasta que finalmente se detuvieron en mi maletín de química.

—¿Qué es eso?

—Mi equipo para hacer experimentos —respondí—. Un recuerdo de mi antigua vida como estudiante de química.

—¿Y por qué te lo llevaste contigo? ¿Esperas seguir con tus estudios algún día?

—No lo sé —contesté—. Pero puede que me sirva para ganar un poco de dinero, haciendo cremas o aguas faciales.

Sus labios dibujaron una expresión burlona.

—¿En París? ¿En la ciudad de las fragancias y la belleza?

—Por lo menos quiero intentarlo.

Tomamos asiento, ella en la silla donde Henny se maquillaba, y yo en la cama. Le ofrecí un bocadillo, y comimos en silencio. Observé que Genevieve de pronto adoptaba una actitud ausente.

—¿Está usted bien? —pregunté.

—Creí que esta vez sería distinto —dijo posando la mirada en la pequeña nube rosa que estaba suspendida sobre los tejados de delante—. Creí que lo decía de verdad. Pero no fue así.

—¿Su novio? —pregunté.

—Mi amante —repuso—. Hay una gran diferencia entre ambas cosas.

Hizo una breve pausa, y luego dio otro mordisco al bocadillo. Masticó, reflexionó, tragó y finalmente prosiguió:

—Es pintor. Posé varias veces para él y fue así como nos conocimos. No soy una chica alegre sin más, y desde luego no soy de las que hacen la calle. Eso lo hacen las jóvenes y acaban reventadas. Tengo clientes habituales que vienen cuando les es posible. A mi edad, ya no es necesario desaparecer con cualquiera en una esquina, si es que sabes a lo que me refiero.

No sabía qué quería decir, pero asentí. Su mundo había sido invisible para mí durante mucho tiempo. En Berlín había oído a los estudiantes hablar de los burdeles, pero no me había molestado en pensar en esas mujeres. Había crecido protegida entre el piso de mis padres y la universidad. Dos lugares no frecuentados por mujeres como Genevieve.

—Creí que con Lucien todo sería diferente —siguió diciendo—. Está a un paso del éxito, un galerista le ha hecho un encargo, quiere exponer veinte cuadros suyos. Se trata de una buena galería con muchos clientes influyentes. Solo es cuestión de tiempo que encuentre un mecenas. —Suspiró con fuerza—. Pensé que con él mi porvenir estaría asegurado. Pero hoy lo he pillado con esa zorra. —Esbozó una sonrisa torcida y me miró—. Ya es raro que yo diga eso, ¿no?

Negué con la cabeza.

—No, no lo es. Usted no aparta a los hombres de sus esposas.

—No, no lo hago. —Me contempló unos instantes y luego sonrió—. Eres una buena chica, Sophie. Espero de corazón que pronto encuentres la felicidad y puedas salir de este agujero.

—Y yo espero que usted pronto encuentre un nuevo amor —repliqué—. Uno que no la decepcione.

Genevieve hizo una mueca.

—Supongo que los hombres son así. Siempre nos decepcionan de algún modo. Pero tienes razón, igual al final acabe encontrando ese amor.

Aquella noche, Genevieve no recibió a ningún cliente. Hizo como si no oyera sus llamadas. Tras insistir un rato los hombres se fueron. Los vi cambiar de acera y alejarse.

Poco antes de las nueve me invadió un cansancio tan grande que me acosté. Cuando Henny regresara, seguramente querría contármelo todo con pelos y señales.

Me desperté sobresaltada por una patadita del bebé y me di cuenta de que mi amiga aún no había vuelto. Noté claramente el frío al otro lado de la cama, igual que el vacío de la habitación, en cuyas paredes solo resonaba el chirrido de los muelles de la cama y mi propia respiración.

Me di la vuelta y extendí el brazo para coger mi reloj de pulsera, que había dejado en el alféizar de la ventana. Aunque me costó adaptar la vista a la luz de la luna, finalmente distinguí que eran las cuatro menos cuarto.

De pronto sentí una preocupación que me hizo incorporarme. En alguna ocasión en Berlín Henny había vuelto a casa tarde, pero nunca a esas horas. Normalmente nos íbamos juntas a casa. Ahora en cambio... ¿Y si le había pasado algo? ¿Y si alguien la había agredido?

Era como si de golpe en mi mente se hubiera abierto la puerta de una cámara siniestra y todos los temores estuvieran saliendo en estampida. Al final, fui incapaz de seguir tumbada en la cama. Me levanté de un salto, corrí hacia la ventana y la abrí. Aunque el carro de las letrinas había pasado hacía horas, el aire seguía apestando, pero no me importó. Me asomé y miré al otro lado de la calle.

No se veía a nadie. Ni siquiera corrían por ahí los borrachos del Café Amateur.

Me puse la bata de Henny y empecé a ir de un lado a otro muy nerviosa. ¿Qué haría yo si le ocurría algo?

El dolor de espalda me obligó a sentarme en el borde de la cama. El miedo se revolvía en mis entrañas. Una y otra vez miraba la hora, pero las manecillas avanzaban muy lentamente. ¿Debía salir a buscarla? No me atrevía. De hecho, no llevaba ausente el tiempo suficiente como para avisar a la policía.

Por otra parte, de saberlo, seguro que se habría burlado de mí. De nuevo me tumbé en la cama y, al cabo de poco, volví a dormirme.

Me sobresalté con el chasquido de la cerradura de la puerta. La luz del sol me cegó. Era de día.

Por el suspiro de cansancio que se oyó en la habitación supe que Henny acababa de regresar.

—¡Oh! ¡Madre mía, Henny! —exclamé restregándome los ojos—. ¿De dónde sales?

Me regaló una sonrisa de felicidad.

—¡Ha sido fabuloso! ¡No puedes ni imaginarte la fiesta de anoche!

—¡Es de día! —le dije señalando la ventana. Mi reloj de muñeca marcaba pocos minutos para las siete y media—. ¡Temía que te hubiera pasado algo!

—¡Ah, bobadas! —repuso sin darle importancia—. ¿Qué querías que me ocurriera? Solo hemos estado celebrando un poco el estreno. Nunca había visto juntos tantos artistas y hombres ricos. ¡Y había champán de verdad! —Se quitó los zapatos de tiras y se dejó caer en la cama—. Jamás había visto un desenfreno semejante.

Olía mucho a alcohol y a tabaco.

—¿Qué tal la función? —pregunté.

Me di cuenta de que se le caían los párpados. Me acosté a su lado, pero me resultó imposible conciliar el sueño. Mientras Henny empezaba a roncar suavemente, me rondaron todo tipo de pensamientos. La mayoría, en torno a que también la habría podido perder a ella. Y que entonces me habría quedado desvalida.

Esa sensación de desamparo me asustó, a la vez que me provocó una sensación de contrariedad. No contra Henny, sino contra mí. Tenía que proseguir cuanto antes con mi sueño. Si supiera cómo...

Henny se despertó pasado el mediodía lamentándose de que tenía la cabeza como un bombo.

—Creo que el champán y yo no nos vamos a llevar bien —gimió. En cualquier caso, esa noche ella tenía que subir al escenario.

Intenté que se recuperara dándole varias tazas del horrible café de la pensión. También quise acompañarla a una cafetería que había en una bocacalle cercana, pero ella rehusó.

—Me temo que, si como algo, vomitaré —explicó—. Además, tengo que salir en una hora. Por favor, ayúdame a arreglarme un poco.

Me dispuse a ello: le masajeé la nuca, le escogí un vestido y le arreglé el pelo con mucho cuidado porque ella prácticamente no soportaba ningún roce. Yo jamás había bebido tanto como para tener resaca. En rigor, a lo sumo había estado un poco achispada en una ocasión, y solo porque de niña, en Nochevieja, había probado el ponche que mi madre había preparado para nuestros invitados. A esa edad aún no sabía que para hacerlo se usaba vino.

—Salió bien —le conté mientras le peinaba el pelo con gomina haciéndole unas ondas que estaban de moda—. ¡Ya tengo permiso de residencia!

—¿De verdad? —preguntó ella, todavía un poco aturdida—. ¡Es maravilloso!

—Simplemente, me puse en la cola y le entregué el tarro de crema a la mujer de la ventanilla. Ella entonces puso el sello y ¡listos!

Henny asintió y frunció los ojos.

—Así pues, por el momento todo va bien —dijo masajeándose las sienes. Luego, como si se hubiera acordado de que había olvidado algo, añadió—: Felicidades, me alegro por ti.

Asentí con la cabeza y me pregunté si, cuando se le pasara la resaca, se daría cuenta de lo mucho que me había ayudado Genevieve.

17

Con el paso del tiempo, Henny empezó a cambiar. Antes del mediodía se mostraba pensativa y absorta mientras que, al llegar la noche, se marchaba al teatro muy animada y alegre. Sus llegadas a casa a primera hora de la mañana empezaron a ser frecuentes. Y en cada ocasión olía a humo y a alcohol. Yo comprendía que adorara su trabajo, pero ¿por qué no me hablaba de él?

Cuando le pregunté dónde había estado, me espetó: «¿Quién te has creído que eres, mi madre?». Al poco rato, se disculpó y me contó que el Folies Bergère era algo completamente distinto al teatro Nelson de Berlín.

Aun así, en otras ocasiones, cuando volví a preguntarle ocurrió lo mismo. No decía dónde estaba hasta el amanecer. A diferencia de otras épocas, nunca hablaba de lo que sucedía en el teatro. En vez de ello, respondía a mis preguntas de mala gana para luego disculparse al momento siguiente.

Por mi parte, no sabía cómo interpretar aquello, pero decidí darle un poco de espacio y procurar en lo posible no coincidir mucho con ella.

Durante las semanas siguientes fui a menudo a la ciudad, recorriendo sus calles y estudiando los escaparates de los negocios de droguería y de las perfumerías. Volví a echar también otro vistazo al instituto de Helena Rubinstein, pero no me atreví a entrar ahí por temor a que la vendedora me reconociera.

Me preguntaba cómo lograría abrir una tienda como aquella. Necesitaba un préstamo. Pero ¿los bancos harían caso a una mujer soltera?

En cuanto dejaba atrás las perfumerías, solía dirigirme a los parques cercanos. Ahí la vegetación estaba en pleno apogeo, y deseaba que Henny pudiera estar conmigo. A diferencia de Berlín, desde que vivíamos en París apenas habíamos hecho nada juntas. Aunque no podía permitirme comprar ninguna de esas cosas tan hermosas, habría sido bonito ir a mirar escaparates con ella.

También aproveché ese tiempo para descansar un poco. Desde hacía semanas el pequeño se hacía notar cada vez más, pero en esos instantes en que me sentaba sola en un banco me podía concentrar en ello. ¿Cómo sería? Pensé en que tal vez debería visitar a un médico, pero ¿de dónde se suponía que iba a sacar el dinero? Aunque seguramente debía de haber médicos para personas necesitadas, ¿estarían familiarizados con dolencias de mujeres?

Me sentía sana y recordaba a menudo las historias de mi madre, que me había contado que estando embarazada de mí no había tenido que ir al médico ni una sola vez. De todos modos, ella tenía una comadrona que cuidaba de ella.

En cualquier caso, temía que con las comadronas ocurriera lo mismo que con los médicos. Seguramente también querrían dinero por sus servicios. Me pregunté si tal vez Genevieve podría ayudarme.

Unos días más tarde, me encontré a nuestra vecina en el pasillo.

—¿Usted sabría decirme si en París hay comadronas que no cobren mucho por sus servicios?

—Ve a ver a Marie Guerin —me aconsejó—. Cuida a mujeres de las zonas más pobres. Y también ha ayudado a algunas compañeras mías de profesión.

Me dio una dirección y al día siguiente me dirigí hacia allí.

El consultorio de la comadrona estaba escondido tras una puerta discreta y desconchada, nada que ver con la consulta de la doctora Sahler en Berlín. El pequeño letrero en el timbre con el nombre de Guerin no contenía ninguna indicación de que se tratara de una clínica. Únicamente un olor sutil a fenol emanaba de una ventana entreabierta.

Vacilé un poco. La zona en torno a ese sitio distaba mucho de estar cuidada. Las casas se desmoronaban, peor incluso que en el barrio de Berlín donde Henny había vivido. ¿Se limitaría esa mujer a ser alguien que había asistido varios partos y que de vez en cuando practicaba algún aborto?

Al final me armé de valor y llamé al timbre.

Al poco, se oyeron unos pasos y la puerta se abrió.

—¿Sí? —preguntó una mujer de aspecto cansado y con el pelo castaño firmemente recogido en un moño en la nuca.

—¿Es usted comadrona? —pregunté—. ¿Marie Guerin? Una conocida me ha dicho que usted podría atenderme.

La mujer me recorrió el cuerpo con la mirada; luego asintió y abrió un poco más la puerta.

—Pasa.

Entré con algún reparo. El vestíbulo de la casa estaba tan oscuro que apenas se distinguían los muebles.

—Soy... —empecé a decir, pero la mujer que yo creía comadrona sacudió la cabeza.

—No tienes que darme tu nombre. Aquí nadie lo hace. Entra en ese cuarto de ahí y quítate la ropa. En un momento estaré contigo.

Señaló una puerta que había entreabierta. Me acerqué y la abrí. La sala de exploraciones tenía una apariencia aceptable y sobre la camilla había un paño blanco y limpio. Había además un escritorio y varios libros, uno de los cuales yacía abierto sobre una mesa. A un lado, sobre una silla, había un maletín marrón de comadrona.

Me senté en la camilla, pero no me quité la ropa tal y como había pedido la comadrona. En vez de ello, me quedé mirando por la ventana el pequeño patio interior en cuyo centro crecía un arbolito.

Al poco rato, entró la mujer. Me miró con sorpresa y me preguntó:

—¿Qué te ocurre?

—Nada —respondí—. Solo me gustaría que alguien me examinara para ver cómo va todo.

—¿Cómo te encuentras?

—Bien —respondí.

Marie Guerin se colocó frente a mí, me posó delicadamente las manos en la cara y me miró a los ojos.

—Se te ve algo delgada. ¿Comes lo bastante?

—Lo suficiente —repuse porque, de algún modo, nunca era bastante. De todos modos, ya me había acostumbrado a eso.

—Vale, ahora déjame ver cómo está el pequeño. Túmbate.

La exploración no fue desagradable, pero el cuerpo se me tensó mientras madame Guerin auscultaba los latidos del pequeño con un estetoscopio y luego me palpaba entre las piernas. Me sentí muy incómoda y para ocultar ese malestar clavé la mirada en el techo, como en su momento lo había hecho con la doctora Sahler.

Finalmente, aquello terminó y me incorporé con una sensación de alivio.

—Por lo que puedo ver, todo va bien —dijo la comadrona lavándose las manos—. Si no me equivoco, creo que todavía te quedan cuatro o cinco semanas. La pregunta es: ¿cómo lo sacarás adelante?

—Tengo un plan —dije con aplomo—. Además, vivo en casa de una amiga. De momento estaré a salvo allí.

—Tu amiga va a necesitar unos nervios de acero para vivir bajo el mismo techo que un recién nacido. —Madame Guerin soltó una carcajada mientras se secaba las manos, luego se me acercó—. Conozco varias mujeres jóvenes cuyos hombres las han dejado en la estacada. Algunas optan por dar al pequeño en adopción.

Negué con la cabeza.

—No. ¡Yo esa posibilidad no la contemplo!

Aquella criatura se había convertido en la razón por la que pensaba en abrir un negocio propio. Sabía que sería muy difícil, pero por mi hijo lo conseguiría.

—Bien, como quieras —respondió la comadrona—. Pero déjame que te diga que no hay nada de que avergonzarse. Si cambias de opinión, házmelo saber. Podría organizar algo para ti.

Asentí y me levanté. Me sentí muy avergonzada mientras volvía ponerme las bragas. ¿Cómo se le ocurriría pensar que yo querría deshacerme de mi hijo? ¿Acaso las chicas iban ahí solo a eso? Le di las gracias y salí de la consulta. Ya en la calle, noté que el pequeño se agitaba otra vez. Me acaricié el vientre. Tal vez era el momento de buscarle nombre.

—¿Y qué tal con Marie? —me preguntó Genevieve cuando nos volvimos a encontrar una semana después. En ese tiempo, no había hecho grandes progresos para dar con un nombre. Aunque se me habían ocurrido algunos, no me acababan de convencer.

La pregunta de Genevieve me sacó de mis cavilaciones.

Acababa de regresar de un paseo durante el cual había recogido varios pétalos de rosa. Su fragancia era tan embriagadora que no pude sino preguntarme cómo retenerla. Sabía que los perfumistas tenían técnicas para ello, y confiaba en dar con alguna pista entre mis libros.

—Bien —respondí—. Fue muy amable. Gracias de nuevo por la recomendación.

—De nada —contestó Genevieve. Me dio la impresión de que quería decirme alguna otra cosa—. Oye, ¿qué le ocurre a tu amiga? —añadió cuando me disponía a darme la vuelta—. Últimamente parece muy ausente.

Yo no habría podido afirmar que Genevieve hablase mucho con Henny. Pero era revelador que también a ella le llamara la atención ese cambio.

—No lo sé —respondí perpleja.

Genevieve se rio.

—¡Esto es París, *chérie*! Aquí no hay joven bonita que esté mucho tiempo sin un hombre.

Yo no habría sabido decir si cuando conocí a Georg también había cambiado. Acosada por el temor a mis padres había procurado siempre parecer lo más normal posible.

El comentario de Genevieve me inquietó, pero también me espoleó.

Si Henny encontraba un hombre, yo me quedaría sola y tendría que valerme por mí misma, y, además, bien pronto. Pero eso era también lo que quería. Quería tomar las riendas de mi vida, decidir por mí misma qué dirección tomar.

Aquella misma noche consulté en mis libros métodos de extracción de fragancias, pero al poco rato llegué a la conclusión de que necesitaba otro tipo de manuales. Había descubierto que en París había bibliotecas públicas a las que acudir, y me propuse visitarlas durante las semanas siguientes.

18

El edificio de la Bibliothèque nationale con sus largas filas dobles de ventanas y su tejado azul elevado resultaba intimidante. Me sentí un poco perdida en la espaciosa plaza adoquinada a pesar de que estaba repleta de gente, sobre todo hombres. A juzgar por sus ropas y por las carteras que llevaban, la mayoría debían de ser estudiantes o académicos.

Al mismo tiempo, se despertó en mí una cierta esperanza. Era como la primera vez que me vi ante la Universidad Friedrich-Wilhelm. Aunque me sentía un poco insegura, a la vez ardía en deseos de ponerme manos a la obra. Aquel mismo impulso se apoderó de mí y me hizo subir los escalones que llevaban a la puerta de acceso.

El vestíbulo, en el que había unos hombres sentados tras un largo mostrador de madera, estaba bañado por una luz tenue. Excepto por el ruido de mis pasos, que resonaban en las baldosas de mármol, todo estaba en silencio, ni siquiera se oían susurros apagados.

Era consciente de la impresión que debía de causarles a esos hombres, pero erguí la espada y me dirigí hacia uno de ellos.

—*Bonjour*, monsieur, me gustaría usar la biblioteca.

El hombre me miró de pies a cabeza con asombro.

—¿Quiere usted un pase para una hora o para un mes?

Alcé las cejas con asombro, pero entendí. El uso de la biblioteca no era gratuito. Por suerte, llevaba un poco de dinero.

—¿Cuánto cuesta?

—Tres francos para el pase mensual, o veinte céntimos para el pase de una hora.

Hurgué en el bolsillo de mi chaqueta. Para mí tres francos era una fortuna. Pero una hora no me habría servido de mucho. Decidí saltarme la comida de ese día y le entregué al empleado el importe más elevado.

—Muy bien, señora —dijo entregándome un formulario—. Rellene este papel. Luego, podrá acceder a la sala de lectura. Si necesita algo concreto, pídaselo al personal. No todas las obras se pueden consultar de forma inmediata; algunas primero tienen que sacarse del archivo.

—Gracias, creo que encontraré lo que busco —respondí y rellené el formulario.

Al poco rato, entré en la Salle Ovale, una enorme sala ovalada con el techo de cúpula muy alto adornado con unos ventanales de forma circular y unos motivos florales. Junto a los pupitres de lectura había unas lámparas de pantalla verde que compensaban la escasa luz que se colaba por las ventanas.

El silencio alrededor era tal que se habría podido oír la caída de un alfiler. Sentados a las mesas había algunos hombres que parecían completamente absortos en su lectura. En algunos casos, a su lado tenían pilas de libros. Decidí buscar primero los tomos que necesitaba y luego tomar asiento, preferiblemente en un lugar alejado para que mi vientre abultado no llamara la atención.

Pasé las horas siguientes buscando obras sobre la elaboración de cremas y perfumes. Al principio acarreaba en los brazos los volúmenes hasta que uno de los empleados se acercó a mí y me aconsejó que utilizara un carrito. Le di las gracias y continué mi camino. Casi perdí la noción del tiempo.

Al regresar a la sala de lectura, algunos de los hombres que había visto antes ya no estaban. Busqué en vano alguna mujer. ¿Era solo ese día, o es que simplemente ahí había pocas estudiantes?

Por fin me hice con un lugar algo apartado y me sumergí en mis estudios hasta que una voz detrás de mí susurró:

—Se ha propuesto usted algo muy serio.

Confundida, miré a mi alrededor y me encontré con el rostro de un joven vestido con una chaqueta de cuadros marrón. Era bastante atractivo, tenía la frente alta, la nariz larga y unos labios sensuales y curvados. Un rizo oscuro caía por la frente.

—Sí, yo... estudio química —respondí con una sonrisa.

Él también empezó a sonreír, pero entonces reparó en mi vientre. Al instante, algo cambió en la expresión de su cara. ¿Decepción, quizá? ¿Desprecio?

Azorado, se aclaró la garganta con timidez.

—Bueno, pues será mejor que no la moleste más.

Saludó con una pequeña inclinación y se dio la vuelta. Desconcertada contemplé cómo se alejaba. ¿Qué había sido eso? ¿Acaso por detrás no se había fijado en que estaba embarazada? Por un momento, sentí cierta amargura. Sabía muy bien por qué un hombre se acercaba a una mujer. Era evidente que había querido trabar amistad conmigo. A pesar de no conocerlo y no sentir nada por él, me impresionó que se hubiera echado atrás al ver mi vientre. ¿Me ocurriría siempre lo mismo mientras estuviera embarazada? ¿Los hombres se alejarían de mí por mi hijo? ¿Acaso pensaban que estaba prometida? Por unos instantes me sentí decepcionada, pero luego aparté de mí esa sensación y sacudí la cabeza. Ese tipo no merecía la pena. Los libros, sí. Ellos serían la piedra angular de mi vida aquí. De la vida de mi pequeño.

Me concentré y me fui llenando la cabeza de datos mientras iba tomando notas. Empecé a darme cuenta, cada vez con más claridad, de que inaugurar una tienda propia conllevaría muchas dificultades. Además de salas, necesitaría mobiliario y mercancías que ofrecer. Aunque sabía fabricar esos productos, el equipo de que disponía no era para nada suficiente.

Poco a poco, creció ante mí una montaña casi insuperable de dificultades, y la desesperación fue haciendo mella en mi ánimo. Recordé de nuevo la hermosa tienda de Helena Rubinstein y mi sueño de unas cortinas de color turquesa.

Entonces tuve una idea. ¿Y si ganara el dinero para la tienda justo allí donde podía aprender el oficio? Me acordé de la mujer joven y pulcra del mostrador de recepción de Helena Rubinstein. Si pudiera ocupar su lugar... ¿Y si lograba de algún modo que madame Rubinstein me contratara?

Estaba tan ensimismada en esos pensamientos que apenas oí el timbre que anunciaba el cierre de la biblioteca. Me levanté trabajosamente y contemplé el montón de libros. Al día siguiente, el personal de la biblioteca los habría devuelto a su sitio. Pero ahora yo ya sabía dónde encontrarlos.

A la mañana siguiente, volví a examinar los folletos de madame Rubinstein. Tal vez fuera cosa de mi imaginación, pero incluso me pareció percibir en ellos el perfume de la tienda. Me pregunté si tal vez las dependientas se dedicaban a perfumarlos. Olfateé el papel, pero lo único que percibí fue la habitual nota a madera.

La idea de trabajar en esa tienda por el momento, hasta lograr reunir el dinero necesario para abrir mi propio negocio, no me abandonaba.

Estaba claro que no necesitaban una vendedora; un puesto como aquel se podía cubrir fácilmente con una francesa. Pero ¿y si conseguía una crema que no tuviera nada que envidiar a la Crème Valaze, que fuera incluso mejor en términos de aroma y consistencia? ¿Me emplearían como química? ¡En algún lugar tenía que haber una fábrica para esas cremas! ¿Podría encontrar un puesto en ella?

Por otra parte, era consciente de que una simple entrevista o una carta de presentación no servirían de gran cosa. Necesitaba algo que convenciera a la gente de que no tenían otra alternativa más que contratarme.

Así, cuando salía de la biblioteca me dedicaba a buscar en los parques hierbas aromáticas que pudieran serme útiles para fabricar una crema. Al cabo de un tiempo, di con una farmacia de una pequeña bocacalle, que me vendió los ingredientes básicos para crear una crema simple. Una buena parte de mis exiguos ahorros fueron a parar a las arcas de la farmacia, pero al menos ahora tenía algo con que trabajar.

Como no quería utilizar el mechero Bunsen en la habitación, le pedí permiso a madame Roussel para usar su cocina de vez en cuando.

Me miró como si fuera a cobrarme algo por ello, pero finalmente asintió.

—Por mí, adelante. Pero si rompe usted algo, lo tendrá que reponer.

No tenía la menor intención de usar su vajilla, pero probablemente pensó que quería cocinar.

Como había averiguado que se ausentaba de la casa entre las dos y las cuatro, empleé esas horas para mis experimentos. Entonces fui consciente de lo mucho que echaba de menos mezclar ingredientes y ver cómo lentamente iba tomando forma un producto. ¡Cómo había echado de menos el olor de las hierbas y la cera de abeja!

Una semana después ya había creado mi primera fórmula, pero no se acercaba para nada a la magnífica crema de Helena Rubinstein.

—Oh, madre mía, ¿a qué huele aquí? —preguntó Henny al llegar a casa después de un ensayo. Hasta entonces no le había contado nada de mis planes. Ella solo sabía que todos los días iba a la biblioteca nacional para perfeccionar mis estudios.

—He empezado a desarrollar una crema—dije mostrándole el tarro—. Aún no es como me gustaría, pero estoy segura de que en unos días ya le habré pillado el truco.

Henny frunció el ceño con escepticismo.

—¿Y qué pretendes hacer con eso?

Dejé el tarro a un lado y le mostré el folleto.

—Presentarme para trabajar en este tipo de empresas.

Henny lo leyó brevemente y negó con la cabeza.

—¡Menuda tontería! Muy pronto vas a tener un hijo, ¿acaso lo has olvidado?

—¡Claro que no! —repliqué—. Pero después del nacimiento tendré que hacer algo.

—¿Y cómo pretendes trabajar con una criatura al cargo? Yo no estoy siempre aquí para cuidar de él, y a madame Roussel no le gustará que se lo pidas. ¿De verdad crees que te pagarán lo suficiente como para contratar a una niñera?

—Puede que lo hagan cuando hayan probado mi crema —respondí con aplomo.

No estaba dispuesta a que nadie me disuadiera de mi idea bajo ningún concepto. Claro que sería difícil encontrar a alguien que cuidara de mi pequeñín. Pero ¿y si me dejaban tenerlo conmigo? Mientras fuera pequeño, seguramente no daría problemas.

—No van a contratarte solo por un tarro de crema —siguió diciendo Henny. ¿Era aún la amiga que me había animado meses atrás? ¿Acaso yo hablaba ahora un idioma diferente y ella ya no me entendía?—. Deberías presentarte como es debido. Más adelante, cuando sepas quién va a estar al cargo del bebé.

—No aceptarán una solicitud de trabajo normal porque carezco de permiso de trabajo. Sin embargo, si logro demostrarles de algún modo que merece la pena contratarme..., que no me puede reemplazar una chica francesa... Por eso es bueno que empiece cuanto antes.

—Siempre podrán reemplazarte, en cualquier sitio. No deberías malgastar el dinero en ingredientes para una crema, cuando pronto vas a necesitarlo todo para tu recién nacido. ¡Esto son solo fantasías, Sophia!

Negué con un ademán de cabeza.

—No me quedará mucho para mi hijo si no encuentro la forma de trabajar aquí. ¡Aquí nadie me está esperando!

—Tampoco era ese el caso en Berlín.

—Pero entonces en Berlín no necesitaba permiso de trabajo. Y este solo lo podré conseguir si tengo un contrato de trabajo francés. En tu caso, el teatro se encargó de todo, pero yo...

—¿Y quién dice que realmente necesitas permiso? ¿Esa Genevieve? —me espetó al momento Henny, muy disgustada.

—Genevieve me ayudó a conseguir el permiso de residencia —repuse.

—Podría estar equivocada. ¿Qué sabrá alguien como ella del mundo laboral? No deberías hacerle caso.

La altanería en el tono de voz de Henny me asustó. Ciertamente, el oficio de Genevieve era de todo menos respetable. Pero era una buena persona.

Al percatarme de que podíamos pelearnos, preferí guardar silencio. De hecho, en los últimos días, Henny regresaba malhumorada de los ensayos, contestaba con cierta insolencia y nada de lo que yo hacía le parecía bien. Lo achaqué a la presión que había en el teatro y a la actitud desdeñosa de las demás bailarinas. Me entristeció que ya no me apoyara en esa idea que de hecho ya le había contado en Berlín. Aunque, por otra parte, tal vez tuviera razón y fuera preferible esperar a haber dado a luz.

Inspiré profundamente y me levanté. Me dije que un poco de aire fresco me vendría bien para no mostrarme susceptible a sus palabras.

—¿A dónde vas? —preguntó Henny mientras me dirigía a la puerta.

—Salgo a dar un paseo —respondí—. Necesito aclararme las ideas.

Dicho eso, me marché de la habitación y bajé la escalera. Me sentía tremendamente confusa.

Cierto, el dinero era escaso y yo estaba a dos velas. Pero por lo menos ese era un modo de progresar. De hecho, el único factible para mí. Además, estaba convencida de que funcionaría. Así las cosas, ¿por qué Henny, que había encontrado su sitio, trataba de disuadirme? ¿Por qué no me creía capaz de sacar adelante a mi hijo cuando llegara al mundo?

19

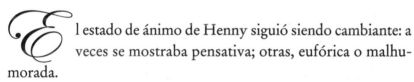l estado de ánimo de Henny siguió siendo cambiante: a veces se mostraba pensativa; otras, eufórica o malhumorada.

Aunque no lo dijo abiertamente, noté que le molestaba que yo siguiera trabajando en mi crema. Pero aquello no me detuvo.

Iba a la biblioteca prácticamente a diario, porque quería sacarles el máximo provecho a los tres francos del mes. Además, así me libraba de los cambios de humor de Henny, porque, cuando yo regresaba, ella solía haberse marchado y yo sabía que no volvería antes del amanecer.

El tiempo que pasaba en la biblioteca me dio ánimos y alimentó mis ideas. Aunque era consciente de que sería difícil, confiaba en que lograría cumplir la promesa que en su momento me hice ante aquel pequeño escaparate.

Por eso aquel día llegué a casa a última hora de la tarde completamente exultante.

Nada más poner el pie en la escalera, se oyó arriba un largo gemido. Puse los ojos en blanco y esbocé una sonrisa. Todo indicaba que Genevieve había empezado a trabajar temprano.

Subí trabajosamente la escalera, me acerqué a la puerta de nuestro cuarto y la abrí. Al instante siguiente me quedé helada.

Henny estaba tumbada en la cama con la cabeza doblada hacia atrás con un gesto apasionado. Sobre ella, entre sus muslos, un hombre se movía con intensidad. Al principio no lo reconocí, pero entonces él volvió la cabeza. ¡Era Maurice Jouelle, el del teatro! En cuanto me vio, dejó oír un gruñido de enfado.

—¡Pensaba que esa había salido! —bufó separándose de Henny. Esta tenía la cara sofocada, aunque posiblemente fuera más de vergüenza que de placer.

Yo no sabía qué hacer. La presencia de Jouelle, y además completamente desnudo, me incomodaba tanto que era incapaz de moverme.

Él dejó oír unas imprecaciones más y se volvió hacia Henny.

—¿Cuándo piensas decirle que se largue?

Aquellas palabras fueron como un bofetón para mí. ¿Era posible que él hubiera hablado con Henny de que debía marcharme?

Por fin, logré moverme. Retrocedí hasta el marco de la puerta con paso tambaleante, luego me giré y bajé por la escalera a toda prisa.

Al llegar al patio interior me detuve y me apoyé contra la pared. Oí voces en la calle, pero me parecieron apagadas. El corazón me latía desbocado por el pánico. ¿Qué había ocurrido allí arriba? ¿Henny se estaba viendo con Jouelle? ¿Era ese el modo que tenía de convencerlo para poder quedarse en el teatro?

La cabeza empezó a darme vueltas. Lo que había dicho Genevieve era cierto. Detrás de aquel humor cambiante había un hombre. Detrás de su mal humor y de sus cavilaciones. Detrás de mi creciente sensación de haberme convertido en una carga.

Ella no me había contado nada al respecto. Ni siquiera lo había insinuado. O tal vez yo no la había escuchado.

Me quedé mirando los adoquines y entonces oí un ruido en la escalera. Al poco, Jouelle salió por la puerta dando traspiés. Me crucé de brazos y me volví a un lado. No quería verlo. Pero él se me acercó.

—Deberías largarte de su vida —masculló entre dientes—. Tiene por delante una gran carrera. Y los parásitos no le hacen ningún bien. ¡Coge tus cosas y vuelve por donde has venido!

Noté su aliento en la nuca. Instintivamente me llevé las manos al vientre y me encogí un poco.

Instantes después oí sus pasos alejándose rápidamente del patio interior.

Me quedé un rato inmóvil, luego enderecé la espalda y me apoyé en la pared. Las piedras eran ásperas al tacto. Tenía los ojos anegados en lágrimas.

No podía regresar arriba. Ni tampoco quería que Henny bajara a hablar conmigo. En ese momento ni siquiera era capaz de pensar en ella.

Que tuviera algo con Jouelle era asunto suyo. Que no me lo hubiera contado era triste, pero ya no se podía deshacer. Con todo, lo que más me encolerizaba era que Henny debía de haber hablado a Jouelle sobre mí. Le debía de haber explicado mi situación, por qué había acabado viviendo con ella. Él me había llamado «parásito». ¿Acaso Henny también creía eso?

Me sequé las lágrimas rápidamente y me giré. Un par de vueltas por el parque bastarían. Henny tenía que salir para la función. Así yo podría pensar qué hacer.

Estuve vagando sin rumbo fijo. Con cada paso que daba, más consciente era de que no podía seguir viviendo con Henny. No podía saber si solo era la opinión de Jouelle, pero, aunque ella me asegurara que no pensaba igual, su conducta me había hecho ver que nuestro tiempo juntas había terminado. Ella tenía algo en contra de mi intento por independizarme. Y a la vez eso significaba que, si no hacía nada, yo seguiría dependiendo de ella. Estaba claro que Henny parecía no comprender que la vía normal de obtener un empleo estaba vetada para mí. En todo caso, Jouelle sí lo comprendía y posiblemente él no veía otra opción para mí que seguir viviendo a costa de Henny. A saber cuándo lograría convencerla de lo inútil que yo era...

Mis pensamientos no dejaban de darme vueltas en la cabeza. Cuando empezó a oscurecer, regresé a la pensión. Henny había hecho la cama y se había marchado; ya no quedaba nada que recordara lo que había presenciado antes. Y, aun así, me pareció que aún veía a Jouelle tumbado sobre ella. Fui de un lado a otro de la habitación sin saber qué hacer; consideré incluso la idea de ir a ver a Genevieve, pero al final la deseché.

En vez de ello, me senté en la silla y miré por la ventana. Una y otra vez repasé las palabras que me había dicho ese hombre. Reflexioné sobre los días anteriores. La transformación de Henny. Apenas quedaba nada de la niña que se me había acercado para jugar a las canicas conmigo. Ni siquiera de la joven que me había llevado a su teatro. Henny había progresado; yo, en cambio, tenía la sensación de estar retrocediendo.

Como no quería tumbarme en esa cama, al final me acurruqué en el suelo. Era incómodo, pero en algún momento me venció la inmensa pesadez de mi cuerpo y me hundí en una oscuridad carente de sueños.

Al despertar noté que Henny estaba allí. El sol aún no se había alzado sobre el horizonte, pero en las ventanas ya se veía la luz crepuscular. Me levanté con un gemido. Me dolían la espalda y el cuello.

—¿Qué haces ahí? —oí decir a Henny.

Me giré. Tampoco ella se había tumbado en la cama, sino que permanecía sentada en el borde, mirando por la ventana, igual que había hecho yo horas atrás. Me habló sin mirarme.

Intenté quitarme el sueño de la cara. Durante un instante misericordioso mi mente estuvo en blanco, pero luego recordó todo lo ocurrido.

—No me pareció apropiado —contesté, poniéndome en pie. Al hacerlo, me sentí un poco mareada y me dejé caer en la silla.

Henny asintió.

—¿Cuánto tiempo hace... de eso? —dije con voz rasposa.

—Desde el día del estreno —respondió Henny—. Pero... no te lo podía contar.

—¿Por qué no? —pregunté—. Yo te hablé de Georg.

—Esto es algo distinto.

—¿De veras?

Suspiré y me llevé las manos al vientre. Si algo iba mal, se quedaría embarazada. Si Jouelle no iba con cuidado.

—Esto es asunto mío, ¿lo entiendes? ¡Asunto mío! —Se volvió—. Él se asegurará de que pueda quedarme aquí.

—¿Así que te acuestas con él porque te ha prometido que te podrás quedar en el teatro?

Aquella faceta de Henny era nueva para mí.

—¿Acaso no fue así con ese profesor tuyo? —espetó de improviso—. ¡Seguro que tú también te hiciste ilusiones!

Sacudí la cabeza incapaz de creerme lo que estaba oyendo. ¿De verdad creía eso?

—Quería sentirme deseada —repliqué—. Quería sentirme hermosa. Quería que por fin alguien se fijara en mí. Y Georg decía que estaba separado. —Hice una pausa y me escuché a mí misma—. Pensaba que lo amaba. Me olvidé de todo lo demás. Pero tú..., ¡tú tienes todo el mundo por delante!

—Sí, y por eso es importante que alguien me ayude a conseguirlo. Además... —Se interrumpió.

—¿Le amas? —pregunté. Ella me había hecho la misma pregunta cuando le hablé de Georg. Entonces yo la esquivé, porque no sabía si lo que estaba sintiendo era amor.

—Sí —respondió con voz ronca—. Esto es diferente a otros amoríos. Pero creo que le quiero.

—¿Y él a ti? —quise saber, y solo obtuve unos minutos de silencio.

Fui presa de una gran aprensión. Henny podía acabar como yo. ¿Cómo evitar un embarazo si al hombre no le parecía necesario ir con cuidado? En algún momento, Jouelle también se dejaría llevar por su pasión. Y eso sería el fin de aquella brillante carrera de la que él había hablado.

De todos modos, intuí que Henny no quería oír tal cosa.

—Habló conmigo —dije tras un rato en silencio—. Según él, lo mejor es que te deje en paz. Que a ti los parásitos no te hacen ningún bien porque tienes por delante una gran carrera.

Henny me miró. En ese momento, me recordó cómo era cuando yo me mudé a su casa.

—¡Él no ha dicho tal cosa!

—Pues así ha sido —repuse—. Es posible que haya interpretado así las historias que le has contado sobre mí.

—Yo... ¡no le dicho nada! —protestó, pero me di cuenta de que mentía.

Me acerqué a ella. El cuerpo aún me dolía y el ardor en el pecho iba en aumento. Era como si me fuera a reducir a brasas el corazón. Si perdía a mi amiga, ¿qué me quedaría en la vida?

—Oye —dije. Intenté asirle las manos, pero ella las apartó—. No puedo seguir aquí para siempre. Tú quieres tener tu propia vida, y es obvio que quieres a ese hombre. Él no me quiere cerca de ti. No tengo intención de molestaros, así que me iré en cuanto encuentre otro lugar donde vivir.

—Pero ¡si no le he dicho nada! —rezongó. Aun así, en sus ojos me pareció adivinar una pequeña chispa de alegría. De alivio por librarse por fin de mí.

—No, no lo has hecho —repuse intentando contener con la respiración el dolor que me recorría el vientre. Seguramente era por haber permanecido tumbada y encorvada sobre el suelo duro. Sin duda, todos los músculos de mi interior debían de haberse contraído—. Pero noto que te ocurre algo. Puede que no lo admitas abiertamente, pero me estoy convirtiendo en una carga cada vez más pesada para ti. Sales de fiesta hasta el amanecer, trabajas, y yo...

—¿Acaso no te alegras por mí? —me interrumpió Henny y soltó un bufido—. A fin de cuentas, yo me he ocupado de que no acabases en la calle.

Inspiré de nuevo profundamente. El dolor en mi vientre remitió lentamente, pero la sensación de sentirme perdida se propagó de forma intensa dentro de mí. Era como cuando lamenté haber dejado las llaves del piso de mis padres en la consola. Sin embargo, no había otra opción. Tenía que buscar otro lugar donde vivir. De algún modo.

—Por supuesto que me alegro —me defendí débilmente—. Y te agradezco mucho todo lo que has hecho por mí. Pero creo que ha llegado el momento de que me vaya. No podemos continuar así mucho tiempo, y no quiero perder a mi única amiga solo porque ella tenga que elegir entre su amante y yo.

—¡Sophia!

Negué con la cabeza. En ese momento no necesitaba oír promesas por su parte. La había visto cambiar y, aunque ella no lo admitiría, era posible que pensase igual que Maurice Jouelle.

—Es mejor así. Me las arreglaré.

Miré a mi alrededor. Henny había sido un refugio para mí, pero había llegado el momento de seguir adelante. Tal vez hubiera algún asilo para mujeres sin recursos. Algo que por lo menos me permitiera estar a salvo hasta disponer de los medios para hacer realidad mi proyecto.

20

Al poco rato abandoné la habitación. En ese momento necesitaba calma y sabía que en la biblioteca la encontraría. Tal vez allí podría averiguar también dónde había alojamientos para chicas caídas en desgracia como yo.

Mientras la mañana se iba despertando sobre París, llegué al edificio de la Bibliothèque nationale. La caminata me resultó más fatigosa que de costumbre. La espalda me dolía y me notaba las piernas más flojas que nunca. En las sienes sentía un martilleo sordo.

Durante el camino recapitulé la conversación con Henny. Por muchas vueltas que le diera, no había remedio. Tal vez podría quedarme una semana más con ella, pero para entonces debería tener otro sitio.

A esa hora la explanada frente a la biblioteca aún estaba vacía; solo unas palomas buscaban comida entre arrullos. Los pájaros piaban en los tejados y se oía el gorjeo de los gorriones. Envidié la libertad de las aves. Ellas podían hacer el nido en cualquier sitio...

Como en las ventanas de la biblioteca ya había luz, entré. En ese momento en recepción solo había un hombre sentado.

Estaba conversando con una mujer que llevaba un vestido verde y que en ese momento se estaba quitando el sombrero, dejando a la vista su cabellera negra, que relucía como el plumaje de un mirlo. Era una de las pocas mujeres que había visto por ahí en los últimos días. De algún modo eso me alegraba: así no era la única, ni atraía constantemente las miradas de los hombres hacia mí cuando llevaba a la mesa mi montón de libros.

No sabía de qué podían estar hablando, ni me importó lo más mínimo conforme me dirigía a la sala de lectura. Ese día el calor me molestaba más que de costumbre. Me dije que tal vez debería aprovechar el momento de calma para recuperar un poco el sueño. Algunos visitantes de la biblioteca dormían sobre sus lecturas.

De pronto me sobrevino un dolor inesperado que me dejó sin aliento. Era como si alguien me estuviera hundiendo un cuchillo en el vientre.

Primero pensé que se me pasaría, pero entonces noté que algo húmedo se me escurría por la pierna. Caí de rodillas con un gemido.

La mujer que antes estaba en la entrada corrió a mi lado. Se inclinó sobre mí.

—¿Qué le ocurre, mademoiselle?

—Yo..., no lo sé —gemí—. El bebé...

La mujer bajó la vista y se tapó la boca con la mano.

—*Mon dieu!* —exclamó—. ¡Usted..., usted acaba de romper aguas!

Sus palabras quedaron prácticamente ahogadas por el ruido que sentía en mis oídos.

—¡Ayuda! —gritó de repente la mujer—. ¡Necesitamos un médico!

Unos hombres que entraban en la sala me miraron con asombro, y al verlos la desconocida volvió a pedir un médico. Entonces uno de ellos se separó del grupo y salió corriendo a toda prisa.

La desconocida me acarició la frente.

—Todo irá bien. Tranquila.

Pero eso era difícil. ¿Iba a dar a luz ahora? ¿Es que algo no iba bien? ¿Me estaba desangrando? No me atrevía a bajar la vista. Gimoteé asustada.

—¿Cómo se llama? —me preguntó la mujer intentando distraerme.

—Sophia —respondí antes de que otro espasmo me dejara sin aliento.

—Yo soy Agnes —respondió—. ¿Ha decidido ya el nombre de su hijito o hijita?

Negué con la cabeza. De vez en cuando había pensado en ello, pero ningún nombre me había acabado de convencer. De hecho, tampoco sabía si iba a ser niño o niña.

—Mi hermano se llama Jerome —siguió diciendo mientras me sostenía la cabeza—. Si es niño, no lo llame así. ¡Está hecho un gamberro!

Soltó una carcajada y me di cuenta de que, de todos modos, adoraba a su hermano.

—Yo..., la verdad, no sé...

—Si es niña, tal vez la puede llamar como yo. O ponerle el nombre de una buena amiga.

Henny. Henriette. Era un nombre bonito. Ese pensamiento se vio ahogado por otro espasmo de dolor. Solté un gemido mientras intentaba respirar para aliviar esa punzada, pero tenía la sensación de que me costaba respirar.

Al cabo de unos minutos que se me hicieron interminables, aparecieron dos hombres. Uno llevaba un uniforme azul, y el otro era el joven que había corrido a buscar ayuda.

—Esta mujer necesita ir al hospital con urgencia —explicó Agnes—. Está de parto.

Luego se volvió hacia mí. Yo seguía arrodillada en el suelo en una posición poco natural, pero no me atrevía a moverme.

—¿Puede ponerse de pie?

Asentí sin saber si realmente sería capaz. Todo el cuerpo me temblaba. La mujer y el hombre que había acudido a socorrerme me ayudaron a levantarme. Sentía las rodillas flojas, como de mantequilla. El dolor, por lo menos, había remitido. Salí de la biblioteca apoyada en esos desconocidos. En la explanada aguardaba un taxi.

Imposible saber cómo aquel desconocido había dado con uno tan rápidamente, pero al menos entonces tuve la esperanza de no dar a luz en ese lugar.

Aún notaba aquel líquido cálido deslizándose por las piernas y tenía la falda llena de manchas, pero a esas alturas me daba igual lo que la gente pudiera pensar de mí.

—La vamos a llevar al Hôpital Lariboisière —me explicó Agnes cuando llegamos junto al vehículo—. Yo estuve ingresada allí, es un hospital excelente.

Asentí. En ese momento habría aceptado cualquier cosa.

El conductor palideció al vernos. La desconocida describió brevemente lo ocurrido y sacó un billete de un pequeño monedero que llevaba.

—¡Vaya rápido si no quiere que el pequeño nazca en su coche! —Dicho esto le estampó el billete en la mano.

Supuse que el conductor pondría objeciones, pero, al parecer, la cantidad era suficiente.

—Mi bolsa —dije mientras me ayudaban a subir al asiento trasero del coche. Mis anotaciones seguían en el vestíbulo de la biblioteca.

—Me aseguraré de que se la lleven al hospital —dijo la mujer ayudándome a subir al taxi. Entonces me apretó la mano—. ¡Mucha suerte!

Cerró la portezuela del vehículo y saludó con la mano mientras el conductor pisaba el acelerador.

De hecho, el hospital no estaba muy lejos de la biblioteca. La calle, que era bastante estrecha, desembocaba en una entrada de piedra muy decorada sobre la que ondeaba la bandera francesa. Escrito en letras gruesas se leía HÔPITAL LARIBOISIÈRE encima del lema de la Revolución Francesa: *Liberté, Égalité, Fraternité.*

—Ya hemos llegado, mademoiselle —dijo el conductor cuando nos detuvimos frente a la entrada.

Apenas podía creer lo que veían mis ojos. Por un momento, se desvaneció incluso el dolor que me asaltaba a intervalos irregulares.

Aquel lugar parecía más una versión en miniatura de Versalles que un hospital. Constaba de seis grandes edificios de ventanas altas conectados entre ellos por unas galerías ricamente decoradas. En medio había un jardín magnífico con arriates de flores de color rojo y pequeños arbustos ornamentales primorosamente podados.

De nuevo sentí un espasmo en el vientre. ¿Cuánto tiempo iba a durar aún? Mientras intentaba respirar para controlar el dolor y el sudor me resbalaba por la espalda, el taxista fue a avisar. Al poco rato, aparecieron dos enfermeras ataviadas con unas largas batas blancas y unos tocados en la cabeza que las hacían parecer monjas. Les expliqué brevemente lo ocurrido y acto seguido me sentaron en una silla de ruedas y me empujaron por un largo pasillo de mármol hasta conducirme a la sala de partos. Allí me cambiaron la ropa y me pusieron un camisón. Me tumbé en la camilla con el corazón agitado. Sentía mucho miedo. Tal vez el cálculo de Marie Guerin no había sido exacto, pero, si ella tenía razón, el parto se había adelantado un mes.

—Aguarde un momento, el doctor Marais la atenderá de inmediato —dijo la enfermera con ternura y sonriendo—. ¿Hay alguien a quien debamos avisar?

En lugar de responderle, gemí con fuerza sin poder contenerme mientras me invadía una nueva contracción e intentaba respirar. Solo al cabo de un rato fui capaz de contestar.

—Por favor, avisen a Henny Wegstein, en la pensión de madame Roussel, en la rue du Cardinal Lemoine.

Aunque nos acabábamos de separar y estábamos enfadadas, yo solo la tenía a ella. Las lágrimas acudieron a mis ojos. El corazón me latía desbocado por el miedo, y por un momento me sentí mareada.

La mujer asintió y me posó la mano en el hombro para tranquilizarme.

—No se preocupe por nada. Descanse un poco, nosotros nos encargaremos de todo.

A continuación, una nueva contracción me nubló por completo la mente. Apreté los ojos y, mientras todo el cuerpo se me bañaba en sudor, recé para que eso acabara de una vez.

Cuando volví a abrir los ojos, había un hombre con una bata blanca inclinado sobre mí. Era un poco mayor y llevaba el pelo ralo peinado con gomina. Bajo la bata asomaban una camisa blanca y una corbata azul. En el bolsillo guardaba un estetoscopio.

—Soy el doctor Marais —se presentó—. Soy el ginecólogo de este hospital.

Dejé oír un resuello. ¿Cuándo terminaría esa agonía?

—¿Podré tener una comadrona conmigo? —pregunté con dificultad ya que hablar me agotaba de forma extrema.

—Está de camino. Yo me encargaré de que no le pase nada a usted si surgen complicaciones.

Asentí y me hundí de nuevo en la camilla. Prácticamente no noté siquiera que el médico me estaba examinando. Intenté concentrarme en la respiración, pero de nada servía frente al miedo atroz que me embargaba. ¿Y si moría durante el parto? ¿Qué le pasaría entonces al pequeño?

Cerré los ojos sin querer acordarme de que Georg me había aconsejado ir a ese médico que practicaba abortos clandestinos. Uno que infringía la ley. Aquel doctor trataría de salvarnos. A mí y a mi hijo.

—¿El padre ya ha sido avisado? —oí que decía a pesar del zumbido en mis oídos. Todo mi cuerpo pareció agitarse, más incluso cuando oí esa pregunta.

Negué con la cabeza.

—No. No quiere el niño. No sabe que estoy aquí.

El doctor Marais arqueó las cejas.

—Entonces, ¿está usted sola?

—Sí —respondí.

—¿Y sus padres?

Tomé aire.

—Ya no tengo contacto con ellos.

Adoptó una expresión compasiva.

—No lo tiene usted fácil. Criar a un hijo sola es complicado. ¿Tiene a alguien que pueda cuidar de él?

¿Y a él que le importaba? Hasta ahora, nadie me había preguntado cómo me las iba a arreglar.

—Todo irá bien —dije relajándome en cuanto el dolor remitió un poco—. Tengo una amiga aquí que me apoya.

Aunque aquello había dejado de ser cierto desde esa mañana, el médico pareció darse por satisfecho.

—En ese caso, no perdamos más tiempo. Ha roto usted aguas, así que no va a tardar mucho. Nos limitaremos a prepararnos ante posibles contingencias.

—¿Contingencias? —pregunté inquieta.

—Su condición física no es precisamente óptima. Se podría quedar sin fuerzas durante el parto. En ese caso, yo le practicaría una cesárea.

Marie Guerin no había dicho nada al respecto.

—¿Una cesárea? —susurré horrorizada.

Sabía que eso significaba abrirme el vientre. Una vecina de nuestra antigua casa de Berlín había muerto tras tener a su hijo por cesárea.

—No se preocupe, hoy en día esta operación es mucho más segura, y la anestesia también —dijo el doctor Marais, interpretando correctamente mi expresión—. Quiero que sepa que haré todo lo posible para que pueda tener entre sus brazos a una criatura sana.

—Gracias, doctor —respondí.

El médico asintió y desapareció.

Temblaba de miedo. Una cesárea. ¿Iba a ser necesaria de verdad? El doctor Marais me había examinado. ¿Acaso había visto algo que iba mal?

Llegó entonces una mujer vestida de enfermera que se presentó como Aline DuBois, la comadrona del hospital. Llevaba un maletín como el que le había visto a la comadrona para pobres.

—No será fácil, pero lo conseguirá —dijo acariciándome la frente sudorosa. La garganta me dolía a causa de la respiración intensa y sentía un cosquilleo en las extremidades, como si las recorrieran miles de hormigas—. ¿Sabe ya cómo se llamará el pequeño? —preguntó.

Negué con la cabeza.

—Depende de lo que sea. Si es niña, tal vez podría llamarse Henriette, pero aún no he encontrado un nombre de niño. No, al menos, uno que me guste.

—Bastará con que nos lo diga cuando ya haya llegado —respondió la comadrona con una sonrisa—. Muchas mujeres no lo saben de antemano, y lo deciden nada más ver al pequeñín.

Asentí, aunque no estaba segura de qué decidiría cuando llegara el momento. Me acordé de esa mujer joven que iba con su marido en nuestro compartimento del tren. Seguro que hacía tiempo que había decidido el nombre de su bebé.

De todos modos, la suya era una vida acomodada, con un marido cariñoso y tal vez una casita bonita. Ella no había tenido que vivir con su amiga, ni luchar tampoco por obtener un permiso de residencia y descubrir entonces que no tenía permiso para trabajar.

Me abrumó la autocompasión y me eché a llorar. La comadrona me acarició el pelo y me dio un vaso de agua.

—Tome, beba. Lo va a necesitar en cuanto se inicie el parto.

Di un buen sorbo y me volví a recostar de nuevo, respirando con dificultad. Entonces oí la voz de la comadrona diciendo que estaba empezando.

Los instantes siguientes se desdibujaron en medio del dolor y el miedo. Aunque seguía las instrucciones de Aline DuBois y del doctor Marais, sentía que me faltaban fuerzas para traer a mi niño al mundo. Durante las semanas anteriores había comido muy poco y ese hecho me estaba pasando factura.

Aline DuBois me animaba, me ponía paños fríos en la frente y me sostenía cuando era necesario. Tenía la impresión de que el corazón me estallaría al empujar. Al mismo tiempo, me sentía tremendamente débil. A cada minuto que pasaba, peor me sentía.

Llegó un momento en que el médico asomó por detrás de la cortina que colgaba ante mi vientre y se acercó a mí.

—Me temo que vamos a tener que practicar una cesárea —le oí decir. Un poco más tarde, su rostro apareció ante mis ojos.

—¿Me oye? —preguntó.

Asentí débilmente con la cabeza.

—Está usted perdiendo mucha sangre, y el niño no está bien colocado.

—¿Y eso qué significa?

El pánico se apoderó de mí, y, mientras sentía cómo el miedo me recorría las venas, por un momento mi vista se aclaró, como si saliera de una niebla.

—Le vamos a administrar anestesia. Usted se dormirá y, en cuanto se despierte, ya podrá abrazar a su hijo.

Le dijo algo a la enfermera, e instantes después me pusieron una mascarilla en la cara.

Benedikt, pensé. Si era niño, se llamaría Benedikt, como el abuelo al que yo nunca había conocido.

Entonces el dolor cesó y mi miedo se desvaneció.

21

Primero fueron unos sueños confusos, discordantes y carentes de sentido. Luego me fui hundiendo en la nada, cada vez más y más. Oí sonidos y no pude determinar si se trataba de voces o cantos. En algún momento se oyó un grito, pero tampoco entonces supe de quién era, ni qué significaba.

Cuando abrí los ojos y sentí la luz del sol, creí que estaba de nuevo en mi cama. Las imágenes de aquellos sueños borrosos me abandonaron. En el instante en que se desvanecieron, la mente se me aclaró y me di cuenta de que no estaba en casa, ni tampoco en la habitación de Henny.

No conocía aquel lugar.

Entonces recordé que me habían llevado al hospital. Me llevé las manos al vientre. Aunque todavía se notaba una curvatura, su tamaño había disminuido mucho. ¿Mi hijo seguía allí?

Intenté palparlo con la mano, pero bajo el camisón no noté más que piel.

Cuando la puerta se abrió, di un respingo. Intenté incorporarme y sentí un dolor en el vientre. El dolor también era algo que recordaba.

Había ido al hospital en taxi, una mujer desconocida lo había pagado. Agnes. Me había sugerido que le podía poner su nombre a mi hija. Era extraño que recordara eso entonces.

—¿Mademoiselle Krohn? —preguntó una voz. Al poco rato, apareció junto a mí una enfermera—. ¿Me oye?

—Sí —respondí con voz ronca.

—Iré a buscar al doctor Marais. Intente mantenerse despierta, ¿de acuerdo?

Asentí. Aunque sentía los párpados pesados, tenía la mente alerta. Tal vez tuviera el cuerpo dolorido, pero me sentía tan fuerte y descansada como no lo había estado en mucho tiempo.

De nuevo, intenté incorporarme. Al hacerlo el dolor volvió a atravesarme el cuerpo, aunque esta vez logré echar un vistazo por la ventana. El tiempo había cambiado y el sol había dado paso a unos nubarrones de lluvia.

¡Henny! Me pregunté si habría sido informada.

Pensé en mi hijo. ¿Por qué no estaba conmigo? Se me ocurrió que el hospital debía de tener una sala aparte para los recién nacidos que cada día llegaban al mundo. Seguramente ahora la enfermera vendría con el médico y me lo traerían.

La ilusión me llenó el corazón y, por un momento, me hizo olvidar el dolor. En cambio, mi impaciencia fue en aumento. ¿Dónde estaban?

Volví la vista a un lado. La cortina junto a mi cama estaba corrida, las dos camas junto a la mía estaban vacías y recién hechas. ¿Había habido otras mujeres allí? Seguramente debían de haber regresado ya a su casa, felices con el niño en su regazo.

Aunque no sabía dónde iba a vivir, la felicidad de tener muy pronto a mi hijo entre los brazos pesaba más que cualquier otra preocupación. Si esa criaturita estaba bien, ya encontraría algo. Sentía que la mera existencia de ese pequeño o pequeña me daba fuerzas.

Al cabo de un rato, la enfermera regresó con el médico que me había asistido en el parto. El bebé no estaba con ella.

—Mademoiselle Krohn, ¿cómo se siente? La enfermera Sybille me ha dicho que está usted despierta.

El doctor Marais se puso delante de mí y, antes de que yo le dijera que realmente no sabía cómo estaba, empezó a examinarme. Me tomó el pulso, me midió la presión arterial y luego me examinó la cicatriz en el vientre. Me costó mucho bajar la mirada para observarme; en cuanto vi las primeras manchas de sangre en el vendaje, aparté la vista hacia el techo.

—La enfermera Sybille le cambiará el vendaje en un momento —dijo bajándome de nuevo el camisón—. ¿Cómo siente los pechos? ¿Los nota muy tensos?

—No, la verdad es que no —respondí. Lo cierto era que, aparte del dolor, no sentía nada—. ¿Dónde está mi pequeñín? —pregunté mientras el médico me palpaba cuidadosamente los pechos—. ¿Cuándo podré verlo?

El doctor Marais detuvo el gesto por un instante.

—Usted está bien —dijo sin responder a mis preguntas—. Sobre todo, teniendo en cuenta las circunstancias.

—¿Doctor? —pregunté. Él cruzó una mirada con la enfermera.

—Escuche. Seguro que se acuerda de que tuve que practicarle una cesárea.

—La cicatriz lo demuestra claramente —respondí, insegura. Sentí una cierta inquietud en el estómago.

—Dio a luz a un niño —siguió diciendo el doctor Marais, aunque por su tono no parecía que fuera una noticia alegre—. La enorme hemorragia que sufrió le hizo estar en coma durante una semana. Llegamos a temer por su vida. Por fortuna, ha demostrado ser muy fuerte.

¿Había estado dormida toda una semana? No sabía exactamente lo que era un coma, pero en el campus de la universidad había oído hablar de eso a los estudiantes de medicina.

—¿Qué día es hoy? —pregunté, confundida.

—Estamos a 9 de agosto —respondió el médico.

Mi cumpleaños, por lo tanto, ya había pasado. Era el 5 de agosto, un día que siempre había celebrado en familia. En aquella ocasión, sin embargo, no había habido ninguna fiesta. Pero ¡qué importaba eso si tenía a mi hijo! Siempre lo podría celebrar con él.

—¿Qué hay de mi hijo? —pregunté, esperanzada—. ¿Puedo verlo?

El médico adoptó una expresión triste.

—Lo siento, pero su hijo murió al día siguiente de nacer.

—¿Cómo? —exclamé.

Aunque había oído esas palabras, mi mente se negaba a aceptarlas. ¿Mi hijo había muerto? ¡No podía ser verdad! Sentí que se me encogía el corazón y por un momento tuve la sensación de no poder respirar.

—Cuando lo saqué, el cordón umbilical le rodeaba el cuello y al principio no respiraba. Logramos que lo hiciera, pero por desgracia al día siguiente se le paró el corazón. La enfermera lo encontró. Tal vez aún fuera un poco inmaduro, a fin de cuentas parece que se adelantó un poco.

Aquellas palabras me azotaron como un chaparrón. Se adelantó... ¿De verdad? Retrocedí mentalmente hasta la tarde en que todo había ocurrido. Sí, tal vez se había adelantado un poco. Pero yo había notado cómo se movía. Y la comadrona me había dicho que estaba sano...

Aunque tenía frío, este no logró calar en mi interior. Mientras la cabeza seguía buscando febrilmente una explicación, mi corazón ardía de incomprensión y dolor. ¡Era imposible! Lo que ese hombre decía no podía ser cierto. Seguramente solo estaba teniendo un sueño desaforado.

—¿Y usted no pudo hacer nada por él? —pregunté, aturdida. Poco a poco fui entendiendo que nunca tendría entre mis brazos al niño que había llevado en mi interior. Me sentí abrumada por las emociones que me asaltaron al tomar conciencia de ello. Era como si me hubieran arrancado algo. Al principio apenas sentí nada, pero luego aquello me devastó. Y lo peor era que ni siquiera le había podido dar un nombre...

—Por desgracia, no —respondió el doctor Marais—. De noche, las enfermeras están continuamente pendientes de los recién nacidos, pero a veces cuesta distinguir la muerte del sueño. Y cuando el corazón se para...

Se interrumpió; era como si en mi expresión hubiera visto algo que le asustara.

—Celebramos una misa por él en la capilla. Como no sabíamos el nombre que usted había escogido para él, lo bautizamos de urgencia como Louis. Es una costumbre aquí.

Sacudí la cabeza, atónita. Nada de aquello tendría que haber ocurrido: mi hijo, bautizado con un nombre extranjero y en una confesión que no era la mía. Mi hijo había muerto. Era incapaz de creerlo. ¿Por qué no lograba despertarme de esa pesadilla?

—¿Mademoiselle? —La voz del doctor Marais me sacó de mi estupor.

—¡Usted me dijo que haría todo lo posible para que yo tuviera un hijo sano! —le espeté. Mi cuerpo, que apenas parecía tener fuerzas, estalló. Como impelidas por una fuerza propia, mis manos se alzaron y le agarraron la bata.

—¡Usted me lo prometió!

El médico me miró, asustado.

—Mademoiselle Krohn, por favor, cálmese —intervino la enfermera, apresurándose hacia mí y soltándome con un gesto suave pero enérgico de la bata del médico—. Le aseguro que hicimos todo cuanto estuvo en nuestras manos, pero no podemos ir contra la voluntad de Dios.

Exhausta, me hundí de nuevo en las almohadas. Quería gritar, llorar, tirarme de los pelos, pero estaba demasiado débil.

—Descanse para que pueda recobrar las fuerzas —dijo el doctor Marais, mientras se ajustaba la bata con un malestar evidente. A continuación, se despidió.

La enfermera permaneció un rato conmigo. El velo blanco hacía que su rostro pareciera aún muy joven.

—Le aseguro que su hijo no sufrió —musitó. Pero eso no era ningún consuelo para mí. Aunque pocas veces había pensado en cómo sería ser madre, echaba de menos a mi hijo.

—Me habría gustado tanto verlo —dije, aturdida—. Por lo menos una vez.

—Lo sé —contestó la enfermera acariciándome el pelo.

Sollozando, me hundí en sus brazos. El mundo a mi alrededor se desdibujó en medio del dolor y la tristeza y deseé no haberme despertado nunca.

Mientras el tiempo iba pasando sin que me diera cuenta, mantuve la vista clavada en la pared de delante de mi cama. Sentía el cuerpo dolorido y maltratado. Tenía los ojos hinchados y la garganta ronca. No sabía cuánto tiempo había llorado ni cuántas horas habían pasado hasta que mis lágrimas se habían consumido.

Asomó entonces otra enfermera para dejarme una bandeja de comida, pero no le presté atención. El olor a comida me daba náuseas. No me atrevía a tomar nada.

Cuando la puerta se volvió a abrir, cerré los ojos. No quería hablar con nadie, no quería oír a nadie diciendo lo importante que era que comiera algo. Prefería fingir que estaba dormida y esperar a encontrarme sola de nuevo. Aunque dependía de ellas, no soportaba ver a las personas que habían permitido que mi hijo muriera.

—¿Sophia?

El sonido de aquella voz me obligó a abrir los ojos.

Junto a mi cama no estaba una enfermera, sino Henny. Llevaba el abrigo un poco torcido, como si hubiera salido a toda prisa o hubiera pasado varios días en la sala de espera.

—Henny.

Se me acercó. Al abrazarme tenía los ojos brillantes y llenos de lágrimas.

—Estaba tan asustada por ti. Creían que tú también morirías.

Era evidente que estaba al corriente de lo ocurrido.

Se apartó de mí y me contempló.

—En cuanto me avisaron, acudí al hospital —explicó—, pero no pude dar contigo. Al principio no quisieron contarme qué te pasaba, pero entonces les dije que eras prima mía. —Una sonrisa torcida asomó en su rostro—. Es un truco que siempre funciona.

—¡Qué bien que estés aquí! —repuse—. Cuando me desmayé en la biblioteca... —La miré—. Siento mucho que discutiésemos.

—Y yo siento haber permitido que él se interpusiera entre nosotras —respondió—. Debería haberte hablado de él. No..., no es mala persona, pero es muy posesivo...

Asentí.

—De verdad que tu felicidad me alegra.

Henny sacudió la cabeza.

—No sé si es felicidad —murmuró al cabo—. Mientras esperaba en la sala de espera, sin saber si sobrevivirías, se me pasaron muchas cosas por la cabeza. Me lo cuestioné todo. Y ocurre que... no sé si le quiero.

Posé la mano en su brazo.

—No hace falta que te lo cuestiones todo por mí.

—No lo hago —repuso—. Pero me di cuenta de que había olvidado lo mucho que significas para mí.

Cerré los ojos. Era bueno oír eso, pero, al mismo tiempo, dolía. Ojalá no me hubiera marchado. Probablemente no habría perdido a mi hijo.

—Ha muerto —dije.

Decir eso era como si se me desgarrara el corazón. Al instante, las lágrimas volvieron a acudir.

Henny me abrazó.

—Lo siento mucho.

—¿Te permitieron verlo? —pregunté. Pese a todo el dolor que sentía, la existencia de aquel pequeño me parecía algo irreal. Abstracto. No sabía dónde concentrar mi dolor—. Tal vez, si creyeron que eras mi prima...

Negó con la cabeza.

—Me dijeron que estaba muy mal. Además, tampoco estaban seguros de que tú lograras sobrevivir a esa noche. Cuando pregunté al día siguiente, me dijeron que el niño había muerto, pero que tú saldrías adelante. Eso me alivió.

¿Acaso al andar por la ciudad había puesto en peligro la vida de mi hijo? La rotura de aguas, el cordón umbilical...

—Tal vez sea mejor que no lo vieras —añadió Henny con prudencia acariciándome el hombro.

Me la quedé mirando un momento y luego negué con la cabeza, sollozando.

—No. Me habría gustado. Aunque estuviera condenado a morir, debería haber podido abrazarlo.

Lloré con toda el alma. Por ese pequeñín, al que habían llamado Louis, porque no había podido vivir. Porque nunca podría saber lo que era la vida. Porque lo había llevado en mi seno durante meses y lo había parido y no había podido estar con él en sus últimos momentos.

22

Dos días después, me permitieron salir de la cama por primera vez. A pesar de las curas de las enfermeras, la cicatriz aún me dolía horrores, y me costaba moverme sin que el vendaje se deslizara. Con todo, no deseaba sino escapar de esa habitación.

La única prueba de la existencia de mi hijo era un certificado de defunción que me había traído la enfermera Sybille. En él se indicaba como hora de la muerte las dos y cuarto de la madrugada, en medio de la noche, mientras yo estaba en coma. Pensar que Louis apenas había tenido unas horas y ninguna oportunidad de conocer de verdad lo que era la vida me destrozaba por completo. Tras echar un primer vistazo al papel, lo guardé y no volví a mirarlo.

El día anterior habían traído a la habitación a dos mujeres que también acababan de dar a luz. La enfermera dijo que tener compañía sería bueno para mí.

Sabía muy bien que no tenía derecho a reclamar una habitación individual, pero esa compañía no me hacía ningún bien.

Varias veces al día a mis compañeras de habitación les traían a sus hijos. Los pequeñines mamaban de sus pechos dejando oír unos dulces gorgoteos.

Aunque estaba separada de ellas por una cortina me imaginaba sus sonrisas. Las percibía en sus palabras, en las canciones con que arrullaban a sus pequeños hasta que la enfermera se los llevaba de nuevo. Me imaginaba a esos niños pequeñitos, sonrosados y sanos.

Y entonces no podía pensar en otra cosa más que en que nunca llegaría a ver a mi hijo, que nunca lo abrazaría. Que ni siquiera le había podido dar un nombre. Louis sonaba tan extraño, tan ajeno a mí. Era como si los meses de embarazo solo hubieran sido una ilusión. Ese pensamiento me oprimía el pecho impidiéndome respirar.

Por ese motivo, esperé a que fuera la hora de las visitas y abandoné la habitación.

El airecillo cálido y suave soplándome en la cara disipó un poco mi pánico. No sabía cómo lograría esquivar las horas de lactancia, pero me parecía que era mejor mantenerme alejada de la felicidad de los demás.

Me paseé por la galería, que tenía una buena vista del jardín. Los parterres rebosaban de colores. El cielo estaba despejado y azul. No parecía que estuviéramos en París, sino en alguna mansión campestre.

Sin embargo, aunque las rosas relucían en un intenso color rosado, parecían cubiertas por un velo grisáceo. Levanté la vista hacia las nubes y los pájaros, pero en lugar de ligera, me sentí triste y apesadumbrada.

No dejaba de preguntarme cómo debía de haber sido mi hijo. ¿Por qué había permanecido dormida tanto tiempo? ¿Por qué no había estado con él? ¿Por qué había muerto?

Una enfermera me había dicho que lo habían enterrado en el cementerio de Montmartre, junto con otros niños que en las últimas semanas, meses y años no habían sobrevivido al parto. Una fosa común sin nombre para angelitos.

¿Tendría fuerzas para visitar la tumba? Hasta entonces no me había atrevido a preguntar dónde estaba exactamente y además tenía la sensación de que el doctor Marais me evitaba desde que le ataqué. En cuanto terminaba su exploración, se apresuraba a salir de la habitación. Probablemente temía que fuera a agarrarlo de nuevo del cuello.

En todo caso, las enfermeras eran muy amables. Tal vez hiciera acopio de valor y les preguntara por la ubicación exacta de esa tumba.

Por la tarde, Henny volvió a visitarme. La recibí en la sala de visitas porque los niños volvían a estar con sus madres y cuando oía llorar a los bebés los pechos me empezaban a doler. Aline DuBois me decía que era algo normal y que ya se me pasaría. Mi cuerpo aún no sabía que ya no había niño al que amamantar. Como solía suceder, también en este caso el tiempo lo arreglaría.

No la creí. Y en cierto modo también deseaba que el dolor se prolongara. Ese sería mi castigo por no haber sabido proteger mejor a mi hijo. A veces, cuando miraba por la ventana, me decía que de buena gana habría dado la vida por él. La mía estaba echada a perder, pero, en todo caso, Louis merecía vivir.

—Me gustaría que te quedaras en casa —dijo Henny cuando tomamos asiento junto a la ventana. Había otras mujeres que también habían recibido visita. Envueltas en unas batas elegantes, charlaban con familiares y amigos.

La bata que llevaba yo era, de hecho, de Henny. Se la había entregado a las enfermeras en cuanto estuvo claro que yo iba a sobrevivir. Aquel espacio oscuro en mi vida no dejaba de perturbarme. Una semana sin recuerdos. ¿Cómo había sido posible?

—¿Y Jouelle?

—Desde aquella tarde, no ha regresado a nuestro piso. No he querido verlo.

—¿Y qué piensa de eso?

Me lo figuraba. Yo, el parásito, tenía atrapada a Henny y me aprovechaba de ella. En realidad, no quería saber lo que él pensaba.

—Como era de esperar, está enfadado, pero ya se le pasará.

—¿No temes que haga que te despidan? —pregunté.

Henny negó con la cabeza.

—No se atrevería a contradecir a Josephine. Es la auténtica reina del teatro.

—Pero un día ella se marchará. ¿Y entonces? ¿Crees que te llevará con ella?

Henny se encogió de hombros.

—¡Quién sabe! De todos modos, tampoco es que hayamos roto. Es solo que está un poco disgustado porque paso el tiempo contigo en lugar de con él. Todo se arreglará en cuanto salgas de aquí.

¿Cómo sería? ¿Acaso yo iba a tener que dar vueltas por el Barrio Latino cada vez que Jouelle la visitara?

Ella pareció intuir mi malestar.

—No pienso volver a estar con él en nuestra habitación —declaró—. Si madame Roussel me hubiera pillado con él... A partir de ahora iré a su casa. Ya lo hemos hablado y está de acuerdo.

Yo no sabía gran cosa de Jouelle, Henny apenas me había contado nada.

—¿Dónde vive? —pregunté—. ¿Está soltero?

—Divorciado. Su esposa se hizo con la casa que él tenía en la Bretaña, ¿no es una pena? Habrías podido mudarte allí conmigo.

La tomé de la mano. Tal vez el dolor enturbiara mi mirada con un velo gris, pero en ese instante me sentí lúcida.

—Henny, te estoy muy agradecida por todo lo que haces por mí. Pero afronta los hechos: no voy a poder vivir siempre contigo. Y, si te soy sincera, tampoco lo quiero, mi conciencia no me lo permite.

—Pero...

Negué con la cabeza.

—Reconócelo, Henny. No es posible. —Luego hice una pausa y añadí—: Aunque me alegre de que me lo ofrezcas y te lo agradezca. —Intenté sonreír—. Me las apañaré. De algún modo.

Al final de la semana recibí el alta del hospital. El doctor Marais afirmó que la cicatriz estaba curando bien. Lo que no veía es que en mi corazón estaba abierta y sangraba como el primer día, y que probablemente nunca acabaría de sanar del todo. No dejaba de reprocharme cosas, atrapada en un tiovivo del que no podía apearme porque, simplemente, nunca se detenía.

En cualquier caso, la mujer que me había auxiliado en la biblioteca había cumplido su palabra y se había asegurado de que mis anotaciones, que había tenido que dejar atrás, se entregaran en el hospital.

Cuando fui a recoger mis cosas a la sala de enfermeras, le pregunté a la enfermera Sybille por la tumba de mi hijo.

—Es preferible que no vaya —me respondió—. Carece de lápida propia, y podría resultar doloroso para usted no saber exactamente dónde se encuentra.

—Pero ¿por qué? Si...

—Lo incineraron, igual que a los otros que le precedieron —musitó.

La miré con sorpresa. Incinerado. Esa palabra me sacudió casi con la misma fuerza que la propia noticia de su muerte.

—¿Por qué no preguntaron si yo quería que...?

—Es la costumbre —repuso—. Por otra parte, no podíamos preguntarle. Lo siento...

Dicho eso, se marchó sin más. Me quedé mirando cómo se alejaba. Mi hijo no tenía lápida propia. Su nombre no aparecía registrado en ningún sitio. Aparte del certificado de defunción que llevaba en mi bolsa de mano, no tenía ninguna otra constancia de que hubiera existido.

Me derrumbé y, de nuevo, rompí a llorar.

Henny me esperaba en la misma arcada por la que me habían llevado en silla de ruedas apenas dos semanas atrás. Me había serenado un poco, pero el rastro del llanto seguía ahí y las mejillas me ardían.

Con todo, intenté esbozar una sonrisa valiente, aunque noté que no lo conseguía.

—Aquí estás —dijo mi amiga, y me agarró del brazo—. ¿Cómo te encuentras?

—Bien —afirmé, aún impactada por las palabras de la enfermera.

—Estás un poco pálida —comentó, pero negué con la cabeza.

—Todo irá bien. Es duro volver a la vida real.

Henny asintió con la cabeza y me tomó la bolsa de la mano.

—Dame. No vas a tener que cargar con nada. Ahí fuera hay un coche esperando; me ha parecido que hoy nos podíamos permitir un taxi.

Asentí agradecida a Henny. Me habría gustado contarle lo que acababa de saber, pero ella rebosaba felicidad. No quise oscurecer su resplandor con mis tinieblas.

—Le he pagado un almuerzo a madame Roussel, espero que no lo queme —informó—. Y Genevieve te envía saludos. Se alegra de que vuelvas a casa. ¿Te imaginas? Últimamente tiene menos clientes, pero parece más relajada que nunca.

—Genevieve siempre está relajada —dije en tono algo ausente.

—Pero ahora mucho más. Es como si se hubiera quitado un peso de encima.

¿Habría encontrado un nuevo amor? Era posible. Tal vez ese hombre llevara intenciones serias con ella. Lo deseé de todo corazón.

El taxista que nos esperaba le tomó a Henny mi bolsa de mano y me abrió la puerta.

—Gracias —dije un poco agobiada, y monté en el vehículo.

Noté que en mi cabeza el tiovivo estaba a punto de empezar a dar vueltas de nuevo, pero Henny no permitió que me sumiera en cavilaciones. Aunque me había venido a visitar varias veces, actuaba como si no me hubiera visto en años.

Parloteaba sin cesar hablándome de los nuevos vestidos del teatro y me contó que estaba a punto de ensayar un nuevo número de baile, uno sin Josephine Baker. Ella soñaba con una actuación en solitario y, por lo que me decía, nada iba a impedirlo. Su amante parecía saber tirar de los hilos adecuados. Me pregunté cómo era posible que él fuera tan zoquete en general pero se comportara de forma tan aparentemente sensata con ella.

Por suerte, en la pensión me esperaba la calma. Madame Roussel no se dejó ver, algo que agradecí. Tampoco había movimiento tras la puerta de la habitación de Genevieve.

—Ha salido —informó Henny, interpretando mi mirada—. Últimamente lo hace siempre. A veces incluso pasa la noche fuera de casa.

Me pregunté desde cuándo Henny estaba tan pendiente de Genevieve como para darse cuenta de esas cosas.

—Llevé la ropa de cama a la lavandería —me explicó con entusiasmo al entrar—. Madame Roussel me indicó dónde hay una. Me costó bastante entenderla, pero eso me obligó a practicar el francés.

Sobre la cama había incluso otro edredón. A esas alturas, mi reacción de entonces me parecía una tontería.

Me acerqué a la ventanita que tenía una buena panorámica sobre los tejados del barrio. Apenas recordaba mi antiguo yo, cuando llevaba a mi hijo en el vientre. Se me antojó muy lejano, y eso que solo había pasado dos semanas en el hospital. Dos semanas que lo habían cambiado todo. Volvía a ser libre, pero lo que para mis padres habría sido un motivo de alegría, para mí era motivo de desesperanza.

La Sophia que apenas seis meses atrás paseaba por Berlín, la que iba a la universidad, la que había experimentado el placer en brazos de su profesor ya no existía. Se había quedado sumida en el coma, había muerto durante el parto. Me sentía como una versión nueva de mí misma que aún no sabía manejar. ¿Alguna vez lo lograría?

Mientras Henny estaba en la habitación, me resultaba fácil apartar un poco el pensamiento de mi hijo y acostumbrarme a mi nuevo yo. Incluso empecé a hacer planes que no sabía si alguna vez llegaría a realizar.

Pero a última hora de la tarde, cuando ella se marchaba y el silencio me envolvía, el dolor me invadía de un modo tan despiadado que lloraba durante horas para luego quedarme mirando la oscuridad como si estuviera aturdida. Aquellas fueron las peores horas de mi vida. No había sentido jamás tanto dolor, ni cuando mis padres me echaron de casa, ni al darme cuenta de la auténtica naturaleza de Georg.

En los días que siguieron, me acostumbré a pasear de noche por el patio interior de la pensión. Al hacerlo, oía las risas y el bullicio del Café Amateur y me preguntaba si no debía ir yo allí también y ahogar mis penas en alcohol.

Curiosamente, entonces me venían a la cabeza las fórmulas químicas de algunos alcoholes y desechaba la idea. No quería volver a pensar en la química. La había perdido igual que a mis padres, a la persona que amaba y a mi hijo.

Una noche, cuando de nuevo deambulaba inquieta por el patio de la pensión, apareció Genevieve. Como había estado ausente, apenas habíamos hablado. Además, la verdad, yo la esquivaba un poco.

—¿No puedes dormir? —preguntó, encendiendo un cigarrillo. Oí el chasquido del mechero y vi el breve resplandor de la luz.

Al principio no me moví, de hecho no podía, estaba demasiado atrapada en la oscuridad de mi alma. A las imágenes con las que me torturaba les costaba mucho hacerse a un lado.

—No —respondí al final.

—Me alegra que estés de vuelta —dijo, dando una calada—. Tu amiga me contó lo ocurrido. Lo siento mucho.

—Gracias.

Lo único que quería yo era que volviera arriba. Pero, sin embargo, se me acercó.

—Sé cómo te sientes —musitó, echando el humo a un lado.

La miré con escepticismo.

—Puede que te parezca una tontería, pero lo que sientes es una forma especial de duelo. Un dolor completamente distinto de cualquier cosa que hayas podido sentir. Ni la separación de un amante, ni la muerte de un padre o una madre duelen tanto como la pérdida de un hijo. Yo pasé por algo parecido.

Miré a Genevieve con sorpresa.

—¿A usted también se le murió un hijo?

Negó con la cabeza.

—Lo di en adopción.

—Lo dio...

Me quedé sin palabras. Aunque yo no era nadie para juzgar algo así, sabía que no habría podido aceptar la propuesta de Marie Guerin.

—Así es —respondió ella—. Lo di en adopción. ¡Así de fácil! —Chasqueó los dedos, pero vi en su cara que aquello no había sido tan fácil—. Fue la peor decisión de mi vida.

Esas palabras quedaron suspendidas entre nosotras durante un rato.

—¿Por qué lo hizo? —pregunté entonces.

—Es lo que ocurre cuando te lías con hombres —replicó Genevieve de forma evasiva—. Se lo permites todo sin saber adónde te puede llevar eso.

Viniendo de ella me resultaba difícil de imaginar.

—Tenía dieciséis años y acababa de llegar a París —comenzó—. Me escapé de las monjas, ¿sabes? Mi madre murió cuando yo tenía doce años y mi tía me metió en un convento. Me harté de rezar y de toda esa santurronería. —Sacudió el cigarrillo; la punta encendida refulgió en la oscuridad—. Conocí a un hombre. Uno como Dios manda. Ya sabes qué quiero decir, de esos que te hacen perder la cabeza con sus halagos y sonrisas. Un día me di cuenta de que estaba embarazada. Él no quería que lo tuviera, así que lo di en adopción. Apenas medio año después, me libré también de ese hombre. Y entonces llegó el arrepentimiento. —Dio una calada al cigarrillo y expulsó el humo hacia el cielo—. Aquello me cogió desprevenida; fue como un ladrón acechando la ocasión, ya fuera buena o no. Cometí el error de mirarla tras haber dado a luz.

—¿Tuvo usted una niña?

Genevieve asintió.

—Sobre todo al principio no pasaba un solo día en que no me reprochara haberla dado en adopción. Por otra parte, también sabía que nunca habría conseguido salir adelante. Cuando ya no estaba conmigo, me decía que la vida le iría mejor de ese modo. Sin embargo, aún hoy, a mi estúpido corazón eso le importa un bledo. Todavía la echo de menos.

—Al menos su hija siguió con vida —objeté con amargura.

—Es verdad. Puede que no sea un buen ejemplo. —Reflexionó un instante y prosiguió a continuación—: El caso de mi madre es mejor. Aparte de mí, ella tuvo otros tres hijos, pero todos nacieron muertos o murieron semanas después de nacer. Al parecer, fui la única lo bastante fuerte como para sobrevivir. Curioso, ¿no?

No supe qué decir a eso. A fin de cuentas, su madre había tenido una hija. Y yo...

—Mi pesar por haber perdido a mi hija por voluntad propia no es nada comparado con el dolor por la muerte de un hijo —siguió diciendo tras levantar por un momento la vista hacia el cielo en el que titilaban las estrellas—. La muerte del último hijo afectó a mi madre más aún que en las dos ocasiones anteriores, pues creía que el niño la vincularía para siempre con el padre. Pensó que con ese hijo su porvenir estaría asegurado. Ella tampoco había tenido suerte con los hombres, pero al menos ese no bebía, ni me pegaba como los otros. Sin embargo, el niño murió al nacer.

Después de aquello, se sumió en la oscuridad. El médico que la examinó llamó a aquello depresión. Es una enfermedad que aparece cuando una mujer pierde a su hijo, pero también cuando se siente abrumada por él, o simplemente no se ve capaz de quererlo. Nadie conoce la causa verdadera. —Me miró—. Llevo observándote desde el día en que volviste. Cuando tu amiga está aquí, procuras ser normal, pero por las noches te arrastras por el patio como si estuvieras buscando algo. Y tu mirada... parece muerta. A mi madre le pasó lo mismo.

Dio otra calada, arrojó el cigarrillo al suelo, aunque no lo había terminado, y lo pisó con el tacón de su zapato.

—Se ahorcó en cuanto el médico se hubo marchado de casa. Antes me había enviado a comprar leche a la tienda. Cuando regresé, ya estaba muerta.

Contempló un rato las estrellas y luego me posó la mano en el brazo.

—Volvamos a la casa. Mañana a primera hora te llevaré a ver a mi doctora.

—Pero...

—Nada de peros. Tiene que verte. Alguien tiene que ocuparse de ti, aunque tú creas que puedes lograrlo sola.

Me quedé mirándola, abrumada por su franqueza. Sentí cómo el llanto se me agolpaba en el interior, pero curiosamente no pude abandonarme a él.

—¿Por qué hace esto? —pregunté.

—Porque no quiero que un día tu amiga llegue a casa y te encuentre colgada de una viga. Con todo lo que he hecho y vivido, esa imagen no se me borra de la cabeza. No quiero volver a verla, ¿me oyes?

Asentí con la cabeza. Y de nuevo algo cambió en mí. Cuando ella me tendió la mano y se la agarré, supe que tenía que luchar.

23

Febrero de 1927

Batí la masa blanca sacudiendo con brío las varillas. Aunque ya me dolían la mano y el brazo, no quería que se me volviera a cortar y se separasen los ingredientes.

—Y bien, ¿cómo va? —preguntó madame Roussel, mirando por encima de mi hombro.

Cuando me veía trabajar en su cocina se ponía nerviosa. Y eso que no era la primera vez que hacía cremas ahí. Probablemente no era tanto el miedo a que le estropeara alguna cosa, sino la curiosidad de ver qué se me ocurriría a continuación. Ella era siempre de las primeras a las que dejaba probar las muestras de mi trabajo.

—Va —dije—. No puedo aflojar el ritmo.

Madame Roussel se echó a reír.

—Sé lo que quieres decir. Mi madre solía hacerse la mantequilla, pero no siempre lo conseguía.

Me sorprendí a mí misma sonriendo. Últimamente ocurría con frecuencia, algo que, además de a la doctora de Genevieve, le debía también a madame Roussel.

Genevieve, cómo no, se había encargado personalmente de explicarle lo que nos había ocurrido a mí y a mi hijito. En un

218

primer momento, aquello me indignó porque temí que la casera me mirara aún con más recelo del habitual en ella.

Un día, madame Roussel se me acercó en la escalera.

—Oye, ¿qué te parecería echarme una mano en la cocina? De hecho, ya sabes dónde está todo, porque antes hacías tus potingues ahí.

La miré sorprendida por la familiaridad que había mostrado, y ni siquiera fui capaz de objetar que mis cremas no eran potingues.

—Por supuesto. Encantada —respondí.

Desde mi regreso del hospital, no me había vuelto a dejar ver por la cocina. No tenía dinero para los ingredientes y no me sentía con ganas de hacer química. Estaba totalmente ocupada en sanar mi alma desgarrada y mi corazón roto.

—Vale. No puedo pagarte gran cosa, pero podrás vivir aquí cuando tu amiga se marche. Y te daré unos francos para que te los puedas gastar en uno de esos cafés de mala muerte. ¿Qué te parece?

¿Me estaba ofreciendo trabajo de verdad?

—Pero... el permiso de trabajo... —objeté, desconcertada.

—¿Qué? —espetó.

—Bueno, se supone que usted no puede emplear a una extranjera.

—¿Y quién te ha dicho a ti que te voy a contratar? —preguntó—. ¡Tú me ayudas y, como muestra de agradecimiento, te llevas unos billetes! ¿De verdad crees que puedo permitirme una ayudante de cocina? Los tiempos son cada vez más difíciles y todo está cada vez más caro.

Me miró, y me sorprendí al ver el atisbo de una sonrisa en sus labios. Era la primera vez que se lo veía. Decidí no desaprovechar esa oportunidad. Dije que sí.

Poco a poco, empecé a reprimir o incluso olvidar los oscuros pensamientos que no me habían abandonado por completo desde el parto. Únicamente regresaban de noche, sobre todo cuando no conseguía conciliar el sueño.

Entonces, en algún momento justo antes de Navidad, me di cuenta de que la nieve recién caída en los tejados de enfrente era de un blanco puro, y que la tristeza que sentía en mi interior también había cambiado. Seguía ahí presente, pero ya no era tan desgarradora. Aunque sabía que la antigua Sophia había dejado de existir, volví a sentirme yo misma. Volví a sentirme como una mujer, con la fuerza suficiente para tomar las riendas de su vida.

Pasé la mayor parte de los días festivos con Genevieve porque, excepto por Nochebuena, Henny estuvo en casa de Jouelle. Aunque no podíamos permitirnos gran cosa, madame Roussel nos invitó, y comimos y bebimos hasta bien entrada la noche junto con otros huéspedes de la pensión que estaban tan solos como nosotras.

Pensé por un instante cómo habría sido esa fiesta si mi hijo hubiera estado vivo, pero rápidamente aparté de mí esa idea: era como entrar en un sótano oscuro en el que me acechaba algo siniestro.

Luego, en Nochevieja, con los fuegos artificiales iluminando París, recobré una nueva esperanza. Me acordé de mi promesa y me dije que, aunque mi hijo ya no estuviera allí, la cumpliría. Encontraría la manera de salir adelante.

—¿Te parece que a las tres podré recuperar la cocina? —preguntó madame Roussel, mirando los tarros y ollas que había desperdigados por la mesa—. A los huéspedes que me pagan bien no les gusta esperar para su cena.

—¡Será solo un momentito! —dije sin dejar de batir. Finalmente, paré y comprobé la consistencia.

La crema era tal y como yo quería y desprendía una ligera fragancia a menta; si todo iba bien, en las próximas horas podría ponerla en un tarro.

Después de las Navidades me volví a animar con la idea de intentar crear mi propia crema. Al ir a quitarle el polvo a mi maletín, había encontrado otra vez el folleto de Helena Rubinstein. El recuerdo de la Maison de Beauté me provocaba un hormigueo similar al de las burbujas de una limonada.

Para entonces era ya febrero y llevaba varios intentos a mis espaldas. Sin embargo, en ese momento me sentía más cerca que nunca de mi objetivo.

—Y bien, ¿qué tal? —preguntó madame Roussel, estirando el cuello mientras yo dejaba la olla sobre la mesa de la cocina—. ¿Ha salido bien?

—Sí —respondí satisfecha mientras comprobaba la mezcla con la espátula—. Es la mejor que he hecho hasta ahora. Ahora lo importante es que la grasa se asiente como es debido.

—Seguro que sí.

—Las otras veces no salió bien.

—Las últimas veces te salió muy bien. Eres demasiado exigente contigo misma, muchacha. Gracias a ti, todas tenemos la piel suave como un melocotón.

Cuando la conocí por primera vez, no habría pensado nunca que esa mujer de apariencia sombría fuera capaz de entusiasmarse por la cosmética. Jamás le había visto ni el menor asomo de color en los labios ni en las mejillas.

Sin embargo, era evidente que las cremas le interesaban mucho. El problema se reducía a que madame Roussel era demasiado tacaña para darse un gusto. Por eso le ofrecí crema a cambio de usar su cocina.

Al poco tiempo constaté que ella conocía a mucha gente. Se corrió la voz de que había alguien que hacía cremas para la piel y poco después las mujeres empezaron incluso a pagarme por los tarritos.

—Con eso no basta —repuse—. Tiene que ser lo bastante buena como para convencer a una clínica de belleza para que me acepte como química. Debo hacerles ver que no hay nadie mejor que yo.

Mientras madame Roussel recuperaba el mando de la cocina, yo volví a probar la crema. La grasa se estaba asentando del modo debido. Satisfecha con el resultado, rellené por fin los recipientes de cristal que había comprado días atrás en el mercadillo.

Por lo general, solía reutilizar los envases que distribuía entre las mujeres que probaban las cremas. Pero, para presentarme ante empresas de belleza, necesitaba recipientes de cristal nuevos, que dieran una buena imagen.

Además de la Maison de Beauté, también tenía en mente otro establecimiento. Muy cerca de Helena Rubinstein había otros perfumistas y salones de belleza; entre ellos, un edificio con una puerta de color rojo intenso sobre la que colgaba un cartel que decía Elizabeth Arden. Al parecer, la dueña era inglesa. El mismo rojo se mostraba también en los expositores, ¿acaso era algo así como el color de la casa? Me dije que, si Helena Rubinstein me rechazaba, posiblemente le podría interesar a Arden.

Satisfecha conmigo, enrosqué por fin las tapas en los tarros. Ahora solo quedaba ponerles una etiqueta.

Ordené la cocina y me llevé mi obra al piso de arriba, ansiosa por saber qué diría Henny.

Aquella noche tuve la suerte de que Henny pasara por la pensión antes de la función. Últimamente lo hacía cada vez menos, y eso era algo que yo lamentaba un poco. Cuando entró en la habitación, la felicité por el vestido nuevo, pues era la primera vez que se lo veía puesto. El azul regio de la tela combinaba a la perfección con el color de sus ojos y con su cabellera rubia, que ahora llevaba peinada en unas ondulaciones ligeras. Ya no parecía una bailarina, sino más bien la esposa o la amante de un hombre de negocios. No sabía con certeza si la ropa nueva se la compraba con su sueldo o si era Jouelle quien se la obsequiaba. Ella no decía nada al respecto y no se le preguntó.

—¡Ah, vuelves a tener cremas nuevas! —exclamó cogiendo uno de los tarritos.

—¡Por favor, no lo desenrosques! —me apresuré a decir—. Son las muestras que presentaré mañana.

Henny contempló la etiqueta que había pegado a un lado. Posiblemente Sophia Krohn no era un nombre llamativo, pero de algún modo me gustaba tener mi propia etiqueta.

—No es necesario que te diga que tú misma podrías venderlas —remarcó—. En un mercado, o en la ciudad.

Cogí uno de los tarros de cristal que había apartado, lo abrí y le apliqué un poco de crema en la mano.

—Aquí tienes.

Henny, que había probado mis anteriores cremas, se frotó la emulsión en la piel.

—¡Oh! ¡Qué buena! —dijo tras olerla—. De verdad, creo que podrías venderlas por tu cuenta sin problemas.

—Sí, pero con la cantidad de salones de belleza que hay ¿hasta dónde podría llegar de ese modo? —La miré y confié en que me entendiera—. Necesito apoyo, y solo lo encontraré trabajando para uno de esos institutos de belleza.

—Ya sabes cómo va lo de los permisos de trabajo.

—Sí —respondí soltando un suspiro—. Pero ¿y si ven en mí un beneficio para su empresa? ¿Al igual que el teatro lo ha visto en ti?

Era esa idea la que me había animado a ponerme manos a la obra con mi maletín de química. Por eso gastaba todo lo que podía en crear un producto que a los ojos de una Helena Rubinstein o de una Elizabeth Arden me hiciera parecer tan importante como para contratarme.

Henny asintió y luego empezó a acariciar la tapa de la crema.

—Estoy segura de que lo conseguirás —dijo—. Ojalá hubiera tenido esa confianza en ti meses atrás.

—Eso fue hace tiempo. Yo prefiero mirar hacia adelante.

Aparté de mí aquel amago de tristeza y la tomé de las manos.

—Deséame suerte para mañana, ¿vale?

—Te deseo toda la suerte del mundo —contestó Henny y me abrazó.

A la mañana siguiente, me dirigí con las cremas hacia Faubourg Saint-Honoré. Apilé los tarritos en el maletín de química con la esperanza de que eso me permitiera transportarlos por la ciudad de forma segura.

Aquel día el bullicio reinaba en las calles y la gente estaba malhumorada a causa del frío y la humedad. La nieve en las aceras de las calles estaba sucia y todo París anhelaba el sol y los primeros indicios de primavera.

Ya en el autobús, busqué asiento en la parte posterior, porque sabía que las madres que viajaban con sus hijos preferían los asientos de delante.

Aunque creía tener la tristeza bajo control, seguía rehuyendo el encuentro con otras madres, sobre todo si iban con cochecitos o llevaban en brazos a sus pequeños. Eran una presencia constante en las calles de París, aunque normalmente conseguía esquivarlas volviendo la vista hacia otro lado o esforzándome en reflexionar. En el transporte público, ya fuera el autobús o el metro, no resultaba tan fácil.

En esa ocasión tuve suerte. En el autobús solo había trabajadores y hombres de negocios. De vez en cuando subían chicas vestidas con pulcritud, con aspecto de trabajar en una oficina o en unos grandes almacenes. Aunque en el aire zumbaban de forma confusa retazos de conversación, logré dejar vagar mis pensamientos. Una y otra vez repasé cómo me iba a presentar ante esas señoras. Para no tener un aspecto deslucido, le había pedido prestadas una blusa y una falda a Henny; no tenía dinero para ropa nueva, y las prendas que había ido retocando durante el embarazo no eran lo bastante refinadas. Por lo menos, mi viejo abrigo me volvía a ir bien y mi apariencia era aceptable.

En todo caso, más importante que mi aspecto, eran mis palabras, y tenía dudas al respecto. Al principio de la universidad había tenido dificultades para hablar en público, pero luego aquello dejó de ser un problema y simplemente ignoré las burlas de mis compañeros masculinos. De todos modos, ahora me disponía a presentarme como aspirante a un puesto ante una mujer que estaba en boca de todas las damas de la sociedad. Había oído mencionar el apellido Rubinstein en más de una ocasión. ¿Y si lo que yo le contara le parecía una tontería? ¿Y si no me permitían ni siquiera verla?

Estaba tan nerviosa que me apeé del autobús una parada antes y tuve que recorrer a pie el resto del camino. Sentí el aire frío y húmedo colándose por el abrigo, devolviéndome el desagradable recuerdo de aquel día en que, un año atrás, había ido a la consulta de la doctora Sahler.

Pero ahora ese pensamiento no tenía cabida en mi mente así que lo deseché de inmediato y me concentré en el ruido de mis botines al repicar sobre la nieve medio derretida. Había intentado salvar con betún todo cuanto se podía salvar, pero era consciente de que no aguantarían otro invierno. Aunque no me permitía desear ropa y zapatos nuevos, llegaría un momento en que no podría evitar renovar mi calzado.

A llegar ante la Maison de Beauté, me tomé un instante para recuperar el aliento. El corazón me martilleaba en el pecho y tenía las manos heladas. Sabía que solo tendría esa oportunidad para causar una buena impresión.

Si la empleada con la que había hablado una semana atrás no me había mentido, aquel día iba a estar ahí Paulina Rubinstein, la directora de la Maison. Habría preferido concertar antes una cita con ella, pero la joven me había asegurado que mademoiselle Rubinstein me dedicaría su tiempo si mi petición le parecía lo bastante interesante.

Me enderecé, apreté la mano con fuerza en el asa del maletín y crucé la puerta. El tintineo de las campanas me acompañó mientras me acercaba al mostrador de recepción.

—*Bonjour*, me llamo Sophia Krohn —dije presentándome—. Me gustaría hablar con mademoiselle Rubinstein.

La joven me miró con asombro. ¿Acaso no me había entendido? Sin embargo, mi francés había mejorado mucho en los últimos meses, a veces incluso me sorprendía pensando en francés. No podía ser eso. ¿Acaso mi petición le había parecido demasiado impertinente?

—Yo..., la semana pasada llamé preguntando si podría reunirme con ella, y me dijeron que Paulina Rubinstein estaría hoy aquí...

Al instante siguiente se corrió una cortina, y de detrás salió una mujer de rasgos severos con el pelo negro recogido en un moño en la nuca. Llevaba un sencillo traje gris con blusa blanca, y desde luego ya no tenía edad para hacerse llamar mademoiselle.

—Manon, ¿qué...?

La mujer se interrumpió y se me quedó mirando con sorpresa. Al parecer, no solía encontrarse con mujeres vestidas con ropa desgastada y un maletín de química en las manos.

—Mademoiselle Rubinstein, esta joven desea hablar con usted —explicó la vendedora, dirigiéndome una mirada de desconcierto.

—¿Es por un tratamiento? —Arqueó las cejas.

—Me gustaría presentarle una crema que he fabricado.

Entonces ella soltó una carcajada y dijo con acento marcado:

—Verá usted, resulta que aquí nosotros también vendemos cremas. Las mejores del mundo. ¿Por qué deberíamos...?

—¡Me gustaría trabajar para ustedes! —la interrumpí.

Seguramente eso no fue muy educado por mi parte, pero no quería oír que no me necesitaban o que no querían verme. ¡Quería esa entrevista a toda costa!

La mujer se me quedó mirando un rato y luego dijo:

—De acuerdo. Tiene usted cinco minutos para convencerme.

Me indicó con un ademán que la acompañara y me llevó a la sala de tratamientos en la que había varias camillas similares a las que usaban los médicos para sus exploraciones. Las mujeres tumbadas allí estaban envueltas en toallas blancas y tenían la cara cubierta de unas cremas que les daban la apariencia de llevar una máscara. En una de las camillas, una joven masajeaba las sienes de su clienta.

Tras subir un escalón, mademoiselle Rubinstein me condujo a un despacho que tenía las paredes abarrotadas de unos cuadros como nunca antes había visto. A mi padre le habrían parecido pinturas indecorosas, aunque no mostraban ni un centímetro de piel desnuda, ni tampoco ningún acto inmoral. Eran atrevidamente modernas. Ni el mismísimo herr Nelson habría tenido esos cuadros colgados en su despacho.

Me quedé tan absorta contemplando un cuadro que mostraba unas personas bailando frenéticamente que casi dejé de oír la voz de la mujer que tenía delante.

—Tome asiento.

La pierna se me quedó trabada por un instante en la silla, pero entonces recobré la compostura y me acomodé en el suave tapizado de piel.

—A mi hermana le encanta coleccionar arte —explicó la mujer dirigiéndose de forma desenvuelta a su sitio detrás del escritorio. A su espalda, en la pared, colgaba un retrato de gran tamaño de una mujer algo parecida a ella. De hecho, llevaban incluso el mismo peinado. ¿Era la hermana a la que se refería?—. Siempre que viene a París, va a las galerías y compra lo que le gusta. Y luego nos van llegando las nuevas adquisiciones. —Señaló detrás de ella con gesto teatral—. Pero no estamos aquí para hablar de arte, ¿verdad?

—No, yo... —Me sentía un poco desconcertada por esa explicación—. Me gustaría presentarle una crema que he creado.

Posé el maletín sobre mi regazo y lo abrí. Con dedos temblorosos, saqué uno de los tarros y lo coloqué sobre el escritorio.

Mademoiselle Rubinstein lo cogió y una sonrisa divertida se dibujó en su rostro.

—Sophia Krohn. ¿Es ese su nombre?

Entonces me percaté de que aún no se lo había dicho y me sonrojé.

—Sí, así es. Perdóneme por no haberme presentado.

—Los nombres no son muy importantes —repuso—. Se pueden cambiar en cualquier momento. —Contempló el tarro un rato más, y luego añadió—: Sophia Krohn suena un poco farragoso. ¿No preferiría Sophie?

En ese momento me habría cambiado el nombre por completo con tal de poder trabajar allí.

—Le noto un cierto acento al hablar —dijo Paulina Rubinstein mientras hacía girar el tarro en la mano—. Usted no es francesa. ¿Me equivoco?

Negué con la cabeza y me sofoqué. ¿Acaso iba a sacar ahora el tema del permiso de trabajo?

—Nací en Alemania.

—Habla francés muy bien. ¿Cuánto tiempo lleva viviendo aquí?

—Unos nueve meses.

Paulina asintió tomando nota de esa información.

Sin embargo, para mi sorpresa, la pregunta que siguió no fue sobre el permiso de trabajo.

—¿Y qué efecto se supone que tiene esta crema?

Paulina desenroscó la tapa y la olió. Percibí la nota mentolada. ¿Y si el perfume era demasiado intenso? Ayer me había parecido bastante suave.

Empecé a sudar.

—Actúa contra las impurezas de la piel —dije intentando disimular mi inquietud—. Para ello, he utilizado perejil, manzanilla y menta, a la que debe su fragancia. Su efecto, en cambio, se debe a los aceites de perejil y manzanilla.

Mademoiselle Rubinstein puso una mirada escéptica.

—El aceite de menta es muy intenso. ¿Qué versión de la formulación es?

—¿Cómo dice?

—Seguro que debe de haber hecho pruebas. ¿Cuánto tiempo lleva trabajando en esta crema?

Me sonrojé.

—Varias semanas. Antes de esta, desarrollé otras. Pero esta es la mejor.

Mademoiselle Rubinstein volvió a enroscar la tapa del tarro.

—¿Por qué quiere hacer cremas? ¿Qué... le motiva?

—Yo...

—Tiene usted que saber —me interrumpió— que como usted hay muchas, mujeres que pretenden ganar un poco de dinero haciendo cremas en su cocina e intentando quedarse con nuestro negocio.

—Pero no, no..., no quiero rivalizar con ustedes —dije—. Lo que quiero es trabajar para ustedes. Con esta crema solo pretendo que vean de lo que soy capaz. Que me necesitan.

Me di cuenta de que estaba diciendo cosas sin sentido.

Paulina Rubinstein frunció el ceño. Todavía le debía una respuesta.

—Empecé a hacer cremas porque tenía la piel llena de impurezas e inflamada. Como ningún médico le quiso dar importancia, decidí tomar cartas en el asunto.

—¿Cuántos años tenía?

—Unos trece.

Comparada con la de entonces, la presente era una auténtica obra maestra.

—¡Solo era una niña!

—Aquella crema me alivió —continué—. Pero no era nada comparado con esta. —Di un golpecito con el dedo sobre el tarro—. Estoy convencida de que a sus clientas esta crema les encantará.

Nuestras miradas se encontraron. Noté que Paulina Rubinstein quería hacerme sentir insegura. Pero me forcé a resistir.

—Debo someter su producto a examen —dijo al cabo de un rato. Volvió a dejar el tarro sobre la mesa—. Supongo que no ha trabajado antes en un instituto como el nuestro, ¿verdad?

—No, aún no —respondí.

—¿Ha presentado este producto a otras empresas?

Volví a negar.

—Pero, si me rechaza, lo intentaré en otro sitio. Tal vez con Elizabeth Arden, por ejemplo, o...

Paulina levantó la mano.

—Creo que, si está realmente interesada en trabajar para nosotros, debe olvidarse de las otras empresas. Voy a telegrafiar a mi hermana. Ella es la que tiene la última palabra, yo solo soy una intermediaria.

Miré el retrato que la mujer tenía detrás. Aquel rostro irradiaba dureza, pero en sus ojos brillaba la pasión. Me pregunté qué pintor la había retratado.

—Como he dicho, me gustaría someter esta crema a pruebas de tolerancia —prosiguió Paulina Rubinstein—. No podemos lanzar algo que perjudique a las personas.

—Es comprensible —respondí.

Tal vez el olor no fuera del agrado de todo el mundo, pero esa crema no era dañina en absoluto.

—En este sentido, nos sería útil disponer de la lista de ingredientes.

Unas campanas de alarma invisibles sonaron en mi interior. ¿Qué les impediría copiar la crema sin más? No quería perder el producto, sino conseguir un trabajo.

—Por supuesto que se la daré si apuestan por mí —respondí y miré fijamente a Paulina. Sus ojos brillaban. En el rostro tenía una sonrisa casi divertida. Era como si quisiera decir que, de todos modos, era capaz de averiguar la fórmula.

—Está bien, sus cinco minutos han terminado —dijo, poniéndose de pie—. Indíquele por favor sus señas a Manon para que pueda contactar con usted.

Me levanté también, sin saber qué pensar de ese final de entrevista tan abrupto. Había contado con que ella quisiera saber más cosas. Ni siquiera me había preguntado si había estudiado química. Quizá debería haberme presentado de forma más extensa..., pero ya era tarde para eso.

—¡Hasta la vista, mademoiselle Krohn! —dijo tendiéndome la mano. Mis dedos helados se encontraron con una piel de tacto aterciopelado y cálida. Si eso era gracias a los productos de Helena Rubinstein, debían de ser estupendos—. Tengo una petición que hacerle —añadió mientras me giraba hacia la puerta.

—¿Sí? —pregunté esperanzada.

—No le enseñe esta crema a nadie hasta que me haya puesto en contacto con usted.

—Así pues, ¿me avisarán incluso en caso de una respuesta negativa?

—Sí. Es lo mínimo, ¿no le parece?

Me despidió con estas palabras, pero se quedó en su despacho. Tuve que encontrar la salida por mi cuenta.

Salí a la calle desconcertada y con paso vacilante; necesité un momento para recuperarme. No sabía qué pensar de esa entrevista. Era como si me hubieran arrebatado una oportunidad. ¿En qué momento había dado un paso en falso?

Miré el maletín que llevaba en la mano. Aún contenía siete tarros. Si los conservaba en frío, podrían durar más. Con el tiempo que hacía, eso no sería un problema.

Debatí conmigo misma. ¿Y si probaba en otro sitio? Mademoiselle Rubinstein no tenía derecho a exigirme exclusividad. Posiblemente, si acudía al instituto de miss Arden, no se enteraría. ¿O tal vez sí? ¿Acaso había espías en el mundo de las aguas faciales y las cremas?

Tras andar un poco, la intuición me dijo que era mejor hacerle caso. Aunque estuviera cometiendo un error.

24

*P*asaron tres semanas. Los primeros rayos del sol de marzo fundieron la nieve y la tan esperada primavera asomó a las puertas de la ciudad. Con cada día que pasaba sin noticias de Paulina Rubinstein más lamentaba no haber presentado mi crema a otras empresas.

Cuando ya no podía aguantar más tiempo en el piso, iba a uno de los cafés del Barrio Latino y pedía un *café au lait*. Me sentía un poco fuera de lugar sentada entre la gente de ropa elegante que acudía allí. Y también tenía mala conciencia. El café me habría salido más barato en cualquier otro establecimiento.

Sin embargo, aquel se encontraba en una calle muy transitada y ofrecía un gran entretenimiento a quien le gustara observar a la gente. Además, muy pocas mujeres pasaban por allí con sus hijos. Lo que sí había, en cambio, eran caballeros con gafas de pasta y aspecto meditabundo, de quienes no habría sabido decir con certeza si eran poetas u hombres de negocios.

Aquel martes de mediados de marzo, me sentía más inquieta que nunca y era incapaz de concentrarme en la gente. ¿Recibiría un mensaje de madame Rubinstein, o al final tendría que hacer un intento en otra dirección? Las cremas aún seguían aguantando gracias a las temperaturas frescas. Entretanto, tenía el cuaderno de notas repleto de ideas y sentía en los dedos el hormigueo de hacer algo. ¿No sería mejor para mí abrir mi propio salón? De nuevo acudieron a mi memoria las palabras de Paulina Rubinstein: «mujeres que pretenden ganar un poco de dinero haciendo cremas en su cocina e intentando quedarse con nuestro negocio». ¿Qué otra cosa podían hacer las mujeres como yo? Para trabajar por cuenta propia en París no hacía falta permiso de trabajo, solo dinero y un espacio donde ejercer la actividad.

Sin embargo, yo carecía de esos dos recursos, y no sabía a quién pedirle un préstamo. ¿Y si ofrecía mis cremas a los grandes almacenes? En uno de mis paseos por la zona, Helena Rubinstein y Elizabeth Arden tenían presencia en ellos, pero había otros nombres, menos conocidos, que no contaban con un establecimiento en Faubourg Saint-Honoré...

Al final, pagué el café, me levanté y salí del local. Aquel no era un buen día para dedicarme a observar a la gente. El deseo de regresar junto a los fogones era cada vez más intenso. ¿Y si intentaba crear un tónico facial? En los grandes almacenes había observado que cada vez aparecían más frascos de cristal bonitos. Tal vez podría comprar unos cuantos frascos la próxima vez que fuera al mercadillo.

Al llegar a la pensión me encontré con Genevieve.

—¡*Salut*, Sophie! —exclamó contenta. Su nuevo amante, el motivo por el cual apenas recibía clientes, parecía sentarle realmente bien—. ¡Qué bien que estés aquí! Antes ha venido un tío bastante raro y ha dejado algo para ti.

—¿Para mí?

Solo podía tratarse del marido de alguien del barrio que me devolvía uno de los tarros de su mujer para que se lo llenara.

—Sí, te lo he dejado colgado en la puerta.

¿En la puerta?

Le di las gracias a Genevieve y subí la escalera con el corazón agitado. En efecto, colgada de la puerta de mi habitación había una carta.

En ella se leía «Sophia Krohn», escrito en una caligrafía delicada y algo angulosa. No llevaba remitente.

Abrí el sobre con las manos temblorosas. La última vez que había recibido correo, había sido la factura del hospital. El importe me había perturbado tremendamente, pero Henny le había pedido el dinero a Jouelle. Al principio eso me incomodó, pero no había tenido más remedio que aceptar, no sin asegurarle a ella que se lo devolvería en cuanto me fuera posible.

Ese sobre solo contenía una tarjeta. Cuando leí «Helena Rubinstein» el pulso se me aceleró aún más. «Mañana, a la una de la tarde, en la Maison de Beauté», decía. Y, debajo, el añadido: «¡No se retrase!».

Me quedé pasmada mirando la tarjeta. Era una invitación, pero ¿para qué? ¿Acaso en la Maison estaban interesados en mi producto? De hecho, no les hacía falta citarme en persona para decirme que no tenían ningún interés...

Entré en la habitación con la tarjeta. Con la mirada recorrí una y otra vez esas líneas escuetas, incapaz de descubrir el misterio que entrañaban. No me quedaba más opción que aguardar hasta el día siguiente.

La tarde del día siguiente entré en la Maison de Beauté tan nerviosa como cuando había ido a entrevistarme por primera vez con Paulina Rubinstein. Como había llegado demasiado pronto, antes di varias vueltas a la manzana. Los pies me dolían, pero mi inquietud era aún mayor.

En esa ocasión, Manon, la chica que estaba en el mostrador de recepción, sí parecía saber quién era.

—Madame la espera en el despacho —dijo después de saludarme mientras me indicaba la puerta que había cruzado por primera vez semanas atrás. Le di las gracias y volví a pasar por la sala de tratamientos, donde de nuevo había varias señoras sometiéndose a alguna técnica de belleza.

Al llegar ante el despacho, me concentré y miré la hora. Las manecillas marcaban la una. Llamé a la puerta.

—Adelante —exclamó una voz de mujer grave y algo bronca. No era Paulina. La habría reconocido por su voz monótona y aguda.

Al entrar, lo primero que me llamó la atención fue un gran cuello de piel sobre el que se alzaba una cabeza con el pelo peinado severamente hacia atrás.

Al instante me di cuenta de que esa mujer era idéntica a la del retrato en la pared.

Su delicada piel, blanca como la leche, contrastaba de forma intensa con su pelo negro y con las grandes piedras preciosas de color amarillo brillante que llevaba en los pendientes. Daba la impresión de acabar de llegar o de tener prisa, no habría podido decirlo con exactitud.

De pie junto a ella estaba Paulina Rubinstein, con un ajustado vestido de lana gris oscuro que acentuaba su figura.

—*Bonjour* —saludé intentando no hacer caso del temblor que sentía en el estómago—. Soy Sophia Krohn.

La mujer de detrás del escritorio no hizo ningún ademán de querer levantarse. Sus ojos me escudriñaron minuciosamente.

—¡Ah! La joven que quería venderme una crema —dijo. Hizo un gesto para que me acercara. No se levantó del asiento ni siquiera cuando me tendió la mano por encima del escritorio.

—Helena Rubinstein. Siéntese.

Noté que alargaba de un modo curioso la sílaba central de su nombre de pila. Tenía el mismo acento marcado de Paulina.

Después de estrechar también la mano de su hermana, que ahora parecía extrañamente silenciosa, me acomodé en la silla delante del escritorio.

—Debe usted disculparme —dijo Helena Rubinstein mientras las piedras preciosas centelleaban con cada movimiento de su cabeza—. En este edificio estamos muy apretados. Debería haberla recibido en la Clinique, allí todo es un poco más pomposo. Sin embargo, tengo una agenda muy apretada.

Desconcertada, desvié la mirada de ella a Paulina. De hecho, contaba con que al menos me harían preguntas.

—Fräulein Krohn —continuó en alemán, asombrándome aún más—. Mi hermana me ha dicho que usted es alemana. Conozco a varias damas encantadoras y muy inteligentes que son de ese país.

—Eso... me alegra... —respondí mientras intentaba reprimir el impulso nervioso de juguetear con las manos.

—¿Cómo se le ocurrió la idea de hacer una crema? —me preguntó entonces Helena Rubinstein. Me alegré de que por fin sacara el tema. Pero antes de que yo pudiera responder, se me adelantó—: En mi caso, fue al viajar a Australia. Allí el aire es terriblemente caliente y seco. Si mi madre no me hubiera dado doce tarros de su crema, seguro que ahora parecería una fruta desecada.

De nuevo, me impresionó su atenta mirada. Me pregunté qué edad tendría.

Helena Rubinstein continuó.

—Allí todas las mujeres tenían una piel atroz y yo fui su salvación. Así fue como empezó todo en mi caso. —Se inclinó un poco sobre el escritorio—. ¿Y en el suyo?

Jadeé.

—Yo... tenía problemas de piel. De jovencita —logré contestar.

La noche anterior había practicado mi discurso ante el espejo y me había sentido muy segura de mí misma. En cambio, ahora tenía la impresión de tartamudear como una colegiala, y eso que estaba hablando en mi lengua materna.

Helena Rubinstein escuchó mis palabras asintiendo con la cabeza.

—Examiné su crema —dijo entonces—. Personalmente no me gusta el olor, es demasiado intenso. Te hace oler a fábrica de caramelos de menta.

Noté que empezaba a ruborizarme. Esa crítica repentina me tomó por sorpresa. Creí que antes hablaríamos de mi formación.

—Sin embargo, su crema no es el mejunje típico de un ama de casa deseosa de atraer mi atención —continuó. Aunque su tono era duro, sus palabras me pusieron en alerta—. Para hacerla usted adoptó un enfoque científico, y eso se nota. El producto es muy limpio y parece bien equilibrado. La consistencia es perfecta.

Volvió a clavarme los ojos en la cara. No me lo preguntó, pero sentí que era el momento de contarle lo que no había tenido ocasión con Paulina.

—Estudié química durante cinco semestres en la Universidad Friedrich-Wilhelm de Berlín. Sé lo que me hago.

Las cejas, finamente depiladas, de madame Rubinstein se arquearon. Ahora era ella la sorprendida.

—¿Y qué la trajo a París? Me figuro entonces que no terminó sus estudios. Considerando la cantidad de semestres... ¿No sería para venderme una crema?

No me había preparado para una pregunta como esa. ¿Qué debía responder? No había preparado ninguna mentira, y la verdad...

Sin embargo, me bastó con ver la mirada en el rostro de Helena Rubinstein para saber que no era prudente permanecer en silencio mucho más tiempo.

—Mis padres me echaron de casa —contesté—. Discutimos acerca de una cuestión personal...

—¿Un hombre?

Me sonrojé.

La expresión de madame Rubinstein me dijo que no hacía falta que me explayara. Miró a su hermana, que de pronto había adoptado una actitud ausente.

—No sé si trabajar en esta empresa es conveniente para usted con un marido que requiere de su atención.

De repente pude notar los latidos de mi corazón palpitando hasta en la barbilla. ¿Acaso estaba sopesando la posibilidad de darme un empleo?

—Disculpe, pero no tengo marido —balbucí—. Nosotros... nos separamos.

Madame Rubinstein frunció el ceño.

—Lo lamento. —Hizo una pausa, y añadió—: ¿Significa eso que está usted libre de cargas?

—Sí, claro... —Tragué saliva, algo avergonzada por no poder contarle toda la verdad. Pero ¿qué pensaría de mí si se enterara de que me había quedado embarazada sin estar casada? De todos modos, daba la impresión de que lo que le había dicho le bastaba.

—Bien, pues en ese caso deberíamos encontrar un lugar donde podamos almorzar algo y charlar —repuso.

Intenté desprenderme de la inquietud que me había invadido de repente.

—¿Significa eso que quiere contratarme?

—Significa que quiero negociar con usted acerca de su empleo. No hay nada que funcione sin una buena negociación, ¿no le parece?

Asentí sintiéndome como si en cualquier momento me fuera a desintegrar convertida en una partícula frágil que el viento se llevaría sin más.

—Nos vemos luego —dijo a Paulina, que, a diferencia de mí, no parecía sorprendida de no acompañarnos.

—¿No nos acompañará su hermana? —pregunté.

—No, creo que basta con que hablemos nosotras. ¿Qué me dice?

Asentí y me levanté. Madame Rubinstein hizo lo mismo. Entonces reparé en que era dos cabezas más baja que yo. Sin embargo, cuando pasó con porte orgulloso y muy erguida delante de mí me pareció fuerte y atractiva. Al salir, el personal la saludó casi con veneración.

El Café Royal tenía una apariencia muy refinada. En sus paredes había unos cuadros grandes, y la luz quedaba atrapada en los marcos dorados y las arañas. Las sillas Luis XVI estaban tapizadas con raso de color rosa y sobre las mesas había unos ramilletes de rosas blancas. Un delicado aroma a azúcar y café flotaba en el aire perfumándolo.

Aparté de mi mente el recuerdo de Georg y de mi última visita a un establecimiento de categoría.

El camarero debía de conocer a madame Rubinstein, porque nos acompañó sin más a una de las mesas más bonitas del restaurante que ofrecía una buena panorámica de la calle y de los hermosos edificios.

Al recoger nuestros abrigos, no se me escapó la mirada, algo desdeñosa, que dirigió a mi sencilla vestimenta. Por otra parte, no era de extrañar, ya que madame Rubinstein llevaba bajo el abrigo un elegante traje chaqueta de color verde.

—Mi marido está reunido con unos autores prometedores —explicó con tono distendido—. Se tiene por un mecenas de la literatura y hace tiempo publicó una revista literaria. Los dos compartimos el amor por las bellas artes. ¿Qué hay de usted?

Negué con la cabeza, algo agobiada. Hacía tiempo que no me dedicaba a leer novelas, mi mundo estaba ocupado por libros de tipo divulgativo.

—Supongo que usted es una científica de pies a cabeza, ¿no? —preguntó. Respondí con un asentimiento rápido y decidí no contarle que, cuando trabajaba en el guardarropa de un teatro, había estado en contacto con la cultura. Me gustaba que me viera como una científica, algo que en los últimos meses había dejado un poco de lado.

—Conozco a mujeres como usted. En Viena colaboré con una doctora excelente. Me enseñó a detectar y tratar problemas de la piel. Juntas desarrollamos grandes productos. Tampoco a ella le quedaba mucho tiempo para dedicar a la pintura y la escultura. —Llamó al camarero con un gesto elegante de la mano.

—¿Alguna predilección especial en cuanto a comida?

Confundida, negué con la cabeza.

—No, yo... no soy nada exigente.

—Debe usted saber que los franceses tienen la mejor cocina del mundo. —Dicho eso se dirigió al camarero—. Jacques, tomaremos bullabesa y una ensalada *niçoise*, y, de postre, vuestra divina *mousse au chocolat*. Dejo en tus manos la elección del vino.

—Como desee, madame.

El camarero se retiró con una pequeña reverencia.

—Soy judía, se supone que debería comer kosher, pero mi rabino me exime de eso cuando estoy aquí. —Sonrió para sí misma, como si hubiera hecho una broma—. Espero que no sea demasiado para usted. Mantener la línea es importante para una mujer joven, pero da usted la impresión de que le vendría bien tomar un bocado.

—Sí, yo... Bueno, de hecho, tengo buen apetito.

De nuevo me escudriñó con su mirada.

—Disculpe que le preguntara antes de forma tan descortés sobre el motivo de que abandonara sus estudios —dijo entonces—. Sé lo mucho que ocupan la pareja y la familia a una mujer. Tengo dos hijos, y estando embarazada de Roy abrí dos salones, uno en Wellington y el primero, en Londres. Cuando establecí la filial de París, mi hijo Horace ya había nacido. No fue una época fácil.

Así pues, ella también tenía hijos. Como siempre que escuchaba a madres hablar de sus hijos, sentí una punzada de envidia.

—Bueno, pero ahora usted está aquí, ¿no? ¿Piensa casarse?

—No —respondí un poco desconcertada—. Me gustaría valerme por mí misma. Por otra parte, hacer cremas me da mucha satisfacción. Me siento capaz de dedicarme a ello el resto de la vida.

—Y esto nos lleva al tema que nos ocupa —dijo madame Rubinstein—. Sin duda, ya debe de haber conocido cómo funciona la burocracia francesa. Les gusta que los extranjeros abran empresas, pero se cuidan mucho de que eso no les quite puestos de trabajo a los franceses. Incluso si eres extranjera, hay que acatar esa ley.

¿Qué quería decir con eso? ¿Que, después de todo, no me iba a contratar? Antes de que le pudiera preguntar, apareció el camarero con una jarra de agua y vino. Madame Rubinstein se interrumpió hasta que el camarero se hubo retirado, y luego prosiguió:

—Por eso no estoy en condiciones de emplearla aquí, en París. Aquí también hay buenos químicos, también mujeres, que son mis favoritas, porque como mujer conoces el mundo femenino mejor que un hombre.

—Oh —dije bajando la cabeza un poco decepcionada. Al mismo tiempo, me pregunté qué quería negociar entonces. ¿Iba a comprarme la crema? Después de su crítica por su olor, lo dudé.

—Pero París no es la única ciudad del mundo, ¿verdad? —continuó con tono alegre—. Como le he comentado, tengo sucursales en otros países: Inglaterra, Australia y, también, en los Estados Unidos de América.

Dejó que esas palabras calaran en mí un momento. Me pregunté en cuál de esos países las leyes no eran tan rígidas.

—El motivo por el que le he preguntado sobre su independencia es el siguiente: hace unas semanas perdí a una de mis mejores químicas. Se ha casado y va a mudarse al sur de Estados Unidos. Hasta el momento no he logrado dar con una persona adecuada para sustituirla. Cuando mi hermana me telegrafió hablándome de una joven que se había presentado aquí con una crema, no le di gran importancia. Pero cuando probé su crema... —Hizo una pausa—. Como le dije, no me gusta la intensa nota mentolada. Pero sus propiedades nutritivas son equiparables a las que para mí constituyen el estándar de mis productos. Una crema como esa encontraría, sin duda, acogida entre la competencia.

Volví a pensar en la larga lista de salones de belleza. En las últimas semanas, casi había lamentado no haberme presentado ante ellos también. En ese instante, me alegré de no haberlo hecho.

—Supongo que no ha contactado usted con Elizabeth Arden —preguntó madame Rubinstein.

Negué con la cabeza.

—Su hermana me dijo que no lo hiciera si quería tener una oportunidad con usted.

Helena dibujó una sonrisa enigmática.

—La buena de Paulina. Nunca lo admitiré abiertamente, pero es una de mis hermanas más queridas. Sepa usted que soy la mayor de ocho chicas. Eso no siempre fue fácil. De hecho, las quiero a todas, pero en el sentido empresarial algunas son más afines a mí que otras.

Empecé a preguntarme si acaso les había confiado un salón de belleza a todas sus hermanas.

—En cualquier caso, serme fiel ha sido un acierto por su parte —continuó madame Rubinstein—. Me ha impresionado con su producto y, aunque no haya completado sus estudios, tengo grandes esperanzas en que sus conocimientos serán suficientes para trabajar para mí. A fin de cuentas, yo tampoco soy médico y trato enfermedades de la piel. —Su expresión mostró un amago de pesar que se desvaneció enseguida con su sonrisa—. Seré breve. Estoy sopesando la posibilidad de llevarla a usted conmigo a Nueva York. Mi empresa tiene su sede allí y no hay problemas con los permisos de trabajo. Puedo obtener el suyo junto con el permiso de residencia en cualquier momento. Por supuesto, ha de pasar un tiempo antes de que pueda obtener la nacionalidad estadounidense, pero se vive bastante bien allí como trabajador extranjero.

Me quedé mirándola de hito en hito. Notaba mi rostro sofocado y tenso, como si hubiera permanecido demasiado tiempo de pie a la intemperie.

—¿Nueva York? —pregunté.

Nunca había considerado la posibilidad de trabajar en otro país que no fuera Francia porque no quería dejar sola a Henny. Pero ahora que ella estaba con Jouelle y por fin tenía la oportunidad de pagarle todas mis deudas...

—Sí —respondió madame Rubinstein—. Nueva York. Allí usted trabajaría en mi fábrica, en el departamento de desarrollo de productos. En sí no necesito mucho personal para fabricar los productos: procuro que la mayor parte se haga con máquinas supervisadas por un puñado de empleados. Por supuesto, es preciso preparar los ingredientes, y eso, por desgracia, solo se puede hacer a mano, porque una máquina no puede reemplazar la vista y el esmero de las personas. Ahí es donde empleo más personal. Sin embargo, el conocimiento científico cambia rápidamente, y el mercado se mueve con esa misma rapidez. Hay que estar, como quien dice, ojo avizor si no quieres verte superada. No sé si me explico.

No estaba segura, pero me lo podía imaginar. Incluso en la universidad imperaba una cierta competencia entre profesores.

—¿Se vería usted capaz de realizar un trabajo así?

—Sí, por supuesto —respondí, a pesar de que mi mente aún no alcanzaba a comprender lo que se me estaba ofreciendo—. Me encantaría volver a trabajar en un laboratorio.

—¡Bien! —dijo madame Rubinstein con una amplia sonrisa—. Me gustan las mujeres decididas. Las únicas condiciones para darle el empleo serían que aprendiera a hablar inglés y que se comprometiera a no casarse en diez años. —Se me quedó mirando y me preguntó—: ¿Cuántos años tiene usted?

—Veintiuno —respondí, completamente aturdida ante aquel requisito. Yo hablaba inglés. En la escuela había aprendido también esa lengua porque mi padre pensaba que debía dominar el idioma de la ciencia. Y para él esa lengua no era el latín.

Pero esa cláusula... Tras el fracaso con Georg, no estaba en mis planes arrojarme en brazos del primero que se presentara. Aun así, esa exigencia resultaba muy inusual.

—Con treinta y un años será aún lo bastante joven como para tener hijos —explicó madame Rubinstein—. Yo tenía treinta y nueve años cuando tuve el primero, y cuarenta y dos cuando nació el segundo. Le aseguro que no es necesario pasarse la juventud teniendo hijos. Esto no significa tampoco que tenga prohibido pasárselo bien. El problema es que el matrimonio, por desgracia, es una institución que permite a los hombres someter a sus esposas. No todo el mundo tiene mi resolución y privilegio.

De nuevo, su mirada me escrutó atentamente. Yo me debatía. ¿Y si conocía a un hombre al que mereciera la pena entregarle el corazón? Si me enamoraba de verdad y el enamoramiento no me hacía perder la cabeza...

—¿Esta cláusula se aplica también a los hombres que trabajan para usted? —espeté para arrepentirme de inmediato ya que la oportunidad que se me presentaba era magnífica y, sobre todo, única.

—Rige para todo el personal de alto nivel cuyo reemplazo es difícil —respondió con calma—. También era de aplicación para la química que he perdido, pero ella me abandonó para perseguir su felicidad. Era bien libre de hacerlo. En todo caso, si quiere usted hacer carrera en mi empresa, deberá centrarse por completo en el trabajo. No le irá mal, pago muy bien a las personas leales.

No tenía ninguna duda al respecto.

El camarero nos trajo la comida y pronto me di cuenta de que no le acababa de gustar que hablásemos mientras comíamos. Me alegró poder concentrarme en esa maravillosa sopa de pescado y en la ensalada, porque necesitaba asimilar lo que me había dicho.

Cuando llegamos a los postres, me sobrevino una extraña ligereza. No sabría decir si fue por el azúcar de la *mousse au chocolat* o por tener ante mí de pronto un futuro que nunca me había imaginado. Sobre todo, en los meses anteriores.

—No espero que me responda de inmediato —explicó Helena Rubinstein mientras terminábamos el almuerzo tomando un café solo—. Deje que cale todo lo que hemos hablado. Solo una cosa: le pagaré lo suficiente para que pueda vivir como una dama de mundo. Siempre y cuando yo esté satisfecha con su trabajo.

Me habría gustado decirle que no me hacía falta darle muchas vueltas. No volvería a tener una oportunidad así en toda mi vida.

—Si está usted de acuerdo, venga mañana a la una de la tarde al restaurante del hotel Ritz y pregunte por mí. Entonces almorzaremos juntas y aclararemos el resto de detalles.

25

Me fui a casa atónita y algo aturdida por la oferta de Helena Rubinstein. Sentía en el pecho un hormigueo, seguramente a causa del intenso café solo, pero también de la alegría, aunque a la vez empecé a sentir cierta aprensión. ¡Nueva York! Nunca me había atrevido a soñar con viajar allí algún día. ¡Y ahora iba a acompañar a madame Rubinstein a Estados Unidos para trabajar en esa ciudad!

¿Qué diría Henny a eso? Seguramente se sorprendería tanto como yo.

Me sentía tan eufórica que me habría gustado hablar de aquella mujer de pendientes lujosos con cualquiera de las personas que me encontré por el camino. Sin embargo, cuando llegué a la pensión, no estaban ni madame Roussel, ni Genevieve. Henny no iba a volver y, en caso de hacerlo, no sería hasta la mañana del día siguiente. ¿Qué hacer? ¿A dónde ir con todo ese júbilo? Era mi primera gran alegría desde la muerte de mi hijito.

Me acordé de mi madre. No le había escrito desde que me había marchado de Berlín. Hasta ese momento tampoco había hallado el valor para notificarle la muerte de mi hijo. Sentí el impulso de enviarle unas líneas y me dispuse a escribirle.

Querida mamá:

Ya hace tiempo que no recibes noticias mías. Aunque no estoy segura de que lo desees, he llegado a la conclusión de que tienes derecho a saber cómo me van las cosas.

Hace nueve meses que me marché de Berlín con Henny. Vinimos a París para empezar una nueva vida. De todos modos, eso seguramente ya lo sabes por padre, pues hablé con él poco antes de partir.

Por desgracia, esta vez no traigo buenas noticias. Mi hijo murió en el hospital a las pocas horas de nacer. Me habría gustado tenerte a mi lado, pero tu largo silencio hace evidente que eres incapaz de perdonarme. Espero, de todos modos, que incluyas a tu pequeño nieto en tus oraciones. Él no merecía ser arrancado de este mundo tan pronto, ni tampoco tu rechazo. Dejarme seducir fue error mío, pero no lo fue, en cambio, la decisión de traerlo al mundo. Aunque esa decisión tuviera un trágico final.

Tras el parto estuve enferma un tiempo, así que no me dejaron ver al bebé ni una sola vez. No pasa un día sin que piense en él, aunque a estas alturas el dolor se ha vuelto un poco más llevadero. Tal vez fue bueno que no lo viera. Aun así, me habría gustado que las cosas hubieran ido de otro modo.

Cuando padre me echó de casa, me dijo que debía arreglármelas sola. Tras un tiempo en que parecía que no lo iba a lograr, ha ocurrido algo maravilloso. Quiero creer que mi pequeño me ha enviado esta oportunidad desde el cielo. Voy a partir hacia Nueva York y trataré de encontrar allí la felicidad. Nunca dejaré de esperar que algún día tú y padre me podáis perdonar.

Con cariño,

SOPHIA

Al terminar, me sequé las lágrimas de los ojos. Todo el dolor que me había invadido tras el parto y el que había sentido después de que mis padres me echaran de casa se había vuelto a hacer presente.

Pero aquel pesar no duró mucho rato. El alegre cosquilleo en el estómago se impuso e hizo que todo lo demás pasara a un segundo plano. ¡Tenía un camino por delante, un objetivo! La cláusula del matrimonio me seguía pareciendo extraña, pero tal vez fuera lo mejor.

Cuando Henny apareció a la mañana siguiente en nuestra habitación yo andaba con prisas. El almuerzo con madame Rubinstein iba a tener lugar en dos horas y llevaba al menos una mirándome al espejo, con la esperanza de que en el futuro mi ropa no fuera tan deslucida.

—¿Qué te ocurre? —preguntó Henny, quitándose el abrigo. Parecía cansada. La noche anterior debía de haber sido larga otra vez.

—¡Quieren contratarme! —exclamé. El día anterior, antes de ir a la Maison de Beauté, había podido hablarle a Henny del mensaje que había recibido.

—¡Eso es fantástico! —A Henny los ojos le empezaron a brillar—. Ya me imaginaba que no te iban a hacer ir allí para rechazarte.

Se me echó al cuello y me dio un abrazo.

—Pero no voy a trabajar en Francia —añadí.

—¿Por qué no? —preguntó Henny—. Si eres indispensable para ellos...

—Madame Rubinstein quiere que me marche con ella a Nueva York.

Le hablé de la reunión que había tenido con la máxima autoridad de la empresa y de la oferta que me había hecho. No le mencioné, sin embargo, la cláusula matrimonial. Ya me imaginaba lo que Henny pensaría de eso.

—¿No te parece maravilloso? —pregunté al terminar. Pero entonces advertí lágrimas en sus ojos—. ¿Qué te ocurre? —pregunté.

Ella se apresuró a secarse las lágrimas.

—Nada. ¡Estoy muy contenta por ti! Con todo lo que has pasado... ¡Por fin te llega la felicidad!

—¡Oh, Henny! —Nos volvimos a abrazar—. Me gustaría tanto poder llevarte conmigo esta vez.

Ella negó con la cabeza y me miró.

—Eso no será posible —dijo—. Hoy me han prorrogado el contrato un año más. Parece que las dos vamos a conseguir lo que queríamos.

Entonces fui consciente de que, en cuanto el barco partiera hacia Nueva York, no volveríamos a vernos en mucho tiempo. Aunque madame Rubinstein iba y venía de París para supervisar la buena marcha de su empresa, yo trabajaría en un laboratorio en Nueva York.

—No estarás enfadada conmigo, ¿verdad? —pregunté viendo que Henny seguía luchando por contener las lágrimas.

—¿Enfadada contigo? —preguntó—. ¿Por qué debería estarlo? Me alegro mucho por ti. Quién sabe, tal vez ahí haya un hombre decente esperándote. Uno que merezca la pena.

Apreté los labios. Mi esperanza no estaba enfocada en un hombre; lo que quería era demostrarme por fin a mí misma y a mi padre que era capaz de valerme por mis propios medios.

El restaurante del hotel Ritz estaba muy concurrido a la hora del almuerzo, pero también allí resultaba evidente que madame Rubinstein era muy conocida y apreciada. El camarero me acompañó hasta su mesa, que se encontraba en uno de los mejores rincones de la sala. En esta ocasión estaba acompañada de un caballero. Llevaba traje gris con chaleco y una camisa blanca impecable. La cadenita de oro de su reloj refulgía bajo la luz del sol.

—Mademoiselle Krohn, este es mi marido, Edward Titus —me presentó en francés.

—*Je suis enchanté de faire votre connaissance* —respondió él con un acento muy marcado, poniéndose en pie y saludándome con un besamanos—. Mi esposa me ha hablado mucho de usted.

Me sonrojé. Hacía mucho tiempo que un hombre no se acercaba tanto a mí. Edward Titus debía de tener entonces algo más de cincuenta años, pero su apariencia era enérgica y atractiva. Con sus gafas de níquel en la nariz y sus sienes plateadas, parecía un profesor de literatura.

—Así pues, ¿querrá usted acompañarnos a Nueva York? —continuó diciendo cuando me hube sentado. No se me pasó por alto la mirada contrariada que Helena le dirigió.

—Sí, me gustaría mucho —respondí.

De hecho, contaba con que fuera madame Rubinstein la que me hablara de mi puesto, pero su marido se adelantó a ella con la pregunta. Al parecer, eso no le gustó, porque comentó con un tono algo agrio:

—Me alegro de que se haya decidido.

—No ha sido muy difícil —dije, volviéndome hacia ella. Si algo había aprendido en los últimos meses era que había que tener mucho cuidado con los hombres casados—. Su oferta es muy generosa.

Hice una pausa a la espera de que madame Rubinstein respondiera, pero su expresión siguió siendo dura como el mármol.

—Así pues, ¿también está usted de acuerdo con la cláusula?

—Sí —contesté—. Estoy firmemente decidida a construirme una carrera. Mi sueño siempre ha sido poner en práctica mis habilidades. Mi padre tiene un negocio de productos de droguería, así que me he criado un poco en ese entorno.

Su expresión se dulcificó un poco. Posiblemente recordó en ese momento que mis padres me habían echado de casa.

—Y ¿cómo es que usted no se hace cargo de esa empresa? —preguntó mister Titus reclinándose en su asiento.

Busqué la ayuda de madame Rubinstein con la vista. No quería tener que contarle a él la historia de mi vida.

—Cosas de la vida, *n'est-ce pas, mon cher?* —se apresuró a decir ella dejando oír una risa afectada.

—Las circunstancias no lo han permitido —respondí evasivamente centrándome de nuevo en Helena. Al hacerlo, noté que Titus me miraba muy fijamente. Aquello me incomodó y deseé que él no estuviera presente.

Helena sacó un sobre de su bolso.

—Aquí tiene su contrato. Espero que lo traiga firmado a Calais cuando embarquemos para ir a Estados Unidos.

Asentí y tomé el sobre. Leerlo de inmediato habría sido una impertinencia, así que me lo metí en el bolso.

—Zarparemos el viernes de la semana próxima —continuó—. Espero que le dé tiempo a hacer las maletas y ocuparse de su alojamiento.

—De hecho, no tengo casa propia —respondí—. Vivo en una pensión en el Barrio Latino.

—El barrio de los escritores. —Titus volvió a intervenir para evidente disgusto de madame Rubinstein—. He conocido allí a algunos nuevos talentos. Tal vez debería darle un ejemplar de mi revista literaria. Por desgracia, se dejó de publicar hace unos años, pero los ensayos que contiene son notables. Créame cuando le digo que los caballeros Joyce y Hemingway algún día serán escritores famosos. ¡Y yo los he descubierto!

—Mademoiselle Krohn es más de ciencias que de letras —apuntó Helena Rubinstein—. De todos modos, si le interesa la literatura, tenemos una extensa biblioteca.

La disputa evidente entre los dos cónyuges me asombró. Nunca había visto nada igual. Mi madre siempre permanecía callada cuando mi padre hablaba, nunca le interrumpía ni tomaba la iniciativa en las conversaciones. Esto, en cambio, era completamente distinto. Yo no habría sido capaz de decir quién exactamente llevaba las riendas de ese matrimonio, aunque habría apostado por madame Rubinstein. El problema era que su marido no parecía aceptar esa idea.

Tras el almuerzo y una charla más tranquila sobre el clima y una exposición de pintura en la que madame Rubinstein había adquirido varios cuadros de un pintor llamado Henri Matisse, ella dio por terminada la conversación. La mayor parte del tiempo su marido se dedicó a contemplarme. Intenté ignorar sus miradas o, por lo menos, fingir que no me daba cuenta de ellas. Sin embargo, era como si me abrasara las mejillas, el cuello y los hombros; me alegré cuando salí del hotel con el contrato, unos billetes para gastos del viaje e instrucciones precisas sobre cuándo debía estar en Calais.

Al llegar a la pensión, me desplomé en la cama, que crujió un poco bajo mi peso, un sonido que se había vuelto familiar y casi reconfortante para mi alma.

¿Acaso estoy soñando?, me pregunté. Pero no, estaba del todo despierta y tenía los ojos bien abiertos. Por fin iba a poder dejar atrás todo lo que había sucedido el año anterior. Además, aunque sin duda nunca olvidaría la pérdida de mi hijo, era la oportunidad de volver a empezar.

26

La mañana de nuestra partida hacia Calais era despejada y soleada. A pesar de mi excitación, sentí también una cierta melancolía. Tras un inicio accidentado, aquella habitación diminuta, que ahora prácticamente habitaba sola, se había convertido en un hogar para mí. Allí había pasado mi peor momento y allí también me habían dado mi mayor oportunidad.

Me dolía dejar a Henny, pero también iba a echar de menos a Genevieve y a madame Roussel. Añoraría a la gente de esa calle, a las mujeres que me habían comprado los tarros de crema y me habían dado su opinión sincera. Todas me habían ayudado para tomar el camino que ahora me disponía a emprender.

Me había despedido de Henny la noche anterior. Aunque había querido acompañarme a la estación, para llegar a tiempo al barco en Calais era preciso tomar el tren de primera hora de la mañana, cuando ella solía regresar del teatro y necesitaba dormir.

—Te escribiré en cuanto me sea posible —le prometí mientras la volvía a abrazar una última vez—. Y tal vez logres convencer a Jouelle para marcharos juntos a Estados Unidos. —Llevada por mi propia felicidad, añadí—: Quizá algún día consigas un contrato allí.

—De momento, estoy satisfecha de poder quedarme aquí —me contestó acariciándome la mejilla—. Que te vaya muy bien, querida Sophia. ¡Tu vida empieza ahora!

Esas palabras aún resonaban en mi cabeza cuando me detuve frente a la puerta de Genevieve y llamé.

Me abrió al poco rato envuelta en una bata y con una toalla cubriéndole el pelo.

—¿Ya ha llegado la hora?

Asentí con la cabeza.

—¡Qué bonito que vengas a despedirte de mí! —dijo abrazándome.

—Solo faltaría —repuse—. Usted ha hecho mucho por mí.

De no ser por Genevieve y su doctora posiblemente no estaría con vida.

—En ese caso, haz también algo por mí —replicó. Vi que se le llenaban los ojos de lágrimas.

—¿Y qué es? —pregunté.

—No me olvides, ¿vale? Y, cuando regreses, ven a verme. Ya sabes dónde encontrarme.

—Prometido —dije, y me separé de ella.

Madame Roussel estaba trasteando en la cocina cuando bajé.

—¡Oh, vaya! ¡Aquí está nuestra chica! —exclamó volviéndose hacia mí—. Prométeme que triunfarás, ¿entendido?

—Prometido.

—Y que no te pille merodeando por ahí como una pordiosera, ¿está claro?

—Desde luego —respondí—. ¡Que le vaya bien, madame Roussel! ¡Gracias por todo!

Sacudió la mano con un gesto de negación.

—¡No me des las gracias! Pero, si conoces a algún americano que quiera venir a París, envíalo a mi pensión.

—Así lo haré.

Le di también un abrazo y abandoné la pensión. Ante la puerta de entrada, eché un último vistazo a la rue du Cardinal

Lemoine y al Café Amateur, en el que nunca había llegado a poner un pie. Luego me dirigí a la parada de autobús más próxima.

Ya en la estación me vino a la cabeza el día en que había llegado allí con Henny, ajenas a lo que nos depararía París. Había encontrado ese viejo billete de tren en el bolsillo de mi abrigo y me lo había guardado.

Me encaminé hacia el andén y dejé el equipaje. Varias señoras lucían sombreros brillantes y sedosos y abrigos ligeros de verano en colores a juego. Muchas llevaban los labios maquillados a la moda, con los labios superior e inferior dibujando una especie de pequeño corazón. Todos los caballeros parecían hombres de negocios, con sus abrigos oscuros y sus maletines. Casi nadie se dignó a mirarme y, si lo hicieron, seguramente se sorprendieron al ver la amplia sonrisa que lucía en la cara.

Por fin, entró mi tren en la estación. Fui hasta mi asiento, pero no me senté, sino que me quedé un rato de pie junto a la ventana. Cuando el tren se puso en marcha, contemplé los edificios que pasaban ante mí. Otra despedida. ¿Cómo sería Estados Unidos? Recientemente en un periódico había visto una foto de un rascacielos, lo cual me hizo preguntarme cómo era posible edificar unos edificios tan altos. Según el artículo, edificios como aquel surgían como setas y cada vez iban a ser más altos. ¿Cómo serían las vistas desde allí? ¿Era posible contemplar toda la ciudad como un águila desde su nido? Me ensimismé pensando en el Nuevo Mundo y deseé poder mostrárselo todo muy pronto a Henny. En cuanto hubimos dejado atrás París y atravesamos a toda velocidad una zona boscosa, me despedí en silencio de mi pequeño al que nunca había visto.

Ya en Calais, madame Rubinstein y monsieur Titus me esperaban. Habían viajado en automóvil y llegué a tiempo para ver los bultos enormes que se estaban cargando a un camión cercano para ser transportados dentro del barco.

Madame Rubinstein reparó en mi mirada de asombro.

—He comprado unas cuantas cosas —explicó—. Voy a inaugurar un nuevo salón de belleza y tengo que equiparlo. Pronto se dará cuenta de que para mí es muy importante que mis salones y clínicas sean templos del arte para mis clientas. No solo es bueno que embellezcan su aspecto, sino también su espíritu.

Reparé en la sonrisa torcida que Titus esbozó por un instante. Parecía evidente que no aprobaba en absoluto aquel derroche de su esposa.

—¡Venga conmigo, querida, acompáñeme al barco! —dijo ella dejando a su marido solo con el automóvil y las tareas de carga.

—¿Monsieur Titus no nos acompaña? —pregunté, sorprendida.

—¡Sí, por supuesto! —repuso madame Rubinstein—. Pero no lo necesito para registrarnos en el barco.

Al poco rato, presentamos nuestros billetes a un oficial elegantemente vestido. Saludó llevándose los dedos a la gorra y nos deseó una buena travesía.

—En cuanto lleguemos a Nueva York, es preciso que se compre ropa nueva —comentó Helena mientras andábamos por el pasillo que llevaba a nuestros camarotes—. Soy consciente de que hasta ahora usted carecía de medios para ir bien vestida, pero, en cuanto lleguemos, le adelantaré una parte de su salario.

—Gracias, eso... es muy generoso por su parte.

Solo me había llevado los mejores vestidos que tenía. Siempre que me los ponía me hacían sentir especial, pero al parecer no era suficiente cuando uno trabajaba para un «templo del arte».

—Mi chófer la acompañará a una de las tiendas donde suelo vestirme —siguió diciendo Helena Rubinstein. No pude evitar darme cuenta de que estaba claramente inquieta, aunque no se debía a los planes para mejorar mi aspecto. Más bien daba la impresión de que le faltaba un punto fijo de referencia y que solo comprando lograba calmarse.

—Aquí está su camarote —me explicó al detenernos ante una puerta—. He viajado tantas veces en este barco que podría hacer visitas guiadas. De hecho, durante un tiempo llegué a ostentar el récord oficial en número de travesías del Atlántico, ¿se lo puede imaginar?

—Está usted muy ocupada —respondí sin saber muy bien qué decir.

—Sí, puede que esté usted en lo cierto. Acomódese un poco, zarparemos en menos de una hora. Le recomiendo que entonces suba a cubierta. Al emprender un gran viaje por primera vez, hay que ver cómo se va dejando atrás la tierra firme.

Dicho eso siguió andando por la alfombra, dirigiéndose posiblemente a su propio camarote.

Tal y como madame Rubinstein me había aconsejado, cuando el barco zarpó subí a cubierta. Con un cosquilleo de emoción en el estómago, vi cómo íbamos dejando atrás el puerto de Calais, que cada vez se iba haciendo más pequeño.

No tenía gran cosa que desempaquetar en mi camarote, pero en cambio sentía muchísima curiosidad y unas ganas enormes de aventura, algo muy poco usual en mí. Por primera vez en la vida viajaba sola de verdad. Y, además, al otro lado del mundo.

—Es impresionante, ¿no le parece? —dijo una voz a mi espalda.

Me giré. Edward Titus, de pie a pocos metros de mí, encendía un cigarrillo.

—Aún recuerdo la primera vez que salí del continente europeo. Uno se siente muy importante hasta que ve la inmensidad del océano. Entonces se da cuenta de lo pequeño que es en realidad.

—No me creo muy importante —repliqué, preguntándome si no sería mejor despedirme de inmediato. Recordaba muy bien la irritación que madame Rubinstein había mostrado en la anterior ocasión.

—Bueno, tal vez algún día lo sea —repuso, colocándose ante mí como si quisiera cerrarme el paso—. Usted tiene lo que hay que tener. Es joven, es guapa y es inteligente. Tiene una profesión interesante. Con eso es posible hacerse una carrera en Estados Unidos. Incluso siendo mujer.

—Su mujer es un excelente ejemplo de ello —comenté, introduciendo deliberadamente a su esposa en la conversación al percibir en él algo que en su momento también había visto en Georg. Su interés llevaba pareja una galantería que ahora me incomodaba sobremanera.

—Sí, mi esposa adora trabajar. Desde siempre. —Sopló el humo del cigarrillo a un lado, pero me llegaron algunas bocanadas y tuve que reprimir la tos—. Entre nosotros, antes, cuando ella tenía su edad, urgía a sus admiradores para que le rotularan los tarros de crema y le escribieran a máquina la correspondencia comercial. Como se puede imaginar, los caballeros luego renunciaban a una segunda cita con ella.

Soltó una carcajada. Yo no le vi la gracia.

—Seguramente no son más que falsas habladurías —dije.

—No, me lo contó ella misma. Esos hombres no significaban nada para ella. Entraba en ese juego para que no la tomaran por una persona rara o una rata de biblioteca. Pero en el fondo solo amaba sus cremas y el negocio que estaba creando. —Me escudriñó con la mirada—. ¿Y usted? ¿Le gusta tanto su trabajo como para dejar a los hombres de lado?

Entonces tuve la certeza de que su mujer no le había contado nada de mi historia anterior. ¿Y si me equivocaba? ¿Y si él me preguntaba porque me creía una frívola?

—Hasta el momento, mi experiencia con los hombres ha sido bastante... normal y corriente —contesté—. Ahora he decidido concentrarme en mi carrera profesional. Hacer lo que estudié.

Monsieur Titus me recorrió el cuerpo con los ojos.

—Una mujer tan joven y bella como usted causará furor en las calles de Nueva York. Siempre y cuando quiera.

—Sobre todo lo que quiero es trabajar —repuse. ¿Era eso una especie de prueba? ¿Acaso Helena Rubinstein quería saber si mi compromiso iba en serio? La posibilidad existía, si bien entre los dos no se percibía una gran armonía—. Ya va siendo hora de que me valga por mí misma. Los hombres son demasiado volubles como para confiar en ellos.

La decepción asomó en su mirada. Pero yo me sentí muy orgullosa de mi respuesta. Me había salido del corazón. Mi padre, igual que Georg, me había dejado en la estacada. Y eso era algo que nunca olvidaría.

—Bueno, pues en ese caso le deseo una travesía agradable —dijo Titus con un tono algo seco. ¿Se había molestado por mis palabras?

Mientras se daba la vuelta para regresar a los camarotes, dirigí la vista al mar. Alrededor no se veía nada más que agua de color azul oscuro bajo un dosel de cielo azul claro y unas nubes blancas. El viento me acariciaba con fuerza la cara y los aromas de la tierra firme iban dando paso poco a poco al aire salado del mar. ¿Era ese el olor de la libertad?

Por la noche, cené con madame Rubinstein y monsieur Titus. Aunque el barco no era especialmente lujoso, Helena Rubinstein llevaba unos impresionantes pendientes de color verde oscuro, formados por unas piedras preciosas rodeadas por numerosas perlas. En torno al cuello lucía un collar a juego. Las piedras, suponiendo que fueran reales, debían de valer una fortuna.

Su ropa, en cambio, era bastante sencilla, un vestido negro ajustado que realzaba aún más las joyas y también su rostro. Parecía una reina que se hubiera extraviado casualmente por ahí y que no estuviera dispuesta a pasar desapercibida.

Al reparar en mi mirada, preguntó:

—Querida, ¡parece usted asombrada! ¿Qué ocurre?

Me sonrojé.

—Solo... me preguntaba...

—¿Qué se pregunta usted? —dijo con suavidad ladeando un poco la cabeza.

—Esas joyas que lleva... ¿no le da miedo que se las roben?

Madame Rubinstein enarcó las cejas con asombro y miró a su marido, que parecía tener la mente en otro lado.

—Cuando llegue a Nueva York, aprenderá sobre todo una cosa —empezó a decir—. Que es importante que la vean. Estados Unidos es un país de millones de habitantes. Por eso es importante, sobre todo como mujer, que vaya donde vaya se asegure de que la vean. Yo suelo lograrlo vistiendo de forma llamativa, o llevando joyas impresionantes. Si es invisible a los demás, nunca alcanzará los objetivos que se proponga. Para que la escuchen, la tienen que ver. Recuérdelo bien.

Esas palabras me sorprendieron. Sin embargo, no respondían a mi pregunta.

—Lo haré —contesté—. Pero, aun así, el peligro...

Helena apartó mis preocupaciones con una elegante sacudida de mano.

—¿Qué importancia tiene que a uno le roben algo? Se puede sustituir. Además, la naviera me resarciría por la pérdida. Por lo menos a mí, que soy su mejor clienta.

Me la quedé mirando de hito en hito sintiendo que me iba encogiendo. Esa mujer, que medía dos cabezas menos que yo, parecía una princesa india a la que nadie podía causar perjuicio alguno. Había que tener mucho poder y prestigio para que a alguien se le indemnizara sin más por un robo, aunque la empresa en cuestión no fuera la responsable.

Durante la cena, que constaba de cinco platos y era como a una comida de día festivo en mi casa, noté que la gente no apartaba la vista de madame Rubinstein. Ella lo advertía y era evidente que disfrutaba con ello. No parecía incómoda por el hecho de que su marido pareciera estar ausente todo el tiempo.

Cuando finalmente una mujer vestida con un elegante conjunto de color azul se nos acercó y preguntó si la dama de nuestra mesa era madame Rubinstein, me sentí completamente abrumada. ¡La gente la reconocía incluso en un barco, donde los pasajeros estaban dispuestos de forma aleatoria! Aquello despertó un deseo en mí. Quería ser como ella. Quería que la gente me viera, que me escuchara. Pero ¿cómo hacerlo?

27

Siempre que me era posible y a pesar de que el aire era de todo menos templado, pasaba el tiempo en la cubierta del barco para disgusto de madame Rubinstein.

—El sol y el viento son enemigos de la mujer —dijo, pasándome un tarrito de crema—. No querrá usted parecer un viejo marinero a los cuarenta años.

Hasta entonces no había pensado mucho cómo sería mi piel a veinte años vista, pero utilicé la crema y seguí disfrutando de la fabulosa visión de esas aguas que parecían no tener fin.

Rechacé con la máxima celeridad todos los intentos de abordarme por parte de algunos jóvenes. Intuía lo que pretendían, y aquello era lo último que yo tenía en mente. Mi nueva jefa me había impuesto una cláusula de no matrimonio y estaba decidida a cumplirla.

Al cabo de un tiempo, madame comenzó a instruirme sobre su empresa y su «arte». Nos sentábamos en cubierta, al abrigo de unas grandes sombrillas que sacaban los empleados.

—Empecé a construir mi imperio en Melbourne —me explicó— con apenas unas pocas latas de crema del doctor Lykusky, una pequeña habitación alquilada, y cien libras que me prestó

Helen Macdonald. ¡Y al cabo de pocas semanas ya le pude devolver el préstamo!

Aquello me pareció impresionante. Pensé cómo habría ido todo si yo hubiera tenido esa suerte... Pero me había faltado el empuje suficiente... y además estaba embarazada. No tenía ni idea de cómo madame había podido seguir con su trabajo estando encinta. Ella había admitido que había sido duro, y yo no lo dudaba.

—¿Sabe? En esa época la mayoría de las cremas, si las había, tenían el defecto de ser para todo tipo de pieles —me explicó una tarde en el salón cuando el tiempo era demasiado desapacible para permanecer en cubierta—. Mientras asesoraba a las mujeres en Melbourne y les examinaba la piel, me di cuenta de que la había de diferentes tipos. —Me miró las manos—. Será mejor que vaya a buscar algo para tomar notas.

Me fui a mi camarote, saqué mi cuaderno de notas del bolso y regresé junto a ella con libreta y lápiz.

—Observé, pues, que la piel puede ser grasa, seca, normal y mixta, y que cada tipo requiere sus propios cuidados. Empecé a hacer mis propias cremas en la cocina después de consultar con médicos. E hice venir a Melbourne al doctor Lykusky. Me lo pude permitir en cuanto se empezó a hablar de mí en los periódicos. En Australia no había existido nunca nada parecido a un salón de belleza.

A continuación, me dio una charla sobre cómo reconocer los diferentes tipos de piel y qué ingredientes contribuían a paliar problemas específicos. Sin embargo, al hacerlo se sirvió de muchas imprecisiones porque no estaba dispuesta a que otros viajeros oyeran algo que luego pudieran utilizar en beneficio propio. Yo tenía mis dudas de que el barco estuviera repleto de químicos y futuras propietarias de salones de belleza, pero me hice cargo de su situación.

En cualquier caso, llené por completo mi cuaderno con anotaciones, y me dije que en cuanto llegara a mi nuevo país iba a tener que comprarme otro.

La llegada a Nueva York estaba prevista al cabo de aproximadamente una semana de navegación.

Yo había perdido la noción del tiempo ya que, excepto por algunos barcos que nos habíamos encontrado avanzando en dirección contraria, el mar y el horizonte apenas habían cambiado. Al comentárselo a madame Rubinstein, me dijo que debía alegrarme de eso.

—A veces el mar está tan agitado que apenas se puede poner un pie fuera del camarote —explicó—. En la vida hará más travesías y agradecerá que esta haya sido tan tranquila.

En la mañana del último día a bordo, alguien llamó a la puerta de mi camarote. Me estaba vistiendo y en ese momento me disponía a abotonarme la blusa.

—¿Quién es? —pregunté.

—Soy yo. ¿Molesto?

Me sorprendió encontrarme con monsieur Titus ante mi puerta. Desde nuestra conversación durante la partida, apenas habíamos intercambiado algunas palabras y rara vez lo había visto. La mayor parte del tiempo lo había pasado con madame Rubinstein, que, después de hablarme de su empresa y de los tipos de piel, me había contado anécdotas de travesías anteriores. «Figúrese, en una ocasión navegué con una compañía de circo. Iban en tercera clase y, para pagarse la travesía, hacían acrobacias en cubierta, ¡y con un viento de fuerza cinco! ¡Era digno de verse!».

Titus, en cambio, se había mantenido muy callado, incluso en presencia de su esposa, que no dejaba de intentar entablar conversación con él. Yo percibía muy claramente la tensión de ella; era como si quisiera averiguar el motivo del disgusto de su marido.

—Me estoy vistiendo —dije sorprendida mientras acababa de abrocharme la blusa. Sentí mucho temor a que entrara sin más, así que tensé el cuerpo y adopté una actitud defensiva.

Pero Titus aguardó fuera.

—Debería usted salir a ver esto, Sophia —oí que decía al otro lado de la puerta—. La primera vez que uno llega aquí no se olvida.

—¡Ahora mismo voy! —exclamé mientras me inclinaba hacia mis botines. Los botones con que se abrochaban estaban desgastados; a principios de semana se había soltado un poco una costura y cada vez se abría más. Lo primero que tendría que hacer en Nueva York con mi primer sueldo sería comprarme calzado.

Cuando terminé, me enderecé. Eché un vistazo a la maleta en la que ya había empezado a meter algunas de mis pertenencias, y luego abandoné el camarote.

Monsieur Titus llevaba un traje a rayas marrón de una tela que debía de ser bastante cara. Mi padre tenía un traje similar, pero solo lo usaba en ocasiones verdaderamente importantes. Nunca lo habría llevado en una travesía como aquella.

—¿Está usted lista? —preguntó con una amplia sonrisa que ya casi no le conocía. Era como si la proximidad a tierra firme, a su hogar, le despertara el ánimo.

Me ofreció el brazo de forma casi efusiva, pero sacudí la cabeza y no se lo acepté.

—¿Y eso? —preguntó—. ¿Acaso tiene miedo de mí?

A decir verdad, lo que temía era que madame Rubinstein malinterpretara el gesto. Aunque monsieur Titus no tuviera ninguna mala intención, no quería que nadie me viera cogida de su brazo. Tampoco había ido nunca a ningún sitio del brazo de Georg. Siempre que estábamos juntos en un lugar público guardábamos cierta separación física. Con Titus estaba dispuesta a hacer lo mismo.

—No, no es eso, pero pienso que solo debería ir cogida del brazo de un hombre si tengo una cita con él.

—¡Alemanes! —exclamó, echando la cabeza hacia atrás riendo—. Bueno, vale, entonces sígame. El barco avanza con rapidez y no me gustaría enzarzarme en una discusión por una nimiedad así.

¿Una nimiedad? Yo no opinaba lo mismo. Contenta de no tener que acercarme demasiado a él, le seguí a paso lento.

Ya había muchos pasajeros congregados en la cubierta. Busqué con la vista a madame Rubinstein y la encontré, inconfundible, tocada con un sombrero de color rojo rubí, en uno de los mejores puntos de observación. El camino hasta allí estaba bloqueado por otros compañeros de viaje y era imposible acercarme a ella.

Sin embargo, tampoco quería quedarme con monsieur Titus. Su proximidad me inquietaba.

Por suerte, una mujer aprovechó el espacio que quedaba entre nosotros y se colocó en medio. Sentí que su cadera tocaba la mía y que la ropa le olía a suero de leche, pero preferí eso a rozar a Titus.

Sin embargo, al instante siguiente me olvidé de él, cuando, en efecto, se desplegó ante nosotros la línea de la costa. Los rascacielos, que aún se veían bastante pequeños, refulgían bajo el sol de las primeras horas del día. Con todo, lo más impresionante era una estatua de un tamaño suficiente para poder verse claramente desde allí. Sostenía en una mano una antorcha que, a pesar de ser de metal, parecía encendida. Quizá solo fuera cosa del amanecer, pero tuve la impresión de que nos daba la bienvenida. En mi interior sentí una emoción desconocida. No sabría describirla, pero era como un pájaro posado en el borde de la puerta de su jaula sin saber si salir volando o no, a pesar de ser consciente de que no volvería a tener otra vez una oportunidad igual.

En aquel momento deseé poder contemplar ese espectáculo más cerca de la barandilla. El sol se alzó un poco más y en el cielo estalló un incendio. Las aguas también parecieron sumirse en las llamas y refulgían en un intenso color naranja. Un murmullo recorrió la multitud. Era como si ante nosotros se estuviera obrando un milagro, y traté de atesorar en mi corazón todos y cada uno de esos instantes.

Cuando abandonamos el barco, logré por fin acercarme a madame Rubinstein. Alrededor, las voces zumbaban por todas partes, como si fueran mosquitos. Los porteadores se movían de un lado a otro, junto a mí pasaban maletas y baúles y todo el rato tenía que vigilar para no chocar con nadie.

Ella, en cambio, permanecía quieta delante de mí, tocada con su sombrero y su abrigo que le daban la apariencia de una reina. Tenía las manos cruzadas sobre el bolso y parecía estar esperando algo. Entonces me di cuenta de que disfrutaba haciéndose ver. Una y otra vez las miradas de la gente se volvían hacia ella, que las aceptaba como un regalo.

Solo al cabo de un rato se giró hacia mí y me miró, casi como si la hubiera sorprendido.

—¡Ah, fräulein Krohn! —dijo en alemán para pasar de inmediato al inglés—. Aquí está usted. Creo que debería empezar a acostumbrarse a que la gente aquí habla de este modo, ¿no?

Para practicar, en los últimos días ella solo había conversado en inglés conmigo. Monsieur Titus, esto es, mister Titus a partir de entonces, no había hecho ninguna excepción. Con todo, a diferencia de su inglés, el de madame Rubinstein incluía también palabras en otros idiomas. Yo comprendía el alemán y el francés, pero cuando ella mezclaba palabras en polaco o en yidis, no podía más que fruncir el ceño con asombro.

—Sí, mistress Rubinstein.

—Llámeme madame —me explicó con la dignidad de una soberana—. Ya verá que aquí todo el mundo lo hace. No importa que sea francés. Llámeme madame.

—De acuerdo, … madame —respondí.

Se me quedó mirando un buen rato.

—He hecho algunas gestiones y por telegrama he conseguido una habitación amueblada para usted. Está en un barrio decente y, por lo que me han dicho, es muy espaciosa. Con el sueldo que tiene se la puede permitir.

Aquello me tomó completamente por sorpresa. Había contado con vivir en una pensión, en una habitación pequeña y económica, como en París.

Mi asombro pareció complacerla.

—Tengo grandes esperanzas en usted —dijo abriendo el bolso—. Tome un taxi que la lleve a esta dirección. El propietario de la casa, mister Parker, también vive ahí. Es un viejo conocido mío.

Dicho eso, buscó con la vista a su marido, pero no se le veía por ningún lado.

Tras media hora de viaje, el taxista me dejó ante un edificio de dos plantas del barrio de Brooklyn. Muchos edificios de la zona eran al menos dos pisos más altos y tenían a los lados escaleras de incendios interconectadas entre sí. Nunca había visto algo parecido en Alemania. La apariencia no era especialmente agradable a la vista, pero por la limpieza de las calles me di cuenta de que aquella no era una zona tan degradada como la rue du Cardinal Lemoine de París.

La casa de mister Parker no era una excepción. Las ventanas tenían celosías o cortinas, y en una repisa vi un gato que parpadeaba con la luz del sol.

—¡Que le vaya bien, señorita! —dijo el taxista al entregarme la maleta—. A ver si a partir de ahora nos vemos más a menudo.

Me guiñó un ojo con picardía. Le sonreí y dirigí la vista a la puerta principal. Tenía la pintura verde algo descascarillada en varios puntos, pero el umbral estaba limpio.

Al cabo de un momento, llamé al timbre.

—*Just a second!* —se oyó desde una de las ventanas abiertas de la planta baja. Instantes después en una de ellas asomó una mujer. Debía de tener por lo menos veinte años más que yo y su piel morena sin duda habría horrorizado a madame. Tenía el cabello rizado y de color castaño oscuro, y lo llevaba recogido con un pañuelo de color turquesa. La bata de casa que llevaba envolvía un pecho prominente.

—¿En qué te puedo ayudar, *honey*?

—Me gustaría hablar con mister Parker —contesté.

—Acaba de salir —dijo la mujer—. Es por el apartamento, ¿verdad?

Asentí.

—Me llamo Sophia Krohn —repuse, presentándome.

—Vale, entonces pasa, la puerta está abierta. Solo la cerramos de noche, para que no entren a robar a la guarida.

Empujé hacia abajo la manilla de la puerta. El vestíbulo en el que me vi me recordó un poco al de la casa de mis padres, aunque aquí las esterillas eran más sencillas.

Sin embargo, no tuve tiempo de seguir contemplándolo. La mujer que antes había visto a medias por la ventana asomó por la puerta. En la sala que tenía detrás vi una tabla de planchar y una gran cesta repleta de ropa blanca.

—Soy Kate Wilson —dijo, tendiéndome la mano—. ¿Te parece bien que te llame Sophia? Tú puedes llamarme Kate.

Asentí con cierta vacilación.

—Tú no eres de por aquí, ¿verdad? —afirmó al instante—. Quiero decir, de Estados Unidos.

—Soy alemana —expliqué.

—Vaya, llevas un largo camino a tus espaldas, tesoro. —Me sonrió—. Me encantaría viajar alguna vez a Europa, pero aquí nadie se lo puede permitir. O tienes un novio muy rico, o tienes un trabajo muy bueno.

—Un buen trabajo —respondí—. Madame Rubinstein es quien me ha conseguido el apartamento. Me ha dicho que conoce a mister Parker.

—¡Oh, una de esas judías ricas del Upper East Side! Mister Parker conoce a algunas. ¿Eres su criada?

—Su química —repuse. Ella arqueó las cejas con sorpresa y silbó admirada.

—Debes de ser una muchacha muy especial. Vale, te mostraré tu habitación.

De nuevo desapareció en la sala para regresar al poco rato con un manojo de llaves. Subimos la escalera hasta el piso superior. El aire ahí estaba un poco cargado, aunque en la calle no hacía mucho calor. La puerta marrón me recordó la pensión de madame Roussel, pero, cuando Kate la abrió, me encontré con una habitación que era incluso mayor que el salón de la casa de mis padres.

Sentí un estallido de alegría en el pecho y noté que las lágrimas me acudían a los ojos. Me las sequé rápidamente para que Kate no se diera cuenta.

La casera se acercó a las ventanas cuyas celosías de madera solo dejaban colar la luz entre sus rendijas; en cuanto las abrió, el sol que inundó la habitación no solo dejó ver el mobiliario sino también partículas de polvo bailando en los rayos de luz.

Había un sofá que invitaba a hundirse en él de inmediato. El escritorio situado ante las ventanas era tan estrecho como la silla que tenía delante. En las paredes había estanterías empotradas, aunque yo no tenía la menor idea de qué poner allí. La alfombra parecía un poco desgastada por los numerosos pies que la habían pisado. Detrás de un biombo había una cama de latón.

—Los muebles son, en parte, del inquilino anterior —explicó Kate—. Le dejó a deber dos alquileres a mister Parker. Hasta que los pague, se quedarán aquí.

—¿Y si los quiere de vuelta? —pregunté.

Kate negó con la cabeza.

—Seguro que no. Ese se largó sin más y nadie sabe a dónde. Solo faltaría ahora que nos escribiera pidiéndonos que le enviásemos los muebles. Puedes quedártelos, tesoro, a menos que te parezcan muy feos. En ese caso, me lo dices y mister Parker los guardará en un almacén.

Me pregunté cómo sería un almacén de muebles y cuántos muebles debía de guardar él ahí.

—El baño y el aseo están abajo. Mister Parker consideró un tiempo la posibilidad de instalar un baño para visitas, pero al final no mereció la pena.

Asentí. Podría vivir perfectamente con el baño en el piso de abajo.

—Bien, pues ponte cómoda —dijo Kate—. Para la comida, puedes comprar en la tienda de Joe, a dos calles de aquí. Y cerca también hay un buen deli. Por supuesto, si te apetece, puedes pasarte por mi cocina. Con mister Parker siempre sobra alguna cosa.

—¿Deli? —pregunté—. ¿Es un bar de comidas?

—No, en esos establecimientos se puede comprar comida más sofisticada, como cangrejos o salami. Si lo que buscas es un bar de comidas, ve al Manzoni's Diner. De hecho, es italiano, pero sus costillas son las mejores del lugar. Y tampoco él tiene nada contra los extranjeros.

Intenté memorizar todos esos nombres.

—Si quieres tomarte una copa, me temo que te desilusionaré —añadió Kate—. En este país no está permitido. No, al menos, de forma legal. Muchos bares venden alcohol adulterado del mercado negro, pero hay que tener cuidado para no quedarse ciego. Aunque ¿qué te estoy contando? Siendo química, seguro que sabes perfectamente cómo destilar aguardiente.

—Sí, claro.

Kate me hizo un guiño.

—Bueno, si el trabajo con madame Rubinstein no va bien, o no te paga lo suficiente, con eso te podrás sacar unos cuantos dólares. Pero no dejes que te pille la mafia. De lo contrario, acabarás en el río Hudson antes de que te des cuenta.

Me hizo un guiño y entendí que bromeaba.

—¡Ah! Si oyes un estallido, procura esconderte en un portal o tirarte al suelo. De vez en cuando, los muchachos de por aquí se pelean, y a veces incluso se lanzan pelotas de plomo, no sé si me entiendes.

—¿Quieres decir que por aquí hay tiros?

Saltaba a la vista que Kate disfrutaba con mi espanto, porque sonrió.

—No temas, suelen salir de noche. A esas horas una dama decente no debería andar por las calles. De momento, solo en una ocasión oí tiros en la calle, pero yo estaba calentita y a salvo en mi cama.

Eso no me tranquilizó ni lo más mínimo.

—Bueno, voy a volver a la faena. Si tienes preguntas, ven abajo a verme. Mister Parker volverá sobre las seis, entonces te lo presentaré. Si te apetece, cena con nosotros.

—Gracias —respondí, y Kate bajó la escalera.

Dejé que el silencio calara en mí. ¡Mi propia habitación!

Posé la maleta en el suelo y me puse frente al espejo. Tuve casi la certeza de que en él se reflejaría otra persona, pero solo era yo, Sophia Krohn, más delgada; a simple vista, la estudiante que un año atrás vivía en Berlín. Aunque llevaba las gafas un poco torcidas y tenía el pelo revuelto, era algo que en esa época ya me ocurría.

Con todo, tenía marcadas en el rostro algunas líneas de expresión, y mi mirada había cambiado. Me pasé la mano por el vientre, consciente de la cicatriz que lo atravesaba. Había perdido un hijo, y casi tenía la impresión de que aquel era el precio que debía pagar por mi nueva vida.

Los ojos se me anegaron en lágrimas, pero me aparté rápidamente y alejé ese pensamiento de mí. No podía recuperar lo que había perdido.

Mister Parker me recibió en la puerta de su apartamento a las seis en punto. Llevaba una chaqueta marrón y una pajarita. Las gafas le daban la apariencia de un profesor algo mayor. Le calculé unos cincuenta años.

—¡Usted debe de ser Sophia! ¡Pase, pase! Kate me ha hablado de usted.

—Un placer conocerle. —Le tendí la mano y luego me acerqué.

El cesto de la ropa había desaparecido y pude mirar alrededor más detenidamente.

La decoración de su casa se parecía tanto a la de mis padres que se me hizo un nudo en la garganta.

Al pasar por el pasillo, vi a Kate de pie junto a la cocina. Me saludó con la mano, y me pregunté si tal vez ella también vivía allí.

—Acérquese, siéntese, miss Krohn. Kate me ha dicho que es usted de Alemania.

—Así es —respondí mientras me sentaba en la mesa redonda del comedor, que era tan grande como para que cupieran ocho personas. ¿Aquella mesa era solo un recuerdo de otros tiempos, o realmente mister Parker recibía tantas visitas?

—¡Un país interesante! —dijo mientras cogía la jarra de cristal que había en el centro de la mesa y me servía un poco de agua—. De joven estuve una vez allí y visité el palacio del káiser. Es una lástima que tomara la decisión equivocada en esa guerra sin sentido. ¿Perdió usted también a alguien de su familia en la guerra?

Negué con la cabeza. No esperaba que mister Parker fuera a empezar nuestra conversación con ese tema.

—No, mi padre no era apto para el ejército. Y no tengo hermanos.

—Así pues, salieron bien parados. Tenía un amigo en Berlín que no sobrevivió.

—Lo siento.

Mister Parker asintió.

—Sí, yo también. Pero de vez en cuando la vida es cruel, ¿no le parece?

Al poco rato, Kate apareció con dos cuencos llenos de verduras y un puré de color rojizo.

—Puré de boniato —explicó mister Parker al percatarse de mi mirada interrogativa—. Apuesto a que usted no tiene de eso en su país.

—Solo conozco el puré de patatas normal —respondí.

—A mí ese me resulta demasiado soso. Cuando uno llega a un nuevo país, debe probar algo desconocido de inmediato.

No estaba segura de querer hacerlo, pero su amabilidad me conmovió. Kate sacó más comida, carne asada y una salsa marrón. Todo olía deliciosamente.

Instantes después ella también tomó asiento en la mesa, algo que me sorprendió un poco. Mi padre nunca habría permitido que el servicio se sentara a la mesa con nosotros. Ni siquiera había invitado a casa a sus empleados más diligentes.

—¡Adelante, miss Krohn! ¡Mi Kate es la mejor cocinera de esta zona!

Obedecí a su petición y tuve que controlarme mucho para no mirar con demasiada curiosidad un vegetal extraño. Olía muy bien, pero no tenía ni idea de lo que era.

—Espero que le guste la okra. Supongo que en Alemania no hay nada parecido.

Era evidente que disfrutaba mostrándome cosas que pensaba que no conocía.

—No, de eso allí no hay —respondí y probé con cuidado. Me iba a costar acostumbrarme a ese sabor, pero no dejé que se me notara.

—Ha tenido suerte, muchacha, de que le hayan permitido inmigrar —me explicó mister Parker tras tomar un bocado del puré de boniato. Tal y como averiguaría después, estaba realmente delicioso—. Hace unos años se promulgó una ley para regular la inmigración. Los alemanes están más solicitados que otros inmigrantes porque son trabajadores y por su capacidad de establecerse por su cuenta, así que se les deja pasar siempre.

—¿Y por qué no quieren otros inmigrantes?

—Hay quien cree que quitan trabajo a la gente de aquí. En mi opinión, una tontería. En realidad, su único miedo es que les ensucien su delicada piel blanca.

—Pero ¿qué hay de malo en tener un color de piel diferente? —pregunté.

—¡Nada! Para eso lucharon mis antepasados. En el ejército de la Unión, el del norte, contra el del sur, que no quería abandonar la esclavitud. Pero siempre hay gente que se aferra a formas de pensar antiguas.

Se calló y, visiblemente indignado, se metió unas okras en la boca.

—¿A qué se dedica usted? —dije intentando abordar otro tema.

—Soy profesor en la universidad —respondió mientras masticaba—. Ciencias políticas. Heredé esta casa de mis padres. De hecho, mi padre la compró como inversión. Por desgracia, él y mi madre murieron en el hundimiento del *Titanic*. ¿Ha oído hablar de eso?

Asentí con la cabeza. Había visto fotografías de aquel barco enorme en un libro que me había enseñado mi padre.

—Supongo que viajar por el océano es mucho más seguro ahora, ¿no?

—Me temo que no puedo valorar eso —respondí—. Pero la travesía fue bien.

—No entiendo cómo madame Rubinstein resiste estar viajando continuamente. Tal vez se lo debería preguntar a ella.

—¿Conoce a madame Rubinstein?

—Mi esposa, en paz descanse, era clienta suya. Fue durante años a sus salones para someterse a tratamientos de belleza. Por desgracia, Dios me la arrebató hace dos. Desde entonces Kate está conmigo.

Sonrió a su asistenta, y noté que se relajaba un poco.

Durante las dos horas siguientes, mister Parker quiso saberlo todo sobre mí y lo que me había traído a Estados Unidos. En vista de su amabilidad sincera, me fue difícil no contarle el acontecimiento más decisivo de mi vida hasta el momento. Pero aceptó que la disputa con mis padres hubiera sido motivo suficiente para que ellos me echaran de casa. Cuando supo que había estudiado en la universidad, se emocionó.

—Madame tiene buen ojo para el talento —dijo—. Es excepcional que la haya contratado. De Europa suele traerse arte o joyas; no es habitual que se traiga personas. Aproveche su talento, miss Krohn.

—Desde luego —le aseguré.

28

A la mañana siguiente me encontré de pie en medio de Manhattan, entre esos edificios gigantescos que ya había contemplado maravillada desde el barco, mirando hechizada sus inmensas fachadas de ventanas incontables. Ni las iglesias más altas que había visto en mi vida tenían aquel tamaño. Sus torres eran como agujas intentando atravesar la urdimbre del cielo. Las nubes que se reflejaban en las hileras de ventanas eran imponentes, pero todo indicaba que abril era amable con los neoyorquinos. El cielo azul anunciaba sol y eso me animó. ¿Iba a trabajar ahí? Aquello era como un sueño.

Un empujón a mi espalda me sacó de mi ensimismamiento.

—¡Oiga, no se quede plantada en medio del paso! —rezongó un hombre con abrigo y maletín abriéndose paso a mi lado. Entonces caí en la cuenta de que me había despistado a la vista de todo aquello y que a mi alrededor en la acera los transeúntes se tenían que abrir paso. La mayoría me esquivaban, pero aquel hombre grosero que me había apartado con un empujón me dejó claro que lo mejor era entrar en el edificio que albergaba la sede de la empresa de madame Rubinstein. Según comprobé en la placa del timbre, había allí otras además de la suya. El nombre Helena Rubinstein refulgía de forma sencilla pero efectiva sobre la placa de latón pulido.

La puerta giratoria me arrojó en medio del vestíbulo. Aquella estancia inmensa, cuyo suelo de mármol seguramente pulían a diario, estaba repleta de arte: pinturas, estatuas y lámparas como nunca antes había visto. Toda la arquitectura tenía un aire atrevidamente moderno y prácticamente no tenía nada que ver con las joyas, casi barrocas, que le gustaban a Helena Rubinstein. Comparado con aquello, su Maison de Beauté de París parecía una tienda insignificante.

Mientras por la puerta giratoria iba entrando más personal al edificio, me permití otro momento de contemplación. Ya solo aquel gran caballo de piedra debía de haber costado una fortuna. ¿Dónde lo podía haber comprado? En el barco, madame Rubinstein había mencionado que le gustaba viajar por medio mundo coleccionando obras de arte. Me pregunté cómo encontraba tiempo para su empresa.

—¿En qué puedo ayudarla, señorita? —preguntó una voz masculina. No me había dado cuenta de que el portero, que antes estaba de pie detrás del mostrador de recepción, se me había acercado. Sobresaltada, me di contra el marco de la puerta giratoria.

—Sí, yo... soy nueva. Madame Rubinstein me ha dicho que viniera aquí a las ocho.

—Entonces será mejor que se apresure —contestó aquel hombre uniformado mirando el reloj que llevaba en el bolsillo del chaleco—. Madame reside en la quinta planta y no le gusta nada la falta de puntualidad.

—Gracias —dije dirigiéndome rápidamente hacia el ascensor. Este se encontraba tras una reja metálica, que abrió otro hombre uniformado.

—¿A qué planta desea ir? —preguntó el ascensorista.

—A la quinta. A la residencia de madame Rubinstein.

—A la orden —respondió el hombre pulsando los botones correspondientes. En una ocasión, había usado un ascensor tipo paternóster, pero la ascensión había sido muy lenta. En cambio, con ese modelo, tuve la sensación de salir despedida hacia lo alto. Me pareció que el cerebro daba contra mi bóveda craneal. Al cabo de unos instantes la sensación desapareció. Finalmente, se oyó un suave timbre.

—Quinto piso, señorita —anunció el ascensorista—. ¡Que tenga un buen día!

—Gracias, igualmente —respondí saliendo al pasillo.

Mis pasos quedaron prácticamente amortiguados por la gruesa alfombra. Llamé a la puerta de cristal que llevaba al despacho de madame Rubinstein.

Oí unas voces al otro lado. Era evidente que no me habían oído. Volví a llamar a la puerta. Al poco, se oyeron unos pasos y se mostró una silueta detrás del cristal.

—¿Qué desea? —preguntó una mujer sin apenas abrir la puerta, como temiendo encontrarse ante un criminal.

—Me llamo Sophia Krohn —contesté—. Madame Rubinstein me está esperando.

La mujer me escrutó de pies a cabeza, y luego dijo:

—Pase.

La seguí hasta la recepción, que a primera vista presentaba una decoración muy sobria. Sin embargo, tras una mirada más atenta, se observaba que los pocos objetos y cuadros de esa estancia habían sido cuidadosamente elegidos. La alfombra era oscura y mostraba unos grandes dibujos. En conjunto, aquella oficina parecía la de un exitoso hombre de negocios.

—Va a tener que esperar un momento; esta mañana ha surgido un problema que exige toda la atención de madame.

—Entiendo —respondí.

Me acompañó hasta una salita decorada con unos muebles contundentes de cuero de color marrón. Era muy similar a la sala con la que mi padre siempre había soñado, salvo que esta carecía de mesa de billar.

Madame Rubinstein parecía estar justo al lado; en todo caso, yo la oía hablar. Al principio solo en voz baja, pero de repente atronó:

—Pero ¿qué significa esto? ¡Que venga el de los envases! ¡Quiero hablarle de la chapuza que ha hecho!

Aunque la reprimenda no me incumbía, agaché la cabeza sin querer. En la casa de mi infancia, la anciana frau Meyer a veces también gritaba así a su marido. Sin embargo, aquel rapapolvo era muy diferente. No era la voz de una mujer angustiada porque su marido bebía, era el rugido de una leona consciente de tener la autoridad en el lugar.

No sabía la rapidez con que se podía dar con el responsable de los envases, pero al cabo de unos minutos la bronca se reanudó, esta vez claramente dirigida hacia una persona.

—¿Acaso pretende usted arruinarme presentándome una *tinnef* como esa? ¿Qué va a pensar la gente de mí? ¿Que encargo los envases a un *schmock*? ¡Lo que me ha presentado es de lo más ordinario!

Aunque no entendía bien el significado de algunas palabras, que me parecieron extranjeras, la situación no pintaba bien para «el de los envases», al cual en ningún momento llamó por su nombre.

Madame Rubinstein pasó los siguientes minutos enumerando otros fallos que el hombre había cometido. Una y otra vez asomaba la palabra ruina. ¿De verdad que un mal envase podía significar la ruina? Yo no había visto nada de esa *tinnef*, pero me pareció una exageración.

Finalmente, él tomó la palabra, hablando en un tono tan lánguido y apocado que a duras penas me permitió entender sus disculpas.

Entonces volvió la calma. ¿Qué había sido del especialista en envases? No había oído ningún paso. ¿Se habría desplomado?

Pasaron unos momentos hasta que la puerta se abrió y apareció la secretaria.

—Madame ahora ya está lista para usted, miss Krohn.

Tuve una enorme sensación de agobio. Aunque no era el objeto de su enojo, tener a la jefa malhumorada el primer día de trabajo no era un buen comienzo.

Cuando entré en el despacho, el ambiente parecía sorprendentemente despejado, como si hubiera pasado una tormenta purificadora.

—¡Oh, aquí está usted! —Madame Rubinstein se puso un sombrero campana de color verde claro y se levantó. Era como si el enfado con el especialista en envases se hubiera desvanecido—. Espero que haya pasado una buena noche.

—Sí, gracias —contesté mientras procuraba no mirar de forma descarada los enormes ventanales. La vista desde allí era muy diferente a la de París. Todo parecía mucho más moderno, como de otro mundo.

—Bien, pues entonces deberíamos ir a visitar el lugar que esperemos que sea su residencia laboral por muchos años. —Se encaminó hacia la puerta con paso rápido—. Aunque tengo varias firmas proveedoras, la cocina es el corazón de mi empresa —explicó mientras nos apresurábamos por el pasillo—. Se podría decir que también es mi hogar, aunque últimamente pocas veces tengo tiempo para trabajar de verdad allí.

Me quedé pensando en qué querría decir con cocina. Era incapaz de imaginarme a madame Rubinstein entre cacerolas.

Abandonamos el despacho. Tuve la impresión de que los empleados respiraban aliviados en cuanto ella pasaba de largo. Allí, su carisma, que en París ya había percibido, aún parecía mayor.

—¿Cómo es el laboratorio donde trabajaré?

—De hecho, es una fábrica. —Madame dibujó una sonrisa de satisfacción—. Es importante para mí que en mis empresas los procesos resulten bien visibles. Así, en cuanto el laboratorio crea un nuevo producto, producción puede pasar inmediatamente a fabricarlo.

El ascensor se abrió y el hombre que había dentro nos saludó. Madame le preguntó por su mujer y sus hijos, y él respondió de forma educada, pero reservada. En cualquier caso, no parecía tan temeroso como las mujeres del despacho de madame Rubinstein.

Ante el edificio nos esperaba un coche elegante con su chófer.

Subimos y el conductor nos condujo hábilmente por aquel laberinto de calles y vehículos.

—Mire, eso de ahí es Long Island —me explicó madame Rubinstein señalando a lo lejos cuando atravesábamos un gran puente. Apenas logré distinguir unos edificios—. Ahí está la fábrica donde trabajará. Por ahora. Se puede llegar en metro. Por eso elegí para usted un alojamiento en Brooklyn. —¿La química que trabajaba allí antes que yo también había vivido en Brooklyn?—. La mayoría de las mujeres trabajan en producción, y además de usted hay otros dos químicos. Antes importaba la mercancía, pero fabricar uno mismo lo que vende es mucho más simple.

Ya en Long Island circulamos por unas calles amplias y limpias que discurrían junto a unas casas pequeñas. Su construcción era muy diferente a la de los edificios de Berlín o París. La mayoría eran totalmente de madera, otras parecían templos griegos en miniatura. Muchas estaban pintadas de blanco, lo que les daba a las calles un aspecto agradable. Apenas se veían ladrillos rojos.

Finalmente llegamos a la fábrica de madame Rubinstein. Estaba rodeada por una valla alta de hierro. Detrás del edificio, que también era blanco, se abría un jardín.

La entrada estaba vigilada por un hombre que se encontraba en una pequeña caseta. Al ver nuestro coche, se levantó y salió. Llevaba un uniforme parecido al de un chófer.

Madame bajó la ventanilla.

—Buenos días, mister Fuller.

—Buenos días. Me alegro de verla de nuevo, madame —dijo él—. Espero que esté usted bien.

—¡De maravilla, mister Fuller! —Helena Rubinstein asintió con gesto altanero—. ¿Usted también?

—Desde luego, madame —respondió—. ¿Va a volver a la cocina?

—No, esta vez me acompaña alguien nuevo. —Me miró—. Esta es miss Krohn. A partir de ahora trabajará para mí.

El vigilante me observó y yo a él. Era un hombre bien entrado en los cuarenta, con las sienes grises y la piel bronceada. En la mejilla lucía una larga cicatriz. ¿Cómo se la habría hecho?

—Encantado de conocerla, miss Krohn. —Mister Fuller se dirigió entonces hacia mí—. Me acordaré de su cara.

—Muy amable por su parte —respondí.

—Esto le encantará. Es una de las mejores fábricas de la ciudad. —¿Lo dijo porque madame lo estaba escuchando?

El hombre se hizo a un lado y abrió el portón. Este se deslizó con un ligero chirrido. El coche recorrió una gran plaza situada frente al edificio, cuyos lados estaban decorados con parterres. Todo tenía una apariencia sobria y geométrica. En esa época del año aún no crecían muchas plantas, pero en verano aquello debía de ser muy distinto.

—Ya estamos aquí —dijo madame Rubinstein—. Mi cocina neoyorquina.

El chófer abrió las portezuelas del coche y salimos. Nos recibió un penetrante olor a laboratorio.

El edificio de la fábrica tenía forma alargada, con unas líneas tan limpias y modernas como las de los frascos de la Maison de Beauté. Las nubes se reflejaban en las ventanas elevadas. A primera vista, el visitante no podía ver lo que había detrás de ellas.

—Detrás del edificio tengo un jardín —explicó madame—. Por supuesto, de vez en cuando debo importar algunos ingredientes, pero la producción local es suficiente para la base.

Si la «cocina» era tan grande, ¿cómo sería el «jardín»?

Madame subió la escalera y abrió la puerta. Yo la seguí y me sobrevino una extraña sensación de cobijo. Aquello era como los laboratorios de la universidad.

El olor que en el exterior del edificio ya se percibía ahí era aún más intenso. La antesala era oscura y daba a unas puertas adyacentes tras las cuales estaban las salas de producción, los vestuarios y una sala común.

—Cuando llegué a Estados Unidos pensé que, en lo referido a la cosmética, me encontraba en un desierto —dijo madame mientras se apresuraba con pasitos cortos y rápidos. Me costaba seguirle el paso—. Todas esas mujeres, con la nariz roja, los labios grises y con polvos de maquillaje blancos... ¡Me quedé de piedra! Por suerte, he conseguido cambiar algunas cosas.

Si lo que decía era cierto, las mujeres debían de causar una impresión atroz.

—Oh, ¿no sería maravilloso que la cosmética fuera reconocida como parte de las ciencias médicas? —continuó mientras extendía los brazos. No dije nada, desconcertada. Que la cosmética pudiera ser una ciencia, al mismo nivel que la medicina, era algo que nunca antes se me había ocurrido—. Hace tiempo que sueño con que los médicos se den cuenta de lo importante que es una piel sana para el bienestar de una persona —prosiguió—. Por desgracia, los hombres que llevan la voz cantante en medicina son muy tercos e ignorantes. Creen que basta con esconder el rostro bajo una barba. Pero, lamentablemente, a las mujeres no nos crece, y, si tal cosa ocurre, no la queremos.

Se echó a reír, y me pregunté cómo se tomaría que un día mister Titus llegara a su casa con toda la barba crecida. Yo siempre lo había visto afeitado.

Nos detuvimos ante una puerta abierta. Conducía a una sala enorme bañada de luz, que de algún modo recordaba la habitación de un hospital. El olor que impregnaba el aire era abrumador y me escoció los ojos. Tuve que quitarme las gafas de inmediato y frotarme los párpados. ¿Cómo podían soportarlo esas mujeres?

En cuanto me hube acostumbrado al olor de los aceites esenciales, volví a ponerme las gafas y miré a mi alrededor.

En las paredes se alzaban unas grandes estanterías con enormes recipientes de cristal que contenían líquidos diversos, así como plantas maceradas. El olor a perejil flotaba en el aire, mezclado con una ligera nota de lila.

De pie junto a las largas mesas de madera había muchas mujeres ataviadas con batas y gorros blancos. Se dedicaban a clasificar plantas cuya fragancia impregnaba toda la sala. La mayoría estaban tan absortas en su trabajo que no repararon en nosotras.

Tan solo una levantó la vista, como si hubiera percibido nuestra presencia. Pero rápidamente volvió a bajar la mirada hacia sus manos.

—Esta solo es una de las salas donde se preparan las plantas para nuestros cosméticos —explicó madame Rubinstein—. Con el tiempo las irá conociendo todas.

Seguimos andando hacia otra nave de la que salía el ruido ensordecedor de la maquinaria, que ahogaba por completo nuestros pasos y prácticamente también las explicaciones de madame. Contemplé fascinada una estructura asombrosa hecha de placas metálicas, tubos, varillas móviles, engranajes y palancas. Aquí y allá había manómetros colocados en varios puntos de las tuberías. Una cinta transportadora introducía frascos vacíos dentro de la estructura y luego los sacaba llenos de un líquido blanco, donde unos obreros vestidos con monos azules los recogían y colocaban en cajas. Esa no fue la única máquina que vi. Más atrás había una cuba enorme, equipada con termostatos y otros indicadores, pero que no podía distinguir claramente desde donde me encontraba. Daba la impresión de que ahí era donde se fabricaba el líquido blanco.

—¡Nuestra planta embotelladora! —oí gritar a madame. Señaló la máquina junto a la cinta transportadora—. Ahí atrás está la cocina en sí. Pero deberíamos marcharnos de aquí antes de que se quede usted sorda.

Me detuve un instante admirando aquella maravilla de la tecnología para unirme a continuación a madame, que se había adelantado a toda prisa. Subimos por una amplia escalera flanqueada por cuadros y esculturas de bronce colocados dentro de los nichos de la pared.

Cuando madame y yo entramos en el laboratorio, los dos hombres que estaban sentados en sus escritorios interrumpieron lo que estaban haciendo y se levantaron.

—¡Madame, qué sorpresa! —dijo uno de ellos con una inclinación obsequiosa.

Miré a mi alrededor. Ese lugar me recordaba un poco el laboratorio de Georg, si bien el mobiliario casi parecía de hospital, con todas las superficies cromadas brillantes y los azulejos de color blanco. En cualquier caso, se ajustaba a lo que madame me había contado sobre los cuidados de belleza como una rama no reconocida de la medicina. Sentí una sensación agradable al ver los matraces y los quemadores.

—Miss Krohn, ¿me permite que la presente? —empezó a decir madame—. Harry Fellows y John Gibson, mis dos químicos. Mister Fellows, mister Gibson, esta es Sophia Krohn, que está llamada a ser la sustituta de Gladys.

Los hombres me estrecharon la mano. Mister Fellows tenía el pelo rubio peinado con raya a un lado, mientras que a mister Gibson solo le quedaba una fina corona de cabello en la cabeza. Calculé que ambos estaban en la cuarentena.

—Antes, claro está, va a tener que familiarizarse con la fábrica —dijo madame dirigiéndose hacia mí—. Pero cuando llegue el momento, usted será responsable de nuestros productos junto con estos dos caballeros.

Aunque ambos me sonreían con miradas reconfortantes, aquello no disipó mi inquietud. ¿Cómo sería trabajar con otros dos químicos? Tenían más experiencia y sin duda conocían la empresa como la palma de su mano.

Luego nos dirigimos a las oficinas de la fábrica. Allí nos encontramos con una mujer vestida con un conjunto gris oscuro de falda y blusa. Tras dirigirnos una mirada de sorpresa, se levantó y vino hacia nosotras.

—Bienvenida, madame, me alegro de verla.

—Yo también, Beatrice —respondió madame y, tras examinarle las manos, añadió—: Debería usted tener un poco más de cuidado con las uñas. Después de todo, nuestra reputación está en juego.

La mujer se sonrojó. A mí también me sorprendió aquel comentario tan grosero. Pero Beatrice no dijo nada. Madame Rubinstein siguió hablando:

—Le presento a miss Sophia Krohn. Ya le hablé de ella. Miss Krohn, esta es Beatrice Clayton, mi directora de fábrica. Está a cargo del personal y me informa de lo que ocurre en ella.

—Encantada de conocerla, miss Krohn —dijo la mujer, todavía un poco incómoda por el comentario de madame sobre sus uñas.

—Igualmente —respondí. Por el modo que me miró, se había dado cuenta de mi acento y debía de preguntarse de dónde venía.

—Encárguese de que miss Krohn se familiarice con todo esto —dijo madame dirigiéndose a miss Clayton—. Quiero que conozca todas las áreas. Y páseme informe de sus avances.

—Por supuesto, madame —contestó ella, con una sumisión casi perruna—. ¿Hay alguna otra cosa que pueda hacer por usted?

—No, eso es todo, Beatrice. Y cuídese esas manos. Al fin y al cabo, su cargo es muy importante.

Miss Clayton tenía el rostro encendido. Incluso a mí me incomodó que la reprendiera de ese modo.

—Estoy segura de que ustedes dos congeniarán de maravilla —comentó madame—. Me temo que, por desgracia, debo despedirme. Nos veremos en la siguiente visita de inspección.

—Muchas gracias, madame —dijo miss Clayton con una sonrisa—. ¡Hasta la próxima!

—¡Hasta la próxima! —repetí—. Gracias.

—Por cierto, miss Krohn, aproveche los próximos días para comprarse ropa nueva. Mis colaboradoras representan a la empresa en toda la ciudad, así que siempre deben ir elegantes.

Noté una sonrisa de satisfacción en la cara de miss Clayton. Me sonrojé.

—Desde luego, no lo olvidaré —me apresuré a responder.

—Bien.

Helena Rubinstein se nos quedó mirando un rato y luego se dio la vuelta.

En cuanto se cerró la puerta se hizo el silencio. Miss Clayton se me quedó mirando un buen rato sin decir nada. ¿Acaso esperaba a estar fuera del alcance del oído de madame Rubinstein?

—No es habitual que madame acompañe en persona a una nueva empleada —comenzó a decir entonces en tono cortante. Su actitud sumisa se había desvanecido de golpe—. Espero que sepa que la debe llamar madame.

—Sí, por supuesto —contesté.

—Bueno. Yo, para usted, soy miss Clayton. —El tono casi hostil de su voz me desconcertó un poco. ¿Era por el comentario de madame, o porque no me quería?—. Aunque está claro que goza del favor de madame, usted hará lo que yo le diga, ¿queda claro?

Asentí.

Miss Clayton se acomodó en su asiento y, al poco rato, me entregó un formulario.

—Así pues, ¿es usted química? —preguntó con frialdad mientras yo lo rellenaba. Aunque suponía que madame le había informado sobre mi formación, se lo confirmé.

—El mejor modo de conocer una empresa es empezando desde abajo. Antes de entrar en uno de los laboratorios, usted trabajará aquí, con las demás. Seguro que madame Rubinstein ya se lo habrá advertido.

—Ha dicho que antes debía familiarizarme con el sitio.

—Primero la asignaré a producción. Si hay algo que usted pueda hacer en el laboratorio, se lo haré saber. Por lo demás, primero aprenderá cómo se elaboran nuestros productos.

Miró mi formulario. Lo había rellenado lo mejor posible, pero aún había algunos puntos que no sabía contestar.

—Deje sin rellenar lo que todavía no sepa. Al fin y al cabo, si he entendido bien, lleva muy poco tiempo en este país.

Asentí y dejé el portaplumas a un lado. El dedo corazón se me había manchado con tinta negra.

—Acompáñeme.

Miss Clayton se puso de pie y se encaminó hacia la puerta. Me uní a ella y la seguí escaleras abajo hasta las salas de producción. Oí las voces de las mujeres en medio del ruido de las máquinas y me pregunté a qué sala me asignaría.

Por fin nos detuvimos ante la puerta por la que antes había mirado acompañada de madame Rubinstein. Las mujeres seguían ocupadas clasificando las plantas que estaban distribuidas por todo el ancho de la mesa. El olor ahora era menos intenso, probablemente porque alguien había abierto las ventanas.

—Aquí es donde se preparan las materias primas —explicó Beatrice Clayton de forma innecesaria ya que, aunque ella no podía saberlo, madame ya me lo había dicho. Abrió la puerta por completo con un gesto enérgico de la mano—. Hacemos extractos de distintas plantas: perejil, romero, lilas, rosas... en función de cada temporada o bien de lo que nos llega del puerto.

Durante un rato las mujeres fingieron no reparar en nuestra presencia, aunque yo pude ver sus miradas furtivas.

—¡Señoras! —exclamó miss Clayton dando unas palmadas. El suave crujido de las plantas cesó y las trabajadoras, completamente vestidas de blanco, levantaron la vista—. Esta es Sophia Krohn y ocupará el lugar de miss Hobbs, que, como saben, nos dejó hace unas semanas.

La mayoría de las mujeres me miraron con indiferencia. ¿Les daba igual que hubiera una nueva empleada? Algunas miradas incluso me parecieron algo hostiles. Reprimí el impulso de ceñirme el abrigo al cuerpo.

—De momento miss Krohn trabajará con ustedes y las ayudará a obtener los extractos del perejil y de la uva. Como todas sabemos, lo básico es importante.

No me gustó que no se dirigiera a mí al hablar, aunque pensé que tal vez allí fuera costumbre.

—Acompáñeme, le mostraré dónde se puede cambiar de ropa.

Dicho eso, Beatrice Clayton se dio la vuelta. Miré a mi alrededor algo insegura. Las miradas de las demás eran como puntas de flecha clavándose en mi cara. Me uní a miss Clayton con cierta inquietud.

Me llevó a un vestuario y me enseñó dónde estaba mi ropa de trabajo. Luego me dejó sola.

Al cabo de un rato, entré en la sala vestida con una bata y una cofia blancas, igual que las demás. Una brisa fresca entraba por la ventana, haciendo que los olores resultaran soportables. Afuera vi un gran camión que se detenía. ¿Acaso traía más materia prima del puerto? Vi de soslayo que una mujer se me acercaba.

—Me llamo Carla —dijo presentándose—. Vamos, te explico lo que hacemos aquí.

Me acompañó hasta la mesa donde se clasificaba el perejil y me mostró en un instante lo que debía hacer, confiando a todas luces en que lo aprendería a la primera.

—Asegúrate de eliminar las partes podridas y secas —me advirtió—. De ningún modo deben entrar en contacto con el aceite, porque eso estropea el olor.

Asentí con entusiasmo y me puse manos a la obra. De vez en cuando dirigía miradas furtivas a las manos de las demás, que iban tan veloces que apenas podía seguirlas con la vista.

—Vas a tener que ir un poco más rápido —me advirtió Carla al cabo de un rato—. Hay que cumplir con una cantidad fija diaria, así que date prisa.

Intenté ir más rápido, pero no lo conseguía. Por si no bastara, me empezaron a doler la espalda y los pies. Al poco rato, empecé a detectar las partes secas y, antes de lo esperado, sonó la señal de la pausa para el almuerzo.

Había una cantina donde comía todo el personal; cuando fui a sentarme junto con mis compañeras durante el descanso, ellas me dijeron que esos asientos estaban reservados. No me quedó más opción que buscar más atrás una mesa para mí con la sensación de que no paraban de mirarme y cuchichear sobre mí.

Me esforcé por atender solo a mi plato, en el que humeaban unas patatas con una salsa indefinible. Por fin el hambre hizo mella en mí y dejé de fijarme en las demás.

Tras el almuerzo regresamos a la mesa del perejil. Tenía muchas ganas de que alguien conversara conmigo porque clasificar era aburrido; además, como las otras hablaban, supuse no debía de estar prohibido. Sin embargo, las mujeres callaban y rechazaban cualquier intento por mi parte. Al cabo de un rato tuve la impresión de ser un bicho raro. Pero ¿qué me esperaba? ¿Que me recibirían con los brazos abiertos? Tampoco en la universidad había sido así. Lo único que podía hacer era ser paciente.

Cuando terminó la jornada dejé que las demás se adelantaran y eché un vistazo a la sala. Las mesas estaban verdes por el jugo de perejil y mi nariz prácticamente no percibía ya el aroma agradable de esa hierba. En mi mente resonaron las palabras de miss Clayton. «El mejor modo de conocer una empresa es empezando desde abajo». ¿Cuánto tiempo tendría que pasar antes de que me permitieran subir al laboratorio?

De regreso a mi apartamento, me quedé dormida en el metro y no me desperté hasta tres estaciones después de la mía. Tuvo que pasar casi una hora más hasta que por fin llegué a la puerta de casa con la cabeza abotargada. Saqué la llave del bolso y la metí en la cerradura.

Durante la travesía había habido tantas cosas por ver que no había tenido tiempo para sentir añoranza. Sin embargo, en ese instante, cuando oí voces amortiguadas al pie del rellano de la escalera, me invadió la nostalgia con una intensidad que no había sentido en mucho tiempo. Tal vez fuera por la esterilla de los escalones, que me recordaba de nuevo a mi hogar. O quizá fueran los olores de comida que flotaban en el rellano.

Ya en mi habitación, me comí el contenido de la bolsa marrón que había comprado por el camino. Cuando terminé, me pregunté si debía escribir a Henny para contarle mi primer día. El día anterior ya le había escrito una carta que aún no había llevado a la oficina de correos.

No llegué a escribir aquel párrafo adicional. Me tumbé en el sofá con la intención de descansar un momentito. No tardé en caer profundamente dormida y soñar con perejil.

29

Q uerida Sophia:

¡Qué bien que ya hayas llegado sana y salva a Estados Unidos! Se lo conté a las chicas del teatro y, aunque no te conocen, todas te tienen una envidia tremenda. Igual que en Berlín yo soñaba con París, aquí muchas sueñan con ir a Estados Unidos. ¡Cómo me gustaría ver esos rascacielos en persona! ¡Me encantaría pasear por esas calles!

Cuando se lo conté a Maurice, me dijo que un día me llevará allí. Cada vez piensa más en abrir su propio establecimiento. No es que le vaya mal con Derval. El Folies triunfa como nunca. Las garçonnes —unas mujeres de las que no se sabe si son mujeres de verdad u hombres— atraen especialmente al público. Aunque tal vez Josephine Baker ya sea historia, nosotras seguimos bailando con la falda de plátanos.

Hace poco recibí una carta de Gisela. ¿Te acuerdas de ella? Es una de las chicas de Nelson. Dijo que ahora ellas también llevan falda de plátanos. A veces tienen que aplicarse salmuera marrón al cuerpo para

parecer que vienen directamente de la selva africana.
Seguro que Nelson ya está pensando si obligar a los
músicos a hacer lo mismo.

Aquí no necesitamos nada de eso. Hace poco el
Folies ha contratado cuatro músicos nuevos que proce-
den de Martinica, una isla del Caribe. Son negros como
el carbón y, según algunas chicas, por todas partes. Yo
todavía no he visto nunca a un negro desnudo, pero me
interesaría. Es una lástima que a nadie le guste ver
hombres desnudos bailando.

Pero ¿qué cosas digo? Ya sabes cómo va eso. Nos
las apañamos. Genevieve te envía saludos, le tuve que
leer tu carta dos veces. Adujo que la primera vez no
entendía bien las palabras debido a mi acento. Pero yo
creo que simplemente quería volver a escucharla.
Maurice ya no piensa que yo hable mal.

Madame Roussel también me entiende. Todo el
mundo está muy contento de que estés bien, y se mueren
de ganas de oír algunas anécdotas de tu nuevo empleo.

Y, antes de que se me olvide, ¡dentro de un mes
me voy a vivir con Maurice! Ha alquilado un piso
nuevo para los dos. ¿Puedes creerlo? Estoy en el sépti-
mo cielo y espero que tú también encuentres pronto la
felicidad. Seguro que en Nueva York debe de haber
hombres atractivos, ¿verdad?

¡Te quiero!
HENNY

En julio, el verano desplegó sus capacidades de todos los modos posibles. El sol brillante se alternaba con un calor agobiante, y el bochorno entre los altos edificios a veces resultaba insoportable. Kate dejaba abierta todo el día las ventanas de la casa de mister Parker y los domingos a veces me traía un vaso de limonada.

Estaba muy contenta con mi nuevo y fresco vestuario de verano, que había podido comprar gracias al adelanto que me había dado madame. Fui a uno de los grandes almacenes y me quedé atónita. Los precios eran tan inusuales como la amabilidad de las dependientas. Cuando les dije que trabajaba para madame Rubinstein, me presentaron unas blusas, faldas y conjuntos de falda y chaqueta de distintos colores con los que tuve la certeza de que representaría de forma adecuada a la empresa. Al volverme hacia el espejo vestida con ellas, casi no me reconocí. Salí a la calle con esas prendas con más confianza en mí misma, sintiéndome incluso como la antigua Sophia de Berlín, aunque era consciente de que aquello era imposible.

Mis desplazamientos siempre eran los mismos. Iba de mi piso a pie a la estación de metro, me desplazaba hasta Long Island, me apeaba y luego andaba hasta la fábrica. Por la tarde, tomaba la misma ruta en sentido inverso. La gente con la que solía encontrarme no me dirigía ni siquiera una mirada, pero no me molestaba.

Poco a poco me fui acostumbrando. Siguiendo el consejo de Kate, hacía mis escasas compras en la tienda de Joe Bannister, que al cabo de un tiempo ya me reconocía e incluso charlaba un poco conmigo. Hablamos de su abuela, que también había venido de Alemania hacía ya muchos años, y de este modo supe que en esa ciudad prácticamente había un barrio para cada nacionalidad.

—Los alemanes antes tenían el suyo, pero con el tiempo se han ido dispersando. Mejor dicho, se han casado con gente de aquí y se han mudado a otras partes de la ciudad. Con un poco de suerte, encontrarás alguno por la ciudad. Por si te apetece volver a hablar en alemán.

En efecto, de vez en cuando me asaltaban ganas de hacerlo, sobre todo porque me habría gustado poder hablar con Henny cara a cara. Con el paso de los días, me iba desenvolviendo cada vez mejor con el inglés y tenía la sensación de que mi vocabulario se había duplicado a causa del trato cotidiano en la fábrica. Aunque las demás no hablaran mucho conmigo, atrapaba palabras al vuelo y pensaba cómo respondería si me preguntaran.

A veces me sorprendía mezclando palabras en inglés en las cartas que escribía a Henny. Lentamente fui entendiendo por qué madame Rubinstein usaba a veces ese galimatías al hablar. Sin duda era porque viajaba tanto por el mundo que no llegaba a acostumbrarse de verdad a ningún idioma.

En la fábrica pocas cosas cambiaron para mí, pero muchas se convirtieron en rutina.

En la explanada, los parterres lucían repletos de flores y, de vez en cuando, el aroma de las rosas se imponía a los aceites esenciales que producíamos. El ambiente se volvió un poco más relajado y yo comprendía mejor los procesos. Había ido aprendiendo los nombres de la mayoría de las compañeras. Estaban también los conductores que traían las materias primas y repartían la mercancía; los operarios y operarias de las máquinas de envasado y los calderos; y los embaladores, que se encargaban de apilar las cajas en el almacén o de cargarlas en los camiones. La mayoría eran amables, pero algunos eran petulantes o groseros. De todos modos, excepto durante el descanso para almorzar apenas teníamos trato con ellos.

Aunque me pasaba los días esperando a que por fin me llamaran para ir al laboratorio, seguía abajo, en planta, clasificando entonces lilas del sur de Francia y salvia de Italia, pero mayoritariamente uvas y sobre todo mucho perejil hasta el punto de que las manos se me quedaban verdes. Seguían doliéndome las piernas y la espalda; de vez en cuando también se hacía notar la cicatriz en mi vientre, sobre todo cuando había un cambio de tiempo, aunque yo procuraba que no se notara. No quería que las demás me creyeran débil.

Las horas extras solían estar a la orden del día, sobre todo entonces, cuando poco a poco empezaba a despegar la producción para las fiestas de Navidad, pero yo no me quejaba.

Miss Clayton no me quitaba el ojo de encima; yo no podía evitar tener la impresión de que estaba al acecho a la espera de que cometiera un error que justificara seguir teniéndome en las salas de producción. Ella no decía nada, pero lo veía en sus ojos y lo notaba también en el comportamiento de las demás. Yo era un factor perturbador. La inmigrante, la *German girl* que había arrebatado el puesto de trabajo a alguien nacido allí, según me pareció entender por las murmuraciones de los demás. Sin embargo, no estaba dispuesta a achantarme.

De vez en cuando, madame Rubinstein se presentaba en la empresa y pedía informes de producción. Esos días me permitían subir al laboratorio. Era evidente que madame no sabía en qué me tenían ocupada. Mientras ella estaba presente, miss Clayton me arrojaba miradas admonitorias que me prometían el infierno si se me ocurría mencionar, aunque fuera de pasada, que la mayor parte del tiempo trabajaba abajo.

En cuanto madame se marchaba, yo regresaba a las uvas y al perejil. Me pregunté si acaso aquel habría sido el motivo por el que mi antecesora había dejado la fábrica y se había buscado marido.

Una noche a principios de agosto, poco antes de cumplir veintidós años, soñé que había vuelto a París y recorría los largos pasillos de un edificio que a primera vista parecía una iglesia, aunque luego me daba cuenta de que era el hospital donde había estado un año atrás. Estaba buscando algo, pero al principio no sabía muy bien el qué.

Entonces veía una puerta. Era exactamente ahí donde quería ir, lo sabía. Giraba la manilla de la puerta y la abría de golpe.

En la sala ante la que me encontraba había muchas cunas, al menos una docena. Una luz tenue bañaba la habitación. Todo estaba tranquilo. Los pequeños parecían dormir. Con el máximo sigilo posible penetraba en la estancia y me dirigía a una cuna en particular. Al acercarme, veía que en ella había un pequeñín. Debía de tener apenas unos meses. Tenía el pelo moreno y se chupaba el dedo. Algo me decía que era mi hijo.

No había ninguna duda. Una felicidad nunca antes conocida estallaba en mi interior. ¡Por fin podía llevármelo conmigo!

Con cuidado lo levantaba de la cuna y lo apretaba contra mí. Era tan tierno, estaba tan calentito, tan lleno de vida... «Hola, Louis», me oía susurrar. No me importaba que su nombre fuera el que le habían puesto en el hospital. Lo importante era que por fin estuviera conmigo.

De repente, la puerta se abría de golpe y entraba un policía.

—Este no es su hijo —gritaba—. ¡Vuelva a acostarlo o la arresto!

Yo quería hacerle entender que era mi hijo, pero era incapaz de hablar. Él me arrebataba al niño de los brazos y se lo llevaba. Oía gritar a mi hijo, pero unas manos que me agarraban por detrás me retenían.

Al momento siguiente me levanté sobresaltada.

Miré a mi alrededor con la respiración entrecortada. La luz de la luna se colaba a través de las persianas y solo con dificultad se alejó de mí la imagen de aquel pequeñín dormido. Sí, aún me parecía notar al bebé en mis brazos.

Inspiré profundamente, me incorporé y moví las piernas hacia el borde de la cama. Sentía un gran ardor en el pecho y tenía el camisón húmedo y pegado al cuerpo. El corazón me latía acelerado y al instante empecé a temblar. ¿Acaso estaba enfermando?

Entonces me di cuenta de que me había invadido una sensación de pánico. El mismo que había sentido poco después de dar a luz. De pronto caí en la cuenta de una cosa: hacía exactamente un año, esa noche, había nacido mi hijo. Mi pequeño, al que nunca pude tener en brazos. La desesperación se apoderó de mí. ¿Por qué ese sueño me había llevado de vuelta a ese lugar siniestro? Creía que había podido reprimirlo, y ahora...

Al cabo de un rato, me levanté. Me sentía las rodillas flojas, pero necesitaba aire fresco. Me acerqué a la ventana, la abrí, cerré los ojos y dejé que la cálida brisa nocturna me acariciara la cara. Poco a poco, el pánico fue remitiendo y los latidos de mi corazón se calmaron. Era un sueño, me dije. Solo ha sido un sueño. Louis descansa en paz; no debes sentirte culpable. Hiciste lo que estuvo en tu mano para mantenerlo con vida, pero ni siquiera los médicos pudieron hacer nada ante la muerte.

—Feliz cumpleaños, cariño —susurré en voz baja. Luego fui al sofá, consciente de que si me quedaba en la cama aquel sueño regresaría.

La mañana empezó con un calor sofocante. Apoyé la cabeza en la ventana del vagón, en el que se acumulaba una cantidad excesiva de gente sentada o de pie. Sentía dolor en las sienes, y tenía la sensación de que mi cerebro pesaba tres veces más que de costumbre. Aquel sueño me había impedido volver a dormir y me sentía completamente exhausta.

Bajé en mi estación de destino y salí a la calle. Levanté la vista hacia el cielo. Unas nubes se deslizaban por detrás de la chimenea de la fábrica. Se las veía algo oscuras sobre el horizonte, y eso me dio la esperanza de que pronto llovería.

Crucé la puerta principal de acceso, junto a la que las demás compañeras permanecían de pie hablando y fumando.

En el vestuario el aire era húmedo. Alguien debía de haberse puesto un perfume de lilas barato que me irritaba la nariz.

—Buenos días, Linda —le dije a una de las mujeres que estaba ante una de las taquillas. También ella parecía acalorada. Tal vez sería bueno poder terminar el trabajo un poco antes, pero madame Rubinstein era inflexible. Para ella, el negocio estaba por encima de todas las cosas. Esta actitud causaba resentimiento entre las trabajadoras, que contaban chismes descabellados. Se decía que el matrimonio entre madame y mister Titus estaba haciendo aguas. Él llevaba varias semanas en París ocupándose de algunos escritores. Madame para distraerse había reaccionado dedicándose con más ahínco aún al trabajo.

Entonces un golpe me sacó de mis cavilaciones. Me giré y vi a Linda desplomada en el suelo junto a la mesa. Llevaba la bata a medio abrochar y tenía la cara blanca como una sábana.

Corrí hacia ella y le di palmaditas en las mejillas. La piel le ardía. ¿Era fiebre o un golpe de calor?

—¿Linda? —dije, pero no obtuve respuesta—. ¡Ayuda! —grité acto seguido—. ¡Necesitamos un médico!

No supe si alguien me había oído, pero no quise dejar sola a Linda.

Seguí dándole palmaditas en las mejillas y sacudiéndola suavemente, pero no volvía en sí. Finalmente, en un gesto de pánico, le propiné una bofetada en la cara. Entonces abrió los ojos.

—¿Dónde estoy? —preguntó.

—En la fábrica —respondí—. Parece que te has desmayado.

Me miró sin comprender.

Al poco rato apareció Carla acompañada de miss Clayton.

—¿Qué ocurre? —preguntó.

—Linda se ha desmayado —respondí—. He logrado reanimarla, pero quizá sería mejor llamar a un médico.

—Estoy bien —dijo Linda intentando levantarse; sin embargo, al instante siguiente las fuerzas la abandonaron y se desplomó en mis brazos.

Aquello acabó de convencer a miss Clayton. Se dio la vuelta y corrió hacia la oficina, donde estaba el teléfono de la empresa.

—Mantente despierta, ¿me oyes? —le dije a Linda—. El doctor está de camino.

Ella asintió, pero me di cuenta de que le costaba mucho mantener los ojos abiertos.

Los minutos se hicieron muy largos y me preguntaba cuánto tiempo más tardaría en llegar el médico. Algunas mujeres fueron asomándose para ver cómo se encontraba, pero las despedí. Allí los curiosos no servían de nada.

Al final se oyó el ruido de unas pisadas. Y, al poco rato, apareció miss Clayton acompañada de un hombre vestido con una bata blanca cerrada hasta el cuello. Llevaba un maletín de cuero del que sacó un estetoscopio.

—Este es el doctor Chandler —lo presentó miss Clayton.

El médico se inclinó sobre Linda, le examinó los ojos con una luz, le tomó el pulso y la auscultó. Volví la vista hacia miss Clayton, que observaba todo el procedimiento con expresión nerviosa.

—Parece un golpe de calor —concluyó finalmente el doctor Chandler—. Pero será mejor que la llevemos al hospital para que la examinen.

—¿Podría usted llevarla? —preguntó miss Clayton.

—Por supuesto —respondió el doctor Chandler—. Pero vamos a necesitar un poco de ayuda. Dudo que la joven pueda mantenerse en pie mucho rato.

Miss Clayton envió a una de las chicas a buscar a algún mozo de la sala de embalaje. Al poco rato regresó acompañada de un hombre alto y corpulento. Los otros hombres le llamaban Jim, el Gigante. Cogió sin problemas a Linda y la llevó fuera.

Cuando el médico hubo atravesado con su coche la puerta principal de la fábrica llevándose a Linda, fui al despacho de miss Clayton. Tenía la puerta y las ventanas abiertas de par en par, pero ni siquiera la corriente de aire podía aliviar el calor sofocante.

Llamé al marco de la puerta y esperé hasta que levantó la vista hacia mí.

—Tenemos que hablar —dije entonces.

—¿Hablar sobre qué? —replicó, volviendo de nuevo la atención al papel que tenía delante.

—Sobre las condiciones de trabajo. Las horas extra. El calor. La situación de las mujeres. Linda.

Volvió a levantar la vista.

—¿Quiere presentar una queja?

Yo sabía muy bien que no tenía derecho a quejarme. Pero era preciso hacer algo.

—Me gustaría tratar con usted sobre cómo podríamos mejorar las condiciones de trabajo.

Endureció la expresión.

—Ese no es su cometido.

—Lo sé —repliqué—. Por eso estoy aquí, miss Clayton. Usted es la única que puede hacer algo al respecto.

Suspiró profundamente.

—Pues no veo qué podría hacer yo. Linda está enferma, y eso no tiene nada que ver con el trabajo.

—¿Y si así fuera? —insistí—. ¿Y si está sobrecargada de tareas? ¿Y si hay más mujeres que se encuentran igual y simplemente no dicen nada? ¿Y si luego empiezan a caer una tras otra? Yo veo lo mal que lo pasan con este calor. ¿Cuánto van a tardar en caer enfermas? O, peor aún..., ¿cuánto van a tardar en contar por ahí lo mal que las tratan?

Sabía que me estaba adentrando en terreno peligroso. Madame no estaría contenta si supiera lo que ocurría. Pero tampoco favorecía sus intereses que su empresa fuera desacreditada.

—¿Y, en su opinión, que deberíamos hacer? —preguntó miss Clayton—. Linda se ha desmayado, esas cosas ocurren de vez en cuando. Puede que esté embarazada. Y el calor en las instalaciones basta para sufrir un golpe de calor. Pero no podemos pedirle a madame que cambie el tiempo.

—Miss Clayton, se lo ruego —dije—. Usted sabe cómo es la situación entre las mujeres. Incluso los embaladores se quejan. Necesitamos más personal. Y más pausas.

Miss Clayton se me quedó mirando un momento con las mandíbulas apretadas. Parecía estar masticando algo duro de roer.

—De acuerdo —accedió por fin—. Veré qué se puede hacer.

—¿En serio? —pregunté sin acabar de creérmelo. Hasta ese momento, miss Clayton no había accedido jamás a nada de lo que yo había dicho.

—Sí. Y ahora será mejor que se marche, sin duda tiene usted cosas que hacer.

Habló con tono malhumorado, e incluso era posible que solo estuviera fingiendo su voluntad de querer resolver el problema para deshacerse de mí. Pero en el fondo tenía la esperanza de que iba a considerar mi propuesta.

—Gracias, miss Clayton —dije y regresé a la sala de producción.

30

Al día siguiente a la hora del desayuno me senté con las demás mujeres en la sala común. Haber ayudado a Linda había atraído sobre mí una nueva y positiva atención. Se me acercaron unas mujeres, que se presentaron como Rita, Jackie y Helen, me preguntaron si podían sentarse conmigo y entablamos una conversación animada.

—¡Si al menos no hiciera tanto calor! —se lamentó Helen, una de las trabajadoras—. ¡Qué bien iría una de esas tormentas que todo lo aclara! Así luego soplaría aire más fresco.

—¿Sabéis algo de Linda? —preguntó Rita—. Se dice que podría estar embarazada.

—El médico dijo que era un golpe de calor —respondí.

—¿Lo veis? ¡Es culpa del calor! —insistió de nuevo Helen.

—¡Mirad! —Jackie me dio un codazo.

Miss Clayton había aparecido en la sala común. Escrutó a su alrededor hasta que dio con mi cara.

—Miss Krohn, ¿tiene un momento? —preguntó.

Al instante, todas las conversaciones se apagaron. ¿Qué podía querer? ¿Acaso había noticias de Linda? Me levanté de mi asiento y fui hacia ella.

—Madame quiere verla —dijo miss Clayton—. En su oficina. De inmediato.

Sacudí la cabeza llena de asombro.

—¿Por qué?

—No lo sé. Solo me ha mandado a buscarla.

Miré a las demás compañeras a mi alrededor.

—¿Le ha hablado de lo de Linda?

—Sí, y también le he planteado la situación aquí. Acto seguido ha exigido que se presente en su despacho.

¿Le había dicho que la sugerencia de emplear más trabajadoras era mía? ¿Acaso madame quería echarme un rapapolvo?

—Está bien, voy para allá.

Fui al vestuario con el corazón encogido. Allí me quité la bata, recogí el bolso y me fui al metro.

Cuando una hora después entré en el ascensor que llevaba a la planta donde estaba la oficina de madame, temblaba de pies a cabeza. Sentía las manos empapadas de sudor. Recordé de nuevo París, las infinitas horas de espera, la desesperanza. No quería que me despidieran, ni tener que volver a pasar por todo aquello.

Ya delante de la puerta del despacho de madame, me alisé el vestido marrón que llevaba para el trabajo, inspiré profundamente y llamé a la puerta.

Instantes después, apareció la secretaria. Me dirigió una mirada interrogativa, como si no me reconociera.

—Sophia Krohn —me apresuré a decirle—. Madame ha dicho que quería verme.

Por lo menos mi nombre sí le era familiar.

—Espere un momento, por favor, voy a informar a madame.

Me acerqué a las sillas que había alineadas contra la pared, pero no llegué a sentarme. En vez de ello volví la mirada a un cuadro que representaba un estanque de nenúfares, pero solo se podía distinguir si uno se mantenía algo alejado. Visto de cerca, no era más que una serie de manchas de colores.

—¿Miss Krohn? —dijo la secretaria.

Me giré.

—Madame la recibirá ahora.

Se dio la vuelta y me acompañó hasta la puerta. Me pregunté si aquella sería la última vez que recorrería esas estancias. ¿Al final de esa entrevista estaría sin trabajo igual que en París?

—¡Adelante! —dijo la voz inconfundible de madame.

La secretaria se marchó. Tragué saliva y avancé lentamente mientras recordaba mi primer día ahí, sintiéndome de nuevo abrumada por los cuadros y las estatuas que decoraban aquella enorme estancia. Algunas obras de arte habían sido sustituidas por otras. Otra novedad era una bolsa de color marrón que había sobre el escritorio de madame. ¿Qué podía haber dentro?

Al instante siguiente reparé en que no estaba sola. Sentado en una de las butacas de cuero de color crema, algo alejado del escritorio, había un hombre que debía de tener unos diez años más que yo. Iba vestido con un traje azul oscuro y llevaba el pelo, de un tono rubio rojizo, peinado hacia atrás con gomina. Sobre la mesa a su lado tenía una gran carpeta marrón sujeta con una cinta.

Al verme, se levantó y se abotonó la chaqueta.

—Buenos días, querida, ¿me permite que le presente a mister Darren O'Connor? Darren, esta es la dama de la que le he hablado. Sophia Krohn.

—Encantado de conocerla —dijo el desconocido tomándome la mano y besándola con una pequeña reverencia. Sorprendida ante aquel gesto, al principio no supe qué decir.

—Yo..., igualmente —respondí a la vez que dirigía una mirada a madame Rubinstein como si fuera un ángel salvador. Por suerte, aquel caballero regresó a su asiento. Noté en mis mejillas su mirada y su sonrisa.

—Siéntese, miss Krohn —indicó ella.

Me acomodé con cierta aprensión mientras me preguntaba qué podía significar la presencia de ese desconocido. Desvié la mirada hacia la carpeta, que estaba abierta pero tapada por un papel de seda negro, como si su contenido se tuviera que resguardar de la luz del sol igual que la piel delicada.

Cuando mister O'Connor se dio cuenta de mi mirada, bajé rápidamente la vista hacia las manos y reparé en que aún tenía un poco de savia verde bajo las uñas. En ese momento me acordé de lo que madame le había dicho a miss Clayton. ¿Acaso me iba a reprender por ello delante de mister O'Connor?

—¿Miss Krohn? —La voz de madame me sacó de mi ensimismamiento.

—Oh... Discúlpenme, me he distraído un momento.

Doblé las manos para que ni aquel caballero de traje elegante ni tampoco madame Rubinstein me vieran las uñas.

—Quiero que ustedes dos trabajen juntos —anunció madame Rubinstein—. Mister O'Connor es uno de los nuevos diseñadores más prometedores de la ciudad. Me dije que es preferible que yo lo contrate antes de que esa mujer me lo arrebate.

Una sonrisa de satisfacción le asomó en el rostro. Por las charlas de las mujeres de la fábrica, yo sabía que madame llamaba «esa mujer» a Elizabeth Arden cuando se sentía especialmente molesta con ella. La rivalidad entre ambas era legendaria.

La puerta roja de miss Arden se encontraba a escasas manzanas de ese edificio. Sus anuncios siempre intentaban superar en tamaño a los nuestros. Las revistas en las que aparecían también estaban en las salas comunes de la fábrica.

—En cuanto a usted, miss Krohn, tengo grandes esperanzas puestas en su buen hacer —continuó madame—. Miss Clayton está muy satisfecha con usted. Por eso creo que ha llegado el momento de plantearle un nuevo reto.

¿Beatrice Clayton? ¿Satisfecha conmigo? Eso me sorprendió. Pero lo de un nuevo reto sonaba maravilloso. Era algo distinto a picar perejil.

—Muy bien, hablemos claro. —Madame puso fin a los elogios, se inclinó un poco hacia adelante y cruzó las manos sobre el tablero de la mesa—. ¿Qué les dice a ustedes la palabra Glory?

Miré perpleja a mister O'Connor, que había arrugado un poco el ceño y tenía los ojos muy abiertos, como si quisiera empaparse de todas las impresiones.

—Fama —dije entonces, como una estudiante aplicada en una clase de inglés.

—Y, además, esplendor y magnificencia —añadió mister O'Connor.

—¡Eso es! —Los ojos de madame comenzaron a brillar—. Hace tiempo que tengo en mente la creación de una gama de productos para el cuidado de la piel de las mujeres maduras. Cremas, lociones hidratantes, aguas faciales, polvos de tocador. Cada uno adaptado a los respectivos tipos de piel.

Recordé las explicaciones casi científicas de madame sobre los distintos tipos de piel y los principios activos. Casi me había olvidado de todo eso cortando perejil y exprimiendo uvas.

—Quiero que desarrollen estos productos siguiendo mis especificaciones y que se aseguren de que estén a la altura de ese nombre. Glory es la victoria de la belleza sobre el tiempo.

Todo eso sonaba muy ampuloso. ¿Acaso era posible burlar al tiempo con una crema?

—Centrémonos en usted, mister O'Connor —continuó madame, dirigiéndose entonces al hombre que estaba a mi lado. Él volvió a exhibir su sonrisa ganadora sin mostrar, a diferencia de mí, ningún asomo de inseguridad—. Lo que he visto hasta ahora de sus envases es muy prometedor. Me gustan los nuevos talentos y, cuando se trata de continuar siendo el número uno en el sector, estoy siempre abierta a sorpresas.

—No la defraudaré, señora —dijo O'Connor.

—No, desde luego que no. Solo tiene que diseñar para mí un envase del que la gente hable en los próximos meses. Y que además haga honor al concepto de Glory. Quiero impresionar a los propietarios de las grandes tiendas. Y, por supuesto, también a los periodistas de las grandes revistas de moda sin tener que hacerles ningún regalo.

Entre las mujeres de la fábrica se rumoreaba que de vez en cuando madame regalaba a los periodistas alguna joya que hubiera dejado de tener valor para ella a fin de contentarlos.

—Deberán mantenerse al día de sus avances. —Sacó dos hojas de papel de una de las carpetas del escritorio y nos entregó una a cada uno. Me di cuenta de que se trataba de sus instrucciones y deseos.

—Creo que con esto queda todo dicho. —Madame dio una palmadita, como si quisiera llamar a un mayordomo o a una criada. Sin embargo, no apareció nadie—. Como saben, el tiempo para mí es precioso. Mi peluquero aguarda.

Mister O'Connor asintió y se levantó.

—Ha sido todo un placer, madame. —En un gesto galante, insinuó un besamanos.

Yo estaba cohibida y deseé saber reaccionar con el mismo aplomo que él. Como no podía besar la mano de madame, me limité a tenderle la mía.

—Le agradezco esta oportunidad, madame.

Helena Rubinstein se me quedó mirando un momento y a continuación dijo:

—Antes de que se vaya, me gustaría hablar con usted en privado.

Enarqué las cejas con sorpresa y dirigí una mirada a mister O'Connor, aunque él no iba a poder ayudarme. Tras una breve inclinación abandonó la estancia.

Cuando la puerta se hubo cerrado, me dispuse a afrontar la reprimenda de madame. Seguro que se trataba de mis uñas. ¿O acaso tenía que objetar alguna cosa sobre mi aspecto?

—Sé que Beatrice solo le permite trabajar en producción —comenzó diciendo. Al oírla, levanté la vista sobresaltada.

¿Cómo se había enterado? Parecía capaz de leer mi mente. Señaló hacia mis dedos.

—La savia destroza los dedos y las uñas. Por beneficiosa que sea para la piel, cuesta mucho eliminar el color.

Avergonzada, cerré los puños para que no me viera las uñas. Sentí que unos estremecimientos y escalofríos se me deslizaban por la piel.

—En ocasiones, las mujeres son las peores enemigas —continuó con un cierto tono enigmático—. Ven la competencia en todas partes y quieren erradicarla, aunque el ascenso de cualquier mujer allane el camino para las demás. Tampoco yo puedo declararme inocente en cuanto a ese comportamiento, pero... —Reflexionó un momento, y luego continuó—: Los celos no deberían impedir que usted despliegue todo su potencial.

Sacudí la cabeza, sin saber qué decir. ¿Había que suponer entonces que miss Clayton estaba celosa de mí? Pero ¿por qué? Dirigía la fábrica, las mujeres la respetaban. Yo, en cambio, era una principiante.

Entonces me di cuenta de que, dejándome en producción, ella se aseguraba de que no progresara y siguiera siendo una principiante.

—Va a ocupar el sitio que le he asignado —continuó madame tras quedarse un rato mirándome—. Miss Clayton ya ha sido informada. Además, le he dado instrucciones para que no le haga trabajar más en producción. A estas alturas usted debería conocer muy bien el perejil y las uvas.

Asentí, aunque no me sentía aliviada. Sentí el malestar agitándome el estómago. La conversación con madame era una cosa, pero ¿qué pasaría en la fábrica? ¿Qué haría miss Clayton?

—Estoy convencida de que usted es una ganancia para mi empresa. No me decepcione, miss Krohn.

Con esas palabras, madame Rubinstein me indicó que me marchara. Me levanté sintiendo las piernas flojas.

—Muchas gracias, madame, yo...

—Déjelo. —Madame puso fin así a mis agradecimientos—. Demostremos a esa horrible mujer de lo que somos capaces.

Aunque tenía la certeza de que se refería a miss Arden, en mi caso bien podría estar refiriéndose también a miss Clayton.

—Adiós, miss Krohn. —Dicho esto, abrió la bolsa de papel y sacó de ahí un muslito de pollo. Al ver que la miraba con asombro añadió—: Alguna cosa hay que comer, ¿no cree? Durante el día no tengo mucho tiempo, incluso hago venir a mi peluquero aquí mientras me dedico a leer documentos de la empresa.

Hasta entonces, había creído que ella misma se hacía esos moños bajos y elaborados que llevaba. Si ni siquiera tenía tiempo para eso, en producción no debíamos maravillarnos de que no contemplara la opción de darnos más descansos.

Cuando crucé la puerta, mister O'Connor estaba de pie en el pasillo. ¿Se le habría olvidado alguna cosa?

No, más bien parecía que me esperaba. Me dirigió una amplia sonrisa.

—Una mujer impresionante, ¿verdad?

Asentí y eludí su mirada. No quería hablar de madame.

—¿Baja usted también? —pregunté por cambiar de tema.

—Sí —respondió—. Tengo el coche esperando a unas calles de aquí. Eso si no me lo han robado. —Pude percibir la sonrisa en su voz—. ¿Qué le parecería que la acompañara a su trabajo? —añadió—: Bueno, supongo que usted ahora deberá ir al laboratorio de madame Rubinstein.

—Sí —contesté—. Pero prefiero ir yo sola.

—Como quiera —respondió no sin cierta decepción.

Subimos al ascensor ante la mirada curiosa del ascensorista. Mister O'Connor no pareció percatarse de su presencia.

—¿Por qué no se ha cambiado usted el nombre? —preguntó mientras el ascensor se ponía en marcha—. Sophia Krohn me parece un poco complicado. Extranjero. Usted es alemana, ¿verdad?

—¿Acaso importa? —pregunté—. Mi nombre es mi nombre. ¿Cómo cree que debería llamarme?

—¿Qué tal Sophie Crown? —propuso él—. Suena muy sofisticado.

—No soy una estrella de cine —respondí.

—Es posible, aunque creo que tendría posibilidades entre los productores.

No se me escapó el deje burlón de sus palabras, y eso me irritó un poco.

—No me tome el pelo —repliqué—. Yo soy química. Desde niña nunca he querido ser otra cosa.

—Un extraño deseo, en mi opinión.

Entonces lo miré y percibí un brillo en sus ojos azules que nunca antes había visto en un hombre.

—Hay personas que se interesan por cosas ajenas al aspecto físico.

Miré el indicador que mostraba los pisos que íbamos pasando. ¿No podría el ascensor ir un poco más rápido?

—Y eso lo dice una mujer que se gana la vida con la venta de belleza a otras mujeres.

Volvió a sonreír, provocándome un irritante cosquilleo en el estómago.

—No solo vendemos belleza, sino salud —respondí con frialdad—. Madame Rubinstein le debe de haber explicado que no se trata solo del aspecto físico.

—¡Soy diseñador de envases! —dijo levantando los brazos en señal de disculpa—. Mi profesión gira en torno a la apariencia.

¿Iba a ser siempre así? De alguna manera ese debate me interesaba y, a la vez, me asustaba. Era un hombre muy atractivo y parecía consciente de ello. Sus ojos me atraían de un modo mágico, y su sonrisa, de eso estaba segura, provocaba estremecimientos agradables entre las mujeres. Al menos, a mí me ocurría. Era exactamente el tipo de hombre que me gustaba.

Pero en mi recuerdo tenía aún muy presente cómo había terminado todo cuando me había dejado impresionar por un hombre con el que trabajaba. Me propuse no dejar que se me acercara más de lo necesario, pues no estaba dispuesta a complicarme de nuevo la vida.

Al llegar abajo, di las gracias al ascensorista y me dirigí a la puerta giratoria. Tenía que marcharme cuanto antes, regresar al refugio de la fábrica donde no había hombres que me interesaran.

Pero no pude deshacerme tan rápidamente de mister O'Connor. Prácticamente me pisaba los talones.

—Dígame, ¿cuándo cree usted que tendrá las primeras ideas de sus productos? —preguntó colándose conmigo en la puerta giratoria. Por un instante estar tan cerca de él me dejó sin aliento.

—Eso depende de cómo se desarrollen las fórmulas y de los principios activos por los que optemos —repuse de inmediato mientras me escabullía por la puerta lo más rápido posible—. ¿Qué necesitará saber?

—En primer lugar, sería importante para mí conocer las fragancias en las que madame ha pensado. Me figuro que es un gran secreto.

Saqué mi hoja de papel. En ella había una lista de los ingredientes recomendados, basados en hallazgos anteriores de madame.

—Rosa —respondí—, y también lila y bergamota.

Tenía muy claro que aquella iba a ser mi prueba de fuego. Si la superaba, pasaría a formar parte fija de la empresa. Si no, volvería a producción o, peor aún, madame se arrepentiría de haberme traído consigo.

Mister O'Connor asintió.

—De acuerdo, me parece que hablar de esto en medio de la calle es pedir demasiado, pues ni siquiera puedo tomar notas. ¿Qué le parecería si usted decide los ingredientes que va a usar y yo reflexiono sobre el modo de diseñar los frascos? Dentro de dos semanas podríamos reunirnos en un café e intercambiar ideas.

Vacilé. Por un lado, no había nada malo en salir a tomar un café con él. Pero, por dentro, me alarmaba la familiaridad a la que podía dar lugar. Sin embargo, necesitábamos intercambiar ideas y desde luego no estaba dispuesta a invitarle a casa.

—Me parece bien —respondí—. ¿Me indicará una fecha más precisa?

—¿No tiene otros compromisos?

—Durante el día estoy en la empresa, pero, si hace llegar allí un mensaje de que desea verme, miss Clayton me dejará salir.

—De acuerdo —contestó mister O'Connor tendiéndome la mano—. Encantado de conocerla, miss Krohn.

Al tocarlo, sentí una gran calidez.

—Lo mismo digo —repuse. Acto seguido lo contemplé sortear de forma temeraria los automóviles para cruzar la calle a toda prisa.

31

*Ll*egué a la fábrica en torno a la una del mediodía. Tardé
más tiempo del habitual en el trayecto a Long Island,
porque el encuentro con mister O'Connor y el encargo de madame me confundieron de tal modo que me apeé una parada antes y luego tuve que esperar al siguiente tren.

Me apresuré hacia el vestuario. Miss Clayton me interceptó
en la puerta de la sala de producción de la fábrica. Parecía impaciente.

—Pensaba que no iba a regresar —dijo, y, antes de que pudiera justificarme, añadió—: Sígame. Es hora de que conozca su
nuevo puesto de trabajo.

No pude ni siquiera dirigirle una mirada de asombro. Me
abroché la bata rápidamente y me fui con ella.

Subimos la escalera hasta el segundo piso. Sin embargo, miss
Clayton no me condujo al laboratorio, sino a una pequeña sala
situada en un pasillo en el que rara vez entrábamos.

Aquellas estancias eran, en gran parte, trasteros; al menos
eso afirmaba Carla. En mis primeros turnos de tarde, alguna vez
había echado un vistazo furtivo por las puertas de cristal, pero
dentro no había más que cajas. Me había preguntado qué podía

haber ahí embalado, pero como la puerta estaba cerrada me había olvidado del asunto.

Más adelante, las mujeres empezaron a sospechar que en su interior había todo cuanto madame no quería mostrar en sus estancias. Compras equivocadas, objetos que solo había adquirido porque estaba enfadada con su marido y de las que después se avergonzaba.

Lo que contuvieran esas cajas había desaparecido, dejando espacio para un mobiliario de laboratorio de aspecto provisional. Los muebles no eran nuevos, parecían los de un piso barato.

Pero la luz era buena y había estanterías y una gran mesa de laboratorio donde poder trabajar.

¿Cuándo habían traído esas cosas?

—A partir de ahora este será su laboratorio. Madame quiere que trabaje sin que nadie la moleste.

El tono avinagrado de su voz no dejaba lugar a dudas. Era evidente que no le gustaba mi nueva labor.

—Gracias —dije. Sin embargo, ella no parecía haber terminado aún.

Tras mirarme un momento, añadió:

—Recuerde una cosa: si lo que usted mezcle aquí no sale bien, todos saldremos perjudicados. Sé que no terminó los estudios, y no alcanzo a entender cómo madame ha pasado por alto a Harry y John y la ha preferido a usted. Pero es lo que hay, así que se lo advierto, no actúe a la ligera. ¡Madame castigará sin falta cualquier chapuza y yo también!

Dicho esto, se dio la vuelta y se apresuró a salir por la puerta. Me la quedé mirando, por un momento incapaz de moverme. Tenía entendido que los otros dos químicos llevaban allí ya mucho tiempo. Pero ¿por qué se alteraba tanto? Mi fracaso no podía preocuparle tanto como para temer por el futuro de la empresa.

El día siguiente fue como vivir en un sueño. No solo no tuve que ir a la planta de producción después de cambiarme, sino que además Harry y John me esperaban arriba. Temía que estuvieran algo resentidos conmigo por haber conseguido el encargo de realizar una nueva línea de productos. Al menos era la impresión que me había transmitido miss Clayton el día anterior.

De ahí que me sorprendiera que me tendieran la mano, sonrientes, y me felicitaran.

—¡Ya era hora de que viniera con nosotros! —dijo John.

—Empezábamos a creer que no la dejarían salir de ahí abajo —añadió Harry.

—Gracias —respondí algo avergonzada.

—Hemos oído que va a crear nuevos productos —continuó John—. ¡Mucha suerte con eso! Todos lo hemos hecho al principio. Madame le debe de haber dado una lista de ingredientes, ¿verdad?

Asentí con la cabeza.

—Es mejor no apartarse mucho de ella. Madame sabe lo que se trae entre manos, pero de química no entiende mucho. Nuestro trabajo consiste en hacer brillar sus ideas.

Hacer brillar sus ideas. ¿Qué podía significar aquello?

—Si necesita ayuda, solo tiene que pedirlo —dijo Harry para terminar—. Estoy convencido de que usted será una digna sucesora de miss Hobbs.

Deseé compartir su optimismo. Y, a la vez, me sentí inmensamente orgullosa. Era la primera vez que tenía la oportunidad de demostrar mi valía. ¡No podía permitirme ninguna inseguridad!

Dediqué toda la mañana a analizar las listas de ingredientes de los anteriores productos Rubinstein y las comparé con los deseos de madame. Me di cuenta de que, en realidad, en lugar de ayudar en producción debería haberme familiarizado con el laboratorio. Pero pelillos a la mar. Ahora tenía que ponerme al día.

Durante la pausa para almorzar, salí fuera para dar un pequeño paseo y despejar la cabeza. Me senté en el murete de piedra que daba al jardín, cerré los ojos y tendí la cara al sol. El calor me reconfortó y el silencio alrededor me permitió ordenar un poco las ideas.

Había logrado justo lo que había querido desde el principio. Sin embargo, ahora sentía un poco de miedo. ¿Y si madame no quedaba contenta? ¿Y si no lograba hacer que su idea deslumbrara?

Noté una sombra sobre mi cara. Al poco, sentí la presencia de otra persona y volví a abrir los ojos.

—*Hi!* —dijo una chica en la que apenas había reparado hasta el momento. Tenía el pelo rubio oscuro y los ojos pardos. Como todo el mundo allí, llevaba una bata de trabajo que presentaba restos de diversos jugos vegetales. Era una de las mujeres calladas de producción, apenas hablaba y no llamaba la atención. Trabajaba de forma diligente y discreta. Nadie solía dirigirse a ella. Fui incapaz de recordar su nombre... si es que alguna vez me lo había dicho.

—*Hi!* —respondí sorprendida.

—¿Te apetece un paseo? —preguntó.

—Por supuesto —respondí mientras me preguntaba qué podía significar aquello.

Salimos al jardín, que en realidad era un campo enorme que se regaba a diario y daba empleo a varios trabajadores, encargados de velar por la calidad de las plantas. La cosecha no cubría por completo las necesidades de la empresa, pero proporcionaba una imagen natural a madame.

—Tienes que saber que, tras la partida de miss Hobbs, miss Clayton se había hecho ilusiones de volver a ser trasladada al laboratorio —explicó mientras paseábamos junto a los arriates. En pocas semanas, las plantas de los invernaderos habían empezado a brotar con todo el esplendor de su follaje.

—Pero miss Clayton es la responsable de toda la fábrica —repuse.

—Así es. Porque madame no la considera apta para trabajar en el laboratorio. Durante un tiempo fue ayudante de miss Hobbs, pero luego fue trasladada.

—¿Por qué?

—Fue poco después de que yo empezara a trabajar aquí. De pronto hubo un incendio en el laboratorio. Se pudo extinguir, pero fue una auténtica conmoción. El equipo del laboratorio resultó muy dañado. Hubo la sospecha de que miss Clayton había confundido ingredientes y había provocado el fuego. Todo el mundo creyó que la despedirían, pero miss Hobbs intercedió para que se quedara. Poco a poco volvió a ascender, pasando de ayudante del antiguo director a directora de fábrica. Su capacidad de dirección es muy superior a sus habilidades como química.

Aunque esa información era interesante, seguía sin explicar su conducta.

—Entonces, ¿por qué se comporta de un modo tan... despectivo conmigo?

—Madame te ha escogido para el laboratorio. Y eso a pesar de que, según dice miss Clayton, no has completado tus estudios. ¿Es cierto?

Noté cómo la sangre se me subía al rostro.

—Me encontraba en el penúltimo semestre, cuando... mi padre no quiso seguir pagando la universidad.

—¿Quería que te casaras?

Asentí por simplificar.

—A pesar de todo, tu formación es superior a la de miss Clayton. No era más que la ayudante. Seguro que sabe algo de química, pero solo lo que aprendió con miss Hobbs. Aunque soñara con ser química, no lo es. Tú, en cambio, sí. ¡Qué importa el título! Tú has estudiado a fondo.

Empecé a entender algunas cosas, pero también me produjo un poco de inquietud. Sin duda, a partir de entonces iba a tener que ser más precavida con miss Clayton.

—¿Por qué me cuentas todo esto? —pregunté.

—Me gustaría trabajar en el laboratorio —dijo mirándome fijamente—. Hace tiempo que sueño con ello. Creo que te vendría bien tener una ayudante. Quiero librarme del perejil de una vez por todas.

Contemplé a la muchacha. Era algo más joven que yo, unos tres o cuatro años. La ambición y la determinación le brillaban en los ojos.

—¿Cómo te llamas? —pregunté.

—Ray —respondió ella—. Ray Bellows.

—¿Ray?

Se trataba de un nombre masculino, al menos en mi calle había un hombre que se llamaba así.

—Mi padre quería un hijo —respondió con una sonrisa pícara, como si hubiera adivinado mi pensamiento—. Y mi madre tenía tantas ganas de complacerle que ni siquiera había pensado en un nombre de chica. Y entonces llegué yo y fui Ray.

—De acuerdo —dije y le tendí la mano—. Hablaré con miss Clayton.

A la mañana siguiente fui a ver a miss Clayton a su despacho. No había dejado de darle vueltas a la historia que Ray me había contado. Tenía las manos heladas por los nervios. ¿Y si se negaba? Imaginaba que su decepción podía llevarla a negarme una ayudante.

Llamé a la puerta y al poco rato oí su voz.

La sorprendí sonriendo por un instante, como si acabara de tener una buena ocurrencia, pero al verme su sonrisa se desvaneció rápidamente.

—¿Qué sucede, miss Krohn? —preguntó con frialdad.

—Me gustaría pedirle a una de sus empleadas para que sea mi ayudante —le planteé procurando que mi voz sonara lo más firme posible.

Beatrice Clayton me miró como si le hubiera pedido un billete de cien dólares.

—¿Acaso no puede hacer sola su trabajo? —preguntó con cierta impertinencia.

—Sí, pero voy a necesitar ayuda. John y Harry tienen los suyos, y no quiero quitárselos.

Miss Clayton me miró de forma despectiva. Me habría gustado poder decirle que ella sabía mejor que nadie cómo trabaja un químico dado que había sido ayudante. Pero no quise traicionar a Ray ni irritarla sin que hubiera necesidad.

—¿Y de qué empleada se trata? —preguntó al cabo de un rato.

—Ray Bellows. Es una trabajadora no cualificada, y creo que producción puede prescindir de ella. Me sería de gran ayuda dada la experiencia que tiene en esta empresa.

—Miss Bellows no está capacitada para ese puesto —respondió.

¿Acaso usted lo estaba?, quise preguntarle, pero logré morderme la lengua a tiempo.

—La puedo formar. Aunque no he terminado mis estudios, sí sé lo que cabe esperar de una ayudante. A fin de cuentas, tengo experiencia en el laboratorio.

Entonces fue miss Clayton quien se mordió la lengua.

—Lo siento —me aventuré a decir. No quería discutir con ella. Ni quería que se enfadara conmigo.

—¿Qué es lo que siente? —preguntó miss Clayton.

—Lo de miss Hobbs. Que se marchara.

Me miró con asombro, y noté que había estado a punto de revelar lo que sabía.

—Seguro que a usted le gustaba miss Hobbs —continué—. Y ahora estoy yo ocupando su puesto. Cuando madame me pidió...

La expresión de miss Clayton se ensombreció.

—Madame debe de tener sus buenas razones. Siempre elige a la gente por sus capacidades.

Esas últimas palabras sonaron casi a burla.

—Estoy muy agradecida de que me haya dado esta oportunidad —dije—. Y me gustaría que usted hiciera lo mismo. Deme una oportunidad y permita que miss Bellows sea mi ayudante. Por favor.

Miss Clayton pareció vacilar. La observé atentamente y pude ver que Ray tenía razón. Se sentía decepcionada.

—De acuerdo —dijo—. Le asignaré a miss Bellows.

Suspiré, y me di cuenta entonces de que durante un rato había estado conteniendo la respiración.

—Gracias.

—Pero con miss Bellows ocurre lo mismo que con usted. Si fracasan...

—No lo haremos —la interrumpí. Eso no iba a ocurrir.

Cuando la fui a buscar para que subiera, Ray pasó ufana frente a las demás con una sonrisa triunfal. Las miradas que nos dirigieron eran como dardos envenenados, pero ella pareció ignorarlo.

Nos organizamos tan bien como pudimos y empecé a esbozar algunas ideas iniciales. Aunque Ray me había gustado desde el principio, iba con cuidado con lo que le decía. La puse al corriente de la información que madame me había dado y le enseñé cómo ayudarme para hacer series de ensayos. Lo hacía tan bien que le pregunté:

—¿Te ves estudiando algún día en la universidad?

Ella vaciló, pero luego negó con la cabeza.

—No.

—¿No? —pregunté con asombro.

—No dispongo de suficiente dinero. Los estudios universitarios cuestan una fortuna y no tengo a nadie que me los pague.

—¿Tus padres?

—Son más pobres que las ratas. Y tampoco tengo un patrocinador rico, así que... —Sonrió con tristeza—. No me queda más remedio que encontrar marido algún día. O ser la ayudante de la mejor química de Long Island.

—Hablaré de ti a madame cuando me reúna con ella —respondí, sin ganas de dejarme llevar por sus halagos. De todos modos, en mi fuero interno me sentí muy satisfecha.

Durante el descanso para almorzar me senté con Ray en la «mesa de los químicos», donde Harry y John comían con sus ayudantes.

Como si siempre hubiera formado parte del grupo, charlamos sobre compuestos químicos y aparatos de laboratorio y más de una vez pusieron el grito en el cielo sobre los anticuados mecheros Bunsen que habían usado en sus antiguas universidades.

En esos momentos, hablando con ellos casi no me reconocí. Como si me viera en un espejo, no dejaba de preguntarme si aquella que ocupaba mi asiento era de verdad la joven universitaria, la chica del guardarropa y la muchacha embarazada. ¡Era todo tan increíblemente nuevo y bueno! Me sentí como una de esas mujeres que había admirado en la universidad. Tal vez como una catedrática, o una profesora universitaria. Llegué incluso a olvidar que miss Clayton no me quitaba la vista de encima y rondaba continuamente por mi laboratorio, a pesar de que ahí no tenía nada que hacer.

32

Al cabo de dos semanas, miss Clayton apareció en el laboratorio mientras yo observaba al microscopio la primera muestra de una crema. No me había gustado cómo reaccionaban el aceite y el emulsionante.

En todo caso, nos encontrábamos en la fase inicial y todavía teníamos tiempo.

—Mister O'Connor ha llamado, dice que le gustaría reunirse con usted esta tarde. Será mejor que se dé prisa.

Con expresión avinagrada me entregó una nota con la dirección del lugar de encuentro, que era una cafetería próxima a las oficinas Rubinstein, y luego volvió a desaparecer.

—Así que tienes una cita —bromeó Ray en cuanto miss Clayton se hubo marchado y ya no podía oírla—. No sabía que tal cosa fuera posible en horas de trabajo.

—Es una reunión —la corregí—. Quiere mostrarme sus avances en el envase. Madame desea que trabajemos juntos, ya te lo dije.

—¿Es atractivo al menos?

—Eso no tiene nada que ver —contesté mientras colgaba la bata en mi silla.

—Seguro que se trabaja mejor con un hombre guapo. Y si encima aún no está casado...

—No tengo ni idea de si está casado o no —respondí—. Ni es algo que nos incumba. Solo crea los envases de nuestras cremas.

Ray se hizo la ofendida. Le encantaban las novelas. A veces, durante los descansos, sacaba un libro y se sumergía en él hasta que yo le sacudía el hombro y le recordaba que debía regresar al laboratorio.

—Entonces, ¿no es tu tipo?

—No, no lo es —repuse—. Tú presta atención y no prendas fuego a nada mientras estoy fuera.

—No te preocupes, intentaré mantener a miss Clayton lejos del laboratorio —replicó con descaro riéndose.

Mientras bajaba por la escalera me encontré con Linda. Al parecer, acababa de salir del despacho de miss Clayton. No sabía que ya había vuelto al trabajo.

—¿Linda? —le dije—. ¡Has vuelto!

Esbozó una sonrisa forzada.

—Sí, desde esta mañana. El médico ha dicho que ya podía incorporarme.

Asentí, pero noté que algo iba mal. Linda no era de las que se hacían notar, y habíamos hablado pocas veces, pero había algo extraño en ella. Era como si alguien hubiera apagado la luz de una vela.

—¿Estás bien de verdad?

Dos semanas en el hospital indicaban que no solo había sufrido un golpe de calor.

—Sí, estoy bien. Los médicos ya me han curado. Y ahora tengo que ir a trabajar.

Dicho eso se alejó y se apresuró por la escalera. Me quedé un rato ahí viendo cómo bajaba.

Probablemente nunca llegaría a saber lo ocurrido. De todos modos, ¿habría actuado yo de otro modo? Nunca había hablado de mi embarazo ni de mi hijo muerto. Y, si de mí dependía, así seguiría siendo.

Mister O'Connor me esperaba en la puerta de la cafetería, que me recordó un poco a París. Tenía las persianas rojas y sillas de mimbre en la acera. En el interior, la decoración parecía muy rústica. El mobiliario era fundamentalmente de madera de color rojo oscuro, las cortinas eran de terciopelo verde.

Igual que la última vez, mister O'Connor sujetaba una carpeta bajo el brazo. Llevaba el sombrero ligeramente ladeado, lo que le daba una expresión atrevida, aunque su traje de color marrón también esta vez era impecable.

—¡Está usted maravillosa! —dijo tendiéndome la mano y haciendo amago de besarme la mía.

—No se moleste —repuse—. Esto es una cita de negocios.

—¿Acaso no puedo hacerle un cumplido a una colega, si es que la puedo llamar así?

Esas palabras me volvieron a irritar. No entendía qué había en mí que fuera motivo de halago. Llevaba el mismo vestido que la última vez que nos habíamos visto y un bolso con mi libreta dentro. Las gafas tenían salpicaduras de aceite vegetal. Hasta llegar al metro no me había dado cuenta de que me había olvidado el pañuelo en el laboratorio.

Lo único que diferenciaba mi aspecto de cualquier otro día de trabajo en el laboratorio era el lápiz de labios. Me lo había aplicado muy ligeramente porque madame Rubinstein insistía siempre en que los labios de una mujer podían condicionar la impresión de toda la cara. Si había algo que yo quería disimular, eran mis gafas.

—Me parece que deberíamos centrarnos en nuestra tarea —dije, dirigiéndome hacia la puerta. Mi rechazo a su cumplido no le impidió cederme el paso.

Buscamos un asiento cerca de las ventanas, que tenían una buena vista de la calle. La luz del sol reposaba delicadamente sobre la mesa, donde mister O'Connor posó la carpeta.

Saqué mi cuaderno. Para entonces estaba segura de que la nueva línea de cosméticos debía tener cuatro productos fundamentales: por supuesto una crema, una loción hidratante de manos, un agua facial y unos polvos de tocador. Todo ello con la fragancia especial hecha de los distintos aceites florales que madame quería, teniendo como notas principales el olor a rosas y lilas.

Le pedimos dos cafés al camarero que apareció al rato y nos pusimos manos a la obra. Obviamente a él, como diseñador, no le decían gran cosa mis explicaciones químicas, pero anotó con diligencia algunos puntos clave. Luego, mister O'Connor abrió su carpeta y me presentó primero la silueta de algunos frascos. Parecían grandes piedras preciosas. Eso era exactamente lo que le gustaba a madame, que tenía una clara predilección por las joyas grandes.

Yo estaba cautivada, y sin duda mister O'Connor se dio cuenta ya que, después de que el camarero nos sirviera los cafés, dijo con alegría:

—¡Y ahora, el color!

Apartó unas hojas al lado y un mar de tonos rosados estalló ante mi vista. Estaban todos: desde el rosa pálido, pasando por el fucsia hasta llegar a un tono morado rojizo.

—¿Y bien? —preguntó mister O'Connor—. ¿Qué le parece?

Esperé a que los colores hicieran efecto en mí. Me vino a la cabeza Henny. Ella habría aplaudido con entusiasmo. Y también a mí esos colores me resultaban agradables.

—No funciona —dije no obstante.

Sus diseños eran fabulosos, pero yo sabía perfectamente lo que madame diría de esos colores.

—¿Por qué no? —preguntó—. Actualmente este estilo está muy de moda en los grandes almacenes. ¿Ha pasado por Macy's últimamente? Allí se inauguraron los escaparates de la temporada de verano. ¡Todo un éxito! ¡Se lo aseguro!

No tenía tiempo para ir a Macy's, aunque las mujeres de la fábrica no dejaban de hablar maravillas de esa tienda.

—¡Pero no podemos tener la imagen de un escaparate! ¡Sería demasiado ordinario!

—¿Ordinario? —exclamó O'Connor, atrayendo la atención de los demás clientes del café. Al darse cuenta, bajó la voz de inmediato. Aun así, su tono parecía agresivo—. Vale, ¿sabe qué? —dijo arrojando el lápiz sobre la mesa—. Ahora mismo va a acompañarme usted a Herald Square, ¡le guste o no!

—¿Por qué? —pregunté.

—Porque quiero enseñárselo. El mundo moderno. Por lo visto, sale usted tan poco de su laboratorio que se le escapa cómo es la vida real.

—¡Ya conozco la vida real! —protesté.

—Sí, pero, por lo visto, la disfruta muy poco.

O'Connor me fulminó con la mirada. Bajo el enojo y la confusión que transmitía, había una leve diversión. Su reproche me podía haber ofendido, pero sabía que él tenía razón. Dejando de lado la salida para comprar poco después de llegar allí, aún no había hecho nada para divertirme.

—De acuerdo —dije por fin.

—¿De acuerdo? —Mister O'Connor arqueó las cejas con una fingida incredulidad—. ¿De verdad quiere ir a la ciudad conmigo? ¿Y su laboratorio? ¿No se estará desbordando algún recipiente burbujeante?

—¡Exagera usted! —repliqué—. Salta a la vista que no sabe para qué diseña los envases. Debería venir a visitarme al laboratorio.

O'Connor dibujó una amplia sonrisa. La tensión de su cara desapareció.

Cuando me di cuenta de cómo debían de haber sonado mis palabras, me sonrojé.

—Será un gran placer para mí —dijo. Tomó de nuevo el lápiz y se lo metió en el bolsillo del pecho de su chaqueta. Llamó al camarero y pagó.

Poco después, nos abríamos paso con su automóvil en medio del tráfico de la tarde. Muchos taxis, furgonetas y autobuses circulaban simplemente al antojo de sus conductores. La consecuencia de ello era el tremendo concierto de bocinazos.

¿Cómo debía de ser estar al volante? ¿Sería yo capaz de orientarme en ese caos?

Mi padre no había querido tener coche porque no le veía ninguna utilidad. Los trenes y los barcos, los autobuses y el metro le llevaban a uno donde quisiera. ¿Para qué si no estaban los impuestos?

A mí, en cambio, los vehículos me parecían casi mágicos. A pesar de la confusión por la que nos movíamos, me preguntaba qué se sentiría al conducir un automóvil. Había leído que algunas mujeres lo hacían. Había dejado de estar mal visto.

—Iríamos más deprisa en metro —comenté cuando nos tuvimos que detener de nuevo.

—Es posible, pero no es ni la mitad de divertido.

—¿Acaso le gusta ir a paso de tortuga?

—A veces, sí. Así se pueden ver cosas.

Y, en efecto, vimos muchas cosas: gente apresurándose por las aceras, la mayoría en trajes de verano de color claro y vestidos de color crema; toldos de colores sobre los escaparates; un portero vestido con un uniforme rojo en la entrada de un hotel y limpiabotas ofreciendo sus servicios en rincones sombreados. Se me hizo la boca agua al ver el puestecito de un vendedor de limonada. Me habría gustado pedirle a mister O'Connor que se detuviera, pero era imposible. El aire estaba impregnado del ruido de los motores y los bocinazos que resonaban en las altas paredes de los edificios. Entre el hedor de los gases de los tubos de escape se mezclaba la fragancia de la comida de los restaurantes, frente a los cuales había muchos clientes sentados en bancos o sillas de mimbre.

Por fin mister O'Connor aparcó su coche en una bocacalle. La plaza Herald Square estaba atravesada por encima por un puente de tren que me recordó mucho a Berlín. Solo tenía que cerrar los ojos y escuchar el traqueteo del metro para regresar mentalmente a mi país.

Entonces me llegaron a los oídos palabras en inglés y volví a la realidad.

Nos detuvimos ante un edificio de ocho plantas en el que ondeaba una bandera con una estrella roja. Por su construcción aquel edificio en sus orígenes no había sido tan alto. Al parecer, con el tiempo se le habían ido añadiendo más plantas en estilos arquitectónicos distintos.

Pero no era eso lo que mister O'Connor quería mostrarme.

Nos detuvimos frente a un escaparate especialmente grande. Aunque en Berlín había visto expositores con productos, allí no existía algo parecido. Tenía un diseño que imitaba un paisaje por el que paseaban mujeres elegantes. Sin embargo, en lugar de flores, había pequeñas islas de productos en un color que armonizaba con el de la ropa que llevaban los maniquíes.

—Este escaparate está dedicado a una de las casas de moda más famosas hoy en día —explicó mister O'Connor—. Aquí están también las fragancias de los mejores perfumistas. ¿Y ve ahí, los bolsos? Casi justificarían un asesinato, ¿no le parece?

Al igual que en otros tiempos en Berlín al ver los grandes almacenes de Ku'damm, me sentí de lo más insulsa. Mi vestido marrón, que había comprado en una tienda más pequeña, era elegante, pero también me parecía aburrido. La moda detrás de esos cristales irradiaba color y energía.

—No estoy segura de que se tenga que matar a alguien para eso —repuse. Pero él tenía razón. Aquellos bolsos eran preciosos, auténticas obras de arte de pequeño tamaño. Eran dignos de una mujer que trabajara para una de las empresarias más poderosas de la ciudad. Por otra parte, yo sabía también que en el laboratorio no necesitaba algo así. Y tampoco quería despertar la envidia de mis compañeras de trabajo.

—Oh, sé de mujeres capaces de hacerlo. —Me clavó la mirada, y luego continuó—: Como puede ver, todo obedece a un diseño determinado. Los colores combinan entre sí igual que las formas. Un simple transeúnte diría que es bonito, pero yo soy capaz de reconocer el concepto que hay detrás.

—¿Me está usted diciendo que estos grandes almacenes tienen contratado a un diseñador para los escaparates?

Hasta donde yo sabía, en Berlín los escaparates de las tiendas se decoraban según los deseos de los propietarios del negocio. Incluso la tienda de mi padre tenía dos grandes expositores. Pero jamás había habido ahí un concepto definido para el diseño.

—¡Por supuesto! —respondió O'Connor—. ¡Todo el mundo en el sector suspira por un trabajo como ese!

—¿Ha intentado trabajar aquí también? —pregunté, incapaz de apartar la vista del escaparate. Cada vez veía algo nuevo. A un lado estaban los frascos; al otro, blancos como la nieve, los tarros de crema. Todo estaba decorado con flores, hojas, cintas de seda de colores y pequeños cuadros en marcos brillantes. Aquí y allá, destacaba algo inesperado, obligando al espectador a fijar más la vista. Habría podido pasar horas frente a esos escaparates. Entonces entendí por qué las mujeres de la fábrica estaban tan fascinadas por ellos.

—No —respondió Mister O'Connor—. Mi especialidad son los envases. No confían en mí para otras cosas. Quizá trabajar para madame Rubinstein cambie eso.

Sus palabras revelaban frustración. Lo entendía.

—Los envases son importantes —dije sin apartar los ojos del escaparate—. Hoy en día ya no basta con decir que el contenido de un frasco es bueno. El envase y la publicidad también deben expresarlo.

—Realmente da la impresión de que aprende mucho con madame Rubinstein.

—Mi padre siempre lo decía. Él también vende productos cosméticos.

—¿Su padre tiene un negocio?

—Un negocio de droguería. —Aparté su recuerdo de mí—. En cualquier caso, sé lo importante que es el envase. Y también conozco lo suficientemente bien a madame Rubinstein para saber que no aceptará sus diseños tal y como están ahora.

Contemplé su reflejo en el cristal. La obstinación asomó en su semblante. Reprimí una sonrisa. Tal vez debería dejar de fastidiarle. Sus diseños parecían modernos y, viendo el diseño del escaparate, encajaban a la perfección. A las mujeres les encantarían esos envases. Sin embargo, había un punto que madame rechazaría de manera categórica.

—Son de color rosa —dije.

O'Connor me miró con asombro.

—¿Rosa?

—Sus diseños. Son de color rosa y oro.

—¿Qué tiene de malo el rosa? —preguntó señalando un vestido de color fucsia con sombrero campana a juego.

—Todo —contesté—. Puede que solo lleve seis meses trabajando para madame, pero sé que no aceptará el color rosa para sus productos porque recuerda a Elizabeth Arden. No se figura la de charlas que nos ha dado miss Clayton al respecto.

O'Connor sacudió la cabeza, desconcertado. Las historias de la rivalidad entre ambas mujeres y sus respectivas empresas solían ser tema de conversación en las plantas ya que teníamos estrictamente prohibido usar e incluso mirar los productos Arden.

—A madame Rubinstein le encantarán los trazos limpios y el uso del oro. ¿Y si usara el blanco como color principal?

—¿Blanco? —preguntó O'Connor con tono acalorado—. El blanco no es un color. Es... ¡Nada!

—Bien, pues si quiere color, elija el verde, el negro o el azul, pero definitivamente no el rosa.

—¡Pero a las mujeres les encanta ese color! Aunque no sea su caso...

—A mí me gusta el color rosa —respondí—. Pero también sé cómo son los envases que le gustan a madame Rubinstein. Para ella el blanco significa riqueza. El azul es el color de los reyes. Madame quiere que sus clientas sean conscientes del lujo que tienen entre las manos. Y lo último que desea es que uno de esos productos se confunda con los de Elizabeth Arden.

O'Connor parecía querer decir algo más, pero cerró la boca y luego asintió con resignación.

Tenía la sensación de haberle ofendido profundamente.

—Sus diseños son realmente buenos —admití—. Pero con ese color madame seguramente le retiraría el encargo. ¿Y si piensa un poco en las rosas blancas y las lilas? Estas son exactamente las fragancias que van a tener los productos.

—Por lo tanto, en su opinión, debería reservar el rosa para miss Arden. —Un brillo travieso se coló en su mirada.

—Yo solo soy la responsable del contenido —respondí—. Y le aconsejo que no mencione a miss Arden ante madame.

Nos miramos un momento. Al principio pareció que quería objetar algo. Al final, cedió.

—Gracias por el consejo.

—De nada —contesté y él sonrió.

Le permití que me acompañara en coche a la fábrica, porque estaba convencida de que tardaría más hasta dar con la línea de metro adecuada.

Mister O'Connor permaneció bastante callado la mayor parte del tiempo, como si tuviera que pensar en lo que habíamos hablado.

Mientras pasábamos por el imponente puente de Brooklyn, me preguntó:

—¿Alguna vez echa de menos su antiguo país?

Me tomó tan por sorpresa que al principio no supe qué responder. En los últimos meses no había tenido mucho tiempo para sentir nostalgia.

De vez en cuando, me asaltaban recuerdos y el dolor por la pérdida de mi hijo. Pero me apresuraba a apartarlos de mí, igual que tampoco permitía que la decepción por la conducta de mis padres me afectara demasiado.

—A veces —contesté—. Echo de menos el Wannsee y Berlín. En verano era agradable; hacía calor, pero no el bochorno de aquí.

—Pero aquí también puede nadar. En la costa hay multitud de islas encantadoras. Martha's Vineyard es un lugar fabuloso.

—Nunca he estado —respondí.

—¿Por qué no?

—No..., no conozco a nadie aquí. No sé con quién ir. No es divertido ir sola.

—¿No tiene ninguna amiga?

—Sí, claro. —Por un instante Ray me vino a la cabeza, pero era solo una compañera de trabajo con la que congeniaba. Con ella no tenía la misma relación que con Henny—. Pero vive en París. Es bailarina en el Folies Bergère.

—Eso es algo que me gustaría mucho ver —dijo mister O'Connor. Tras decirlo se sonrojó. Al parecer, la fama del teatro había llegado hasta allí.

—Mi amiga baila desnuda.

Aquel comentario todavía le ruborizó más. Sonreí para mí. Mister O'Connor parecía un hombre de mundo, pero daba la impresión de que una mujer desnuda le podía hacer perder los papeles.

—¿Por qué no va a París a visitarla? —preguntó al cabo de un rato—. Seguro que puede permitirse el trayecto; se dice que madame Rubinstein es muy generosa.

—Como bien sabe, tengo mucho que hacer —señalé—. Sobre todo, ahora que estamos desarrollando un nuevo producto. —Bajé la vista hacia mis manos, que ya no mostraban ni rastro de perejil—. Tal vez el año que viene.

Obviamente, me habría encantado volver a ver a Henny. Sin embargo, tampoco me desagradaba tener que trabajar mucho. De hecho, tenía cierta aprensión a lo que una estancia en París podría evocar en mí. Habría resultado mucho más difícil mantener esas sombras a raya.

En dirección a Long Island, el tráfico se redujo un poco, de modo que avanzamos rápidamente.

—Ya hemos llegado —dijo al fin mister O'Connor señalando hacia delante—. Si quiere saber mi opinión, el edificio parece una caja enorme.

—Madame Rubinstein no hace las cosas a medias —respondí con una sonrisa—. ¿No había estado nunca aquí?

O'Connor negó con la cabeza

—Hasta ahora no he tenido motivo alguno.

—Tal vez debería pedirle a madame que le haga una visita guiada. Es muy interesante.

O'Connor me miró durante un rato, sonriendo.

—Me lo pensaré. Eso si madame me sigue dando trabajo. Su falta de entusiasmo por el rosa no me permite albergar esperanzas.

—Encontrará otra cosa —dije tendiéndole la mano—. Piense en las lilas y las rosas. Rosas blancas.

Nos sonreímos. Me habría gustado quedarme más tiempo, pero el vigilante de la puerta nos observaba y tal vez también miss Clayton desde su despacho.

—Gracias por llevarme a ver escaparates.

—Lo repetimos en cualquier momento.

Asentí, me despedí y salí.

El vigilante de la puerta de la empresa me guiñó el ojo de forma elocuente mientras mister O'Connor se alejaba en su coche. Saludé amablemente a mister Fuller y me apresuré a entrar en el edificio de la fábrica antes de que me hiciera alguna pregunta.

Al acceder al laboratorio, Ray me recibió con una sonrisa.

—¿Quién era ese tipo?

Levanté las cejas, sorprendida.

—¿Cómo te has enterado?

Las ventanas de nuestro laboratorio daban al jardín.

—Venía del baño y, al mirar sin más por la ventana, he visto cómo te apeabas de un coche elegante.

Le podría haber dicho que era el chófer de madame Rubinstein, pero decidí ceñirme a la verdad.

—Era mister O'Connor, el diseñador de envases que ha contratado madame Rubinstein.

—¡Ah! La cita que tenías. ¿Por qué has tardado tanto?

—Estábamos en la ciudad y hemos ido a mirar escaparates —le expliqué—. Deberías ir a ver Macy's alguna vez.

—Vaya, ya me gustaría a mí llevar esa vida —repuso—. Pero gracias por el consejo, lo haré. Ya deben de haber inaugurado los nuevos escaparates.

Asentí mientras sentía cómo me invadía una cálida emoción. Había disfrutado mucho de aquella pequeña excursión. Deseé que mister O'Connor y yo pronto tuviésemos la oportunidad de volver a hacer algo juntos.

33

Las siguientes semanas las pasé casi exclusivamente en el laboratorio. Solo iba a casa a dormir. Estaba completamente entusiasmada con mi trabajo y apenas notaba el paso de las horas.

El modo de hacer tranquilo y concentrado de Ray era muy agradable. Además, también me di cuenta de que era una buena compañera de trabajo. Durante los descansos tenía siempre una historia interesante que contar y me ayudaba de manera profesional y diligente.

A veces me imaginaba que ella era mi ayudante en Berlín, en un universo paralelo en el que yo nunca había conocido a Georg, ni me había quedado embarazada, ni había abandonado mis estudios. Tal vez allí había llegado a ser profesora en la facultad y había presentado nuevas teorías con mi ayudante.

Aquel mundo solo existía en mi cabeza, pero aun así en mi fuero interno me sentía dichosa al pensar en lo afortunada que era después de todas las desgracias por las que había pasado.

De vez en cuando coincidía con Linda. Incluso a veces en los descansos para almorzar la buscaba con la vista. ¿Antes también era tan callada? Apenas decía nada, pero a nadie le importaba. Igual que las demás, parecía capaz de sacar el trabajo adelante. Allí no se pedía otra cosa.

Pero me parecía extraño.

—¿Conoces bien a Linda? —le pregunté a Ray durante la pausa del almuerzo, tras haberla visto vagar como un fantasma por la cantina.

—Cuando entré en la empresa, ya llevaba un tiempo aquí. Es de Nueva Jersey, no sé mucho más. El año pasado le dijo a Carla que había conocido a un hombre, pero parece que él no tiene intención de casarse con ella, porque si no ya haría tiempo que se habría marchado.

—¿Siempre ha sido tan... reservada? —pregunté.

—No recuerdo cómo era cuando empecé. No teníamos mucho trato. Pero tal vez aún esté recuperándose del hospital. A saber lo que le hicieron.

—¿Acaso crees que se desmayó por algo que no era el calor?

Ray se encogió de hombros.

—¿Quién sabe? Mientras ella no se lo cuente a nadie, no lo sabremos. No te preocupes, tú la ayudaste en su momento y ya no eres responsable de ella.

En eso tenía razón. Tal vez era mejor dejarla en paz y concentrarme de nuevo en el trabajo.

El mes de octubre volvió a mostrar su mejor cara, de modo que la mayor parte de los descansos los pudimos disfrutar al aire libre, lejos de la cantina. De vez en cuando buscaba a Linda con la mirada, pero parecía haberse recuperado por completo. Durante las pausas del almuerzo a veces la oía reír, lo cual me alegraba mucho. Independientemente de lo que le hubiera pasado, era bonito ver que había sido capaz de superarlo.

Mister O'Connor me enviaba con regularidad copias de sus diseños pidiendo mi opinión. Había decidido diseñar el envase en azul y blanco con detalles dorados. No dudé que contaría con la aprobación de madame. Ignoraba si se reunía con ella para tratar de los diseños; de hecho, cuando me convocaban para informar sobre mis progresos estaba siempre sola.

Mister O'Connor y yo nos escribíamos, aunque solo eran unas pequeñas notas. Como él no hacía ningún comentario privado, yo tampoco le escribía nada sobre mí. Me habría gustado volver a reunirme con él, pero en ese sentido no hubo ningún cambio.

Aunque me apenaba un poco, intenté convencerme de que era lo mejor. A fin de cuentas, me había comprometido a no casarme en diez años. ¿Por qué entonces perseguir un sueño que no se haría realidad? Además, ¿quién decía que mister O'Connor estuviera interesado en conocerme? Él no me había dado a entender nada en ese sentido, y lo que yo pudiera desear carecía de importancia para él.

Con todo, cuando el domingo fui a Herald Square a mirar los escaparates, deseé encontrarme con él. Me imaginé pequeñas situaciones en las que coincidíamos casualmente, nos reconocíamos y nos íbamos juntos a una bonita cafetería.

Aunque nada de eso ocurrió, absorbí todo tipo de impresiones: los expositores, el aspecto pulcro de las chicas detrás de los mostradores, la arquitectura. Al principio, me había parecido inusual que muchas tiendas abrieran también los domingos, pero me acostumbré a ello. Me permitía entrar en los grandes almacenes y echar un buen vistazo a todo. Muchos de esos establecimientos estaban decorados de forma elegante y profusa. Mientras que algunos eran muy simples y distinguidos, en otros los colores parecían estallar. Al parecer, madame Rubinstein no era la única mujer de negocios a la que le gustaba el lujo exótico. Nuestros competidores también presentaban sus productos en recipientes opulentos y con nombres rotundos, por no hablar de la decoración de sus expositores.

Al regresar a casa, le conté a Kate mis observaciones y decidimos que un día iríamos juntas a la ciudad a comprar un vestido nuevo o un perfume.

Escribía cartas a Henny sobre lo que veía, aunque sabía que aquello no causaría un gran asombro en París, porque ahí ya había grandes boutiques y salones de belleza.

El otoño fue transcurriendo con lentitud y dio paso al invierno. Entonces Nueva York se volvió realmente desapacible. A menudo los rascacielos desaparecían bajo capas espesas de niebla. El viento cortante arrastraba cristales de hielo por las calles. En los parques los árboles estaban desnudos y al anochecer su aspecto era inquietante.

El frío húmedo se deslizaba rápidamente por debajo de mi ropa, así que no tuve más remedio que comprarme un abrigo nuevo. Aunque recibía mi sueldo puntualmente al final de cada semana, yo ahorraba pues no había olvidado las privaciones de Berlín, y, sobre todo, de París.

Consciente de que el correo tardaría en llegar, escribí las tarjetas de Navidad antes del primer día de adviento: por supuesto para Henny, pero también para madame Roussel y Genevieve. No estaba segura de que fueran a contestarme, pero me reconfortaba pensar en ellas.

Ray y yo hacíamos grandes progresos. Ya teníamos la primera crema y una loción listas para someterse a pruebas. Como aún no contábamos con los envases, las guardábamos en frascos farmacéuticos de color marrón para que la luz no las dañara. Ahora era preciso trabajar en las fórmulas del polvo de tocador y del agua facial. Madame tenía unas expectativas, pero al elaborar los productos nos habíamos dado cuenta de que no todo se podía realizar tan fácilmente como ella creía.

La producción se aceleró al acercarse el día de Acción de Gracias, una festividad completamente nueva para mí y para nada comparable a nuestra fiesta de la cosecha. Me contaron que en esa época del año mucha gente acudía en masa a las tiendas para comprar regalos de Navidad, pues era costumbre ofrecer grandes descuentos. Además, madame había conseguido que una nueva cadena de grandes almacenes se interesara por sus productos. Las cremas y frascos se presentaban en bonitos envoltorios e incluso yo me sentí tentada de comprar una caja.

Lo más agradable del día festivo que estaba por venir fue una invitación de mister Parker para ir a comer pavo.

—En Acción de Gracias agradecemos todo lo que hemos obtenido este año —explicó—. Invitamos a vecinos y amigos. Así que me gustaría mucho que usted también viniera. ¡El pavo que hace Kate es estupendo! Y además así podrá conocer a un par de vecinos del barrio.

—Gracias, mister Parker, estaré encantada de asistir —respondí, deseosa de conocer a sus amistades. Al menos aquel día no lo pasaría sola.

En la empresa todo el mundo trabajaba hasta el borde de la extenuación, aunque justo antes de los días de descanso la tensión remitió un poco, e incluso el día previo a Acción de Gracias miss Clayton me deseó un buen día. Era como una pequeña celebración de Navidad.

Al principio no se me había ocurrido, pero entonces, volviendo a casa desde el metro, caí en la cuenta de que ese año no tendría a nadie con quien celebrar la Navidad. Para asegurarme de que todo llegara a tiempo, hacía unos días que ya le había enviado a Henny una tarjeta navideña y una carta extensa; esperaba fervientemente recibir al menos un pequeño mensaje de su parte. Sin embargo, últimamente, la frecuencia de sus cartas era cada vez más irregular. Seguramente ella también estaba muy ocupada con el teatro y Jouelle.

Me sentí apesadumbrada. Aunque estaba acostumbrada a estar sola, tomé conciencia de hasta qué punto lo estaba a pesar de mi trato diario con otras personas.

Al doblar la calle, me quedé parada. Aparcado encima de la acera había un coche que me resultaba familiar.

Me acerqué lentamente. Recordé las historias de Ray sobre gánsteres aguardando en ese tipo de coches dispuestos a disparar o secuestrar a cualquier víctima inocente. Pero, aunque con su traje y abrigo negros su apariencia se ajustaba a la descripción de los héroes de las novelas de Ray, quien se apeó no era un gánster.

—¡Mister O'Connor! —exclamé con sorpresa—. ¿Qué hace usted aquí? ¿De dónde ha sacado mi dirección?

—Quería saber cómo estaba. Hace tiempo que no tengo noticias suyas —respondió con una sonrisa—. En cuanto a su dirección, he preguntado a la secretaria de madame. No hay nada malo en preguntar dónde localizar a una mujer con quien se trabaja.

Mientras lo miraba, el corazón empezó a latirme con fuerza. Ya había abandonado la idea de volver a verlo. Me había enviado muestras de su trabajo, y yo siempre le había respondido educadamente. Sin embargo, no nos habíamos visto ni hablado desde aquella excursión a Macy's. La alegría que sentía me confundió. De nuevo, mi mirada quedó pendida en sus ojos. Habría sido capaz de contemplarlos durante horas.

—¿Y bien? ¿Tiene usted algún plan para esta noche?

—Acabo de llegar del trabajo, así que... —Me interrumpí—. Supongo que comeré algo y luego me acostaré.

—Esa sería una posibilidad —dijo—. Pero también podría subir a mi coche y venir conmigo a la ciudad.

—¿A dónde?

—A cualquier sitio. Conozco un local en cuya trastienda es posible hacerse con algo para levantar el ánimo o ahogar las penas. Todo depende de lo que necesite.

Adiviné lo que quería decir. La prohibición total del consumo de alcohol era un tema recurrente. Las mujeres se quejaban a menudo de que ni siquiera tenían permitido beber vino, aunque quisieran hacerlo de forma legal.

—Así pues, ¿pretende usted que hoy me arresten?

—Si nos arrestan, que sea juntos. ¿Qué le parece?

—No sé —dije—. Seguro que eso sería una inmoralidad.

Dirigí la vista hacia la ventana de mister Parker, que estaba muy iluminada. ¿Qué pensarían Kate o él en caso de vernos?

—Desde luego, una gran inmoralidad —respondió mister O'Connor—. Pero también sería divertido, ¿no? ¿Se ha permitido algún capricho desde la última vez que nos vimos?

Podría haber mentido y decirle que sí, pero sin duda habría visto el engaño en mis ojos. Mi única «diversión» era ver escaparates los domingos, algo que me llevaba mentalmente al trabajo.

—Tengo mucho que hacer.

—Eso no debería impedirle relajarse un poco. Así pues, ¿vamos? —Me miró fijamente—. Si quiere, incluso podemos hablar de trabajo.

—Creo que encontraremos temas mejores —respondí con una sonrisa. El cosquilleo en el estómago iba en aumento. Temí incluso despertarme de repente de un sueño y descubrir que me había quedado dormida en el metro—. Pero antes debería cambiarme y asearme un poco.

—De acuerdo, esperaré aquí —dijo—. ¡Pero no me deje plantado!

—No se preocupe.

Me encaminé hacia la puerta principal. Al hacerlo, sentí su mirada clavada en mi espalda, también incluso cuando ya había desaparecido por la entrada.

Al llegar a mi habitación el pánico se apoderó de mí. ¡Mister O'Connor me estaba invitando a salir! ¡De repente! Me habría gustado que me hubiera llamado, o me hubiera hecho llegar un mensaje. Tal como habían ido las cosas, me había cogido por sorpresa. Ninguna de las situaciones que había imaginado en los últimos meses guardaba similitud con ese encuentro repentino, más cuando en mis fantasías yo siempre reaccionaba con un gran dominio de la situación.

En cambio, me agitaba como una hoja y estaba nerviosa como una colegiala.

Inspiré profundamente e intenté calmarme. No nos habíamos visto en tres meses. No tenía importancia. Probablemente madame le había felicitado por sus diseños y quería hablarme de ello.

Me acerqué a la ventana y miré por las celosías. Allí estaba, apoyado tranquilamente en su coche. De vez en cuando, la punta de su cigarrillo se iluminaba.

¿Qué hacer? ¿Dejarlo ahí plantado? Eso no era posible. Pero ¿cómo evitar hacer el ridículo con él? Me aparté de la ventana y fui ante el armario. De hecho, no tenía ropa de noche; mi vida transcurría sobre todo en la fábrica Rubinstein y, por lo tanto, solo tenía conjuntos con los que también podía ir a la central de la empresa. Por bonitos que fueran, no eran adecuados para una cita.

La única prenda de vestir que servía era el vestido verde que había llevado al cumplir los dieciocho años. Aunque era algo fino para esa época del año, con un abrigo encima bastaría. Por lo menos tenía zapatos nuevos de tacón alto, que había adquirido en mi salida de compras. Consideré por un momento ponerme la cadenita de oro que me había regalado mi madre. Tenía ya la mano en el tirador de la cómoda donde la guardaba, pero al final la retiré. Esa noche mi pasado no iba a acompañarme.

Me cambié y, al poco rato, aparecí de nuevo abajo.

—¡Ah! ¡Aquí está! —Me saludó mister O'Connor en cuanto asomé por la puerta. Parecía tener un poco de frío—. Creí que había cambiado de opinión.

—Supongo que entonces no estaría aquí. —Señalé el coche—. Podría haber esperado ahí sentado, así ahora no tendría tanto frío.

—No tengo frío —respondió—. Pero me he quedado sin tabaco y me temo que necesito repostar con urgencia.

—En tal caso, será mejor que no permanezcamos aquí por más tiempo.

Mister O'Connor asintió y fue a la portezuela del acompañante. La abrió con un gesto galante y, cuando tomé asiento, fue a ocupar el puesto del conductor.

Mi cuerpo se acomodó en aquel asiento mullido. Cuando había montado con él por primera vez no me había dado cuenta, pero en esa ocasión noté cómo el motor cobraba vida con un zumbido y el vehículo me conducía hacia la noche.

34

Oímos la música en cuanto apagamos el coche. Los ritmos eran similares a los que ya había oído en el teatro Nelson, si bien aquí sonaban más roncos y originales. Aunque seguramente su fuente se hallaba lejos, el son atravesaba finamente el aire frío y húmedo de la noche.

El brillo de las luces que enmarcaban el edificio inundaba la calle, aún resplandeciente a causa del último chaparrón. Aunque en Berlín de noche había mucha gente yendo y viniendo, la vida nocturna aquí parecía mucho más animada. Reparé en que aún no había llegado a conocer de verdad la ciudad donde vivía. De hecho, no me había permitido ninguna diversión. Sin duda, el espíritu de mi padre todavía no me había abandonado: el deber siempre por encima de todas las cosas.

—Bueno, ¿qué me dice? —preguntó mister O'Connor—. Magnífico, ¿no?

—Desde luego —admití disimulando un estremecimiento. La ropa que llevaba apenas me abrigaba. Pero no estaba dispuesta a quejarme. Lo que veía lo compensaba con creces.

Había más coches deteniéndose y gente apeándose. Las mujeres soltaban alegres carcajadas, y por un momento aquello me devolvió a las noches del teatro Nelson. Ahora iba a ser yo quien dejara el abrigo en el guardarropa. Me sentaría en la sala, escucharía la música y bailaría. Aquel pensamiento me entusiasmó.

De pronto me sentí como si hubiera bebido demasiada soda y dentro de mí las burbujas me cosquillearan en el estómago. En ese momento supe que aquello era la diversión. Yo siempre había conocido el deber y el trabajo, y, por supuesto, la alegría, pero nunca me había permitido de verdad pasarlo bien.

—¿Este es el local donde se practican arrestos? —pregunté sorprendiéndome de la gran sonrisa que se dibujaba mi rostro.

—No, si estás de suerte. El propietario tiene suficientes contactos con la mafia para que la policía eluda este establecimiento.

—¿Acaso amenazan a los agentes?

—Se podría decir que les complementan un poco el sueldo.

—¿Los sobornan?

Mister O'Connor se llevó el índice a los labios.

—No lo diga muy alto. Todo el mundo lo sabe, pero nadie habla de ello a no ser que quiera mirar a través de un subfusil Thompson.

—¡Está usted exagerando!

—En absoluto. —Levantó las manos a la defensiva.

—¿Y usted frecuenta locales como este?

—Todo el mundo lo hace. La mafia no tiene nada en contra del público. Aquí usted no corre peligro. Solo es un poco de emoción. La gente pasa una gran velada. Y después se sienten felices.

O'Connor me ofreció el brazo con gesto galante.

—Será mejor que entremos. Aquí fuera nos perdemos la mitad de la diversión.

Asentí y me cogí de su brazo.

Sin embargo, para mi gran asombro, no me llevó hacia ese templo de la luz.

—¿Adónde vamos? —pregunté, pero no me respondió. Me sacó del círculo de luz y se sumergió conmigo en una bocacalle.

—Está usted a punto de conocer la Nueva York canalla —dijo susurrando—. Puede que veamos chicos duros de verdad.

Yo no tenía ningunas ganas de ver «chicos duros». Me bastaban las historias truculentas sobre guerras entre bandas que las mujeres explicaban en el vestuario. Aquel anuncio de O'Connor, a menos que fuera una broma suya, me asustó.

Nos detuvimos ante una casa cuya apariencia exterior no era la de un bar. Una escalera conducía al sótano, que tenía una entrada independiente. A primera vista, el edificio parecía la residencia de un hombre rico que podía permitirse disponer de una planta propia para el servicio.

El portero, un hombre de un metro ochenta de altura y ancho como un armario, saludó a O'Connor con la cabeza como si lo conociera. A mí me guiñó un ojo con una sonrisa.

—Ese es Neil —explicó O'Connor en cuanto lo hubimos pasado—. Un gran tipo, pero, cuando todo se sale de madre, arroja a la gente a la calle sin contemplaciones lanzándolos por el aire.

—¿De verdad? —Pensé en los hombres encargados del orden en el teatro de herr Nelson. Aunque también eran muy fuertes, no eran torres como ese Neil.

—Lo he visto con mis propios ojos.

Atravesamos un pasillo largo y oscuro hasta el guardarropa, donde nos esperaba una mujer vestida con un uniforme oscuro. Tenía el pelo negro como el carbón y su piel refulgía en un tono dorado. Nos habló con un acento que no reconocí, sí en cambio el apremio de su mirada al recoger los abrigos de los invitados.

—Buenas noches, Consuelo. ¿Qué tal está hoy?

—Bien, mister O'Connor —respondió ella—. ¿Y usted?

—¡De fábula! —Le pasó a la mujer unos billetes de dólar—. Aquí tiene. Y no le diga nada a Pete de esto, ¿de acuerdo?

La mujer lo miró atónita.

—Gracias —contestó, metiéndose los billetes en el bolsillo—. Pero no hacía falta.

—Siempre hace falta —repuso él y luego me llevó consigo.

—Eso ha sido muy generoso —dije en cuanto salimos del guardarropa.

—Tiene usted suerte de ser blanca —respondió O'Connor.

—¿Por qué? —pregunté.

—Porque eso le pone las cosas más fáciles que a otros inmigrantes.

Miró un momento a su alrededor y me hizo un gesto para que lo acompañara.

La iluminación en el salón del público apenas permitía distinguir los detalles. Había unas mesitas dispuestas a los lados. Con la luz de las velas era difícil ver a las personas sentadas en ellas. Sus caras eran imprecisas, algo que quizá también se debía al humo de los cigarrillos flotando en el aire. De vez en cuando, asomaba el destello de un alfiler de corbata o una joya.

Nos dirigimos hacia una estructura que a primera vista parecía una fuente, pero que en realidad era una pirámide de copas de champán. Al estar iluminada desde abajo en esa penumbra recordaba una de las piedras preciosas de madame.

—Sírvase usted misma. La casa invita —dijo O'Connor tomando una de las copas. Me serví una no sin cierta vacilación.

Nos sentamos en una de las mesas. Dentro de un cuenco de cristal una vela parpadeaba, proyectando un resplandor tenue sobre el rostro de mister O'Connor.

Aunque no sabía por qué, su alegría inicial parecía haberle abandonado.

—¿Va todo bien? —pregunté.

—Sí. Sí, por supuesto —dijo—. Discúlpeme, pero cada vez que veo a la chica del guardarropa me pongo a pensar.

—¿Por qué? —pregunté—. ¿Es alguien próximo para usted?

O'Connor bajó la cabeza.

—Consuelo es realmente una mujer encantadora. La conozco desde hace tiempo porque al menos vengo aquí una vez a la semana. Es de Puerto Rico. Haber conseguido un trabajo en el guardarropa ya es una gran cosa, pero no basta para alimentar a su familia, sus padres, hermanas y hermanos que están en su país de origen.

—¿Por qué no vinieron con ella?

—Porque ya es bastante difícil para uno solo y, sobre todo, porque es muy caro. Consuelo quería ayudarlos económicamente. Ha recorrido todo el país y ha acabado aquí. Pero una mujer sin una formación especial no tiene muchas oportunidades. Usted ha tenido más suerte. Aquí hay alemanes que han conseguido hacer carrera. Simplemente porque son blancos.

Me acordé de lo que madame Rubinstein me había contado sobre la ley de inmigración.

—Pero no se amargue por ello. Solo se lo cuento para que sea consciente del enorme privilegio del que disfruta usted.

—Soy muy consciente de ello —contesté con el corazón encogido, deseando poder confesarle que había conocido la pobreza.

O'Connor sacudió la cabeza y volvió a sonreír.

—Lo siento, yo... A veces me siento abrumado. También procedo de una familia humilde y me resulta difícil creer la suerte que he tenido.

La música aumentó de volumen y terminó con un redoble. Por unos instantes se hizo el silencio. Apareció una camarera y nos preguntó qué queríamos tomar.

—Un Manhattan —respondió O'Connor, y luego me miró. Me encogí de hombros sin saber qué pedir; de hecho, aún no había probado ni el champán.

—Lo mismo para mí —dije al fin.

La camarera asintió y se marchó. Entretanto, sin que me diera cuenta, en el escenario había aparecido un hombre para anunciar una cantante.

—Buena elección —comentó O'Connor con una sonrisa ligeramente divertida—. ¿Es consciente de que con ello estará usted cometiendo un delito?

—¿Por qué?

—Oficialmente, aquí solo se sirven bebidas sin alcohol, lo que se conoce como *mocktails* o *virgins*. Pero lo que están a punto de servirle no es precisamente un cóctel sin alcohol.

—¿Acaso el champán ya no lleva? —pregunté arqueando las cejas.

Mister O'Connor se echó a reír.

—¡En eso tiene usted toda la razón!

—¿Por qué está prohibido el alcohol? —pregunté, mientras tomaba un sorbo de mi copa de champán.

—No creo que nadie en su sano juicio sea capaz de explicárselo. El gobierno cree que de este modo podrá luchar contra la delincuencia y la inmoralidad. Pero, créame, eso no funcionará. También los delincuentes sobrios cometen fechorías. Por otra parte, en este país hay más destilerías ilegales que comisarías.

Se produjo una pausa. Volví la mirada hacia la cantante, que había salido al escenario con un taburete alto y se había sentado en él. ¿Qué cantaría? En cualquier caso, su figura embutida en un exquisito vestido de encaje negro era tan elegante que me sentí como una colegiala con uniforme. Su pelo rubio claro lucía un corte estilo bob y tenía los ojos muy maquillados, lo cual le confería una imagen de mujer fatal.

—Cuénteme algo de su familia —dije mientras la cantante iniciaba una canción tierna y melancólica.

—¿De verdad? —preguntó.

—Sí, me interesa.

Por un momento clavó su mirada en la mía. Luego empezó a hablar:

—Teníamos una granja en Montana. En sí, un buen lugar para vivir. Pero la tierra no valía gran cosa. Mi abuelo, tras huir de la hambruna de Irlanda, había querido ir a buscar oro. Como tantos otros, se marchó a Virginia City y, en efecto, encontró oro, y también a un astuto vendedor de tierras. Cuando dar con el oro empezó a ser más difícil, mi abuelo tuvo la idea de montar una granja. Invirtió una buena parte de sus ahorros en unas tierras que apenas producían. Y ahí empezaron las penurias de la familia O'Connor.

—¿De verdad iba tan mal?

—Peor —respondió—. La mayor parte de las veces, las cosechas no bastaban para alimentar a la familia. Mi abuela se puso a trabajar de costurera. Y mi abuelo, en lugar de sacar algo de aquellas tierras de cultivo secas, se dio al alcohol. En aquellos tiempos aún se podía empinar el codo. Empezó a pegar a su mujer y a su hijo, convencido encima de que estaba haciendo la Obra del Señor. Pero Dios no parecía estar de acuerdo, porque su situación no mejoró. Uno podría pensar que mi padre habría intentado hacer las cosas de otro modo, pero fue igual. Me alegré de poder salir de allí. Me habría gustado traerme a mi madre a la ciudad, pero no hubo ocasión. Murió hace dos años.

—¿Y su padre?

—Debe de estar en la granja renegando, qué sé yo. Ya no tenemos contacto. Pero si hubiera fallecido, me habrían avisado.

Se quedó callado un rato con los ojos clavados en la cantante, que entonaba las últimas notas con la cabeza levantada hacia el cielo. Desde las mesas se elevó un aplauso, luego ella se inclinó y se retiró.

—¿Y qué hay de usted? —preguntó—. Que pudiera estudiar en la universidad sugiere que no viene de una familia de pocos recursos. A menos que Alemania sea un país maravilloso repleto de oportunidades.

—Si así fuera, no estaría aquí —dije—. Se suponía que iba a heredar el negocio de mi padre y, como ellos no tuvieron más hijos, pude estudiar. —Aunque a esas alturas tenía la sensación de estar contando la historia de otra mujer, el recuerdo me dolió—. La química es mi vida. Los cosméticos. Empecé con ello muy pronto. Nunca soñé con llegar aquí algún día. En mi vida todo parecía estar muy claro. Y entonces... —Dudé. ¿Debía contarle mi aventura con Georg? ¿Hablarle del hijo que había perdido? ¿Qué imagen daría de mí?—. Entonces discutí con mis padres.

—¿Por qué?

Sacudí la cabeza.

—Un desacuerdo... sobre cómo vivir mi vida. —Con eso me quedaba muy corta, pero no quería delatarme—. Me echaron de casa y fui a vivir con una amiga.

—¿La bailarina?

Al parecer recordaba lo que le había contado la vez anterior.

—Me acogió en su casa y, cuando recibió la oferta de ir a París, la acompañé. Sin embargo, allí yo no encontraba trabajo. Vivíamos en una pensión por la que cada noche pasaba el carro de letrinas. —Solté una risa amarga—. Mis padres no han vuelto a contactar conmigo desde que me marché, ni han respondido tampoco a mis cartas.

Me interrumpí. No quería seguir adelante con mi historia.

Mister O'Connor se me quedó mirando y por un momento me sentí tentada a huir al baño; sin embargo, me quedé sentada con los ojos clavados en la mesa. El recuerdo de mi embarazo y del momento en que supe de la muerte de mi hijo me pesaban tanto que era incapaz de sostener su mirada.

—No son temas muy entretenidos, ¿verdad? —preguntó finalmente.

Negué con la cabeza.

—Gracias —dijo mister O'Connor al cabo de unos instantes de silencio.

—¿Por qué? —pregunté. Aquellos recuerdos se desvanecían con dificultad, pero me pareció entonces que los tenía bajo control.

—Por permitir que la conozca un poco mejor.

Antes de que pudiera contestar, apareció la camarera con nuestras bebidas. El líquido mostraba reflejos de color rojo anaranjado en las copas con forma de cáliz.

—Cheers! —brindó—. Espero que no se arrepienta de haberme hecho caso con la bebida.

—¿Y eso? —pregunté tomando un sorbo. El sabor me estalló en la lengua como si fuera un explosivo para luego quemarme por dentro.

Me quedé quieta.

—¿Es demasiado fuerte? Jake, el barman, tiende a ser demasiado solícito.

—No, no —dije rápidamente conteniendo una tos—. Está fabuloso. Es solo que no estoy acostumbrada a tomar alcohol.

—Y en cambio lo maneja a diario.

—Ese alcohol no se puede beber —respondí tomando otro sorbo. La bebida, además de arder en la boca, tenía un sabor dulce y algo afrutado, aunque yo no sabía reconocer de qué sabor se trataba. Al momento, sentí un hormigueo en las mejillas.

Mister O'Connor me miró durante un rato y luego preguntó:

—¿Y bien? ¿Qué se siente al estar fuera de la ley?

—Pues no está mal. Por lo menos hasta ahora.

—Solo puede ir a mejor —dijo, y, tras contemplar un momento su copa, añadió—: Me alegro de que madame Rubinstein nos pusiera en contacto.

—¿Así que las cosas también le van bien? —pregunté, sin caer en la cuenta de que sus palabras podían tener otro significado—. ¿Ya le ha comentado algo sobre sus diseños?

—Sí, desde luego. Madame está satisfecha. Sigue queriendo cambios, cómo no, pero de momento las perspectivas son buenas. Dijo que mi sentido artístico era refrescante.

—Eso parece un elogio.

—Y, sobre todo, dijo que era bueno que no hubiera elegido el rosa de «esa mujer».

—¿Se refería a miss Arden?

O'Connor asintió.

—Usted me libró de cometer una estupidez enorme. Aunque al principio no quise admitirlo.

Sonreí.

—Me alegro.

De repente se me hizo un nudo en la garganta. Su mirada estremecía, y estar tan cerca de él era lo que había estado deseando en secreto. Me costaba creer que aquello se hubiera hecho realidad.

—¿Me permite hacerle una sugerencia? —preguntó.

—¿De qué se trata?

—Llámeme Darren.

—¿Darren?

Asintió.

—Ese es mi nombre. Darren.

En la reunión con madame Rubinstein había oído su nombre de pila. Me sorprendió que me permitiera llamarlo así, y aquello hizo que mi corazón palpitara aún con más fuerza.

—Me parece —siguió diciendo— que, como buenos compañeros de trabajo, es apropiado que me llame por mi nombre de pila. Seguro que a las chicas de la fábrica usted también las llama por su nombre de pila, ¿no?

—Sí, eso hago.

—¿Y a los otros químicos?

—A ellos también, sí. —Aunque nunca iría a un bar clandestino con Harry y John.

—En ese caso, también a mí puede llamarme Darren. Siempre que a usted le parezca bien.

Vacilé. Mi relación con él era diferente que con las chicas de la fábrica y los químicos. Y distinta también de la que tenía con Ray y Kate. Sin embargo, contesté:

—Por supuesto. Por favor, llámeme Sophia.

La noche pasó volando. Solo al final, cuando anunciaron que era hora de cerrar, reparé en que apenas quedaba nadie en la sala. Sentí un cierto pánico al percatarme de que eran más de las tres de la madrugada, pero caí en la cuenta de que al día siguiente no tenía que ir a trabajar. Henny solo se quedaba hasta tan tarde si la invitaban después de su actuación.

Darren recogió nuestros abrigos y poco después fuimos hacia su coche. Me abrió la puerta con un gesto galante. Al hacerlo, se acercó tanto a mí que nuestras caras casi se rozaron. Su mirada buscó mis ojos y en ellos vi claramente el deseo.

—No puedo —murmuré. Notaba que él quería besarme, pero eso era exactamente lo que temía.

—¿Qué es lo que no puede hacer? —preguntó. Le noté la excitación en la voz. Con Georg eso me hacía perder la cabeza, pero no estaba dispuesta a que mi vida descarrilara de nuevo.

—Esto. No estoy..., no estoy preparada para algo así. Lo siento.

Darren se apartó.

—De acuerdo —repuso un poco decepcionado—. Quiero decir, no tenía ninguna intención inmoral, si es lo que estaba usted pensando.

—Quería besarme, ¿verdad?

—Sí —admitió—. Pero si no lo desea...

No sabía si lo deseaba. La última vez que me había dejado ir con un hombre, me había metido en problemas muy graves, y, aunque él no me era en absoluto indiferente, no podía olvidarlo.

—Darren, yo... Es complicado —comencé a decir—. No puedo explicarle por qué, pero...

—¿Hay otra persona?

Negué con la cabeza.

—No tengo a nadie. Y tampoco estoy segura de...

Me mordí los labios.

La decepción en sus ojos había ido en aumento. Sin embargo, asintió.

—Está bien. Yo... Apenas nos conocemos.

—Así es. —Algo incómoda, me dediqué a pellizcar la tela de mi abrigo.

—Bueno, creo que deberíamos marcharnos —dijo al fin.

Nos montamos en su coche, que él condujo por la noche en silencio. Yo no dejaba de mirarlo, pero su perfil se mantenía extrañamente inalterable. ¿Acaso solo había aparecido para seducirme? ¿Por qué? La última vez habíamos estado mirando escaparates. A pesar de mis fantasías, él nunca había dado pie a nada en ese sentido.

Cuando llegamos a mi casa, me volví hacia él.

—Muchas gracias por esta velada tan fantástica. Me lo he pasado muy bien con usted.

—¿De verdad? —preguntó sin acabar de creérselo.

—Sí —corroboré—. Ha sido muy agradable, y me gustaría volver a verle.

Él no contestó y me pregunté si realmente un beso suyo habría sido tan malo. Solo habría sido un beso, sin más compromiso. Sin embargo, en mi interior había un muro infranqueable.

—Buenas noches, miss Krohn —dijo Darren por fin. La sonrisa que esbozó parecía forzada.

—Buenas noches —respondí y me apeé.

Darren se marchó con su coche. Viéndolo partir tuve la sensación de haber cometido un error.

35

El año 1928 comenzó con fuegos artificiales y un cóctel hecho por mister Parker para el que utilizó un botellín de alcohol ilegal que un pariente suyo le había regalado. Mientras contemplaba el cielo deseé no estar sola el año siguiente. Y que Darren tal vez me perdonara.

Al poco, el trabajo empezó de nuevo y me alegré de escapar de mis cuatro paredes y, por tanto, también de mis pensamientos.

En cuanto entré en el vestuario, me vi rodeada por las voces de las mujeres. Hablaban de las fiestas de Navidad, de las expectativas de sus padres, de las peleas entre familiares. Me sentía fuera de sitio porque no podía aportar gran cosa, aunque me reconfortaba comprobar que no en todas las familias reinaba la armonía.

Ray me contó que su hermano había traído a casa una nueva novia.

—Una *flapper* rubia —comentó—. Al menos así es como la llamó mi madre. No sé de dónde ha sacado esa palabra.

—¿Una *flapper*? —pregunté.

—Es una de esas que solo tienen en la cabeza los salones de baile, llevan faldas por encima de las rodillas y el pelo corto. —Me sonrió—. No es tan recatada como tú. Deberías haber visto la cara de mis padres. Pero, por suerte, eso les distrajo de pedirme sin cesar que me echara marido porque trabajar no es propio de una señorita.

—¿Acaso tienes la intención de buscar marido? —pregunté. Soltó una carcajada.

—¡Por supuesto! Pero para eso primero debería salir de la fábrica, ¿no?

—Pero los domingos tienes tiempo para echar un vistazo —respondí—. Pensaba que buscabas un millonario.

—Los domingos tengo que ir a la iglesia. Y ayudar a mi madre. No me queda mucho tiempo para hombres. Pero, bueno, apenas acabo de cumplir diecinueve años.

—Eres prácticamente una solterona —me burlé.

—¡Mira quién habla!

Oculté con una sonrisa lo mucho que me había afectado ese comentario. De todos modos, ella no sabía lo que me había ocurrido.

A principios de febrero, ya me había resignado a no volver a saber nada de Darren. Dejé de recibir bocetos y mensajes. Me dije que tal vez había terminado su trabajo con madame.

Una carta de Henny me iluminó un poco esos días. En ella se disculpaba por no haber escrito por Navidades y me comunicaba que ya era miembro fijo y permanente del Folies Bergère. Además, iba a actuar en una nueva revista. Aquel era un gran triunfo y a Henny no le importaba admitir que monsieur Jouelle había tenido algo que ver. Me alegré por ella. Había logrado su objetivo.

Cuando la nieve, que había asediado Nueva York por un tiempo, se derritió, madame Rubinstein anunció su visita. El mes de marzo de 1928 trajo los primeros y cálidos rayos de sol; sin embargo, con ese anuncio tuve la sensación de que se avecinaba una tormenta.

Madame apareció acompañada de su sobrina Mala, que había empezado a trabajar recientemente para ella y que era como una versión más joven de su tía. ¿Qué podía significar aquello?

Al cabo de un rato todos los miembros del personal fuimos convocados a la sala común: las mujeres con sus ropas blancas y los gorros; junto a ellas, nosotros, los químicos, con nuestras batas de laboratorio sobre la ropa de calle. Más atrás, el personal de envasado y los transportistas.

En el aire reinaba una energía extraña. Miré a Ray, que se mordía nerviosa el labio inferior. Miss Clayton también parecía tensa.

Ray había oído decir que madame Rubinstein y mister Titus volvían a estar a la greña. Se rumoreaba incluso que él quería separarse de ella porque se había enamorado de otra persona.

¿Había venido a descargar su rabia contra nosotros?

—¡Quiero que redoblen aún más los esfuerzos! —comenzó a decir madame tras un breve saludo. Sus pendientes de perlas se balanceaban salvajemente—. Nuestra competencia nunca descansa, y amenaza con superarnos. En unos días Arden lanzará una nueva gama de productos para el cuidado de la piel. ¡Esto es un ataque contra nosotros!

Desvió la mirada hacia mí. Instintivamente, agaché la cabeza. Al parecer, no le parecía bien que necesitara tanto tiempo. También los demás me miraron fijamente.

—Miss Krohn, ¿en qué punto se encuentra su trabajo?

Ciertamente no eran modos de hacerme esa pregunta delante de todo el mundo.

—Hacemos progresos continuamente —respondí con toda la calma de que fui capaz—. El agua facial y el polvo de tocador necesitan aún algunos retoques, pero las cremas y las lociones están listas. Sin embargo, sería bueno hacer otra prueba para descartar incompatibilidades de los productos entre sí.

Madame Rubinstein hizo un gesto desenfadado con la mano.

—¡Empiece con las pruebas cuento antes! ¡Cueste lo que cueste! Quiero lanzar la nueva línea a lo sumo a finales de abril.

¡A finales de abril! Miré a Ray. Aquel deseo de madame significaba que íbamos a tener que seguir trabajando hasta bien entrada la noche.

Sin embargo, aquello no admitía objeciones. Noté la mirada de miss Clayton clavada en mí. Al volverme hacia ella, miró hacia otro lado.

Pero a las trabajadoras también les esperaba a un nuevo reto.

—He encargado otra máquina que las ayudará a rellenar las cremas aún más rápido —explicó madame Rubinstein—. El trabajo que hasta ahora hacen diez personas lo van a hacer cinco.

Un murmullo recorrió los presentes. Me di cuenta de que aquella máquina no era vista como una ayuda, sino como una competencia. ¿Qué impediría que madame, famosa por su disciplina de ahorro en la producción, despachara a las cinco personas superfluas?

Madame Rubinstein se explayó un poco más en cómo el trabajo duro la había llevado hasta el punto de que artistas y políticos se disputaran sus favores. ¡Ella, por supuesto, no estaba dispuesta a que una tal miss Arden destruyera todo eso!

Cuando finalmente se marchó, fue como si en todo el edificio de la fábrica se hubiera desatado una tormenta.

Por primera vez, miss Clayton parecía realmente apurada. Aunque estaba obligada a acatar las órdenes de madame Rubinstein, sabía que las trabajadoras esperaban que diera la cara por ellas. Desde el desmayo de Linda nada había cambiado. Seguramente, como nadie más había necesitado asistencia médica, no se debía de haber considerado necesario.

—¡Ya lo han oído! —dijo con voz temblorosa—. ¡Manos a la obra! —Dio unas palmadas y luego se volvió hacia mí y hacia Ray—. Esto va especialmente para ustedes.

Asentí y me giré. Ya en el laboratorio, me apoyé en la pared e inspiré profundamente.

—¡Menudo discurso! —dijo Ray con cara de estar a punto de encenderse un cigarrillo.

—Nunca había visto a madame así —respondí—. Casi parecía presa del pánico.

—No llevas mucho tiempo aquí —dijo mientras abría la ventana como si quisiera expulsar de la habitación un espíritu maligno—. En el pasado ya ha habido discursos como este. Siempre que miss Arden hace un progreso. —Se interrumpió un momento—. Nadie se explica esa rivalidad. Quiero decir, esa mujer es una de las más ricas de Nueva York. Yo me daría con un canto en los dientes por tener aunque fuera una pequeña parte de su fortuna. Y, sin embargo, no da la impresión de que el dinero la haga feliz.

—Eso parece —convine con cautela. No quería decir nada en contra de madame Rubinstein, pero a la vez tenía la sensación de que su discurso había cambiado algo en mí. Esas mujeres trabajaban duro, todas y cada una de ellas, independientemente de si me llevaba mejor o peor con ellas. Obligarlas a trabajar aún más solo porque madame Rubinstein había sucumbido a un vago temor me parecía un abuso.

Al mismo tiempo, era consciente de que no podíamos hacer más que plegarnos a sus exigencias.

—Tal como están las cosas, vamos a tener que prepararnos para adoptar el turno de noche, ¿no?

Ray suspiró profundamente.

—Sí, eso parece. Tal vez deberíamos dejar el agua facial tal y como está. Cambiarla nos llevará demasiado tiempo.

Negué con la cabeza.

—Tenemos que ofrecer calidad. Madame no nos permitiría otra cosa, a pesar de las prisas.

Ray resopló resignada y luego arqueó las cejas.

—Aquí cerca hay una tienda muy agradable que vende sándwiches. Cuando hayamos superado el horario de trabajo, iré a comprar algunos, ¿te parece bien?

36

Al empezar el mes de abril, adopté la costumbre de llegar al laboratorio siempre antes que los demás. A Ray eso la tenía asombrada, pero sabía tan bien como yo que teníamos que cumplir con el plazo fijado.

Ese lunes, el canto de los pájaros me acompañó hasta la fábrica. En la ciudad no se percibían, pero allí sus pequeñas gargantas dejaban oír sus trinos. Aquellos sonidos eran para mí como una manta acogedora que me arropaba.

Dejé vagar mi pensamiento hacia el laboratorio. Habíamos temido que madame se presentara de nuevo en la empresa, pero no había ocurrido. Durante una pausa para el almuerzo en la sala común, Clara había afirmado con vehemencia que volvía a estar de viaje.

—Últimamente lo hace a menudo —había comentado Ray cuando se lo conté.

—Tendrá sus motivos —le había respondido—. Tal vez haya problemas en París.

Había leído en una revista que miss Arden estaba planeando ampliar sus delegaciones de París. Posiblemente quería saber qué tramaba la competencia.

—Buenos días, mister Fuller, ¿cómo está usted? —saludé al guardia, que estaba sentado con aspecto cansado en su pequeña caseta.

—Miss Krohn, ¿ya está usted aquí tan temprano? —preguntó a pesar de que desde hacía días pasaba ante él siempre a la misma hora.

—Madame quiere que terminemos a finales de abril, así que debemos darnos prisa.

—Y lo que dice madame es la ley, ¿verdad?

—¡Así es! —respondí y me dirigí hacia el edificio de la fábrica. En ese momento, las máquinas aún estaban paradas. En poco tiempo, el ruido volvería a acompañarnos.

Me gustaban esos momentos previos al inicio oficial de la jornada de trabajo. Había días en que no me acababa de creer mi suerte. Ciertamente, el trabajo era extenuante, pero también resultaba gratificante. La sensación de haber vencido a Georg. ¿Qué estaría haciendo en la universidad? ¿Esa chica con la que lo había visto en el teatro Nelson seguiría siendo su amante?

Me cambié rápidamente de ropa y subí la escalera hasta el laboratorio. De pronto, tuve una extraña premonición.

Cuando abrí la puerta, grité horrorizada. A primera vista parecía que alguien había entrado ahí y lo había destrozado todo. Los frascos de color marrón donde habíamos guardado las muestras de las cremas y las lociones estaban en el suelo hechos añicos, y los líquidos y las emulsiones estaban esparcidos por todas partes.

Lo peor era que el cuaderno que contenía mis anotaciones estaba enterrado bajo un montón de cristales rotos, cremas y otros líquidos.

Por un momento fui incapaz de moverme. ¿Qué había sucedido? Era como si hubiera pasado por ahí un animal salvaje.

Finalmente, me di la vuelta. Aún faltaba algo más de una hora para que llegaran los primeros trabajadores. No había nadie más que el guardia. Tenía que informarle, de lo contrario todo el mundo pensaría que yo misma había provocado los desperfectos.

Regresé corriendo hacia mister Fuller.

—¡Llame a la policía! ¡Alguien ha entrado en la fábrica! ¡El laboratorio está destrozado!

El vigilante se me quedó mirando con sorpresa, y luego desapareció en su caseta.

Todo el cuerpo me temblaba. ¿Quién había podido hacer algo así? ¿Alguien que me tuviera celos? ¿Miss Clayton, tal vez? Pero, en ese caso, ¿por qué?

La respuesta era evidente. Solo quedaban dos semanas para el plazo fijado por madame.

—¿Está usted bien, señorita? —preguntó mister Fuller volviéndose hacia mí.

Asentí y me abracé los hombros. De pronto, sentí con más intensidad el frío primaveral.

—Iré a echar un vistazo. Tal vez encuentre algo.

—Sí, por favor —dije—. Supongo que el ladrón ya no está por allí, pero...

—Si alguien ha entrado, no ha sido durante mi turno —dijo él alisándose el uniforme y poniéndose en camino.

Lo seguí, y, con cada paso que daba, aumentaban mis sospechas respecto a Beatrice Clayton.

Caminamos por la fábrica vacía, mientras yo rogaba por que todo aquello solo fuera producto de mi imaginación. Sin embargo, en cuanto mister Fuller cruzó la puerta del laboratorio, todo seguía igual: los vasos rotos, los líquidos derramados, el cuaderno de notas arruinado.

Me eché a llorar.

—Vamos, vamos, muchacha, solo son unos frascos —intentó calmarme mister Fuller—. Seguro que la policía descubrirá al responsable de este destrozo.

Yo quería creerle, pero sabía que no había nada que hacer. Aunque descubrieran al culpable, el trabajo de los últimos meses se había echado a perder.

Media hora después, llegó la policía. El agente, un hombre rechoncho con el uniforme mal puesto, fue conducido hasta el interior de la fábrica.

—Así que esta es la fábrica Rubinstein —dijo—. Mi mujer siempre me está dando la lata con sus cremas. Le regalé una el año pasado por Navidad.

—Entonces espero que sepa usted lo que está en juego.

Al llegar al laboratorio, echó un vistazo a la sala y luego miró la puerta.

—¿Los laboratorios están cerrados con llave? —preguntó.

—No, no hay ningún motivo. —Aunque seguramente habría sido mejor.

—¿Y ha ocurrido lo mismo en otra sala? ¿Falta algo?

Miré a mister Fuller en busca de auxilio.

—No he estado en las otras salas.

—Entonces primero deberíamos echar un vistazo.

El agente se encaminó hacia ahí acompañado de nuestro vigilante. Yo me quedé frente al laboratorio. Aquel día tenía previsto someter el agua facial a unas pruebas. El olor a pepino se mezclaba con el delicado perfume a rosas de la crema. Ahora me encontraba con las manos vacías. Solo habíamos hecho una muestra por si madame quería más cambios. ¿Qué iba a hacer?

Los hombres regresaron al cabo de un rato.

—Nada —informó el policía—. Todas las demás salas parecen estar en orden. ¿Guardan efectivo en algún sitio?

—No —respondió mister Fuller—. Aquí no hay dinero, solo mercancías. Pero no parece que hayan robado nada.

Aunque esas palabras no me sorprendieron, sí me asustaron. ¿Qué estaba ocurriendo en mi laboratorio? ¿Quién tenía interés en que fracasara? La lista no era especialmente larga, ya que a la mayoría de las mujeres yo les era indiferente.

El agente empezó a examinar la estancia. Yo me recliné en la pared y deseé que Ray viniera pronto.

Pero al poco rato llegó miss Clayton.

—¿Qué está ocurriendo aquí? —preguntó. Sin duda, se había percatado de que el vigilante no estaba en su sitio y de que había un coche patrulla delante de la puerta.

Su expresión fue de gran asombro cuando le contamos lo que me había encontrado al llegar. Sin embargo, percibí también una frialdad que me hizo dudar de que el incidente la cogiera por sorpresa.

—Creo que deberían contratar a alguien de mantenimiento más mañoso —concluyó al fin el agente señalando una tabla de madera que colgaba torcida en la pared—. Me parece que esto es su ladrón.

Sacudí la cabeza desconcertada. Aquella tabla siempre había sido estable.

—Las estanterías no estaban demasiado llenas —objeté—. Miss Bellows puede corroborarlo. Alguien ha debido de sabotearla.

Me fijé en que al agente de policía le daba igual si alguien había aflojado o no la tabla.

—Dígame, en su opinión, ¿quién podría haber hecho esto?

—No lo sé —repuse—. ¡Usted es el policía!

El hombre frunció los labios. Miss Clayton dio unas palmaditas.

—Bien, ya nos encargaremos de arreglar esto de forma interna. Muchas gracias por venir, agente. Si encontramos algo más, nos pondremos en contacto con ustedes.

—Por supuesto. Pueden presentar la denuncia en comisaría en cualquier momento.

El policía, visiblemente aliviado, abandonó el laboratorio.

—Miss Krohn, por favor, acompáñeme —dijo miss Clayton.

Asentí y la seguí hasta su despacho.

—¡Cierre la puerta!

Mientras obedecía a su petición, me pregunté qué seguiría a continuación.

—Así pues, usted está convencida de que ha habido un allanamiento —dijo dirigiéndose hacia su escritorio—. ¿A qué hora salió del laboratorio el sábado?

—Hacia las ocho de la tarde —respondí—. Como siempre en los últimos días.

—¿Y no notó nada?

—La estantería era estable. Era donde guardábamos las muestras terminadas y algunos ingredientes para así tenerlos a mano. Estoy segura de que alguien vino a la empresa el domingo y aflojó la estantería.

—Así pues, ¿descarta por completo que podría haberse tratado de un accidente?

Vacilé porque intuí que estaba tramando algo.

—Una estantería no se cae sin más, y menos aún si está fijada a la pared. —Hice una pausa—. ¿Y si alguien de la empresa la tiene tomada con madame?

—¿Por qué entonces se limitaría a actuar en su laboratorio?

De pronto tuve la sensación de que cada palabra que dijera me podría acarrear problemas.

—No tengo ni idea. Puede que alguien no quiera que salgan los nuevos productos.

Miss Clayton seguía mirándome muy fijamente.

—Bueno, de vez en cuando hay gente que quiere tapar sus fracasos —dijo—. Por ejemplo, si no ha terminado algo a tiempo, o si sabe que ha cometido algún error.

Me quedé boquiabierta. ¡Una acusación como esa, aunque no estuviera dirigida directamente a mí, era muy ofensiva!

—No creerá usted que yo manipulé la estantería, ¿verdad?

Miss Clayton me miraba con los ojos entrecerrados.

—Usted siempre ha dicho que la nueva gama de productos para el cuidado de la piel avanzaba bien. ¿Y si no era así?

Sentí una opresión en el diafragma, como si alguien se hubiera sentado sobre mi pecho.

—¡Eso no es cierto! —exclamé—. ¿Por qué iba yo a sabotear mi propio producto?

Estuve a punto de decirle que era ella la que en otra ocasión ya había causado daños. Sin embargo, me contuve.

—Vale, pues supongamos que no fue usted, ¿quién más podría haber sido? ¿O prefiere creer que la estantería se ha caído sola?

—No tengo ni la más remota idea de quién podría haber sido —respondí, aunque desde luego sí que albergaba una sospecha. Sin embargo, carecía de pruebas. En cualquier caso, tampoco miss Clayton podía demostrar que yo estuviera implicada.

—Deberé informar a madame —dijo finalmente.

Me di cuenta de lo que eso significaba. Era como cuando ella había provocado ese incendio en el laboratorio. Madame tendría noticia de los daños y yo entonces me encontraría en un apuro porque me consideraría culpable.

Debatí conmigo misma. Si no decíamos nada y madame se daba cuenta del aumento de consumo de material, habría problemas.

Cerré los ojos y me oí musitar:

—Intentaré ponerme al día cuanto antes.

—Solo dispone de dos semanas.

—Será suficiente. Aunque tenga que trabajar día y noche.

Miss Clayton guardó silencio un momento, como si necesitara meditar mis palabras.

—Bien, confío en usted. —Se interrumpió por un momento—. Ha sido un accidente, ¿verdad? Nada que debamos proclamar a los cuatro vientos, siempre y cuando todo salga como madame quiere.

Respiré con alivio.

—Gracias, miss Clayton.

—¡No me dé las gracias hasta que lo consiga! —repuso—. A madame no le gusta nada que las cosas no salgan como ella quiere. Será mejor que se esfuerce, de lo contrario vamos a tener que explicar su fracaso.

Salí del despacho con paso tambaleante y apoyándome en una pared porque mis piernas no parecían querer sostenerme. Me sentía como si me quemara todo el cuerpo mientras el miedo se apoderaba de mí. Faltaban dos semanas. ¿Cómo íbamos a conseguirlo?

Por unos instantes fui incapaz de moverme, hasta que por fin me recobré y regresé a mi laboratorio. Ray ya había llegado y se había hecho con una escoba y un recogedor.

—¡Qué desastre! —despotricó—. ¡Malditos sean los de mantenimiento! ¿Es que ni siquiera saben colgar correctamente una estantería?

—No creo que fueran los de mantenimiento —dije abatida—. Es imposible que esa tabla se soltara de la pared por sí sola.

Ray levantó la vista.

—¿Quieres decir que alguien intervino?

Volví los ojos a la tabla. Los ganchos que la sujetaban estaban arrancados. ¿Algo así podía ocurrir sin más?

—En tal caso, difícilmente podremos probarlo.

Ray se quedó pensando un rato.

—Deberías pedirle a miss Clayton una llave para cerrar la puerta —dijo.

—Me temo que ya es demasiado tarde para eso —respondí, pero Ray negó con la cabeza.

—No, ahora precisamente es cuando debemos cerrar. Sea quien sea el que haya hecho esto, no vamos a permitir que nos destruya.

Deseé poder creerla. Pero ¿qué otra opción había sino empezar de nuevo? Me acerqué a la mesa de trabajo y cogí mi cuaderno de notas con las puntas de los dedos. Los líquidos habían emborronado buena parte de las notas, y además muchas páginas se habían pegado entre sí. Se podía secar, pero dudaba de que quedara algo legible.

Desde luego, sabía de memoria buena parte de las formulaciones, pero de pronto me pareció como si me enfrentara ante un obstáculo insalvable.

—Saldremos de esta —dijo Ray dándome una palmadita en el hombro—. Tú encárgate de conseguir la llave, y el resto ya se verá.

37

Ray y yo pasamos los días siguientes casi por completo en el laboratorio. Incluso en alguna ocasión nos quedamos por la noche; en parte para evitar nuevos sabotajes, y en parte para ahorrarnos el tiempo de los desplazamientos. Terminamos con la nuca contracturada y los huesos doloridos, y acabamos llegando a la conclusión de que resultaba contraproducente.

Tras insistir varias veces, miss Clayton nos consiguió una llave para cerrar el laboratorio. Esto nos tranquilizó un poco, pero no aligeró la carga de trabajo.

Al final, llegué a no saber si me sentía persona.

Las interminables jornadas de trabajo y los numerosos intentos de reconstruir las formulaciones me consumían. El estómago me dolía de manera casi constante y apenas era capaz de comer algo. Las escasas horas de sueño no lograban aplacar la quemazón que empezó a invadirme el cuerpo.

Aunque logramos acordarnos de todo bastante bien, algunos intentos fallaron y tuvimos que ajustar la formulación. Hubo horas en que me sentí completamente hundida en la desesperación.

En la empresa a Ray y a mí nos miraban como si fuésemos las únicas culpables de esa situación. De manera muy sutil se nos recriminaba que habíamos provocado el sabotaje porque no éramos capaces de cumplir con el plazo impuesto. No dudé de que miss Clayton estaba detrás de esos rumores.

Cuando las murmuraciones en la cantina se nos hicieron insufribles, empezamos a llevar el almuerzo de casa y a comer en el exterior del edificio. Me alegraba de tener a Ray a mi lado. Desde los primeros días de mi llegada nunca me había sentido tan sola.

Al final de un día especialmente duro, me senté en mi escritorio y, luchando por contener las lágrimas, le escribí a Henny una carta para desahogarme.

Querida Henny:

Hacía tiempo que no sentía al destino en mi contra. Pero recientemente ha vuelto a suceder y empiezo a preguntarme cuándo recuperaré la calma.

Tras el accidente en el laboratorio, en el que prácticamente se destruyó casi todo mi trabajo, el tiempo parece que pasa más rápido de lo habitual. Sí, casi parece que se me funde en las manos. Me da la sensación de que mi cabeza es un desierto y que todo lo que hago está mal. Sin embargo, Ray sigue asegurándome que lo lograremos. ¡Cómo me gustaría tener su confianza! Sin embargo, lo único que veo es confusión.

¿Crees que realmente lo conseguiré? ¡Cómo me gustaría que estuvieras aquí!

Al final no llegué a enviar esa carta. No quería preocupar a Henny innecesariamente, así que la dejé a medio escribir en el escritorio y la utilicé para encender el fuego de la estufa al día siguiente.

En cualquier caso, el trabajo duro dio sus frutos. Una semana antes de que terminara el plazo, ya habíamos reconstruido la loción y la crema. El agua facial nos salió incluso mejor que antes. Además, empezar de nuevo con los polvos de tocador resultó ser un acierto porque el enfoque que le dimos en esta ocasión mejoró notablemente el producto.

Una tarde en que me sentía incapaz de pensar con claridad y estaba a punto de arrojar algo contra la pared, Ray dijo:

—Sería bueno que nos concediésemos una noche de fiesta, tú y yo. ¿Qué te parece si salimos juntas?

—¿Salir? —pregunté—. ¿A uno de esos clubes clandestinos?

—Esa sería una posibilidad. O tal vez podríamos ir a un sitio elegante y observar a la gente. A los Rockefeller y a los Astor, o incluso a las estrellas de Broadway.

Sonreí. Tras los esfuerzos de las semanas anteriores, sin duda nos iría bien airearnos un poco. Yo no me atrevía a salir sola por la ciudad, pero con Ray podía ser divertido.

—También podríamos ir a ver una película de estreno —sugerí.

En mis paseos por las calles, había visto varios anuncios y sentía curiosidad por ver las salas de cine de la ciudad. En Berlín, solía ir con Henny.

Ray sonrió de oreja a oreja.

—¡Buena idea! Entonces, iremos al Roxy. ¿Has ido alguna vez?

Negué con la cabeza, lo cual hizo que Ray adoptara una expresión de persona entendida.

—¡Bien! ¡Ya verás!¡Te vas a quedar de piedra! ¡Te lo prometo!

Al cabo de unas horas nos encontramos en el centro de la ciudad. Los anuncios de neón me dejaron boquiabierta, pero Ray, que había nacido ahí, me guio directa al cine, en cuya cartelera se leía *The Passion of Joan of Arc* escrito en grandes letras. La pasión de Juana de Arco. Había oído hablar de Juana de Arco en clase de historia, y sentí un cosquilleo de emoción. Si hubieran proyectado esa película en nuestro cinematógrafo de Berlín, también habría ido a verla con Henny.

Nos pusimos a la cola de la taquilla. Mientras paseaba la mirada por los coloridos carteles de la película, en los que se elogiaba a la actriz principal, mademoiselle Falconetti, como «La mejor actriz cinematográfica del mundo» volví a pensar en Henny y me asaltó el deseo de ir a visitarla a su teatro. A esas alturas, seguro que su nombre figuraba escrito con grandes letras en los carteles del Folies Bergère. Quizá algún día ella también saliera en alguna película.

Por fin nos llegó el turno y, tras pagar, pudimos entrar en la sala. El vestíbulo me hizo pensar en un palacio. Apoyadas en unas columnas majestuosas, las escaleras conducían a los palcos del piso superior. Me habría llevado horas asimilar todos los adornos que decoraban la entrada de aquel palacio del cine. Pero Ray me agarró por la manga y me llevó hasta el guardarropa.

Las jóvenes que trabajaban allí tenían un aspecto pulcro y agradable, y sentí un poco de nostalgia al pensar en mi época en el teatro. De todos modos, Ray no me permitía recrearme en cavilaciones.

—¡Te va a encantar! —dijo con orgullo—. Puede que toquen la música con el gran órgano. Seguro que en tu Berlín no hay nada parecido.

Atravesamos en tromba las grandes puertas acristaladas, muy apretadas entre los demás espectadores. A herr Nelson le habrían brillado los ojos si hubiera presenciado la multitud de espectadores que acudían a ver la película. En su teatro, que era pequeño en comparación con aquel, no habría cabido ni una aguja.

La sala que se abrió ante nosotras parecía el interior de una catedral. Unas lámparas de araña pendían encima de las cabezas del público, como grandes y pesados racimos de cristal.

Los acomodadores en sus elegantes uniformes nos indicaron amablemente nuestros asientos.

—¿A que son muy guapos? —me susurró Ray—. Me encantaría salir alguna vez con alguno. Por desgracia, no es posible acercarse a ellos. Son muy educados, pero también tan reservados como si estuvieran en el ejército.

Aunque estábamos sentadas bastante atrás, la pantalla era enorme. Me pregunté qué tamaño tendría el foso. Daba la impresión de que podía albergar por lo menos cien músicos.

Nos acomodamos en aquellos asientos forrados de terciopelo y abatibles. Miré a mi alrededor con asombro. ¿Cuántos asientos podía haber ahí? El color dorado brillaba por doquier, y la gente que ocupaba las filas delante y detrás de nosotras parecían hormigas.

—Y bien, ¿igual que en Berlín? —me preguntó Ray. Fue entonces cuando me di cuenta de que me estaba observando.

—No —respondí—. Es... impresionante.

—Es el cine más hermoso del mundo. Es una lástima que las entradas de los estrenos sean tan tremendamente caras. A veces las estrellas de cine acuden a los estrenos. Me encantaría tener el autógrafo de Cullen Landis. Sería el hombre perfecto para mí.

Aquel nombre a mí no me decía nada, pero la sonrisa emocionada de Ray me contagió, y deseé que algún día encontrara un hombre con su mismo entusiasmo.

Por fin, cuando las voces en la sala parecían un enjambre alborotado de abejas, se oyó una señal. Al instante, la sala se sumió en el silencio. Los movimientos de los que aún se dirigían a sus asientos se volvieron más apresurados. Después del gong siguiente, las lámparas de araña se apagaron y la música se elevó desde el foso de la orquesta.

Cuando salimos del cine, me sentía extrañamente exaltada. Tenía aún muy presentes las imágenes, no solo la trama y el trágico destino de Juana de Arco. Las expresiones faciales habían sido dramáticas, debido también al maquillaje. Los ojos oscuros de la protagonista parecían brillar. Era una lástima que todo aquello no se pudiera ver en color. Sentí que se despertaba mi ambición. ¿Y si algún día los polvos de tocador que fabricábamos embellecieran a una estrella de cine?

Ray se echó a reír cuando se lo comenté.

—Madame nunca se rebajaría a maquillar a estrellas de cine —dijo mientras caminábamos hacia el metro.

—¿Y eso? —pregunté—. No hay nada deshonroso en ello.

—No, pero madame apunta más a clientela de categoría. Ella, cómo no, vendería maquillaje a las estrellas de cine, pero no para las películas en sí. En este campo, hay otras empresas mejores.

La miré detenidamente.

—¿Por qué trabajas en producción si sabes tantas cosas?

Ella se encogió de hombros.

—Yo no vendo mis conocimientos, suelo guardarlos para mí. Debes de haber notado que no soy precisamente la muchacha más popular.

—No he oído que nadie tenga nada contra ti.

—Es posible, pero con las calladas las otras no saben qué hacer.

—¡No me pareces callada en absoluto!

—No te puedes ni imaginar lo mucho que me costó dirigirme a ti. Desde luego esa no es mi manera de ser.

—Pues me alegro de que lo hicieras —dije apretándole el brazo con suavidad—. Ahora debemos ver cómo sobrevivimos a los próximos días.

—Lo conseguiremos —repuso ella con convencimiento y luego bajamos juntas al metro.

38

El día que madame había anunciado su visita al laboratorio llovía y no oí el despertador. Sobresaltada, me desperté poco después de las siete y me apresuré a vestirme.

Los días y noches pasados seguían haciendo mella en mí.

Aunque podíamos presentar los productos solicitados, me atenazaba el miedo a fracasar. Además, temía que madame se enterara de lo ocurrido. Todo hacía pensar que miss Clayton no le había contado el incidente de la estantería, pero la tormenta podía estallar en cualquier momento.

Me pregunté también si Darren iba a estar presente en la reunión, algo que no sabía si afrontar con aprensión o con ganas. Verlo otra vez me haría muy feliz.

Llegué a la entrada de la fábrica calada hasta los huesos. El paraguas solo me había resguardado de la lluvia en parte. Me dirigí chorreando hasta el vestuario pasando junto a las salas de producción.

La mayoría de las trabajadoras ya habían llegado y se estaban poniendo sus batas blancas de trabajo. El ambiente olía a cabello mojado y jabón de magnolia.

Las mujeres charlaban animadamente sobre novios y maridos y apenas me prestaron atención. Eso me permitió repasar el día mentalmente. Todo tenía que salir según el plan, de lo contrario madame tal vez me enviara de vuelta a producción. Subí la escalera mientras me abotonaba la bata.

Al ir a sacar la llave del bolsillo, me di cuenta de que la puerta del laboratorio estaba entreabierta. ¿Ya había venido Ray? Excepto yo, solo ella tenía llave. Sin embargo, solía llegar después que yo. En todo caso, como esa mañana me había retrasado, tal vez ya estaba trabajando.

—Buenos días, Ray —dije al entrar.

Pero la cara con la que me encontré no era la suya.

—¡Linda! —exclamé sorprendida—. ¿Qué estás haciendo aquí?

Se quedó paralizada. Por la expresión de su cara me pareció que no esperaba encontrarme.

Por un instante mi mente se negó a comprender lo que estaba ocurriendo. Entonces vi el frasco que tenía en la mano.

—¿Qué significa esto?

—Nada —farfulló. Al instante supe que mentía.

Me acerqué a ella consciente de que tal vez me atacaría. Pero Linda se quedó quieta, como petrificada.

Le tomé la botella de la mano, retiré el corcho y olí con cuidado su contenido. De inmediato me di cuenta de que era mejor no seguir haciéndolo.

—¿Ácido sulfúrico? —pregunté con asombro—. ¿Qué pretendías hacer con él?

Linda no dijo nada.

Entonces sacudió el cuerpo y echó a correr empujándome a un lado. Perdí el equilibrio y me golpeé la cara contra la estantería que tenía junto a mí. Las varillas de las gafas se me clavaron en el ángulo del ojo haciéndome daño. Sentí una punzada aguda en una ceja.

Me aparté de la estantería con los brazos, recuperé el equilibrio y constaté con alivio que el frasco no se me había escapado de las manos.

En ese instante se oyó un grito. Dejé la botella de ácido y salí fuera a toda prisa. Allí me encontré con miss Clayton, que agarraba a Linda firmemente por el brazo. Por primera vez me alegré de verla.

—Miss Clayton, ha intentado echar ácido a las cremas —exclamé, todavía un poco aturdida. Miss Clayton no parecía sorprendida.

—¡Miente! Yo...

Linda se interrumpió al verme. Cuando me toqué la cara, noté algo pegajoso. Al poco, vi un rastro de sangre en los dedos.

Miss Clayton se dio cuenta de ello y preguntó:

—¿Qué ha pasado? ¿La ha agredido?

—Me ha empujado a un lado.

Linda gritaba y se retorcía, pero no podía soltarse del control férreo de miss Clayton.

—¿Qué estaba haciendo en el laboratorio? —preguntó severamente miss Clayton—. Aquí arriba no se le ha perdido nada.

Regresé a toda prisa al laboratorio y cogí el frasco. Aún tenía la cabeza resentida por el golpe, pero era preciso que miss Clayton viera que mis sospechas no eran imaginarias.

—Tenía esto en la mano —dije tendiéndole el frasco—. Ácido sulfúrico. Por poco que hubiera caído en la crema...

Miss Clayton palideció.

—¿Acaso ha perdido la cabeza? —le gritó a Linda—. ¿Cómo ha podido?

John y Harry aparecieron con sus ayudantes.

—¿Qué ocurre? —preguntó John, y mirándome me preguntó—: ¿Está usted herida, Sophia?

—No es nada —respondí tocándome la ceja.

—Linda ha intentado mezclar algo en las cremas —explicó miss Clayton—. ¡Llame a la policía, mister Gibson!

John se dio la vuelta y corrió al despacho de miss Clayton. Los otros hombres se hicieron cargo de Linda y se la llevaron.

Agotada tras sostenerla, miss Clayton bajó los brazos y me miró.

—Deberíamos limpiar y vendar esa herida.

—No es grave. Por suerte mis gafas tampoco se han roto.

—De todos modos, acompáñeme.

En la escalera nos encontramos con Ray.

—¿Qué ha ocurrido? —preguntó atónita.

Se lo expliqué sucintamente.

—Ya me ocuparé yo de la herida, miss Clayton —dijo entonces.

Ella asintió.

—¿Saben ustedes dónde está el yodo?

—Sí.

—Está bien. Luego me gustaría volver a hablar con usted, miss Krohn.

—De acuerdo —dije y me fui con Ray a la sala común.

Las demás trabajadoras no parecían haber reparado en el escándalo. Sus voces enmudecieron en cuanto vieron la sangre en mi bata.

—No os quedéis aquí mirando como pasmarotes —les dijo Ray. Las mujeres desaparecieron.

Me temblaba todo el cuerpo. Notaba cómo la sangre me recorría las venas y, a la vez, sentía un gran alivio. Sin embargo, no entendía qué podía haber llevado a Linda a cometer ese acto.

—¿Lo ves? No eran sospechas infundadas —le dije a Ray mientras ella sacaba el corcho del frasco de yodo del botiquín—. Aquel estante no se soltó solo. Tuvo que ser ella.

Traté de imaginar cuánto tiempo le habría llevado aflojar los tornillos.

—¿De dónde pudo sacar el ácido?

Me encogí de hombros.

Más tarde, en cuanto Ray se hubo ocupado de mi ceja, fui al despacho de miss Clayton. Linda estaba retenida allí mientras mister Fuller vigilaba junto a la puerta que no pudiese escapar.

Permanecía sentada en una silla con los brazos cruzados, como una niñita obstinada. Cuando entré miss Clayton me saludó con la cabeza desde la ventana. Me acerqué a Linda.

—¿Por qué lo has hecho? —pregunté.

Seguro que miss Clayton ya le había formulado esa pregunta. Y seguro que ella había reaccionado de la misma manera. Se limitó a mirarse las puntas de los zapatos y apretar los labios.

—¿Tanto me odias como para destruir todo mi trabajo? —La ceja se me había hinchado y me dolía—. ¿Acaso te hecho algo? Yo fui quien se ocupó de ti cuando te desmayaste. ¿Te acuerdas?

Se sonrojó y en su mirada reflejó cierta turbación.

—No es por ti —dijo entrecortadamente, subrayando el «ti»—. Es por ella.

—¿A quién te refieres? —Linda volvió a callar. Miré a miss Clayton.

—Se refiere a madame —respondió ella en lugar de Linda.

—¿No quería que te casaras?

Linda levantó la cabeza y me miró confundida.

—No, no es eso, eso a esa bruja le trae sin cuidado. Pero yo...

Se interrumpió y se echó a llorar.

Miré a miss Clayton sin comprender. Su expresión era fría y dura como el mármol.

—¡Estaba embarazada! —espetó Linda—. De tres meses. Y perdí a mi hijo. Y todo porque madame nunca tiene suficiente. Porque lo acapara todo para ella sin dar un respiro a quienes la rodean.

Volvió a llorar. Yo no sabía qué hacer. Me había hecho daño, había estado a punto de destruir mi trabajo. El ácido sulfúrico... Probablemente le habría abrasado la piel a madame. Sin duda, Helena Rubinstein probaba sus productos en ella misma.

Darme cuenta de eso fue como recibir un puñetazo en el vientre.

Me acordé de que los primeros días tras su regreso del hospital Linda parecía un fantasma. Comprendía muy bien cuánto debía de dolerle haber perdido a su hijo, probablemente a causa del exceso de trabajo. Pero en su lugar a mí nunca se me habría ocurrido querer hacerle daño a nadie por venganza.

—Ese nuevo producto... ¡Nos habría dado aún más trabajo! —Linda inició una diatriba furiosa—. Yo solo quería que desapareciera. Que no tuviésemos más trabajo... ¡Ella tiene dinero suficiente!

Me enderecé. No sabía qué sentir.

—Tal vez será mejor que vuelva al trabajo —me dijo miss Clayton, con una voz que parecía llegar de muy lejos—. La policía ya se encargará de este asunto.

Asentí. Me habría gustado decirle a Linda que lamentaba la pérdida de su hijo. Que había otras formas de hacer frente a ese dolor. Pero era como si tuviera un nudo en la garganta. Si ella hubiera logrado ejecutar su plan, habría destruido mi trabajo y el de Ray. Y posiblemente lo habríamos pagado con nuestra salud.

De vuelta al laboratorio, vi a Ray sentada en su pequeño taburete. Aunque esta vez no había nada roto, parecía triste.

—Hola —dijo al verme.

—Hola. —Me obligué a sonreírle.

—¿Has sacado algo en claro? Pareces muy alterada.

Tenía el estómago encogido.

—Linda perdió a su hijo. El día que se desmayó. —Ray abrió la boca, pero fue incapaz de decir algo—. Por eso luego estaba tan callada —continué—. Tuvo que asimilar esa pérdida.

—Pero ¿por qué no se lo dijo a nadie?

Ray sacudió la cabeza.

—Tal vez porque aquí no tiene ninguna amiga. Una cosa así solo se confía a alguien a quien sientas cerca. —Yo tampoco le había contado a Ray mi pérdida a pesar de ser muy buenas compañeras de trabajo—. Además, ¿quién podría haberla ayudado? Nada ni nadie puede compensar la muerte de un hijo.

—¡Pero tampoco sirve de nada destruir cosas!

Negué con la cabeza.

—No, no sirve de nada. Es más, tampoco te devuelve lo que has perdido.

Me volví para que Ray no viera las lágrimas que me asomaron a los ojos.

Al cabo de un rato, llegó la policía. Me llamaron al despacho de miss Clayton para tomarme declaración. Cuando se la llevaron, Linda lloraba a mares y decía que lo sentía. Pero a esas alturas ya no le serviría de nada.

—¿Se lo diremos a madame? —pregunté a miss Clayton cuando los policías hubieron salido de la oficina.

—Por supuesto —respondió ella con tono desabrido—. Linda ha intentado sabotear la empresa. Usted, más que nadie, debería tener interés en que sea castigada.

¿Tenía yo ese interés? En ese momento solo me alegraba que el trabajo no se hubiera destruido por completo. Y estaba también la pérdida del hijo de Linda... ¿Acaso miss Clayton no sentía compasión?

—Usted pasó una vez por una situación similar, ¿verdad? —pregunté.

—¿Le han contado esa historia? —Habló con un tono de voz extraño. No era de enfado, ni tampoco de sorpresa. Era solo tristeza.

—Sí. Pero yo... no creo...

—¿Que fuera intencionado? —rezongó ella. Se me erizó la piel y deseé poder retirar esas palabras—. No, no lo fue. Simplemente cometí un par de errores.

Miss Clayton se interrumpió.

—Discúlpeme, se lo ruego —dije—. No pretendía ofenderla.

—Yo trabajaba con miss Hobbs —prosiguió sin atender a mis palabras. Cruzó las manos ante el pecho—: Me encantaba. Incluso estaba decidida a convertirme en química. Pero aquel accidente lo echó todo a perder. Miss Hobbs me defendió. Convenció a madame de que me dejara quedarme. Y me gané de nuevo la confianza de madame. Pero no para su cocina... Quien daña su cocina la daña a ella. Eso es algo que no perdona.

—Pero usted ha logrado un cargo muy bueno. ¡Usted dirige la fábrica! ¿No le parece gran cosa?

Miss Clayton inclinó la cabeza.

—Mi sueño era ser química.

Entonces entendí por qué no me había dejado salir de producción. Pese a ser la directora de aquella empresa, envidiaba a una recién llegada el puesto que le habría gustado tener. Era de locos.

—Miss Clayton —dije en voz baja—, usted no permitiría que la volvieran a degradar, ¿verdad? Yo, en cambio, necesitaba este trabajo. En París no tenía ninguna posibilidad. No es fácil trabajar allí siendo extranjera. Me encontraba al borde de la ruina y no sabía qué hacer, así que elaboré una crema y se la presenté a madame. —Guardé silencio un instante buscando comprensión en la mirada de miss Clayton, pero, como de costumbre, seguía imperturbable—. No puedo ser otra cosa más que química. Bueno, sí, también he trabajado de responsable de guardarropa, esas tareas soy capaz de desempeñarlas... Pero esto... Me faltaba muy poco para terminar mis estudios. Trabajaba como ayudante. Llevo fabricando cosméticos desde la escuela. Es lo que sé hacer. Usted, en cambio, está a otro nivel. No debe temer que yo le haga la competencia...

Miss Clayton inspiró profundamente. Su máscara se desmoronó un poco. Vi su decepción, pero también la constatación de que yo tenía razón.

Me acordé de que madame había dicho que miss Clayton me había elogiado.

—Miss Clayton..., yo...

Ella negó con la cabeza y tuve la impresión de que estaba conteniendo las lágrimas. Nunca la había visto así.

—Está bien. Vuelva al trabajo, miss Krohn. Madame llegará en unas horas.

Asentí y me dirigí hacia la puerta.

39

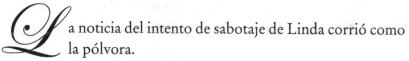a noticia del intento de sabotaje de Linda corrió como la pólvora.

Prácticamente todo el personal se asomó a las ventanas o salió al patio para ver cómo se la llevaban en el coche patrulla.

Regresé al laboratorio. Ray no estaba, así que aproveché para volver a analizar las muestras en el microscopio.

Todo indicaba que había descubierto a Linda en el momento oportuno. De haber aparecido instantes después ella probablemente habría logrado llevar a cabo su plan.

Las manecillas del reloj corrían sin piedad y, a la vez, el tiempo parecía no querer transcurrir del todo. Tenía el estómago revuelto de puro nerviosismo. Durante la pausa para el almuerzo apenas pude comer.

Ray iba nerviosa de un lado a otro del laboratorio.

—Le gustará —se dijo a sí misma—. Seguro que sí.

—Seguro que sí —repetí yo—. ¿Por qué no te sientas un rato? A estas alturas ya no hay nada más que podamos hacer.

Pero Ray estaba demasiado inquieta para sentarse, y llegó un momento en que me uní a ella, sin poder apartar la mirada del reloj.

Madame llegó puntual sobre las tres de la tarde. Tras ella marchaban unos hombres vestidos con trajes oscuros con aspecto de ser importantes. Por desgracia, no vi a Darren por ningún sitio. ¿Acaso se iba a retrasar? Me costaba creerlo.

Estuve prácticamente pegada a la ventana que quedaba sobre la entrada hasta que oí los pasos que subían. Miss Clayton había salido a recibir a madame, y a nosotras se nos dijo que aguardásemos hasta ser convocadas a la sala de reuniones. En una ocasión había visto esa estancia y su enorme mesa me había maravillado. La sala de reuniones estaba repleta de obras de arte. Era una lástima que hasta entonces no hubiera tenido tiempo de observarla con más detenimiento.

Me preguntaba cómo reaccionaría madame ante lo sucedido esa mañana. ¿O acaso miss Clayton se lo iba a contar después?

La voz de madame resonó en el pasillo. Ray y yo nos quedamos heladas. ¿Acaso iba a visitarnos en el laboratorio? Tal vez deberíamos haber ordenado...

Sin embargo, se retiró a la sala de reuniones con sus acompañantes. Al cabo de un rato, apareció miss Clayton.

—Miss Krohn, miss Bellows, madame las está esperando.

Me habría gustado preguntarle si había hablado ya con madame sobre Linda, pero en ese momento estaba demasiado nerviosa.

Ray y yo entramos en la sala de reuniones con las muestras dispuestas sobre unas bandejas. Madame estaba sentada de espaldas a los ventanales, lo cual le permitía ver a todos los presentes.

—¡Ah, aquí tenemos a mi gran esperanza! —dijo efusivamente haciendo que todos los presentes volvieran sus ojos hacia mí. Aunque me sentí algo cohibida, intenté ocultar mis emociones mientras me dirigía, acompañada de Ray, hacia los asientos que nos habían asignado—. ¿Y quién es su encantadora compañera? —continuó madame.

—Miss Bellows —la presenté—, mi ayudante.

—¡Encantada! —dijo madame como si jamás hubiera visto a Ray a pesar de que llevaba trabajando allí mucho más tiempo

386

que yo. Probablemente no se fijaba en empleados concretos hasta que tenía que tratar con ellos en persona.

Volví a pensar en Linda. Me impresionó pensar que madame seguramente tampoco sabría de quién se trataba.

En cualquier caso, por la expresión de madame Rubinstein deduje que aún no debía de estar al corriente del intento de sabotaje.

—Bien, explíquenos por favor qué nos trae.

Inspiré profundamente y empecé a presentar cada uno de los productos.

Comencé con la crema, pensada para que tuviera un efecto reafirmante, sobre todo en la barbilla de las señoras, una zona a la que madame dedicaba mucha atención.

—Los ingredientes activos están diseñados para incrementar la firmeza de la piel y compensar la pérdida de grasa y humedad que se produce cuando la piel se expone a la intemperie.

A continuación, pasé a la loción hidratante de manos, el agua facial y, finalmente, el polvo de tocador.

—Está pensado para resguardar la piel del efecto del sol y el viento, del mismo modo que lo hace la Crème Valaze.

Madame siguió mi explicación con una sonrisa benévola. La mención de su primera crema, que seguía ocupando las estanterías de los salones de belleza y de los grandes almacenes, pareció complacerla. Eso me dio seguridad.

—¡Fantástico! —dijo en cuanto terminé la exposición—. Muéstremelo, quiero probarlo.

Le acerqué los tarritos y le entregué una espátula. Sirviéndose de ella, sacó un poco de crema y se la extendió sobre una mano. En la otra se aplicó la loción.

Resultaba difícil imaginar lo que habría sucedido si Linda hubiera conseguido poner en práctica su plan. Me sentí mal al comprender que yo habría tenido que cargar con la culpa.

Se acarició la piel, se olió una mano y luego la otra. Observé que los hombres que la acompañaban la miraban como si fueran testigos de un milagro. Al cabo de un rato, dibujó una pequeña arruga en el ceño. ¿No estaba contenta? Se miró las manos un rato, y luego se frotó un poco de crema entre los dedos, como si estos tuvieran unas células sensoriales desconocidas para el resto de los humanos.

—La consistencia de ambos productos es buena —dijo al final con un tono algo apagado—. En la loción de manos, el perfume a rosa podría notarse un poco más, me parece un poco flojo. La fragancia a lila lo supera. —Se me quedó mirando, y me sentí completamente abochornada. Yo no era perfumista, solo había confiado en mi nariz, y la delicada nota a rosa me había parecido suficiente—. Por otra parte, la crema podría tener un poco de color. Tal vez un toque rosado muy delicado, acorde con la idea de las rosas y que sorprenda a la clienta al abrir el frasco.

Miré a Ray en busca de ayuda. ¿Habíamos fracasado? Madame había alabado algunas cosas, pero no contaba con observaciones de esa gravedad. Me obligué a conservar la calma mientras retorcía las manos, que sentía sudorosas.

—Echemos un vistazo a los polvos.

Abrió la cajita, la olió y la contempló atentamente.

—¡Sí! —exclamó al cabo de un rato sosteniendo el recipiente para que lo pudiera ver—. La crema debería tener exactamente este tono, y quizá la loción también. Por supuesto, no queremos pintar a las clientas. Pero deben tener la sensación de que los productos se complementan, no solo por el olfato sino por la vista. Lo mismo se puede decir del agua facial. ¿Se imaginan el efecto que puede causar en las clientas ver un líquido de un delicado tono rosado en un frasco de cristal? Les parecerá que están comprando un diamante rosa.

Madame Rubinstein era conocida por sus piedras preciosas. Aunque hasta el momento no lo había visto, la creía capaz de tener un diamante rosa.

A continuación, sacó el corcho del frasco del agua facial y lo olió.

—¡Magnífico! Esta es exactamente la fragancia que tenía en mente. Si esta serie tiene éxito, deberíamos crear un perfume semejante.

Dirigió ese último comentario a los hombres trajeados, que asintieron con la cabeza.

Mi corazón latía desbocado. No había ningún problema en aplicar un tono de color a los productos. Y mejorar el olor a rosa también era posible. Vi cómo en el rostro de Ray empezaba a dibujarse una pequeña sonrisa.

—En general, buen trabajo, señoras. Estoy segura de que sabrán entender las pequeñas sugerencias y aplicarlas adecuadamente.

Suspiré con alivio y de buena gana me habría desplomado en el asiento. Las rodillas me temblaban por la tensión. Con todo, me mantuve erguida.

—Muchas gracias, madame Rubinstein.

Los hombres también parecían aliviados.

Miré a Ray y ambas sonreímos.

—Y ahora, ¡veamos la presentación de los envases!

Madame pidió a sus acompañantes que le trajeran una caja grande. Abrió la tapa y sacó de ahí unas cajitas. Distinguí el color blanco cremoso y unos adornos dorados. Si los tarros eran parecidos, el color rosa de la crema y de la loción causarían sensación.

—Por desgracia, mister O'Connor no ha podido asistir hoy, pero me ha hecho llegar esto.

La mención de su nombre me emocionó. Recordé de nuevo el modo en que me miraba, cómo sonreía. Me pareció volver a notar los fugaces roces casuales cuando me ofreció la copa de champán. Sentí un estremecimiento agradable, pero a la vez un profundo pesar por haberlo rechazado. Me contrariaba un poco que no hubiera venido, y supe con certeza que la alegría de volver a verlo superaba el temor a un nuevo encuentro con él. Sobre todo, porque madame nos había felicitado por los productos y me habría gustado que él lo hubiera oído también.

En cualquier caso, ver ante mí los envases me impresionó. Eran simples y a la vez muy elegantes. El oro refulgía bajo la luz de la sala de reuniones. No eran, en absoluto, ordinarios, que era lo que ella en su día le había reprochado al especialista en envases desconocido en su despacho.

—El lanzamiento será en un mes —anunció Helena Rubinstein—. Ustedes, como mis expertos en publicidad y ventas, se encargarán de dar a conocer la nueva marca entre las empresas habituales y el público. Mi idea sería insertar anuncios de gran tamaño en las revistas femeninas más importantes.

Los hombres coincidieron con ella y luego compitieron entre sí a la hora de proponer sugerencias. Al poco rato la cabeza me daba vueltas. Aunque era capaz de leer y entender fórmulas químicas, el lenguaje de la publicidad me parecía de otro planeta.

Finalmente, la reunión terminó. Madame era conocida por ser una persona que no perdía el tiempo, pero, aun así, me hizo una señal para que aguardara a que los demás hubieran abandonado la sala.

—Todavía le queda mucho que aprender, querida —dijo dándome unas palmaditas en la mano—. Es usted una buena química, pero no sería una buena publicitaria.

¿Qué podía responder a eso?

—La próxima vez debería presentar los productos de un modo más florido. Al fin y al cabo, usted trabaja en belleza.

—Sí, por supuesto, madame —contesté.

—Bien. Nunca lo olvide: creamos belleza para reinas y somos las reinas de la belleza.

No me sentía precisamente una reina, pero en el caso de madame Rubinstein la afirmación era cierta. Era una reina. Una reina de Nueva York.

—No lo olvidaré —repuse. Luego la vi abandonar la sala y dirigirse al despacho de miss Clayton. Sin duda, la gran tormenta estaba al caer.

No supimos lo que madame trató con miss Clayton. Solo vimos a Helena Rubinstein salir muy enfadada del edificio y dirigirse a su coche. Me dio un poco de lástima. Se suponía que aquel era un día triunfal. Sin embargo, la noticia del intento de sabotaje de Linda parecía haber arruinado completamente el ambiente.

—¿Qué será de Linda? —preguntó Ray pensativa. No había tenido que decir ni palabra, pero parecía completamente exhausta.

—No tengo la menor idea —respondí—. Madame estaba de buen humor por los productos, tal vez retire la denuncia. A fin de cuentas, Linda no ha provocado ningún daño.

—Excepto por los frascos rotos. Y la estantería. Y los materiales que habíamos usado.

—No podemos demostrar que fuera ella. Y, la verdad, no me gustaría tener que declarar en un juicio. El trabajo duro le hizo perder un hijo.

—Pero eso no justifica en absoluto un acto así. Yo no haría tal cosa y seguro que tú tampoco.

Apreté los labios. Yo habría sido capaz de muchas cosas movida por la desesperación de haber perdido a mi hijo. Pero, en mi caso, no había nadie a quien culpar. A la única a la que le habría podido hacer algo era a mí misma, y la doctora de Genevieve me lo había impedido.

40

El lanzamiento de la nueva línea de cosméticos redobló la carga de trabajo de las empleadas, pues madame quería que los productos llegaran cuanto antes a las tiendas e institutos de belleza. Incluso estaba previsto que fueran enviados a Europa.

Ray, yo y los demás químicos nos encargábamos de la garantía de calidad. Tomábamos muestras de cada palé que salía hacia las tiendas para asegurarnos de que cada frasco y cada tarro tenían el mismo contenido. Asimismo, era preciso comprobar las materias primas que llegaban. Eso no representaba mucho trabajo, así que nos ofrecimos a ayudar de vez en cuando en producción. De este modo, podía comprobar de primera mano la calidad de las materias primas de nuestro producto.

Miss Clayton se alegró de contar con nuestra ayuda y, por fin, volvimos a sentirnos acogidas entre las demás.

Linda fue durante semanas el tema de conversación entre las mujeres. Nadie sabía nada con certeza. Algunos rumores apuntaban a que había comparecido ante el juez; otros afirmaban que madame había tenido la generosidad de retirar los cargos en cuanto se hubo demostrado que Linda no era una espía de miss Arden. Probablemente nunca sabríamos la verdad.

En mi vida privada no hubo grandes cambios. Igual que Kate, tenía muchas ganas de que llegara el verano.

Mister Parker se había ausentado por una larga temporada, y Kate a menudo dejaba las ventanas abiertas y ponía música en su gramófono. Esa música era diferente a la que escuchaba mister Parker. Ella me dijo que era jazz, jazz de músicos negros. Había una mujer, Ethel Waters, que cantaba tan bien que me hizo saltar las lágrimas. Kate me dio una limonada y me consoló. Me habría gustado muchísimo que Henny estuviera allí, pero hacía meses que no sabía nada de ella. Yo le seguía escribiendo, pero estaba preocupada. ¿Y si tenía problemas? ¿Y si Jouelle no la trataba bien?

Llegué incluso a sopesar la idea de llamarla a París. Pero, dejando de lado que la llamada habría sido muy cara, ella probablemente habría creído que me había vuelto loca. Decidí darle tiempo y esperar a que pronto se pusiera en contacto conmigo.

Aquella tarde a primera hora madame me mandó llamar de nuevo. Me pregunté qué motivo podía haber.

—Tal vez quiere encargarnos una nueva tarea —especuló Ray—. Con lo que le gustó Glory, no sería descabellado.

La perspectiva de crear productos nuevos me hizo sentir un cosquilleo de alegría. Quizá también volviera a ver a Darren. Madame estaba muy satisfecha de sus envases, así que era fácil pensar que lo contrataría de nuevo.

—Ya se verá —dije y cogí el bolso.

Antes de entrar en su edificio de oficinas situado en el corazón de Nueva York, inspiré profundamente. En esta ocasión no iba sola en el ascensor e hice varias paradas intermedias. Finalmente, llamé a la puerta de su despacho.

La secretaria que me abrió la puerta parecía alterada.

—Vaya con cuidado —me susurró con tono de confidencia—. Madame no está precisamente de buen humor.

Aquella noticia casi me hizo girar sobre los talones. Pero ¿qué impresión daría si no acudía a la cita?

Me senté en el sofá de la sala de espera sintiendo que las palmas de las manos me sudaban. Me di cuenta de que había una escultura nueva y de que de las paredes también colgaban dos cuadros que nunca había visto. Al parecer, madame se había permitido un par de recuerdos de Wiesbaden, a donde había ido a someterse a una cura, pues una de las pinturas tenía una firma alemana.

—¿Miss Krohn? —La voz de la secretaria me sacó de mi ensimismamiento—. Madame la recibirá ahora.

Me levanté y me alisé la falda.

Madame me esperaba detrás de su escritorio y parecía un poco ausente.

—Vamos, siéntese —dijo, señalando el asiento frente al escritorio mientras sus ojos rebuscaban por encima de la mesa. Luego se agachó debajo la mesa y continuó su búsqueda.

—¿Puedo ayudarla, madame? —pregunté, ante lo cual ella volvió a asomar la cabeza y masculló algo ininteligible. Entonces reparé en que le faltaba un pendiente.

—No, no, no hace falta —contestó—. Lo buscaré luego. —Se alisó la ropa y se incorporó en su asiento—. La he hecho venir para comunicarle que ya han llegado las primeras valoraciones de Glory.

—¿Y bien? —pregunté esperanzada.

—A las clientas de nuestros salones les gusta. ¡Mucho, incluso! Lo que me preocupa un poco es que los empresarios no piden el producto como deberían. Es como si esa mujer les hubiera venido con algo.

¿De verdad creía que Elizabeth Arden hablaba mal de nuestros productos? Eso me alteró un poco. Nos habíamos esforzado mucho, y ahora los empresarios lo echaban todo a perder... ¡No podía ser cierto!

—¿Y qué vamos a hacer? —pregunté, tratando de ocultar mi turbación interior.

—El próximo viernes usted me acompañará a una fiesta de los Vanderbilt —dijo—. Ha llegado la hora de que presente en sociedad a la mujer que ha creado esta línea.

El hecho de que los empresarios no quisieran los productos en sus tiendas me había contrariado tanto que al principio no me di cuenta de que pretendía presentarme ante la alta sociedad neoyorquina.

Madame al parecer confundió mi silencio con sorpresa y siguió diciendo:

—Irán a recogerla a su casa sobre las ocho. Cómprese un vestido adecuado y arréglese el peinado.

Me pregunté cuándo se suponía que debía hacer eso además de trabajar. Pero me había pillado demasiado desprevenida como para decir algo.

—¿Y qué tendría que hacer allí? —pregunté.

—¿Qué se hace en las fiestas? —preguntó asombrada madame—. ¡Dejarse ver! ¡Observar a la gente! Establecer contactos. Y también divertirse un poco. ¿Qué se había imaginado?

—Nunca he estado en una fiesta —admití.

—Entonces ya va siendo hora de que empiece. —Para madame la cuestión quedaba zanjada—. ¡Márchese! Prepárese. Nos vemos el viernes.

—Muy bien... Gracias.

Me levanté y salí de la oficina sintiéndome las rodillas flojas. Prácticamente ni reparé en que me dirigía al metro, las piernas me llevaban solas.

Cuando llegué a la fábrica, mi desconcierto ya había remitido un poco.

Cuando entré por la puerta del laboratorio Ray me miró expectante.

—¿Y bien? —preguntó—. ¿Qué ha dicho?

—Me ha invitado a casa de los Vanderbilt.

—¿Cómo dices? —Ray abrió los ojos atónita.

—Lo has oído bien. Me ha invitado a acompañarla a una fiesta en casa de los Vanderbilt el viernes.

Ray abrió los ojos con asombro.

—¡Los Vanderbilt! ¡Vaya! Y yo que esperaba que vendrías con un encargo nuevo.

Negué con la cabeza.

—Ha dicho que quería presentarme en sociedad. Al parecer, nuestras cremas gustan mucho a las clientas en los centros de belleza, pero la perspectiva de ventas en tienda no pinta bien.

—Seguramente estarán presentes muchos grandes empresarios, tal vez los propietarios de los grandes almacenes. Los Vanderbilt son muy influyentes. Los invitados a esos actos son gente capaz de grandes cosas. Y si los empresarios te conocen en ese ambiente...

—No puedo hacerlo —dije de pronto, sintiéndome incluso más intimidada que antes—. No soy capaz de hablar con esa gente. No les puedo decir que compren nuestra crema.

—Ni falta que hace —respondió Ray—. Tú solo sé amable y sonríe. Dicen que madame no suele permanecer mucho rato en esos actos para no sentirse en la obligación de tener que hablar con miss Arden.

—Pensaba que no se habían visto nunca —dije porque Harry me lo había contado.

—¿Y tú te lo crees? —preguntó Ray—. Por supuesto que se han visto. Lo único que ocurre es que no se hablan. Pero tal vez haya otra razón por la que te quiere allí. Tú disfrútalo. Nosotros, la gente normal, nunca asistimos a las fiestas en casa de los Vanderbilt. Y, si puedes, atrapa un millonario y me traes otro para mí, ¿vale?

El viernes al atardecer daba vueltas ante el espejo hecha un manojo de nervios. El único vestido apropiado para una ocasión como aquella era de mi época en Berlín y parecía un poco anticuado. Era además el vestido con el que había salido con Darren. No había tenido tiempo de comprar uno nuevo. En su momento, cuando renové mi vestuario, no me pareció necesario comprar un vestido de noche. A esas alturas lamentaba aquella decisión. Pero era algo que ya no podía cambiar. Con todo, me vi guapa, y tal vez fuera bueno tener una apariencia sencilla.

Según madame, debería haberme arreglado el cabello, pero ¿cuándo? No había tenido ocasión de ir a la peluquería. Por lo tanto, como me había crecido bastante, me lo había recogido en la nuca con un moño. Nadie podría objetar nada al respecto ya que la propia madame llevaba el pelo peinado de forma similar. Por otra parte, estaba convencida de que el maquillaje discreto también era apropiado.

Mucho más que mi aspecto, lo que me preocupaba era cómo iba a transcurrir la fiesta. La gente rica me imponía un poco.

Me habría gustado que Ray también hubiera sido invitada. Así habría tenido alguien con quien conversar. ¿Con quién iba a hablar en casa de los Vanderbilt?

¿Debería haberle pedido a madame que me permitiera llevar acompañante? Como me había impuesto la cláusula matrimonial, probablemente no contaba con que fuera a presentarme ahí con un hombre...

Tal y como ella había anunciado, el chófer llegó puntual a las ocho. Me puse el abrigo y bajé corriendo la escalera. Al hacerlo, me encontré con Kate.

—Oh, ¡qué elegante vas! —exclamó con una sonrisa—. ¿Y quién es el que espera ahí fuera?

—El chófer de mi jefa —respondí con sinceridad.

—¿Has empezado a salir con él?

—No —me apresuré a contestar mientras me sonrojaba—. Ha venido a recogerme. Voy a una fiesta.

—¡Vaya, vaya! No pensaba que te gustaran esas cosas tan refinadas.

—Me temo que es más trabajo que placer.

—Bueno, pues si vas a una fiesta, procura divertirte. Pásatelo bien.

Le di las gracias y salí a toda prisa por la puerta.

Cuando el chófer me vio, se apeó del vehículo, me saludó brevemente y me abrió la portezuela. Tomé asiento en la parte de atrás.

Era extraño ir en coche de noche. Claro que también había salido con mister O'Connor, pero eso era distinto. ¿Con quién me encontraría en la fiesta?

Para mi gran asombro, no fuimos directamente allí, sino a la sede de la empresa de madame. Me apeé y atravesé la puerta giratoria. Madame aguardaba en el vestíbulo. No parecía que hubiera nadie más. El mostrador de recepción estaba vacío.

—Buenas noches, madame, yo...

—Me lo temía —espetó sin más.

El resto del saludo se me quedó en la garganta. Me quedé tan perpleja que ni siquiera me di cuenta de que mister Titus estaba sentado en una butaca algo alejado de nosotras.

Solo al cabo de unos instantes noté su presencia y le saludé con un ademán de cabeza. No tuve tiempo para más porque madame me indicó con un gesto que la acompañara. Se dirigió hacia los ascensores con paso enérgico. Me costó un poco seguir su ritmo.

No había ascensorista, pero a madame no le hacía falta. Sabía qué botón debía pulsar.

Durante el trayecto no nos cruzamos ni una sola palabra. Yo no me atrevía a preguntarle qué pretendía. Percibía su descontento y no quise irritarla más.

Al llegar a su despacho, se sacó una llave del bolsillo del abrigo. Ese gesto dejó a la vista lo que llevaba debajo, un vestido verde con lentejuelas plateadas.

—¡Quítese el abrigo! —ordenó en cuanto entramos en el despacho.

—¿Cómo dice? —pregunté.

—El abrigo. Quíteselo para que pueda ver su vestido.

Accedí a su petición. Me examinó durante un rato y me indicó que la siguiera.

Al poco caí en la cuenta de que me estaba llevando a sus estancias privadas. ¿Acaso dormía ahí cuando el trabajo la retenía hasta tarde?

La seguí con cierta vacilación. Se detuvo al llegar a una habitación ocupada por una gran cama. Los muebles eran antiguos y los cubrecamas estaban sobrecargados de bordados de rosas. Parecía el dormitorio de una reina.

—Vamos a tener que recomponer un poco su apariencia. Si se presenta así en casa de los Vanderbilt, van a creer que es una camarera.

Dicho eso, se arrodilló ante la cama y al cabo de un instante sacó de debajo una caja alargada. Cuando abrió la tapa, me quedé sin aliento. Dentro había dos vestidos con varias joyas esparcidas alrededor. ¿Qué era todo aquello?

—¡Cámbiese de ropa! —me ordenó—. Estos vestidos deberían quedarle bien. Escogeremos las joyas en función del color.

—Pero...

—¡Parece usted una secretaria! —me espetó—. ¡Quiero demostrar al mundo que las mujeres con las que trabajo tienen clase!

Tras esas palabras, se alejó. Me quedé mirando los vestidos. Uno era sedoso y de color verde oscuro; el otro, de color azul cielo. Era imposible que fueran de madame. ¿Acaso eran de su sobrina, que era un poco más delgada que ella y de mi altura? Como todavía estaban envueltos en papel de seda, supuse que madame los había comprado para Mala. O tal vez guardaba prendas como aquellas por si en alguna ocasión un familiar no llevaba la ropa adecuada.

Me pregunté cuál elegir. Madame iba de color verde oscuro y el azul claro no era mi color. Aunque me sentía en deuda con ella, no quería parecer de su propiedad.

Escogí el vestido azul cielo a regañadientes. De buena gana me hubiera marchado. En todo caso, ¿qué importancia tenía llevar un vestido elegante? Aunque estuviera metido en una caja y guardado de una forma aparentemente descuidada, seguía siendo mucho mejor que mi antiguo vestido de Berlín. Y en casa de los Vanderbilt no quería parecer una camarera ni una secretaria.

Me quité el vestido y me puse el de color azul cielo. Me quedaba un poco holgado de caderas y, cuando me miré en el espejo, vi que me iba un poco ancho. Pero si madame prefería ese...

Salí del dormitorio. Madame estaba sentada en el sofá del pequeño salón, que hacía las veces de estudio. Parecía impaciente.

—Odio llegar tarde —me explicó al verme—. ¿Por qué no ha escogido el verde? —preguntó ella—. Le quedaría mucho mejor.

—Porque usted viste de verde, madame— respondí.

—¡Bah! —soltó—. Eso nunca debería impedirle elegir algo que le siente bien. ¿Cuántas mujeres cree usted que llevan el mismo color en estas ocasiones? Póngase el verde y salga de nuevo.

Miré el reloj de pie que había en un rincón. Las agujas marcaban las nueve menos cuarto.

—¿No vamos a llegar tarde? —pregunté.

—Si usted sigue perdiendo el tiempo, seguro —exclamó—. ¡Vamos, vamos! ¡Cámbiese! —dijo sacudiendo la mano como si espantara gallinas.

Regresé rápidamente al dormitorio. Allí me quité el vestido y me puse el otro, que ciertamente me quedaba mucho mejor.

—¡Cuando termine, traiga la caja! —Le oí decir desde el otro lado de la puerta. Miré las joyas. Algunas cadenas se habían enredado entre ellas y los pendientes parecían frutas de cristal, aunque sospeché que lo que madame guardaba bajo la cama no era precisamente vidrio.

Al terminar, cogí la caja y la saqué.

—Mucho mejor —afirmó—. Déjeme ver.

Rebuscó entre las joyas de la caja y sacó un par de pendientes grandes. Me los acercó, pero luego los volvió a meter en la caja dejando oír un sonido de desagrado.

—Tiene la cara demasiado pequeña —dijo—, y estas joyas la ahogarían. Tal vez esto de aquí.

Sacó un collar de piedras muy brillantes. Tenía una forma delicada, pero brillaba como un cielo repleto de estrellas.

—Diamantes —comentó—. Quizá un poco exagerado para una química. Pero probémoslo.

Antes de que yo pudiera objetar algo, me puso el collar. El engaste y las piedras, que estaban fríos, se amoldaron a mi piel, y, aunque el collar apenas pesaba, me pareció como si llevara colgando el cofre de un tesoro.

—¿Por qué guarda unas joyas tan valiosas en una caja? —pregunté, mientras madame seguía buscando.

—Bah, solo son joyas —respondió ella—. Tengo muchas. ¡Espere, esto es mejor! —Sacó entonces un collar de perlas y lo examinó un buen rato; luego, me quitó el anterior y lo cambió por su nuevo hallazgo—. Las perlas siempre van bien —afirmó entregándome dos pendientes a juego que parecían lágrimas de nácar—. Todo esto son joyas que ya no me gustan —explicó, como leyéndome la mente—. Compras compulsivas. Estaba enfadada por algo y traté de compensarlo con gemas y perlas. Para serle sincera, es algo que todavía hago. Pero ¿quién va a detenerme?

Nadie, desde luego.

—Y ahora, dese prisa. Llegar un poco tarde es bueno para la imagen, llegar demasiado tarde te hace parecer poco de fiar. ¡Y eso sería malo para el negocio!

41

Al poco rato, volvimos a tomar el ascensor para bajar. Mister Titus seguía sentado en su sillón, completamente absorto en la lectura de un librito muy fino. No pude ver de qué se trataba porque, en cuanto nos oyó llegar, se lo metió en el bolsillo de la chaqueta.

El chófer nos estaba esperando y abrió las puertas de la limusina. Mister Titus ocupó el asiento del copiloto y nosotras nos sentamos atrás. El tráfico de noche era bastante tranquilo. Miré por la ventana y, mientras pasaba frente a escaparates iluminados y magníficamente decorados, volví a pensar en Darren. ¿Cómo le iría todo?

Me sobrevino una sensación de nostalgia seguida de un leve amago de amargura. ¿Por qué mis pensamientos no dejaban de girar en torno a él?

Un conserje vestido con librea nos dio la bienvenida a la entrada del hotel Astor. Debía de conocer a madame porque la llamó por su nombre y apellido.

Acto seguido nos dirigimos al guardarropa, donde mister Titus depositó todos los abrigos. No había dicho palabra desde que nos habíamos saludado brevemente. También en esta ocasión se apresuró a apartarse de nosotras. La tensión entre él y su esposa era notoria. ¿Por qué había accedido a ir si aquello claramente le incomodaba?

Madame vio cómo se alejaba. Su mirada reflejaba contrariedad y rabia contenida. Al instante, apartó esas emociones con una sacudida de cabeza.

—Vamos al salón, querida. Dentro es mucho más interesante.

Nos dirigimos hacia la gente y, aunque físicamente madame era mucho más menuda que la mayoría de los asistentes, su presencia llenó de inmediato toda la sala. Cuando pasábamos junto a las mesas, la gente interrumpía sus conversaciones y nos seguía con la mirada. No era de extrañar, ya que las joyas y el vestido de madame brillaban casi tanto como las lámparas de araña que pendían sobre nuestras cabezas.

Las miradas, que también iban dirigidas a mí, me inquietaron un poco. Para distraerme, elevé la vista al techo, que estaba ricamente decorado; entonces me di cuenta de que aquel salón era casi tan grande como el cine en el que había estado con Ray. ¿Cuántos invitados cabían? ¿Cuántos más pares de ojos nos aguardaban?

Momentos después, madame se encontró con los primeros conocidos. Los saludó y también me presentó a mí. Estaba tan nerviosa que apenas fui capaz de recordar sus nombres. Por fortuna, nadie esperaba de mí más que una sonrisa y unas palabras amables. Luego dirigían de nuevo toda su atención a madame.

Cuando dejamos atrás a sus interlocutores, empezó a mofarse de ellos entre susurros.

—Creo que mister Graves debería probar nuestros productos. ¿Se ha fijado en que tiene la piel descamada? En estos círculos, si una mujer se dejara ver de ese modo, sería durante días el hazmerreír.

Y:

—Miss Mancini debería dejar de aplicarse ese horrible color en los labios. Le amarillea los dientes y la hace parecer una yegua desenjaezada en un mercado de caballos.

Yo miraba a mi alrededor muy incómoda. ¡Si alguien nos oyera! Pero a madame no parecía importarle. Al final me llamó la atención un hombre que teníamos delante y del que, en apariencia, no había nada que objetar. Llevaba una chaqueta inmaculada con solapas de raso, y su camisa almidonada era de un blanco impoluto. Los zapatos, negros y a juego con sus pantalones, estaban tan pulidos que uno casi podía verse reflejado en ellos. También su rostro y su peinado eran muy atractivos. Era ese tipo de hombre que madame contrataría solo por su buen porte.

—¡Mister Vanderbilt! —dijo ella tendiéndole la mano—. ¡Cuánto me alegro de verle!

—Bienvenida, madame —contestó él inclinándose galantemente para besarle la mano—. Me alegro mucho de que haya podido acudir. ¿Su marido también ha venido?

—Edward está haciendo la ronda —respondió ella, sin dejar entrever hasta qué punto la ausencia de su marido la incomodaba—. ¿Qué tal está Emily?

Vanderbilt torció un poco el rostro, pero fue solo por un instante.

—Estupendamente —contestó—. La verdad es que me da grandes alegrías. Y ya está empezando a aprender las primeras letras con su niñera.

—Lista como su padre —observó madame—. Espero que haya heredado de usted el olfato comercial para los ferrocarriles.

—Ya se verá —respondió Vanderbilt; luego, como queriendo cambiar de tema, se dirigió a mí—. ¿Quién es su encantadora acompañante?

—Sophia Krohn —respondí presentándome. Le tendí la mano.

—Encantado de conocerla —dijo mister Vanderbilt dedicándome también un besamanos—. ¿Es pariente suya, Helena?

—Es uno de los mayores talentos de mi empresa —explicó madame con una gran sonrisa—. ¡La descubrí en París! —Enderezó la espalda, lo cual le hizo parecer un poco más alta, y sacó el pecho con orgullo—. Tengo el convencimiento de que está llamada a hacer grandes cosas.

—Y usted nunca se equivoca, tal y como nos demuestra una y otra vez. —Le hizo un asentimiento de cabeza y luego se volvió hacia mí—. ¿No le vendría mejor un apellido, digamos, americano? Sé que mi padre también le aconsejó a su jefa que hiciera lo mismo.

—¡Y yo no seguí su consejo! —replicó madame con rapidez—. Ya ve a dónde me ha llevado.

Vanderbilt no parecía escucharla.

—Debería usted llamarse Sophia Crown. Con un apellido así, en caso de que usted quisiera emprender su propio negocio, podría lograr incluso que los banqueros más duros de la ciudad le concedieran un préstamo.

Presentí que esa sugerencia a madame no le haría ninguna gracia.

—Creo que con madame Rubinstein estoy en buenas manos —dije desestimando la propuesta; me parecía absolutamente inapropiado hablar con una empleada en presencia de madame sobre la posibilidad de fundar una empresa propia—. Además, me gusta mi apellido.

Mister Vanderbilt inclinó la cabeza con una sonrisa que parecía burlona.

—Bien, pues le deseo muchos éxitos. —Volviéndose a madame, añadió—: Seguro que luego volvemos a conversar.

—Por supuesto, mister Vanderbilt —respondió madame con una sonrisa que, sin embargo, se extinguió en cuanto él nos dio la espalda.

Cuando mister Vanderbilt estuvo fuera del alcance del oído, madame se inclinó hacia mí. Bajo su apariencia sonriente, me pareció detectar cierto enojo.

—Esto es un nido de víboras —murmuró—. Hay que ir con tiento para que no te muerdan. Con todo, precisamente William

Vanderbilt III no tiene motivo alguno para mostrarse altivo. ¿Se ha fijado en cómo se ha estremecido cuando le he mencionado a su hija?

En efecto, su alteración no me había pasado desapercibida.

—Emily era también el nombre de su esposa —explicó madame—. Ella trató de conseguir el divorcio en dos ocasiones y hace dos meses por fin logró librarse de él. Tuvo que renunciar a la hija, pero ¿qué importa eso?

—La verdad es que él parece una persona agradable —respondí con asombro.

—Sí, y lo es, pero no con su esposa, al parecer.

Madame calló un instante. Me habría gustado saber qué se le pasaba por la cabeza en ese momento. Si los rumores eran ciertos, ella también estaba a punto de divorciarse. No podía permitirse el lujo de regodearse en un matrimonio roto. ¿O acaso se engañaba a sí misma?

—Sea como sea —dijo finalmente—, seguro que no tardará en llegar una nueva mistress Vanderbilt.

Pensé de nuevo en Ray y en su deseo de casarse con un millonario. ¿Habría tenido el valor de acercarse a mister Vanderbilt?

—Acompáñeme, quiero que conozca a algunos empresarios. Ahora mismo estoy viendo a un par que deberían saber cómo ha contribuido usted a la creación de Glory.

Me arrastró con ella hacia un grupo de caballeros vestidos con esmóquines negros. El estómago me gruñía, y sentí un cierto desasosiego. ¿Cómo iban a reaccionar esos hombres de negocios?

—¡Ah! ¡Mister Mason y mister Smith! —exclamó ella—. ¡Cuánto me alegro de volver a verlos a los dos!

Por un momento los dos hombres miraron casi asustados, pero supieron disimular su asombro esbozando una sonrisa profesional.

—¡Madame Rubinstein! —Mason fue el primero en responder—. Me alegro de verla. Hacía tiempo que no teníamos el placer de coincidir.

—Fue una lástima que no pudiera asistir a nuestra última velada —respondió ella con una sonrisa que parecía tan artificial como la de él—. Le echamos de menos; me habría gustado mucho mostrarle mis nuevas estatuas.

—Lo haremos en otra ocasión —aseguró Mason. A continuación, mister Smith tomó la palabra.

—¡Está usted deslumbrante, madame! Es difícil encontrar mejor publicidad para sus productos que su cutis.

Madame sonrió halagada.

—Me abruma usted, mister Smith. Por cierto, ¿cuándo van a empezar las obras de remodelación de Macy's? Me han dicho que ha logrado que Robert Kohn vuelva a ser el arquitecto.

—Sí, mis socios y yo estamos muy contentos. Con un poco de suerte, los primeros trabajos comenzarán la semana próxima.

Me quedé sin habla. Apenas quince días atrás los domingos me paseaba frente a los escaparates de Macy's, ¡y ahora me encontraba cara a cara con uno de sus directores!

—Por cierto, esta es la joven a la que tenemos que agradecer la magnífica línea nueva de productos. Sophia Krohn es uno de mis últimos descubrimientos; entre mis clientas Glory ha encontrado una gran acogida.

Smith me miró de pies a cabeza y luego me tendió la mano con una sonrisa.

—Encantado de conocerla, miss Krohn. Siempre es agradable ver la cara detrás del producto.

Me habría gustado insistir en incorporar Glory a su oferta, pero pensé que tal vez sería más prudente dejar que madame llevara la voz cantante.

—Sí, es preciso fomentar los jóvenes talentos —añadió madame con un toque enigmático—. Coincidirá usted conmigo, mister Smith, ¿verdad? ¿Y usted, mister Mason?

Los dos asintieron.

—Estoy segura de que oiremos hablar mucho de esta señorita.

Ella me sonrió, y luego se volvió hacia los hombres.

—Deberían ustedes asistir a mi próxima fiesta. Las obras de arte que acabo de recibir procedentes de Europa son realmente impresionantes; tengo la tentación de regalar algunas piezas para así poder dar a conocer a la gente esa grandiosidad.

En los ojos de Mason asomó un pequeño brillo de codicia. Smith, en cambio, se mostró bastante más imperturbable. Sin embargo, cuando madame se disponía a despedirse, dijo:

—Le llamaré lo antes posible para hablar de su nuevo producto. Me temo que últimamente he pasado por alto algunas novedades.

—Estoy siempre a su disposición —aseguró madame y les deseó a ambos una feliz velada.

Cuando quedamos fuera del alcance de sus oídos, de nuevo la sonrisa de madame se desvaneció de pronto.

—¡Esto ha ido bien! —susurró—. Seguro que Smith comprará Glory. Parece que no le llegó la información al respecto. Probablemente esa horrible mujer sobornó a alguno de los responsables de compras. ¡Pero eso ahora ya se ha acabado!

¿De verdad miss Arden podía llegar a ser tan vil como para desaconsejar la compra de nuestros productos a la gente? ¿O eran solo figuraciones de madame?

Tras estrechar la mano de algunos empresarios más, nos dirigimos a nuestra mesa, que estaba dispuesta para cinco personas. Me pregunté quiénes podrían ser los demás comensales. Mister Titus, sin duda, estaría entre ellos, pero ¿para quién eran las otras dos sillas desocupadas?

Fueran quienes fueran la pareja que se suponía que debía acompañarnos, no aparecieron ni siquiera cuando mister Vanderbilt se presentó frente a los invitados y pidió su atención.

Su discurso giró sobre todo en lo feliz que le hacía ofrecer una velada agradable a todas sus amistades.

—Esta fiesta sería aún mejor si estuviera en mi mano poder obsequiarles con una fuente de champán, como esas que tal vez algunos de ustedes han visto en los bares clandestinos, pero ya conocen la política al respecto. —Se oyeron unas risas seguidas de varios aplausos. Vanderbilt prosiguió—: En cualquier caso, creo que pronto dejaremos atrás este periodo oscuro. Aun así, me las he ingeniado para que no tengamos que pasar esta velada de un modo demasiado circunspecto. Así pues, alzo mi copa y les deseo una maravillosa velada.

De nuevo sonaron los aplausos.

Recordé entonces que Darren había afirmado que incluso los delincuentes sobrios cometían fechorías.

—Esa prohibición debería abolirse —dijo madame dando voz a mis pensamientos—. Pero estoy segura de que algún día sucederá. Cada vez hay más destilerías clandestinas y, como puede ver, no todo el mundo cumple con la prohibición. La existencia de bares ilegales es un secreto a voces. No es posible impedir a la gente hacer lo que quiera. Algún día los de arriba se darán cuenta.

El bufé se abrió y ni mister Titus ni los otros comensales de nuestra mesa se presentaron. Madame parecía un poco inquieta. No dejaba de alargar el cuello una y otra vez hasta que por fin se puso en pie. Pensé que iría al bufé, pero entonces dijo:

—No debería impedirle disfrutar un poco, querida. Mientras hago un par de charlas de negocios, paséese un poco y mire a ver qué chismes puede cazar. Tengo previsto abandonar la fiesta en dos horas, cualquier otra cosa sería una pérdida de tiempo. Si quiere quedarse más rato, dígamelo y mi chófer la llevará a casa.

—Gracias, pero no será necesario. Me reuniré con usted en dos horas.

—¡Perfecto! —Madame me dirigió una amplia sonrisa y se dio la vuelta—. Así pues, ¡a la carga!

No sabía qué significado daba madame a la expresión de ir «a la carga», pero en cuanto me di la vuelta ella ya había desaparecido entre la multitud. De repente me sentí perdida. ¿Debía permanecer sentada, o dar una vuelta por el salón? En ese momento la mayoría de los invitados se dirigían al bufé, así que me uní a ellos. No estaría de más dar un pequeño bocado.

Al llegar ahí, no di crédito a mis ojos: las langostas se apilaban en las bandejas de plata y unos peces de un tamaño que nunca había visto antes me miraban con sus ojos plateados y un limón en la boca. Entre ellos había delicadas carnes rosadas, ensaladas de distintos tipos y postres artísticamente decorados. El cisne, rodeado de rosas, que ocupaba el lugar central resultó ser en realidad un enorme melón artísticamente cortado.

Junto al bufé la mayoría eran solo hombres, que me miraron un poco sorprendidos al ver que me servía unos canapés. Por lo visto, no era habitual que las señoras se sirvieran solas. Aunque las damas iban con sus acompañantes, les dejaban a ellos la elección de su comida.

Ruborizada, regresé a la mesa con mi plato.

Una persona había tomado asiento. El recién llegado llevaba una chaqueta elegante, y su cabello de tono rojizo me era familiar.

Cuando se volvió, me quedé petrificada. ¡Darren! ¿Era él uno de los comensales de esa mesa? ¿Por qué madame Rubinstein no me lo había dicho?

El plato estuvo a punto de caérseme de la mano. Logré evitarlo y me apresuré a llevarlo a la mesa.

—¡Mister..., quiero decir, Darren! —exclamé con asombro—. ¿Usted... aquí?

—Órdenes de madame —respondió con una sonrisa. Se levantó y me tendió la mano—. Igual que usted, supongo. ¿O acaso últimamente ha entrado en el círculo de amistades de los Vanderbilt?

De repente tuve la impresión de perder el control de la situación. Al ir en coche hacia ahí había pensado en él. Y ahora lo tenía delante.

—No, yo también estoy aquí por madame... Al parecer, es preciso que los empresarios me conozcan.

—Bueno, pues entonces los empresarios pueden considerarse afortunados. Supongo que madame quiere alardear de nosotros.

—Ha comentado que esta noche era una buena ocasión para establecer contactos con personas importantes.

—En efecto. Pero, en mi opinión, la mayoría de la gente aquí no está especialmente interesada en conocer a un diseñador de envases. Excepto miss Arden.

—¿De verdad? —pregunté.

Se echó a reír.

—No, ella cuenta con su marido, que se encarga de que sus envases tengan una apariencia magnífica. Thomas Jenkins es un hombre extraordinario.

Mientras hablaba, por un momento me perdí en su mirada; entonces noté que una mujer se nos aproximaba. Tenía el pelo rubio y cortado hasta las orejas, y ajustado a su cuerpo esbelto llevaba un vestido blanco y muy corto. Era como Daisy, el personaje de una novela de la que Ray me había hablado. *El gran Gatsby*, o algo así... Seguramente la madre de Ray la habría llamado *flapper*.

Todo esto fue lo que se me pasó por la cabeza en las fracciones de segundo en que la miré. Ella, sin embargo, solo tenía ojos para Darren.

—Aquí estás, *honey* —dijo con voz meliflua apoyándose en su hombro. Entonces lo comprendí. Y aquello fue todo un golpe para mí.

Tras mi rechazo, Darren no se había derrumbado. Simplemente se había buscado otra. En realidad, no debería importarme, pero el caso fue que sentí una punzada dolorosa.

—¿Una amiga? —preguntó la desconocida mirándome de pies a cabeza.

—Una compañera de trabajo —respondió él con cierta vacilación—. Miss Sophia Krohn. He trabajado con ella para madame Rubinstein.

—Encantada de conocerla —dijo ella con dulzura tendiéndome la mano como si fuera una serpiente—. Soy Janice Foster. De hecho, es Darren quien debería presentarme, pero, bueno, eso las mujeres lo sabemos hacer solas, ¿no?

Le dirigió a Darren una mirada ponzoñosa. Él fingió no darse cuenta.

Me obligué a sonreír. Reconocía muy bien la falsedad. Me había topado con ella en los días de escuela y también en la universidad. Y esa Janice parecía de todo menos realmente contenta de verme.

—Igualmente —respondí imitando su tono.

—Qué emocionante es todo esto, ¿no? —comentó—. Toda esta gente tan maravillosa y rica. Le estoy muy agradecida a Darren por traerme con él.

Me pregunté si también la había llevado al club clandestino al que había ido conmigo. De repente, tuve una sensación de ahogo intensa. Sentí un martilleo en las sienes y me urgió la necesidad de salir de ahí.

—Me temo que van a tener que disculparme —dije. Era incapaz de explicar qué me ocurría, lo único que quería era marcharme.

—¿Y su comida? —preguntó Darren con asombro.

Sacudí la cabeza.

—No..., no tengo hambre.

Me di la vuelta y me abrí paso entre las filas de mesas. El corazón me latía agitado.

Por un momento sopesé la idea de recoger el abrigo y marcharme a casa de inmediato. Pero apenas había pasado media hora desde que madame se había levantado de la mesa. Necesitaba un lugar donde estar sola. Un lugar donde esconderme y esperar a que terminara la fiesta. De haber sabido...

—Usted debe de ser la mujer de la que a estas alturas habla medio salón —dijo una voz femenina a mis espaldas. Me volví. Vi con asombro a una mujer alta de cara alargada. Llevaba un vestido de color gris claro y tenía una brillante cabellera pelirroja de pelo ondulado.

—¿Cómo dice? —pregunté desconcertada.

—Usted ha venido con mistress Titus —se apresuró a decirme—. ¿No es así?

Necesité un momento para saber a quién se refería. No había nadie que llamara mistress Titus a madame.

—¿Y usted es...? —pregunté con tono frío.

—¡Oh! ¿No lo sabe? Soy Elizabeth Arden. —Me tendió la mano—. Encantada de conocerla.

Me la quedé mirando completamente azorada. La archienemiga de madame. La mujer de la que Helena Rubinstein sospechaba que le saboteaba las ventas.

Le estreché la mano, porque no quería parecer grosera.

—Usted es alemana —apuntó—. ¿Allí no es costumbre presentarse?

—Sophia Krohn —contesté conteniendo mi enojo. Por lo visto, todo lo que madame decía de ella era cierto.

—Un nombre sonoro, aunque creo que debería cambiarlo si quiere llegar a ser alguien en este sector. Supongo que no va a querer trabajar para siempre para mistress Titus.

Ella también. ¿Qué le pasaba a todo el mundo con mi apellido? Kate, Ray y las otras mujeres de la fábrica eran capaces de pronunciarlo sin problemas.

—¿Por qué debería usar un apellido que no es el mío? —pregunté—. No quiero fingir ser alguien que no soy.

—Muy loable por su parte, pero también un poco ingenuo —remarcó—. En nuestro oficio, todo cuenta. Para alcanzar la cima, a veces es inevitable introducir ciertas... correcciones.

Me escrutó con la mirada, como si fuera un halcón preguntándose si merecía la pena atacar.

—Dígame, miss Arden, ¿en qué sentido ha introducido usted correcciones? —pregunté reprimiendo mi rencor. Era posible que, en efecto, hubiera persuadido a los empresarios para que obviaran la compra de Glory.

—Ese será mi secreto —respondió imperturbable—. Y le recomiendo que usted también se lo guarde para sí. Por si alguna vez quiere abandonar el nido en el que actualmente se encuentra.

¿Qué pretendía decir con eso? No sabía si era mejor preguntar más detalles, o marcharme.

—Su nuevo producto es muy bueno —continuó diciendo—. La lástima es que hace años que mi línea de productos tiene algo similar. Pero ¿cómo iba a saberlo mistress Titus?

No estaba segura de cómo debía reaccionar a eso. ¿Acaso me acusaba de haberla copiado?

—Pero eso lleva sucediendo desde el principio. ¿Sabía usted que yo tuve filial en Nueva York antes que mistress Titus?

Negué con la cabeza y escruté a mi alrededor con la mirada. ¿No podía aparecer alguien que alejara de mí a miss Arden? Si madame me veía con ella...

—En efecto. Le gusta decir que soy yo la que la sigue por todas partes, pero la verdad es que es ella. Yo me limito a reaccionar a sus movimientos. ¿Quién me recriminaría querer estar presente ahí donde hay buenas oportunidades de negocio? ¿No le parece?

Tampoco se me ocurrió una réplica a eso.

—Creo que no debería robarle más tiempo —dije conteniendo a duras penas la rabia que sentía en mi interior.

—Ah, querida, ¿qué es el tiempo? —repuso con una sonrisa—. En nuestro sector se habla mucho de él y, sin embargo, lo evitamos siempre que es posible. Lo tapamos con colorete y esperamos que nadie lo note.

Me escrutó atentamente. Por fortuna, al cabo de un instante apareció un hombre. Me recordaba un poco a mister Titus, aunque su apariencia era bastante más prosaica.

—¿A quién has encontrado aquí, cariño? —preguntó él, mirándome detenidamente.

—Al último descubrimiento de mistress Titus —respondió ella y, volviéndose hacia mí, continuó—: ¿Me permite que le presente? Mi marido, Thomas Jenkins.

—Es un placer —dijo él estrechándome la mano.

No le respondí nada, porque aún me rebullía el enojo con su esposa. Aunque miss Arden no me había faltado al respeto directamente, lo que había dicho también me había indignado ya que sus palabras rezumaban malicia contra madame.

—Que acabe usted de pasar una feliz velada, miss Krohn —dijo ella para terminar—. Me acordaré de usted cuando nos volvamos a ver.

Dicho esto, se agarró del brazo de su marido y se alejó.

Inspiré profundamente. ¿Cuántos más encuentros como aquel me esperaban? Estaba claro que Ray tenía una imagen muy equivocada de este tipo de eventos.

Casi presa del pánico, busqué un rincón donde nadie pudiera acercarse a mí. Al otro lado del salón de baile descubrí un espacio reservado en el que refugiarme.

Me abrí paso entre la gente que bailaba. Sentía que la cabeza me zumbaba y anhelé la tranquilidad de mi laboratorio. Ahora ya sabía por qué no estaba hecha para actos como esos.

Al atravesar las cortinas de terciopelo verde forradas con flecos dorados, hallé por fin algo de paz. En aquel pequeño espacio anexo había un conjunto de sofá y butacas de cuero marrón. Me acomodé ahí. En el aire flotaba el olor a tabaco, pero el gran cenicero de la mesa estaba vacío. La fiesta acababa de comenzar, los hombres aún tenían que terminar las charlas de rigor antes de poder separarse en pequeños grupos y tratar de cosas realmente importantes.

Me refresqué las mejillas restregándolas con las manos heladas. Madame no se había quedado corta. Ahí se veían muchas cosas y eras visto por muchas personas. Sin embargo, todo el rato me sentía acuciada por una extraña sensación de aprensión. A mi padre le habría gustado contemplarme en compañía de toda esa gente tan rica, pero yo tenía la impresión de que aquel no era mi sitio. Las risas de las mujeres, al igual que las palmaditas en la espalda de los hombres, parecían artificiales, falsas y forzadas. Habría apostado a que la mayoría de ellas se detestaban tanto como madame y miss Arden. ¿Se habrían visto durante la velada? Lo dudaba, pero, en cualquier caso, de ser así no se habrían dirigido la palabra.

No sé cuánto rato permanecí ahí cavilando, pero en algún momento la cortina se corrió y una sombra cayó sobre mí.

—¡Sophia! —dijo una voz masculina—. ¿Se esconde usted?

¡Darren! Me levanté de un salto, como si me hubiera descubierto.

Él parecía sorprendido, pero también aliviado. Mi corazón empezó a latir con fuerza. Era la última persona con la que quería hablar en ese momento.

—¿Su pareja no le estará esperando? —respondí. Él negó con la cabeza.

—No es mi pareja —respondió—. Aunque es posible que ella así lo piense porque hemos salido dos veces juntos. Como seguramente ha notado, no es una persona fácil.

—¿Y por qué la ha traído consigo?

Él se encogió de hombros.

—A estos actos no se asiste solo. Usted ha sido muy valiente presentándose aquí sin acompañante.

—He venido con madame, eso es suficiente.

—Y posiblemente todos aquí piensen que es su sobrina. Aunque eso no tiene por qué ser una desventaja.

Me sonrió. Durante unos minutos no nos dijimos nada, solo nos miramos.

—Yo... solo quería decirle... —Hice una pausa. ¿Cómo salir airosa de esa situación? Para mí era importante hablar de aquella noche del invierno anterior—. Lamento lo de aquella vez. No..., no debería haber armado tanto revuelo.

—No quiso besarme —contestó—. Está bien. Yo no debería haberlo intentado.

—Debería haberme dado un poco de tiempo —repliqué—. No estaba... lista aún. En mi país viví unos... —Volví a callar. ¿Qué pensaría él si le hablaba de Georg? ¿Si admitía haber tenido una aventura con un hombre casado? A esas alturas era algo que me avergonzaba.

Y, si le hablaba de Georg, tendría que hablar también de Louis. Y no, eso no lo deseaba.

—¿Tuvo usted otra relación antes de venir aquí? —Darren adivinó mis pensamientos.

—Sí. Y no terminó bien.

Silencio. Me pareció que en cualquier momento estallaría de pura vergüenza.

—No tiene por qué contármelo. A menos que quiera.

—No —dije casi sin pensar—. Ahora no. No puedo, es... demasiado doloroso.

Darren asintió en señal de comprensión.

—¿Hay algo que pueda hacer?

—No, es agua pasada. Y no me gusta pensar en ello. A fin de cuentas, vine a Estados Unidos para empezar una nueva vida.

—¿Una vida en la que un hombre también tendría cabida? —Me miró con insistencia.

—Sí —respondí—. Siempre y cuando ese hombre sea libre. No quiero ser la desgracia de otra mujer.

Nunca más. Otra vez, no. Me habría gustado añadirlo, pero con ello habría revelado demasiadas cosas.

—Sophia, es usted una mujer fantástica, ¿lo sabe?

Darren volvía a sonreír.

—Usted casi no me conoce —respondí notando cómo me ardían las mejillas. Aunque tenía mis remordimientos, era agradable que un hombre me hiciera un cumplido, poder ser una mujer distinta a aquella que se miraba la cicatriz en el espejo y sabía que ese era el justo castigo por su crimen.

—Pero me encantaría conocerla mejor —dijo acercándose tanto que solo le hacía falta extender los brazos para abrazarme. Para mi propia sorpresa, me aproximé. Me sentía atraída hacia él, aunque lo esperara esa mujer.

—Yo a usted también —contesté, y él inclinó la cabeza hacia delante. Buscó un instante en mi mirada algún indicio de rechazo, pero no lo encontró. Quería besarlo, quería sentirlo. Quería que me tomara en sus brazos.

Y es lo que hizo apenas un instante después. Nuestros labios se rozaron de forma cálida y tierna, primero a tientas, luego con más fuerza.

Sentí en mi interior chispas que estallaban para formar un torrente de fuego. ¡Cuánto tiempo sin esa sensación! Me di cuenta de lo mucho que la había echado de menos.

Al instante siguiente, una figura apareció junto a nosotros. ¡Madame! Me deshice sobresaltada del abrazo de Darren.

Nos dirigió una mirada de asombro. No había nada malo en besar a Darren. Sin embargo, en mi contrato había esa cláusula de matrimonio y de pronto me sentí como una traidora.

—Miss Krohn, quería preguntarle si desea venir con nosotros en coche —dijo madame—. No me siento bien y me gustaría abandonar la fiesta.

—Sí, por supuesto —respondí aclarándome la garganta. Por el rabillo del ojo vi que Darren se había sonrojado. Posiblemente él, como yo, estuviera maldiciendo en ese momento su aparición—. Estaré con usted en un momento, madame.

Helena Rubinstein asintió y luego se retiró. Miré a Darren.

—Me temo que debo marcharme.

Él hundió las manos en los bolsillos del pantalón y asintió.

—¿Nos veremos? —pregunté y, al ver que él no respondía, añadí—: ¿En menos de tres meses?

—Si quieres...

Sonreí.

—Así es.

Me devolvió la sonrisa.

—De acuerdo. Entonces, veámonos. ¿Tienes teléfono en casa?

—Mister Parker tiene. Si llamas allí, seguro que Kate me avisa. El problema es que no sé el número.

—Ya lo averiguaré —prometió él. Me volvió a tomar en sus brazos y me besó otra vez.

42

ontaba con encontrar a madame junto al guardarropa, pero no fue así. Pedí el abrigo a la encargada y salí del hotel. El automóvil aguardaba fuera, en la rampa de acceso. El portero, percatándose de mi intención, se acercó y me abrió la portezuela. Dentro del vehículo vi a madame. Mister Titus no estaba en el coche.

Me sentía incómoda. La alegría, las chispas que había sentido momentos atrás se habían extinguido dejando paso a un sentimiento de culpa cada vez mayor. Era como si hubiera hecho algo malo. Pero ¿acaso estaba mal besar a un hombre?

Mientras el coche recorría las calles, madame miraba por la ventanilla sumida en sus cavilaciones. Yo toqueteaba nerviosa el dobladillo de mi abrigo.

La tensión se palpaba en el aire. ¿Acaso madame se había peleado con su marido antes de aparecer? ¿Era esa la verdadera razón por la que había querido abandonar la fiesta tan pronto? ¿O se había encontrado con miss Arden?

—Jack, aparque el coche a la derecha, por favor —dijo de repente a su chófer. Este obedeció y estacionó el coche junto a unos grandes almacenes.

—Y ahora vaya a dar una vuelta a la manzana. Quiero tratar de un asunto con miss Krohn.

Aquellas palabras me atravesaron las entrañas como un rayo. Mis manos, que ya estaban frías, se entumecieron casi por completo y noté que el pulso se me aceleraba.

—¿Qué relación tiene usted con mister O'Connor? —preguntó.

Vacilé. En realidad, no era de su incumbencia.

—Es..., es un amigo. Solo nos hemos besado, nada más.

Madame no dijo nada y se limitó a apretar los labios para formar una línea fina. Su mirada se deslizó por el escaparate del establecimiento frente al coche.

—Hombres —murmuró—. No puedo decirle con quién relacionarse y con quién no, pero no olvide que tenemos un trato.

—Sí, madame —contesté—. No tengo intención de dejar la empresa por un hombre.

Me di cuenta de que no me creía. Pero era cierto. Debía de haber algún modo de tener una relación y trabajar. ¡Los hombres lo hacían! El contrato que había firmado con ella decía que no podía casarme en diez años. ¡Pero no decía nada de que no me pudiera enamorar! El hecho de que ella pretendiera interferir me irritó.

—No olvide que los hombres son la mayor fuente de distracción para una mujer —prosiguió—. Pueden apartarla de su carrera profesional, de todo lo que se haya propuesto.

Quise responderle diciendo que ella misma estaba casada, pero no fui capaz de emitir ningún sonido. La rabia que de pronto me sobrevino era demasiado intensa. Al mismo tiempo, en mi cabeza una voz me decía que era justo lo que me había ocurrido a mí. Georg me había arrebatado mi futuro dejándome embarazada. Pero no quise oírla. No entonces cuando empezaba a conocer a Darren, y después de no habérmelo podido sacar de la cabeza.

Al cabo de un rato madame me anunció:

—Voy a marcharme un tiempo a París para intentar salvar mi matrimonio.

Me la quedé mirando. ¿París? ¿Qué tenía que ver eso con el beso de Darren?

Ella volvió a contemplar la oscuridad por unos instantes. La luz de las farolas caía sobre el coche marcándole unas sombras duras en la cara; de pronto, parecía tener veinte años más.

—Mi marido se ha vuelto a enamorar —añadió en un arranque inesperado de sinceridad—. Al menos, eso es lo que dice. Siempre ha sido un mujeriego, pero nunca había llegado tan lejos.

Las palabras de madame me hicieron sentir muy incómoda. Lo que ocurriera entre ella y su marido no era asunto mío. Sin embargo, al parecer, sentía la necesidad de hablarme de ello. Azorada, guardé silencio. En cualquier caso, ella tampoco esperaba que dijera nada.

—Ya poco después de casarnos le tiró los tejos a otra —siguió diciendo—. Y así continuó. Solo cuando nacieron nuestros hijos su actitud fue distinta. En realidad, yo nunca había querido tener hijos, pero, cuando vi lo cariñoso que se volvía de pronto, accedí. Por desgracia, no fue algo que durara.

Por primera vez, parecía vulnerable. El dolor empañaba su mirada y las lágrimas asomaron a sus ojos.

—Le amo de verdad, pero el tiempo trae siempre nuevas tentaciones. Puede que sea por mi culpa. No le he dedicado suficiente atención. Lo he descuidado anteponiendo siempre la empresa.

Aunque yo no era quién para juzgarla, ¿por qué quería recuperar a un hombre tan notoriamente infiel? Sin embargo, guardé silencio, consciente de la fina cuerda sobre la que me balanceaba en ese instante. Madame no abría su corazón a nadie. Si se daba cuenta de con quién lo estaba hablando, su benevolencia podría convertirse en ira.

—Prométeme una cosa —dijo asiéndome de pronto de la mano.

Asentí con la cabeza. Aún me sentía enojada por su actitud despótica, pero también la comprendía. Por otra parte, me avergonzaba de haber sido una mujer como aquella de la que mister Titus se había enamorado. Una mujer que creía que su amante se divorciaría para empezar una nueva vida con ella. A diferencia de Georg, mister Titus parecía querer cumplir su promesa.

—Guárdese para usted todo lo que le he contado. Es importante. Cuando llegue el momento, ya lo haré público, pero todavía no es el momento. Ahora tengo que luchar.

—¿Por qué tiene que hacerlo público? —pregunté—. A fin de cuentas, es un asunto privado.

—Una mujer como yo no tiene asuntos privados. Cuando me despierto por la mañana, ya estoy rodeada por un montón de colaboradores. —Soltó una risa amarga—. Es el precio de ser una reina. Siempre lo ha sido. Casi nunca estás sola. Y además todo el mundo lo sabe todo sobre ti. Hay que tener cuidado con lo que dices. Y, sobre todo, hay que cumplirlo, porque ¿de qué sirve si se descubren las mentiras?

—Me lo guardaré para mí, prometido —le aseguré mientras me preguntaba cuál era la verdadera historia de madame. Para todos era la exitosa mujer de negocios, la mecenas del arte. Pero ¿cómo era por dentro? ¿Acaso simplemente alguien que anhelaba el amor? ¿Que había hecho grandes sacrificios para lograr lo que se había propuesto?

—De acuerdo —repuso satisfecha dándome una palmadita en la mano—. En ese caso, será mejor que nos pongamos en marcha. Todavía tengo que hacer las maletas para ir a París.

Dicho esto, abrió la portezuela del coche y le hizo una señal al chófer, que estaba apoyado en la esquina de un edificio.

—Por cierto, puede quedarse con el vestido, y también con los pendientes —dijo como si tal cosa mientras el coche arrancaba de nuevo—. Quién sabe, puede que algún día le hagan un buen servicio.

No se me ocurría una ocasión en la que tuviera que llevar un vestido como ese, pero, como no quería disgustarla, se lo agradecí educadamente.

43

Estuve dando vueltas a la confesión de madame hasta bien entrada la noche, pero por la mañana mi primer pensamiento fue para Darren. Y de nuevo me vi en un dilema.

Por un lado, anhelaba sentirme amada y, por otro, me asustaba tener que revelarle mi secreto. Temía su reacción, temía que me fuera a dejar de inmediato. De hecho, acabábamos de empezar. Aquel beso bien podía no significar nada para él.

Al llegar a la fábrica, noté la curiosidad de Ray a la legua, pero no fue hasta la pausa del almuerzo, cuando nos sentamos al exterior en el murete, que preguntó:

—Y bien, ¿qué tal? ¿Viste a los Rothschild? ¿Hablaste con los Astor? ¿Y mister Vanderbilt? Se rumorea que vuelve a estar libre.

Los nombres cruzaban por mi cabeza como gorriones hambrientos. Excepto ella, nadie en la fábrica sabía que me habían invitado a la fiesta. Me alegró que Ray hubiera sido discreta porque eso me había salvado de que las demás también me cosieran a preguntas.

—En efecto, hablé con mister Vanderbilt —le respondí—. Sí, según madame, su esposa lo ha abandonado. Él me aconsejó que me buscara otro apellido si quería llegar a ser algo en los negocios.

—¿Así que no te pidió una cita?

—No, simplemente pensó que era familia de madame.

—Y tú, claro, le dijiste que no, ¿verdad?

—Madame se encargó de ello. Y él no pareció querer tener una cita conmigo.

—Vaya, eso es frustrante. Entonces, ¿no ocurrió nada emocionante? ¿O vuelve a ser ese estilo alemán tuyo de hacer que todo parezca menos de lo que es?

Ya me había comentado varias veces que mi «estilo alemán» resultaba frío y que le quitaba brillo a cualquier sensación. Sin embargo, lo único que me había parecido emocionante había sido el beso de Darren. Y precisamente eso y mi encuentro con miss Arden eran cosas que prefería guardar para mí.

Me esforcé pues en hacer que todo pareciera algo más colorido.

—Había mucho que ver, los ojos casi se me salieron de las órbitas —proseguí—. Todos esos vestidos brillantes y los trajes elegantes... —Casi se me escapó que madame me había regalado un vestido y un collar de perlas, pero, aunque confiaba en Ray, fui prudente porque sabía la rapidez con que se puede despertar la envidia. Incluso entre personas que se aprecian—. Había un bufé fabuloso, y mister Vanderbilt dio un discurso a favor de la derogación de la Ley Seca. Y luego conocí a varios empresarios. Incluso a uno de los directores de Macy's.

—¡Qué emocionante! —A Ray le brillaban los ojos—. ¡Cómo me gustaría haber estado! Conmigo a tu lado, estoy segura de que habrías conocido a un millonario.

—No quiero conocer a un millonario —repuse y sonreí al pensar en Darren. No me importaba cuánto dinero tenía. Me gustaba por su ingenio y su carácter agradable, algo que entre esos empresarios no había podido descubrir—. Si alguna vez nos encontramos uno, te lo dejaré todo para ti.

—¡Mientes! —respondió soltando una carcajada.

El día pasó muy lentamente pues no dejaba de preguntarme si Darren iba a llamarme. Había prometido averiguar el número de mister Parker. Pero ¿hablaba en serio? ¿O de nuevo no daría señales hasta al cabo de unas semanas?

Esa inquietud llegó a su punto culminante al aproximarme a mi casa. No le había dicho a Darren a qué hora salía del trabajo. ¿Habría llamado?

—¡Hola, Kate! —la saludé al pasar ante la puerta del piso de mister Parker y deteniéndome un momento junto a la escalera.

—¡Hola, cielo! —respondió sin asomarse.

Todo hacía pensar que todavía no había llamado. Fui al buzón y miré si había llegado correo. Sin embargo, como solía ocurrir, estaba vacío. Así las cosas, no tenía nada con que distraerme.

Pasé en ascuas las horas que siguieron, pero no hubo ninguna novedad. Traté de tranquilizarme pensando que Darren quizá también hubiera tenido un día ajetreado, que tal vez un cliente hubiera acaparado su atención hasta última hora de la tarde.

Finalmente, se me cerraron los ojos y, cuando me desperté en el sofá bien pasada la medianoche, tuve la certeza de que no iba a llamarme. Tal vez había cambiado de opinión.

Como todos los domingos apagué el despertador porque al menos una vez a la semana quería dormir hasta tarde.

Un bocinazo ante la puerta arruinó ese plan. Resonó por toda la calle y fue seguido de la reprimenda enfurecida de mister Miller, que vivía al otro lado de la calle y no soportaba siquiera que los niños del barrio jugaran frente a su casa.

Miré la hora. Eran las cinco de la madrugada. ¿Qué estaba pasando?

Como los bocinazos no cesaban, me levanté de la cama para echar un vistazo. Mister Miller seguía maldiciendo a voz en cuello, pero al parecer eso le traía sin cuidado al propietario del vehículo.

Al acercarme a la ventana, me quedé helada. ¡Era el coche de Darren! Estaba de pie junto a la portezuela del conductor. ¿Qué demonios estaba haciendo ahí?

Desatranqué la ventana y la empujé hacia arriba.

—¿Está usted loco? —gritaba mister Miller—. ¡Voy a llamar a la policía!

Cuando Darren me vio, los bocinazos cesaron.

—¿Te apetece salir a dar un paseo por el campo? —preguntó mientras al fondo mister Miller seguía lanzando imprecaciones. De hecho, a esas alturas armaba prácticamente el mismo alboroto que los bocinazos de antes. Eso a Darren no parecía importarle. Ni siquiera la amenaza de una paliza le impresionó.

—¿Un paseo por el campo? —pregunté—. ¿A dónde?

—Si te lo dijera, no sería una sorpresa. ¡Vamos, vístete! Aquí tengo todo cuanto necesitamos.

Le habría podido hacer notar que había dicho que me llamaría, pero me sentía muy contenta de verlo. Y tenía que hacer algo para evitar que mister Miller apareciera en persona y le propinara un golpe a Darren.

—¡Ya voy! —contesté.

Al oírme, mister Miller gritó:

—¡Pues apresúrese y llévese a ese patán de aquí de una vez!

Cerré la ventana y corrí al armario.

Diez minutos después bajaba la escalera hecha un pincel. Sin duda, Kate y mister Parker se habían despertado con los gritos de mister Miller, pero no los oí. Me alisé el vestido que me había comprado semanas atrás, me arreglé el peinado una vez más y salí.

Darren estaba de pie frente a la valla, con las manos en los bolsillos y una sonrisa en la cara.

—Pero si es la chica más bonita de Brooklyn —dijo.

—Pensé que llamarías —le reproché en voz baja, aunque probablemente eso ya no era necesario. Los bocinazos y los gritos de mister Miller debían de haber despertado a medio vecindario.

—Me pareció mejor así. Si no, no habría visto el nuevo vestido que llevas.

—Has tenido suerte de que mister Miller no tenga macetas —le respondí.

Me tomó entre sus brazos.

—¿Crees que deberíamos besarnos delante de toda esta gente? —pregunté.

—Pero si no hay nadie en la calle.

—No, están todos asomados en las ventanas.

—Entonces deberíamos darles algo que ver.

—¿Y si mister Miller llama a la brigada antivicio?

—Creo que deberíamos arriesgarnos, ¿no te parece?

Me dio un beso muy breve y luego ladeó la cabeza como si estuviera escuchando. Empecé a ruborizarme. Todo el enojo que había sentido por él se esfumó de golpe.

—Entonces, ¿vienes? —preguntó—. Es domingo, y pensé que tal vez no tendrías nada planeado aún.

—¿Tan aburrida me crees?

—No, no eres para nada aburrida. ¿Y bien?

Le sonreí.

—De acuerdo. ¿Tengo que llevar algo más?

—No. Pero no te cambies de ropa, así vas perfecta.

Me separé de él y entré de nuevo en casa.

Kate había dejado la puerta de la cocina abierta como siempre. A esas alturas, ella también se había despertado. Preguntó:

—¿Así que tienes un admirador?

Me asomé a la puerta.

—¡Eso parece! —contesté.

Kate sonrió.

—Seguro que mister Parker se ha despertado pronto de puro susto. Debería ir a ver.

Asentí con la cabeza.

—¡Divertíos! —dijo mientras yo subía la escalera.

Al poco rato me monté en el coche de Darren. Solo llevaba un bolsito pues contaba con que él únicamente quería salir de la ciudad. De ahí mi sorpresa al ver sobre el asiento trasero una cesta de mimbre bastante grande.

—¿A dónde vamos? —pregunté—. ¿Voy a necesitar algo más que un bolso?

—No, está bien así.

—No disfrutaré del trayecto si no sé a dónde voy. Me ocurría lo mismo cada vez que mi padre nos llevaba al azar de viaje.

—Vamos a Gardiners Island —respondió—. Quiero enseñarte la isla donde se dice que el capitán Kidd escondió un tesoro.

—¿Una isla de piratas? —pregunté—. ¡Para eso vamos a tener que tomar el ferri!

—Eso es exactamente lo que haremos. Por cierto, también se puede ver la casa donde nació una primera dama, y hay mucha naturaleza. Creo que eso es justo lo que necesitamos.

Lo miré.

—¿Desde cuándo te interesa la historia?

—Desde la escuela —dijo—. Podría haber sido profesor de historia. Pero no podía permitirme estudiar en la universidad. Así que decidí ganar dinero y seguir interesándome por la historia.

—Es decir, ¿escaparte con tus citas a islas piratas?

—Entre otras cosas.

Se echó a reír y pisó el acelerador.

La isla asomó con playas de arenas brillantes, colinas verdes y un molino de viento blanco como la nieve que se veía a lo lejos en el mar. Apenas se vislumbraban otros edificios.

Al preguntarle al pescador que nos llevaba, nos explicó:

—En realidad la isla es propiedad de la familia Gardiner. Ellos no tolerarían tener más vecinos.

—¿La isla pertenece a una sola familia?

—Sí. Fueron rápidos y aprovecharon la oportunidad. Por entonces no había tanta gente interesada.

Miré a Darren. ¿Podría vivir con él en una isla tan solitaria? Él notó mi mirada y me sonrió.

—¿Necesitas algo?

—No —dije—. Solo te miro.

—Y ¿qué ves?

¿El futuro, tal vez? No, no quería ir tan lejos. Pero era agradable salir con alguien. Sentir de nuevo unos labios en la boca. Volver a tener a alguien en cuyos hombros poder apoyarme cuando todo resultaba demasiado difícil. Quizá eso se pudiera convertir en una relación con un hombre libre de verdad y que no tuviera que compartir con nadie.

—A ti —respondí—. Tengo la sensación de no haberlo hecho lo suficiente hasta ahora.

—Bueno, a partir de ahora, si quieres, tendrás a menudo la oportunidad de hacerlo.

Me miró con cariño y me besó en la frente.

En cuanto el barco atracó en una pasarela alargada, desembarcamos. El silencio del lugar era abrumador. Solo se oía el sonido del viento rozando los árboles y aquí y allá el trino de un pájaro. Desde ahí no se percibían siquiera los ruidos del molino.

—¿Y se supone que esto es una isla pirata? —pregunté.

—¡Por supuesto! —contestó él mientras nos adentrábamos por un camino polvoriento. A lo lejos se alzaba una mansión. ¿Había alguien más allí además de nosotros?—. El mismísimo capitán Kidd echó aquí el ancla para esconder un enorme tesoro de oro, plata y piedras preciosas. Los españoles le pisaban los talones después de que les hubiera saqueado varios barcos. Lady Gardiner le permitió entrar en sus tierras, según se dice, a cambio de una parte del botín. Sin embargo, el capitán no pudo rescatar su tesoro. En el camino de regreso fue detenido y condenado a morir en la horca en Inglaterra.

—¿Son estas las historias que te explicaban de niño?

—No, me enteré de ellas cuando llegué a Nueva York. En esa época trabajé durante un tiempo en el puerto, y había un viejo lobo de mar que se divertía contando batallitas de piratas. Se dice que William Kidd se trasladó a Nueva York, como todos nosotros, y que allí se hizo rico. Era comerciante, pero le ofrecieron una patente de corso para capturar barcos franceses y atrapar piratas. Se compró un barco grande y se puso manos a la obra, pero no tuvo mucho éxito. Un día empezó a atacar también a barcos amigos. Aquel fue su final.

—Una historia estremecedora. A mi compañera de trabajo le encantaría.

—Pues cuéntasela. Y añade que se cree que el tesoro del capitán Kidd aún no se ha desenterrado del todo. Igual viene hacia aquí armada con una pala y un pico.

Me lo quedé mirando.

—Otros ya lo deben de haber hecho antes, ¿no?

—Sí, pero se rumorea que todavía queda algo. La mayor parte, por supuesto, se la llevaron los ingleses.

Esbocé una sonrisa tan amplia que incluso la noté en las orejas.

—Parece que algo queda de tu abuelo el buscador de oro.

—No creo —repuso con una sonrisa pícara—, porque de ser así habría traído algo distinto a lo que hay aquí.

—¿No estarás diciendo que llevas una pala y un pico en la cesta?

—No, algo mucho mejor.

Nos dirigimos a una loma y al llegar a lo alto Darren sacó una manta de la cesta de mimbre y la extendió. El pícnic era sencillo, pero sabía de maravilla, y el calor en la piel me proporcionó una sensación de paz.

—¿Te imaginas vivir en una isla así? —le pregunté a Darren—. ¿Lejos del ajetreo de Nueva York?

—Me gusta el bullicio de la ciudad —respondió—. ¿Y a ti?

—Soy de Berlín —contesté—. Allí es lo mismo que en Nueva York, solo que los edificios no son tan grandes. No conozco otra cosa.

—¿Tendrías algo en contra de una casita en el campo?

—No, en absoluto. Pero insistiría en tener mi propio laboratorio. Aunque podría renunciar a la vida en la ciudad, nunca abandonaría la química.

—¿Y qué harías? ¿Mezclar cremas y perfumes?

—Sí. Pero tal vez...

De pronto una idea se me formó en la mente. ¿Y si terminaba mis estudios? Tenía un buen sueldo, y quizá en algún momento tendría lo suficiente para graduarme.

—¿Tal vez...? —insistió.

—Tal vez algún día tenga mi propia tienda.

—¿Quieres serle infiel a madame?

—No, claro que no. Pero ¿y si... la vida cambia? ¿Y si llega un momento en que deseo valerme por mí misma?

—Entonces yo me encargaré de que tengas tu laboratorio. No importa dónde esté la casa.

Con estas palabras me rodeó con un brazo y me acarició el pelo. Cerré los ojos y por un momento me permití soñar.

—Eh, ¿qué te pasa? —preguntó Ray el lunes cuando llegué a la fábrica—. ¡Estás radiante! ¿Acaso mister Vanderbilt llamó a tu casa preguntando por ti?

—Hice una excursión. A una auténtica isla de piratas.

—¿Una isla de piratas?

—Gardiners Island —le aclaré.

Ray ladeó un poco la cabeza.

—¿Fuiste sola a Gardiners Island?

—No, no fui sola —respondí incapaz de contener la sonrisa.

Ray retuvo el aire por la sorpresa.

—¿Has conocido a un hombre?

Asentí con la cabeza.

—¿Cuándo? ¿Dónde? No te montarías en coche con un completo desconocido, ¿verdad?

Los ojos le brillaban a la espera de más detalles.

—No, con mister O'Connor.

Ya estaba dicho. Me sentí extrañamente aliviada.

—¿El especialista en envases? —preguntó—. ¿El del coche grande?

La así de las manos.

—Te lo ruego, no le cuentes nada a nadie sobre esto, ¿quieres?

—¡Claro que no! ¡Dios mío! ¡Le has cazado!

—Todavía no sé si lo he cazado —repuse—. Nos entendemos bien y me contó cosas sobre los piratas de la isla. ¡Fue un día maravilloso!

—¡Ojalá tuviera yo un hombre que me contara cosas de piratas! —Ray cruzó las manos ante el pecho y levantó la mirada al cielo con embeleso, como pidiendo un deseo—. ¿Y ahora qué? —preguntó.

—Dice que llamará —respondí sintiendo la felicidad burbujear en mi estómago como agua con gas—. Y volveremos a salir. Espero que muy a menudo.

44

El otoño llegó y trajo consigo un tiempo desapacible, pero no me importaba. Llevaba a Darren en mi corazón, y apenas pasaba un minuto libre sin pensar en él.

Todos los domingos hacíamos pequeñas excursiones, que organizábamos por teléfono los viernes. Normalmente salíamos al campo, pero, si el tiempo era destemplado, nos quedábamos en la ciudad visitando galerías o yendo al cine.

Como Darren siempre llamaba a la misma hora, los viernes me quedaba en la escalera esperando a que sonara el teléfono. Kate me abría la puerta del piso de mister Parker con una sonrisa traviesa. Esperábamos a su hora de paseo después de comer para no molestarlo. Eso a veces me hacía sentir mal, pero Kate me tranquilizaba.

—No suele llamar nadie por teléfono. Mister Parker espera que sus hijos le llamen, pero nunca lo hacen. Al menos así le da uso. Y tampoco se nota porque, si el que llama es tu pretendiente, no cuesta nada.

Un viernes a finales de noviembre regresé a casa cansada y hambrienta. De nuevo en la empresa reinaba una gran tensión. La campaña de Navidad estaba en pleno apogeo y corrían rumores sobre madame. Se decía que iba a prolongar aún más tiempo su estancia en París y que iba a ceder el negocio de Nueva York a su sobrina.

Recordé a la hermana de madame en París y le envidié tener una familia tan extensa. De haber tenido yo una hermana, tal vez todo habría ido de otro modo... ¿O quizá habría perdido un miembro más de la familia por mi desliz?

Como Darren iba a llamar, me apresuré a abrir la puerta. Estuve a punto de no mirar el buzón, pero como seguía esperando correo de Henny, volví para hacerlo.

En efecto, dentro había un sobre. Mi corazón dio un salto. ¡Carta de Henny! ¡Llevaba tanto tiempo esperándola!

Al sacar el sobre, me di cuenta de que le faltaba algo. No llevaba la pegatina roja con las palabras «*Par Avion*», ni el matasellos de *Poste Aérienne* en el sello. De hecho, no había sello alguno.

Aquella carta debía de haber sido entregada por un recadero.

Di la vuelta al sobre y me quedé boquiabierta al ver escritas en él las palabras «Elizabeth Arden».

Me acordé del breve encuentro en la fiesta. ¿Cómo había obtenido mi dirección? ¿Y qué significaba esa carta?

Me la llevé a mi habitación y, de repente, mi expectación por saber de Darren se esfumó. Busqué un cuchillo en la cocina y abrí el sobre.

El papel era de color lavanda y las palabras, escritas con una caligrafía finamente curvada, me embotaron los sentidos.

Querida miss Krohn:
Fue un placer conversar con usted en la fiesta de los Vanderbilt. Su porte es encantador y, aunque me duela admitirlo, su mérito recuperando la capacidad competitiva de la casa Rubinstein en pocas semanas es simplemente impresionante.

Pero con nosotras siempre es así, ¿verdad? Cuando una se atreve a hacer un movimiento, arrastra también a la otra. Puede que ahora mistress Titus se sienta muy satisfecha, pero le aseguro que este movimiento no quedará sin respuesta.

Aunque mejor no hablemos de estas cosas. Me gustaría hacerle una oferta. Seguramente usted ya adivina de qué se trata, pero no quiero que me acusen de arrebatarle el personal a la competencia. Me figuro que mistress Titus le ha puesto grilletes. Yo, en su lugar, tampoco dejaría ir fácilmente a alguien con talento. Sin embargo, es posible que no estén tan apretados como creemos.

En caso de que recapacitara sobre la posibilidad de cambiar su puesto de trabajo actual, le invito a atravesar la puerta roja.

Atentamente,

E. A.

Fui al sofá con paso tambaleante. Miss Arden me estaba ofreciendo pasarme a su empresa. ¿De verdad creía que yo iba a dejar a Helena Rubinstein?

Un golpe en la puerta me sacó de mis cavilaciones.

—¿Sophia? —dijo Kate al otro lado—. Tu galán te llama.

Me levanté de un salto y corrí escaleras abajo.

Mister Parker debía de estar a punto de volver de su paseo, no teníamos mucho tiempo. Así que le dije de inmediato:

—¡No te vas a creer lo que me acaba de suceder!

—¿Qué? —preguntó Darren—. Espero que no te hayan asaltado.

—No, eso no. O, pensándolo bien, quizá sí.

—¡Dispara!

—Miss Arden me ha escrito. Dice que tuvimos una charla agradable y me sugiere de forma discreta que vaya a trabajar a su empresa.

—Desde luego, esto no son los delicados modales ingleses —repuso él empleando un tono afectado.

—Si se enterase, madame montaría en cólera.

—No estarás considerando aceptar la oferta, ¿verdad?

—No —respondí—. ¡Me siento muy en deuda con madame!

—Seguramente eso es cierto, pero tal vez...

—¿Qué quieres decir? —pregunté.

—De vez en cuando es bueno tener aliados también en el otro bando.

—¿Otro bando?

Hasta entonces no había sido consciente de que había dos bandos. Solo sabía que madame rivalizaba con miss Arden. Pero había descubierto que también había otros competidores. Max Factor, por ejemplo, que fabricaba maquillaje para las estrellas de cine. Al final del día, solía estudiar con detenimiento las revistas que mister Parker desechaba y Kate me dejaba.

—¿Sabes cómo se llama la rivalidad entre miss Arden y madame Rubinstein? La guerra de las polveras. Tal vez estos chismorreos no lleguen al laboratorio, pero así es. Todo el mundo espera a que la rivalidad un día dé pie a un escándalo.

—¿Quién dice esas cosas?

—Los clientes —respondió—. Desde que trabajo para madame, he recibido muchos encargos nuevos.

—¿Qué hay de miss Arden?

—Como te dije en la fiesta, ella no necesita un especialista en envases. Sin embargo, el resto de empresas de cosméticos os miran con lupa, sobre todo a madame. Sus supuestos problemas matrimoniales centran su atención, al igual que la cuestión de qué será de Rubinstein si madame de verdad decide quedarse definitivamente en París. En todos los sectores hay depredadores y buitres. Puede que solo seamos unas pequeñas ruedecillas en todo un engranaje, pero tenemos la oportunidad de cambiar algo a nuestro favor. Yo, en tu lugar, me guardaría esa carta. Nunca se sabe por dónde soplará el viento.

No sabía qué pensar. En ese momento, presentarme en la empresa de miss Arden era impensable para mí. Pero Darren tenía más experiencia en la vida laboral, y tuve la impresión de que su consejo tal vez no fuera equivocado.

Por un momento permanecimos en silencio, sumidos en nuestros pensamientos.

—¿Qué te parecería pasar las vacaciones de Navidad conmigo? —preguntó él entonces.

—¿No tienes otros compromisos? —repuse con cautela.

—No —contestó con rotundidad—. Y, de ser así, por ti los cancelaría. Quiero estar contigo en Navidad, siempre y cuando tú no tengas otros planes.

Sus palabras me confortaron, y me sentí tan abrumada por la emoción que al principio fui incapaz de decir nada.

—¿Sophia?

—Sí —respondí notando que las lágrimas acudían a mí.

—¿Qué me dices? —Su voz sonaba preocupada.

—Que estaría muy bien —respondí secándome las lágrimas.

—Tienes la voz un poco triste.

—No, no, es solo que... —Reprimí un sollozo y traté de recobrar la compostura—. Yo... lloro de alegría, no de pena.

Respiró aliviado.

—Cariño, estoy muy contento de que quieras pasar las fiestas conmigo.

Kate asomó por la puerta. Mientras Darren y yo hablábamos, ella vigilaba si mister Parker volvía a la casa.

—Debo colgar —dije.

—Hablamos el próximo viernes, ¿vale? —dijo—. Buscaré un alojamiento para ambos. Tal vez entonces ya pueda darte más detalles.

—Tengo muchas ganas. ¡Que vaya bien!

Regresé a mi habitación, emocionada aún por la gentileza de Darren y su oferta. ¡Aquella Navidad no la iba a pasar sola! Apenas podía creer en mi suerte. De buena gana habría salido corriendo a contárselo a Ray, o a cualquier desconocido por la calle.

Pero me quedé en mi habitación y volví a mirar el escrito de miss Arden.

Lo que Darren me había dicho me inquietaba un poco. «Guerra de las polveras». Eso no sonaba nada bien. Daba la impresión de que era solo cuestión de tiempo que una de ambas dañara a la otra. En ese momento, madame estaba ocupada con mister Titus. Me preocupaba un poco que miss Arden se aprovechara de alguna forma inapropiada de los rumores que circulaban.

Por otra parte, en la fiesta me había dado la impresión de que en realidad había sido madame la que había invadido su territorio, y no al revés.

Estuve dándole vueltas a la carta todavía un buen rato, mientras las palabras de Darren me resonaban en los oídos.

«Yo, en tu lugar, me guardaría esa carta. Nunca se sabe por dónde soplará el viento».

45

El 22 de diciembre amaneció con escarcha. Los cristales blancos en mi ventana parecían flores de iris y casi deseé tener una de esas modernas cámaras fotográficas portátiles para retener aquella imagen de la naturaleza.

Pese a los esfuerzos de la estufa, el piso nunca acababa de caldearse por completo. Al volver del trabajo, le metía montones de leña y carbón con los dedos entumecidos para tener que dejar atrás al día siguiente por la mañana el calor que con tanto empeño se había ido acumulando durante la noche.

Pero aquella mañana todo me daba igual. ¡En dos días estaría con Darren camino de Martha's Vineyard!

En nuestra penúltima llamada me había contado que había conseguido alquilar una casita. Era de un cliente adinerado de un amigo que en esa época del año prefería quedarse en la ciudad en lugar de ir a la isla.

A duras penas podía contener la ilusión.

Unos días antes, había recibido carta de Henny. Mi preocupación por ella se esfumó al momento. Se disculpó, explicó que había estado muy ocupada y me contó que iba a marcharse a Niza con Jouelle para pasar las Navidades.

Me moría de ganas de contarle mi viaje con Darren.

Lo único que me inquietaba un poco era que entre nosotros tuviera lugar algo más que un beso. Aunque la cicatriz de mi vientre se había desdibujado un poco, sin duda suscitaría preguntas. No sabía si estaba preparada. Ni tampoco estaba segura de cómo reaccionaría Darren.

Aparté de mí esos pensamientos y, como cada día, salí de casa. En esa época del año, la ciudad parecía transformada. Incluso las tiendas pequeñas decoraban sus escaparates. Los expositores de los grandes almacenes rivalizaban entre sí en colores y brillo. Al pasar por delante, transmitían la sensación de estar en otro mundo.

—Y bien, ¿nerviosa? —preguntó Ray en el vestuario.

—Sí, un poco —admití con una sonrisa—. Al fin y al cabo, es la primera vez que paso la noche fuera con él.

—Quiero que me cuentes cómo es todo en Martha's Vineyard. Sueño con tener una casa allí algún día.

—¿Una casa? —pregunté sorprendida—. Pero si ni siquiera sabes cómo es.

—Mucha gente acomodada tiene su residencia de fin de semana allí, y se dice que hay buenas langostas. Me gustaría saber qué se siente al vivir en esa isla. Tal vez también allí haya un gran Gatsby.

—¿Qué te pasa a ti con esa novela? —respondí negando con la cabeza—. Pero ya que insistes, te lo contaré. Aunque solo sea para quitarte de la cabeza la idea de comprarte una casa.

—¡Como si tuviera el dinero ! —contestó ella—. Para eso antes necesitaría un hombre rico.

—Entonces ocúpate de encontrar uno, la casa vendrá sola.

Le sonreí, me até un pañuelo a la cabeza y fui a las salas de producción.

También allí las ventanas tenían una ligera capa de escarcha. Las mesas estaban relucientes y los cestos con las hierbas, llegados del puerto como cada día, aguardaban a ser procesados.

Todo era como siempre. Las mujeres hablaban de sus planes navideños y de los regalos que querían hacerles a sus maridos o a sus hijos. Entonces, de pronto, asomó una de las secretarias.

—Miss Clayton quiere a todo el mundo reunido en la sala común —dijo y volvió a desaparecer rápidamente sin dar más explicaciones.

Miré interrogante a las demás. Parecían tan sorprendidas como yo.

—Seguro que madame ha vuelto de París —dijo Carla y añadió en broma—: Puede que quiera ofrecernos un aumento de sueldo.

Abandonamos la sala y nos dirigimos a la sala común donde ya aguardaban los hombres del departamento de transporte. Se oían murmullos nerviosos. Todavía no había ni rastro de miss Clayton.

—¿Sabes de qué va esto? —le pregunté a Ray.

Negó con la cabeza.

—Debe de ser algún anuncio. O tal vez madame nos hable en persona.

Recordé la última vez que madame había aparecido por la fábrica. En aquella ocasión nos había alentado a que trabajáramos más.

—Quizá quiera agradecernos nuestro compromiso con la empresa —siguió diciendo Ray.

—¿Acaso ha vuelto de Europa?

Últimamente no había oído hablar mucho de ella. Durante las pausas del almuerzo, Ray seguía comunicándome noticias, pero rara vez giraban en torno a madame y mister Titus.

El murmullo disminuyó en cuanto apareció miss Clayton. Su expresión era impenetrable, pero ¿cuándo no había sido así? Se subió a una silla para poder estar un poco por encima de los presentes.

—La razón por la que nos encontramos aquí reunidos —comenzó— es una carta de madame Rubinstein, que me ha sido entregada esta mañana.

Mostró la carta al aire. Noté que le temblaba la voz.

Miss Clayton sacó la carta del sobre y leyó:

—«Estimadas colaboradoras y colaboradores, me dirijo hoy a ustedes para hacerles un anuncio. Posiblemente habrán oído rumores sobre los problemas entre mi marido y yo. No puedo negar que en los últimos meses he descuidado a mi familia. Por este motivo, he decidido vender dos tercios de mis acciones en Rubinstein Inc. Ello me dará la oportunidad de centrarme más en mi matrimonio».

Los murmullos en la sala aumentaron de nuevo. Se empezaron a oír muestras de descontento. La voz de miss Clayton quedó completamente ahogada por el revuelo.

«¿Quién..., quién es el comprador?», preguntó alguien desde las últimas filas, al que se sumó otro miembro del personal—: «¿Qué será ahora de nosotros?».

—¡Cálmense, por favor! —exclamó miss Clayton sin saber muy bien qué hacer—. Por las informaciones de que dispongo, el empleo aquí no corre peligro. Los nuevos compradores han asegurado a madame que se mantendrán todos los puestos de trabajo.

—¿De veras? ¿Y quiénes son esos nuevos caballeros? —preguntó Carla.

—Lehman Brothers —respondió miss Clayton, que parecía desencajada.

—¿El banco? —dijo indignada una de las mujeres—. ¡Esos tipos no tienen ni idea de nuestro negocio!

—Es decisión de madame —respondió miss Clayton—. No nos corresponde a nosotros cuestionarla.

De nuevo las voces se alzaron. Los murmullos se convirtieron en discusiones a viva voz y luego en críticas feroces.

Yo estaba aturdida. Jamás habría pensado que madame Rubinstein fuera capaz de dejarnos a todos en la estacada.

—Y, entonces, ¿por qué no ha venido ella misma a decírnoslo? —gritó alguien a mi lado—. ¡Primero nos anima a dejarnos la salud trabajando y luego se larga!

Comprendía la indignación del personal. Pero también recordaba claramente la última vez que había hablado con madame. ¿Era ese el precio para que mister Titus no la abandonara? ¿Le había exigido que abandonara el negocio de Nueva York para que pudiera quedarse con él en París?

No fue hasta la hora del almuerzo cuando pude continuar la conversación con Ray. Nos encontramos en el murete de piedra donde ella me había abordado por primera vez. El aire estaba helado. Los árboles estaban cubiertos de escarcha.

En los últimos tiempos pocas veces había visto fumar a Ray, pero en esta ocasión se había encendido un cigarrillo y aspiraba el humo con avidez.

—¿Qué crees que pasará? —pregunté. No sabía lo que la venta podía significar para nosotras. Nunca había estado en una situación así.

Mi padre jamás habría abandonado su negocio, por ningún dinero del mundo.

Ray, nerviosa, expulsó el humo al aire.

—Nos despedirán, claro, ¿qué, si no?

—Pero esa no es la intención. Miss Clayton ha dicho...

—No, esa no es nunca la intención. Pero luego lo hacen. —Ray negó con la cabeza—. Le pasó al hermano de una amiga. Él trabajaba en una constructora que luego fue adquirida por un banco. Al principio dijeron que no peligraban los puestos de trabajo, pero entonces, de la noche a la mañana, se desestimó un proyecto. Y, al día siguiente, los trabajadores fueron despedidos.

—Pero esto de aquí es distinto. Fabricamos cosméticos.

Ray negó con la cabeza.

—Es lo mismo, créeme. Es cuestión de dinero. De mucho dinero. Me gustaría saber cuánto ha pagado Lehman Brothers.

A mí me interesaba otra cosa.

—¿Tú crees que ha abandonado el negocio por mister Titus?

Ray se encogió de hombros.

—Madame Rubinstein adora su empresa. La mayor parte del tiempo su marido no está con ella ya que vive sobre todo en París.

—Pero él antes nunca había tenido la intención de dejarla.

Ray arqueó las cejas.

—¿De dónde has sacado tú eso?

Sacudí la cabeza.

—Lo he oído por ahí.

No podía decirle a Ray que madame me lo había confesado al abandonar la fiesta.

—¡Vaya! —dijo Ray—. Corría la sospecha, pero si realmente él ahora... —Negó con la cabeza—. Quién diría que madame, después de todo, solo es una mujer.

—Al parecer, ama a su marido —repliqué—. Me di cuenta por cómo lo miraba durante la travesía.

—Eso es algo que nosotras no hemos visto nunca, pero de hecho madame solo ha estado aquí con él en una ocasión. A él no le interesa su empresa, prefiere pasar el rato con sus escritores. Es raro que sigan juntos.

—No deberíamos preocuparnos por eso —dije. Me sentía incómoda hablando así de madame. Su vida privada no era de nuestra incumbencia, aunque controlara la nuestra por contrato—. Ahora lo más importante es no perder el trabajo. De hecho, nos debería dar igual para quién trabajamos, ¿verdad?

46

La mañana del 24 de diciembre Darren me esperó delante de casa, tal y como habíamos acordado, y, además, sin concierto de bocinazos, algo que mister Miller debió de agradecer. Con el paso del tiempo ya ni siquiera se molestaba en mirar por la ventana cuando su coche se detenía ahí. Probablemente poco a poco se había acostumbrado a él.

En el portaequipajes del coche Darren llevaba una gran maleta. Me había anunciado que tenía un regalo para mí, lo cual me hizo ir entre semana a una tienda de ropa de caballero poco antes de la hora de cierre para comprarle un alfiler de corbata.

Al pensar que aquella era la primera vez desde París que volvía a comprar un regalo de Navidad, y además con un dinero que yo misma había ganado, se me anegaron los ojos en lágrimas.

Luego, sin embargo, me invadió una sensación indescriptible de felicidad, y me atreví incluso a soñar un futuro con Darren.

Aun así, me sentía un poco angustiada. El día anterior, la venta de las acciones de la empresa había sido el gran tema de conversación entre las mujeres. Aunque a primera vista nada parecía haber cambiado, todo resultaba distinto. En lugar de esperar con ilusión las vacaciones, muchas trabajadoras estaban intranquilas. Y yo no era una excepción.

—¿Qué ocurre? —preguntó Darren cogiéndome la maleta—. Pareces triste.

—No lo estoy —repuse—. Es solo…, será mejor que te lo cuente por el camino.

—Espero que no sea nada espantoso que me obligue a soltar el volante.

—No, en absoluto. Y, de hecho, no tiene mucha importancia. Vámonos, así no te tendré en vilo más tiempo.

Nos montamos en el coche y Darren encendió el motor. En cuanto dejamos atrás la casa, empecé a explicarle lo ocurrido. Desde la carta hasta las discusiones que surgieron después.

Darren se quedó pensativo un rato, y luego dijo:

—No deberías darle muchas vueltas. Las empresas se venden. Siempre ha sido así. Apuesto a que madame Rubinstein ha recibido muchas ofertas de compra.

—Pero hasta ahora nunca había aceptado ninguna. —Suspiré con fuerza. Me habría gustado mucho contarle a Darren lo que madame me había confiado durante el trayecto en coche al regresar de la fiesta. Pero recordé que le había prometido guardar silencio.

—Lehman Brothers no hundirá la empresa —afirmó Darren.

—Son banqueros, no conocen el sector de la cosmética —le hice notar.

—Para eso os tienen a vosotros. Supongo que algunos empleados pasarán a dirección para asesorar a los nuevos propietarios. Eso significa además que tal vez pronto puedas volver a crear nuevos productos.

De algún modo, no quise hacerme ilusiones con ello.

—La mayoría de las mujeres dan por hecho que ahora habrá despidos. Tenemos otros dos químicos. A ellos no los despedirían porque tienen familias al cargo.

—Nadie dice que vayan a despedir a alguien —repuso Darren—. Es posible que la venta dé un nuevo impulso a la empresa y se contrate a más personal.

—Eso espero —respondí mientras decidía dejar de pensar en ello. Después de las vacaciones ya tendría tiempo de darle vueltas.

Tras una parada en New Haven, donde Darren me enseñó la Universidad de Yale y bromeó diciendo que si quería allí podría hacer mi doctorado, llegamos a Boston por la tarde, donde nos aguardaba el ferri a Martha's Vineyard.

Por el camino Darren me había contado que un movimiento del puerto de Boston llamado Tea Party había sido el detonante de la guerra de la Independencia, por la que Estados Unidos se había liberado del dominio de la Corona inglesa.

Sentí curiosidad por escuchar lo que me contaría sobre la isla que nos esperaba.

El ambiente era gélido y me alegré de llevar debajo del abrigo mi viejo abrigo de Berlín. En pocos instantes, el aire frío y húmedo ya me había atravesado todas las capas de ropa erizándome la piel y haciendo que me doliera.

El ferri *Nantucket*, un impresionante barco de vapor de color blanco con una chimenea alta, ya estaba amarrado en el muelle. A bordo había también otros pasajeros. Una señora con un gran abrigo de piel nos miró con curiosidad, pero luego se volvió hacia su marido, que, embutido en su capa negra, tenía la apariencia de un pastor.

No nos podíamos llevar el coche, el ferri era demasiado pequeño. Pero Darren lo había aparcado en un sitio seguro.

—Están ustedes de suerte —dijo el marinero que comprobó nuestros billetes, un hombre rechoncho y de piel curtida envuelto en una chaqueta gruesa de lana azul—. En esta época del año apenas viene gente. Solo unas pocas personas que ya no soportan la ciudad por más tiempo. En verano esto es muy distinto. Entonces viene un montón de excursionistas.

—Por eso nos decidimos por el invierno —respondió Darren rodeándome con el brazo con un gesto protector. Sentí su calor y me acurruqué contra él. El marinero del ferri sonrió con cierta socarronería.

—Bueno, parece que al menos ustedes dos no pasarán frío.

—No, desde luego que no —respondió Darren, dirigiéndome una mirada cariñosa.

Nos aproximamos a los botes salvavidas. Desde allí teníamos una vista maravillosa del mar, aunque en parte lo ocultaban densas nubes de niebla.

El ferri se puso en marcha tras dejar oír un bocinazo fuerte y prolongado. Poco a poco, el puerto desapareció en la bruma detrás de nosotros.

Inevitablemente recordé el día en que partí de Calais para ir al Nuevo Mundo. Casi habían pasado dos años. Louis ahora ya tendría dos años y medio. A veces me imaginaba cómo habría sido todo si me lo hubiera podido llevar conmigo. De vez en cuando incluso soñaba con él, para luego despertar y darme cuenta de que mi hijo ya no existía.

Intenté alejar de mí ese pensamiento antes de que me abatiera. Louis estaba muerto, y nada podía devolverle la vida. Siempre estaría conmigo, dondequiera que fuera. Tal vez la cicatriz que me dejó su pérdida se desdibujara un poco con el tiempo, pero nunca desaparecería. De hecho, no quería desprenderme de ella, porque era la única señal de que ese niño había existido.

—¿Estás bien? —preguntó Darren.

Su voz ahuyentó las imágenes que me habían venido a la cabeza. Le miré a la cara. Los ojos le refulgían como el cielo en verano, a pesar de que alrededor todo era gris y gélido. Tenía las mejillas tan sonrojadas como la nariz y llevaba el pelo revuelto por el viento.

Al verlo me invadió una oleada de felicidad. Ese hombre sería mi futuro. Con él podría comenzar de nuevo y dejar atrás el pasado.

—Más que bien —respondí—. No creo haberme sentido tan feliz en los últimos tiempos.

—Y eso que aún no hemos llegado —respondió con una sonrisa.

—Para mí es suficiente con que estés aquí —dije, acurrucándome contra él.

Llegamos a la isla a primera hora de la tarde. Igual que en Gardiners Island, lo primero que vimos fueron playas y acantilados y, un poco más tarde, unas casas situadas en lo alto. A pesar de la hora del día, el faro emitía señales luminosas; posiblemente en alta mar la niebla debía de ser muy espesa.

En cuanto el ferri hubo atracado en Edgartown, desembarcamos. En el puerto aguardaban algunos vehículos para llevar a los pasajeros a sus alojamientos. El joven que nos condujo hasta la casa del conocido de Darren nos habló del incendio de un ferri y de que durante la Gran Guerra un submarino alemán había atacado y hundido frente a la costa un barco de pasajeros. Historias ciertamente nada bonitas y también algo embarazosas para mí por ser alemana, aunque a Darren no parecía importarle.

Nos detuvimos al llegar a las afueras del pueblo. La casa estaba escondida bajo grandes árboles frutales y retamas tupidas. Tenía las paredes completamente pintadas de blanco, y a un lado había un rosal que se encaramaba por la fachada. Hacía tiempo que había perdido el follaje, pero aquí y allá entre sus espinas colgaban aún escaramujos y capullos secos. Sobre la entrada había un amplio balcón.

Darren pagó al joven, que además le ayudó a descargar el equipaje. Entonces entramos en la casa, que tenía un gran vestíbulo y más habitaciones de las que necesitábamos.

—¿Así que esta es la residencia de vacaciones de un cliente de tu amigo? —pregunté contemplando el vestíbulo de la entrada. Una amplia escalera blanca llevaba al piso superior, custodiada por el retrato de una mujer de aspecto melancólico que llevaba un vestido de color lavanda. Tenía el pelo recogido en la nuca y apoyaba su rostro de alabastro en la mano.

—La abuela del propietario —explicó Darren—. Se dice que, tras su muerte, el marido quedó tan desconsolado que apenas podía alejarse de su retrato. De hecho, incluso cuando lo colgaron aquí, él se sentaba delante a mirarlo. Todo el mundo que cruzaba la puerta se asustaba al encontrarse con ese anciano con la mirada clavada en el cuadro.

—Era muy hermosa —dije ladeando la cabeza. En cierto modo me recordaba a madame. Posiblemente, años atrás su aspecto había sido similar.

—Sí, lo era. Pero no tanto como tú.

Torcí el rostro.

—Exageras. Comparada con ella soy una gafotas.

—Nadie dice que no fuera miope también. En el momento de dejar su imagen registrada para la posteridad, todo el mundo quiere dar una impresión especialmente buena. Eso vale tanto para fotografías como para cuadros. ¿Acaso te dejarías fotografiar con gafas?

Me acordé del retrato que me habían hecho cuando cumplí dieciocho años. Me había quitado las gafas y había pasado toda la mañana sumida en un mundo borroso. Pero aquella chica se había quedado en Berlín.

—Sí —respondí—, ahora sí. Las gafas son parte de mí. Sin ellas probablemente no lograría cruzar la calle. ¿Por qué dejar de lado una parte que, al final, es tan importante para mí?

Darren me sonrió como si no me creyera.

—No conozco a ninguna chica capaz de hacer algo así.

—En ese caso, soy la primera —dije—. Además, no necesito quitarme las gafas para tener un hombre, ¿verdad?

Darren se me acercó y me tomó en sus brazos.

—No, no tienes que hacerlo. De algún modo, tus gafas me parecen entrañables.

—¿Entrañables? —pregunté—. Y yo que creía que me hacían parecer inteligente.

—No, tú de por sí ya eres inteligente. Ellas parecen entrañables.

Me besó, y por un instante me dije que tampoco a Georg le habían importado mis gafas. Y aunque yo no tenía ninguna intención de compararlo con Darren, me tranquilizó saber que su mirada sobre mí no se detenía en la montura de las gafas.

Sin embargo, luego solo pensé en sus labios y me sumergí en el calor de su cuerpo.

Después de instalarnos, paseamos un poco. El ambiente se despejó y, aunque hacía más frío, las vistas del lugar y, sobre todo, del mar eran fabulosas. Daba la impresión de que las olas eran prácticamente de color turquesa y estaban coronadas por pequeñas crestas de espuma. En la playa, la madera arrastrada por la marea se amontonaba formando extrañas esculturas. La hierba seca junto al camino se doblaba con el viento. A lo lejos, divisamos un pequeño faro y decidimos ir a visitarlo en los próximos días.

Al anochecer bajamos al pueblo y entramos en un buen restaurante. Descubrimos entonces que en la isla aún había bastante gente. Estaban sentados en las mesas, bañados por una luz cálida y luciendo sus collares y sus alfileres de corbata de oro. El ambiente estaba impregnado de un magnífico olor a hierbas aromáticas y asado. Las gafas se me empañaron y por un momento todo se desvaneció tras un velo blanco. Pero luego de nuevo volví a verlo todo claro.

Después de que Darren hablara con el camarero, nos acompañaron a una mesa cerca de una ventana. Como la oscuridad en el exterior era completa, no se veía nada del paisaje. Sin embargo, me gustó ver cómo las luces se reflejaban en el cristal... y nosotros con ellas.

Tomamos asiento. Yo no sabía dónde mirar primero. Las voces de los comensales parecían el zumbido de miles de abejorros. Se oyó una carcajada de mujer. Vi cómo una señora sentada cerca de nosotros se sacaba la polvera y se corregía el maquillaje. Su acompañante la observaba, fascinado. ¿Darren haría lo mismo si yo me empolvara la nariz en público?

—Aquí tienes, para ti —dijo de repente entregándome una pequeña cajita.

—Pero aún no es hora de hacer regalos —repuse. Sabía que en Estados Unidos los regalos se daban en la mañana del día de Navidad.

—Aquí no, pero en tu país, sí. Sé que en Alemania celebráis la Nochebuena.

Una imagen me vino a la cabeza. El árbol de Navidad de nuestra sala de estar. Aunque mi padre era un hombre pragmático, incluso su corazón se ablandaba cuando se encendían las velas del árbol y el olor a manzanas asadas impregnaba las estancias.

Me apresuré en alejar ese recuerdo de mi mente. Ya no estaba en casa. Estaba en Martha's Vineyard. Con Darren.

—Gracias —dije, esforzándome por contener las lágrimas. Me sentía indescriptiblemente feliz. Y, al mismo tiempo, algo culpable—. Tu regalo está en la casa.

—No importa. Puede esperar hasta mañana por la mañana. —Se inclinó hacia mí y me dio un beso—. Vamos, mira lo que es.

—¿De verdad?

—¿Por qué, si no, lo habría traído conmigo?

Desaté el delicado lazo dorado. Hacía mucho tiempo que no recibía un regalo. La emoción me hizo sentir un cosquilleo en el estómago.

Abrí la cajita y vi un destello de plata. Un metal frío se deslizó por mis dedos. Al sacarlo vi que era un pequeño colgante de plata enganchado a una delicada cadenita.

El colgante tenía la forma de una moneda.

—Es una antigua moneda española —explicó—. Cuando aquella vez te hablé de los piratas se me ocurrió comprártela.

Acaricié el metal que mostraba la imagen de una mujer. Una mujer con una corona. El ornamento alrededor estaba desgastado, y el número de la parte posterior apenas era legible.

Pero era lo más bonito que me habían regalado en la vida.

—Es de plata pura. Supuestamente de uno de los barcos capturados por los piratas. Se supone que ella es una reina, pero no me preguntes cuál. Me gustó porque de algún modo me recordó a ti.

—No lleva gafas —respondí.

—No estoy seguro de que en esa época existieran las gafas. Pero, en caso de que hubieran existido, muchas más reinas las habrían llevado.

Solté una carcajada.

—Gracias —dije con una amplia sonrisa. En ese momento, el camarero se acercó para tomar nota de nuestra comanda.

Reconfortados por la buena comida, regresamos a la casa. Había muy pocas residencias con las luces aún encendidas, pero las que había resultaban tan acogedoras como el restaurante. Me imaginé a las familias frente al árbol de Navidad, aunque sabía que la celebración ahí era algo distinta a la de mi antiguo hogar.

—Recuerdo perfectamente que de niño esta noche la pasaba despierto —me dijo Darren—. Mi padre era ciertamente un hombre difícil, pero en Navidad se contenía. Cuando yo aún no era consciente de la situación en casa, creía que por la noche vendría un ángel y me traería regalos. Y, de alguna manera, mi madre siempre se las arreglaba para que ese ángel viniera y me dejara algo. A pesar de mi padre.

—Yo creía que Christkind, que es el angelito que trae los regalos navideños a los niños en Alemania, pasaba por delante de casa montado en trineo. Mi padre dejó que lo creyera hasta que cumplí diez años. Entonces me explicó que Christkind no existía. Tuve un buen disgusto.

—¡Qué crueldad!

—No, simple realismo. Mi padre había diseñado para mí un futuro como científica. La superstición, decía, era para mujeres que nunca gozarían de las oportunidades que yo tenía a mi alcance.

Sacudí la cabeza y traté de alejar de mí esos recuerdos.

—Seguro que tu padre no tenía mala intención —señaló Darren—. Como el mío cuando estaba sobrio.

—Sí —admití—, tenía buenas intenciones.

Y yo había sido una ingrata. Le había decepcionado. Y ahora estaba allí.

—No hablemos más del pasado —dije al notar que por las rendijas de la memoria se escurrían cosas que no quería que empañaran aquel día maravilloso—. Hay que mirar hacia adelante. Hacia el futuro.

Darren me pasó el brazo alrededor del hombro.

—De acuerdo. Miremos al futuro.

47

La mañana de Navidad me desperté muy pronto. Darren seguía profundamente dormido, bien arropado en la manta. Lo miré. En ningún momento había intentado nada que yo no quisiera. Se había comportado con la mayor corrección. Era agradable verlo a mi lado. Despertar junto a él. Podía imaginarme haciéndolo todas las mañanas.

Me levanté cuidadosamente de la cama, me vestí y bajé la escalera. El fuego se había apagado, las brasas se habían esparcido. Las eché a un lado y puse nuevos leños. Luego encendí un poco de paja.

En cuanto el fuego prendió, preparé la mesa y dejé el regalo de Darren junto a su plato. Me pregunté qué dirían mis padres. Había encontrado otro hombre. Un hombre que no se aprovecharía de mí. Un hombre que tal vez se casaría conmigo. Tal vez.

Pero ¿quería yo casarme con él? ¿Llevar una vida así, de ama de casa en la cocina?

No, yo no quería eso. Quería estar en el laboratorio. Quería trabajar, prosperar.

Un crujido en la escalera me sacó de mi ensimismamiento.

Al poco, Darren asomó por la puerta.

—Aquí estás —dijo con una amplia sonrisa. Tenía el pelo un poco revuelto, y las mejillas aún estaban algo sonrosadas por el sueño.

Habría podido contemplarlo durante horas.

—¡Mira! —dije— ¡El ángel de la Navidad ha pasado!

—¡Es cierto! —respondió—. A ver qué será.

—Ábrelo —dije—. Yo entretanto haré el café.

Mientras me dirigía a la cocina, oí a Darren desenvolver el paquete y abrir la cajita.

—Es precioso.

Me di la vuelta para mirarlo. Darren acarició el alfiler de corbata y sonrió.

—¿Te gusta? —pregunté.

Se levantó y se acercó a mí. Me rodeó los hombros con los brazos, y sus labios me rozaron la nuca.

—Mucho. Lo llevaré con orgullo todos los días. Pero el regalo más hermoso para mí eres tú.

—Y tú el mío.

Me acurruqué contra él. Mi cuerpo lo anhelaba, aunque también tenía mis temores. ¿Cómo reaccionaría cuando viera mi cicatriz? De pronto, el temor se apoderó de mí.

—Primero prepararé algo para comer —dije besándolo y soltándome cuidadosamente de su abrazo.

Darren me miró, luego asintió y sonrió.

—Deberíamos ir a una cafetería. Aquí apenas hay nada.

—He visto que hay harina y levadura. Y mermelada. ¿Qué tal si horneo un poco de pan y nos lo comemos con mermelada?

—¿Tú crees que deberíamos echar mano de la comida del cliente de Rick?

—¿Por qué no? —repuse.

—¿Tú sabes hornear?

—Soy química —dije con una sonrisa—. Creo que, si soy capaz de hacer una crema de belleza, también puedo hacer una masa de pan. Además, en su momento, mi madre me enseñó a hacerlo.

—Bien, tal vez nuestro anfitrión no lo note.

Le rodeé el cuello con los brazos y le besé.

Pasamos la mañana viendo subir el pan en el horno. Resultaba increíble que algo tan pequeño, algo de lo que uno apenas era consciente, pudiera ser tan emocionante. En torno al mediodía por fin pudimos comer. Me pregunté por qué hasta entonces no había hecho pan para mí. ¿Tal vez porque no merecía la pena? Era como si, tras abandonar la casa de mis padres, me hubiera quedado paralizada y me hubiera olvidado de vivir. Con el sabor del pan, la vida regresó a mí. Recordé de nuevo mis habilidades. Recordé que la vida no solo era un deber, sino también un placer.

¿O acaso era todo a causa de Darren? ¿Me había devuelto la vida?

Tras dar un largo paseo junto a una viña y una corta excursión hasta el faro que habíamos visto el primer día, nos acomodamos frente a la chimenea. El fuego crepitaba y alrededor estaba todo tan oscuro que casi se podía creer que el mundo había desaparecido. Era como si solo estuviésemos los dos.

—Esta es la mejor Navidad de mi vida —dijo Darren.

—¿De verdad? —pregunté.

—Sí, porque esta vez tengo dos ángeles. Y el más hermoso lo tengo aquí, entre mis brazos.

—Pero soy de carne y hueso. Sin plumas. Ni aureola.

—Justo como me gustan.

Se inclinó y me besó. Nuestros labios se fundieron. En mi interior se despertó el deseo, que se extendió por mi pecho y mis piernas. Cuando su boca me rozó el cuello, gemí.

Me alzó entre sus brazos y siguió besándome. Yo me abandoné a sus manos.

Entre besos subimos por la escalera y empezamos a quitarnos la ropa. Yo notaba cómo todo el cuerpo se me agitaba. Tenía la mente enturbiada y solo ansiaba una cosa. Quería sentirlo, estar muy cerca de él.

Cuando me desabrochó la blusa y empezó a recorrerme el vientre con los labios, de pronto mi mente recobró la lucidez.

—¡Darren, no! —exclamé intentando zafarme de él. Pero era demasiado tarde. Me había bajado las braguitas lo suficiente como para ver la cicatriz, cuyo tono azulado aún destacaba en mi piel como una boca con mueca burlona.

Al instante se quedó paralizado.

—¿Qué..., qué es eso? —preguntó, aunque estaba segura de que sabía lo que era.

Me estremecí. Me subí rápidamente las braguitas y apreté las rodillas contra el vientre, como si de ese modo pudiera proteger mi secreto.

Respondí con la sensación de estar cayendo por un agujero oscuro.

—Es la cicatriz de una cesárea.

—¿Tú..., tú tienes un hijo? ¿Dónde está? ¿Lo diste en adopción?

Negué con la cabeza.

—No. Murió en el hospital a los pocos días de nacer. Yo... nunca lo habría dado en adopción. Si aún estuviera vivo, estaría conmigo.

Darren sacudió la cabeza, incrédulo. Vi por su expresión cómo las sospechas acudían a él. Sabía lo que se solía pensar de las mujeres como yo.

Solo tenía una opción: contarle la verdad. Cualquier otra cosa podría hacerle creer algo equivocado.

—Ya te hablé de mi relación anterior. —Al menos la había mencionado someramente—. Yo... tuve una aventura con mi profesor de la universidad —empecé a decirle y a continuación pasé a contarle cómo había descubierto que estaba embarazada y que

Georg me había dado la dirección de un médico que practicaba abortos clandestinos. Le dije que mi padre me había echado de casa, que me había ido con Henny y le conté cómo las dos nos habíamos marchado a París.

Me fue muy difícil proseguir el relato cuando tuve que hablarle de Louis, mi pequeño, al cual había bautizado alguien en el hospital.

Al llegar al final de mi historia, miré a Darren. De algún modo, me sentía aliviada. Ya nada se interponía entre nosotros, ningún secreto que me abrumara. Ahora lo sabía todo. Quizá debería haberlo hecho mucho antes.

Darren no reaccionó. Permaneció allí sentado, con el semblante petrificado, mientras los pensamientos daban vueltas en su cabeza.

—Deberías habérmelo contado —dijo por fin con voz glacial.

—Pero si lo he hecho...

Su mirada me hizo callar.

—Antes —puntualizó—. Deberías habérmelo contado de inmediato.

Sentí un nudo en la garganta. ¿Cuándo se suponía que debería haberlo hecho? ¡Ninguna mujer con semejante historia lo contaba todo sobre sí misma en la primera cita!

—Yo... No, no podía. No sabía... cómo ibas a reaccionar.

Darren sacudió la cabeza y dejó escapar una risa dolida.

—¿No lo sabías? Pero ¿tú me quieres?

—¡Por supuesto que sí! —respondí.

—Y ¿por qué no confías en mí?

—¡Confío en ti!

—Ah, ¿sí?

Se apartó un poco, y noté claramente cómo la ira iba naciendo en su interior. De pronto, sus ojos parecían mucho más oscuros que de costumbre, casi negros. Tenía la cara tan lívida que sus cejas parecían rubias.

—¡Me has ocultado todo esto! —bramó de repente. Retrocedí asustada—. De haberlo sabido...

Se interrumpió.

—¿Qué habrías hecho? —pregunté, abrumada por el desengaño—. ¿Habrías sabido al momento que no querías tener nada conmigo?

—¡No! —repuso al instante con enojo—. Habría sabido que confiabas en mí. ¿Cuánto tiempo más pretendías ocultármelo? ¿Hasta nuestra boda? ¿Más allá? ¿O tal vez nunca lo habría sabido porque habrías insistido siempre en apagar la luz?

Esas palabras me hirieron como flechas. Negué con la cabeza. Nunca habíamos hablado de matrimonio. Y esa noche... No había sido nada planeado, pero la emoción me había hecho bajar las defensas.

Sí, posiblemente debería haber insistido en apagar la luz.

Pero no había tenido intención de engañarle. Tan solo esperaba el momento adecuado.

—Te lo habría dicho —dije compungida—. Pero yo... Entiéndelo. Era incapaz. Sabes lo que la gente piensa de las mujeres como yo.

—¡Cuando amas a alguien de verdad, se lo puedes decir! —replicó rabioso—. ¡Sobre todo si se trata de algo tan serio!

Se levantó de golpe y me miró casi como si en la cama hubiera un ser repulsivo.

—¡Tenía miedo! —admití—. Pensé que me odiarías. No quería que este asunto lo arruinara todo.

—¡Era tu hijo, no un asunto! Fue una decisión que tomaste. Y que afecta a todo lo que le sigue. ¡Incluso a mí!

—¿Habrías preferido que te lo dijera de antemano, sin más? ¿Que se lo contara a todo el mundo para que pensaran que soy una puta?

La voz de mi padre resonó en mi mente. «Puta estúpida...».

Darren no replicó. Se metió las manos en los bolsillos y pareció debatir consigo mismo.

—¿Qué otros secretos me ocultas? —preguntó entonces, pasándose la mano por el pelo con gesto nervioso—. ¿En brazos de quién más has estado?

—¡Con nadie! —repliqué. Me enderecé y quise tomarle de la mano, pero él me rechazó.

Lo miré. A mi desesperación se le unió entonces el desconcierto. Solo había sido un desliz. Uno que había cometido siendo muy joven. Aunque habían pasado tres años desde entonces, la mujer que era ahora no se parecía en nada a aquella estudiante de Berlín.

O tal vez sí.

—Yo..., yo no puedo con esto —dijo—. Mañana regresamos. Dormiré abajo. ¡Ya no quiero estar en la misma habitación que tú!

Dicho eso, se giró y abandonó el dormitorio. Me quedé un rato mirando la puerta y luego me eché a llorar.

Lloré hasta que el dolor que sentía en el pecho y en las entrañas me obligó a parar. Me quedé allí tumbada, sollozando, con los ojos clavados en el techo.

Se suponía que aquellas iban a ser las mejores Navidades en mucho tiempo, pero al final habían resultado ser las peores. Una y otra vez repasé mentalmente la escena con Darren, preguntándome si debía bajar a hablar con él.

Pero, antes de que me decidiera, se impuso el buen juicio. Habría sido un error intentar darle explicaciones en esos momentos en que se sentía tan decepcionado y herido.

En algún punto me quedé dormida, acosada por unas pesadillas confusas. Corría por un laberinto sin saber qué dirección tomar. Y una y otra vez llegaba a un callejón sin salida, frente a un muro que me bloqueaba el paso. Fuera cual fuera el camino que escogiera, el final era siempre el mismo.

Por fin, ese sueño se desvaneció para dar paso a la oscuridad. Cuando desperté, pensé que lo ocurrido el día anterior también había sido una simple pesadilla.

Sin embargo, en cuanto abrí los ojos, noté que estaba sola. La casa estaba fría. A mi lado la cama estaba vacía. Aunque por la noche también lo había estado.

Salté de la cama. El pánico se apoderó de mí. Me vestí a toda prisa y bajé corriendo la escalera. No había ni rastro de Darren. Quise llamarlo, pero no tenía el valor de pronunciar su nombre.

Salí de la casa temerosa de que me hubiera dejado allí abandonada. Me lo encontré de pie junto a la valla, como si estuviera esperando. De vez en cuando, daba caladas a un cigarrillo. Tenía la maleta preparada a su lado.

Al advertir mi presencia, levantó la mirada.

—Buenos días —dije.

—Buenas —repuso—. He llamado al chico que nos trajo hasta aquí en coche. En media hora vendrá para llevarnos al puerto. ¿Te parece bien?

—Sí —respondí apesadumbrada.

—Bien.

—¿Darren? —pregunté—. ¿Podemos hablar?

—¿Sobre qué? —contestó mientras volvía de nuevo la vista hacia la calle—. Ayer ya nos lo dijimos todo, ¿no? ¿O hay algo que quieras añadir?

—Lo siento.

—Vale, bien, lo sientes. ¿Algo más?

Se me encogió el corazón. Jamás lo había visto tan rudo. ¿De verdad que no podía entenderme?

—Si pudiera, lo cambiaría, pero no está en mi mano. Fui una boba, una chica estúpida que se enredó con la persona equivocada. Eso es algo que no puedo deshacer. Y mi hijo... Ni siquiera tuve la oportunidad de verlo. Este tipo de cosas no se cuentan a la ligera.

—No me lo habrías contado si no hubiera visto tu cicatriz.

No dijo esas palabras como si fueran una pregunta, sino como una afirmación.

—Sí, claro que sí. Algún día. Si hubiéramos estado juntos más tiempo.

—¿Acaso tres meses no son suficiente? —Sacudió la cabeza con un gesto de desaprobación—. Cuando confías en alguien, puedes contarle esas cosas. —La decepción se le notaba en la voz—. Pero tú no confías en mí. Y sin confianza no puedo tener una relación. —Arrojó el cigarrillo por encima de la valla a la calle. Me di cuenta de que nada de lo que le dijera podría hacerle entender la humillación que yo arrastraba. Eso me irritó. ¿Quién era él para juzgarme? Él nunca había estado en una situación como la mía ni lo estaría jamás.

Me habría gustado marcharme de allí. Pero me quedé clavada en el sitio, incapaz de moverme.

¿Había algún otro modo de regresar a Nueva York? No sabía si sería capaz de aguantar las horas siguientes sin desmoronarme por completo.

—De Boston a Nueva York se puede ir en tren, ¿verdad? —pregunté—. Yo... no quiero seguir siendo una carga para ti.

Darren no dijo nada. ¿No debería alegrarse de que le hubiera hecho esa oferta? Él se sentía engañado. No había nada que yo pudiera hacer para quitarle esa impresión. La cicatriz seguía en mi vientre, y lo que le había contado seguiría siendo la verdad.

—Sí, claro —repuso por fin.

—En ese caso, lo tomaré.

—También puedes venir conmigo —replicó.

Negué con la cabeza.

—No quiero incomodarte. Es mejor que no pasemos juntos más tiempo del necesario. Después de lo que ocurrió anoche... —Me interrumpí y esperé a que él contestara, pero se mantuvo en silencio—. Lo dicho, ya encontraré mi propio camino. Siempre lo he hecho.

Pareció como si fuera a decir algo, pero al final asintió en silencio y volvió la vista hacia la calle. Me di la vuelta y entré en la casa. Dejé oír un sollozo cuando agarré la maleta. Aquellos días estaban destinados a ser inolvidables. ¡Había visto el futuro!

Sin embargo, unas pocas palabras lo habían echado todo por tierra. La verdad me había robado mi sueño de una vida con Darren. Pero ¿cómo esconderla si me había marcado?

Recogí mis cosas mientras las lágrimas se deslizaban sin control por mis mejillas. Lloré en silencio, sintiendo que el dolor en mi interior se iba desprendiendo, igual que cuando una tormenta limpia de polvo el tejado de una casa. Todo me parecía descarnado, como la piel recién exfoliada.

Mi mirada se posó en el colgante que Darren me había regalado. Me pregunté si él querría recuperarlo. Tal vez lo mejor fuera que se lo ofreciera antes de que nos separásemos de forma definitiva.

El coche apareció instantes después. Vi desde la ventana al joven saludando amistosamente a Darren y cargando a continuación su maleta en el portaequipajes.

Al poco rato, saqué la mía. Darren me la tomó para entregársela al chico, poniendo mucho cuidado en no tocarme. Era como si de pronto me hubiera vuelto impura. Era la misma mirada de la noche anterior, la misma que me había dedicado estando yo sentada en la cama.

—¿Se lo ha pasado bien, señorita? —preguntó entonces el chico. Recobré la compostura. No estaba dispuesta a llorar ante él. No quería humillarme más de lo que ya lo había hecho el día anterior.

—Sí, mucho —mentí y me acomodé en el asiento posterior.

Darren se sentó junto al conductor y se puso a hablar con él como si no hubiera pasado nada.

Miré por la ventanilla y, mientras nos alejábamos, las lágrimas acudieron de nuevo a mis ojos, aunque estaba segura de que ni Darren ni el conductor las veían.

Durante la travesía, nos mantuvimos en lados opuestos del barco. Por suerte, el encargado del transbordador no era el mismo y no había presenciado nuestra felicidad en el trayecto de ida.

Por fin llegamos a puerto.

—¿Quieres que te acompañe a la estación? —preguntó Darren en cuanto salimos del barco.

Negué con la cabeza y señalé la parada de taxis. Si no estaba dispuesto a comprenderme, no hacía falta que me llevara en coche.

—Tomaré un taxi.

Había albergado la pequeña esperanza de que me dijera que lo sentía. Que me entendía. Que debíamos hacer las paces de nuevo.

Pero de haber sido ese el caso, no nos habríamos marchado.

—Gracias por el viaje —dije y luego rebusqué en el bolsillo. Darren dio un respingo al reconocer la cajita.

—¿Qué significa esto? —preguntó.

—Tal vez quieres que te lo devuelva —contesté—. Con todo lo que ha ocurrido...

Darren me miró como si le hubiera propinado un bofetón.

—¡Guárdatelo! —masculló y luego se dio la vuelta—. Adiós.

Y con esas palabras se marchó a su coche con paso firme. Me quedé mirando la cajita que tenía en la mano sin saber qué hacer. ¿Debía guardarla? ¿Dejarla allí sin más para que alguien pudiera aprovecharlo? ¿Por qué llevarme algo que me recordaría una noche tan horrible?

Finalmente, me la guardé.

—Adiós —susurré mientras le veía desaparecer entre la maraña de gente. Por fin, cuando tuve la certeza de que no volvería la vista atrás, me doblé de dolor y me eché a llorar desconsoladamente, con la mano apretada contra la boca.

48

Querida Henny:

¿Es posible que el corazón se desgarre al perder a alguien a quien en realidad solo conoces de unos pocos meses?

No, no te preocupes, no ha muerto nadie. Es... Darren, ya te hablé de él... Teníamos la intención de pasar juntos unos días maravillosos durante las Navidades. Pero al final todo acabó muy mal.

Darren descubrió que yo había tenido un hijo. Y además de la manera más desafortunada posible. Se enfadó muchísimo. Me acusó de habérselo ocultado. De no haber confiado en él. ¿Qué habrías hecho tú en mi lugar? ¿De verdad le habrías contado tu desliz?

Aunque no lo dijo, creo que también le molestó que yo hubiera tenido un hijo con otro. Estoy destrozada. Lo que debían haber sido unos días maravillosos se convirtió en la peor Navidad de mi vida. ¡Cómo me gustaría poder abrazarte! Así pues, lloro en soledad mientras las preguntas no dejan de darme vueltas por la cabeza.

¿Va a ser siempre así con todos los hombres en cuanto vean mi cicatriz? ¿Debo asumir que, si se lo cuento de buenas a primeras, me tomarán por una chica fácil? ¿Por confesar que tuve una aventura con un hombre casado que luego me abandonó?

Si el parto no hubiera salido tan mal, podría mantenerlo en secreto. Pero la cicatriz me ha marcado y así lo hará para el resto de mi vida. Tal vez debería resignarme a estar sola. Tal vez debería asumirlo como una penitencia por todo lo que hice.

También en otros aspectos el destino es de todo menos amable conmigo. La empresa para la que trabajo ha sido vendida.

¡Cuánto te echo de menos! Me gustaría mucho que estuvieras conmigo. Pero, a la vez, deseo que disfrutes de tu felicidad y que no sufras. Por favor, dame algún consejo, algo que me anime. Cuéntame cómo te fue en Niza; eso será como un rayo de sol para mí, pues ahora mismo aquí todo me resulta sombrío y frío.

Con cariño,

SOPHIA

La mañana del 2 de enero subí al metro contenta de volver al trabajo. Para entonces había aprendido a controlarme y no pensar todo el tiempo en Darren sin estallar en lágrimas. Ya le había enviado la carta a Henny, pero no esperaba obtener una respuesta pronto.

El rechazo de Darren seguía enfureciéndome y, aunque me decía a mí misma que posiblemente era lo mejor, deseaba que todo hubiera ido de otro modo. Notaba que había estado a punto de enamorarme de él de verdad. ¿Cómo podía saber que él reaccionaría de aquel modo?

En la fábrica, noté al instante una sensación de abatimiento. El año anterior todo el mundo contaba alegremente sus experiencias navideñas; esta vez, en cambio, las conversaciones eran apagadas. Nadie parecía muy contento con la venta de la empresa.

¿Qué haríamos sin madame? ¿Cuánto tiempo pasaría antes de que los nuevos amos empezaran a despedir empleados?

—Mirad, me lo ha pasado uno de los conductores —dijo Clara durante la pausa del almuerzo poniendo el periódico sobre la mesa ante nosotras. Era la sección de economía del *New York Times*. Informaba con gran detalle sobre la venta de la parte americana de Rubinstein Inc.

—¡Siete millones! —bramó Carla—. ¡Nos ha vendido por siete millones de dólares!

—Por una suma así yo también estaría tentada —dijo Ray.

—¿Qué harías tú con tanto dinero? —pregunté.

Ray se encogió de hombros.

—No sé, ¿qué tal un viaje alrededor del mundo? O quizá me compraría las perlas más caras que existan. ¿Y tú?

—Posiblemente crearía mi propia empresa.

—¿Y convertirte en otra Helena?

—¿Por qué no? —dije—. De todos modos, yo no vendería mi empresa tan fácilmente.

—Eso lo dices ahora, pero una vez te conviertes en uno de ellos...

Negué con la cabeza. De todos modos, no servía de nada darle vueltas. Jamás lograría una suma como esa.

Dos días más tarde, dos hombres trajeados aparecieron en la fábrica. A primera vista su apariencia recordaba a los gánsteres de las novelas *pulp* de Ray, pero resultaron ser los emisarios de los nuevos propietarios, dos abogados que llevaban carteras abultadas bajo el brazo.

—Mira, Laurel y Hardy —susurró Ray dándome un codazo en el costado.

Aquellos dos hombres, en efecto, se parecían a esos dos cómicos que había visto retratados en el cartel de una película. Uno era delgado y bajo, y el otro, alto y fornido. Sin embargo, sus semblantes graves no auguraban ninguna diversión.

—Buenos días, señoras y señores. Somos Koontz y Brooks. En calidad de abogados de Lehman Brothers, estamos aquí para anunciarles los nombres de las personas que, por desgracia, van a tener que dejarnos.

Se oyeron voces de descontento. Ray se quedó boquiabierta y yo me sentí como si me hubieran abofeteado. ¡Los nuevos propietarios ni siquiera habían asomado por ahí y ya estaban enviando a sus abogados para anunciar despidos!

—¡Pero se dijo que no se iba a despedir a nadie! —gruñó alguien.

—¡Típico de banqueros! —gritó una de las mujeres a mi lado, escupiendo en el suelo.

Una oleada de indignación y temor recorrió nuestras filas; sin embargo, los dos abogados se mantuvieron imperturbables. Tras una breve explicación acerca de la necesidad de adoptar medidas de ahorro, sacaron una lista.

—Medidas de ahorro —gruñó Ray—. Como si nosotros, con nuestro duro trabajo, no nos hubiéramos encargado de llenar la caja.

—Sí, pero seguramente el precio que la vieja bruja obtuvo por nosotros fue demasiado elevado —intervino Thelma, que casualmente había aparecido a nuestro lado. ¿Qué iba a pasar ahora?

—Estos son los nombres de las mujeres que por desgracia van a tener que marcharse —dijo el tipo, Koontz posiblemente. Acto seguido, empezó a leer en voz alta—: Bradshaw, Miller, Hendricks, Murphy, O'Brien, Jackson, Krohn.

Oí mi nombre, pero no me podía creer que fuera una de ellas.

—¿Cómo ha dicho? —pregunté mientras a mi alrededor algunas mujeres se echaban a llorar.

El hombre que había leído en voz alta me miró.

—¿Quién es usted?

—Sophia Krohn —contesté—. ¿De verdad mi nombre está en esta lista?

El hombre echó un vistazo a su portapapeles y luego asintió:

—Sí. Supongo que no debe de haber otra Krohn por aquí, ¿verdad?

Aquella segunda bofetada me pilló desprevenida. Por unos segundos fui incapaz de moverme. Entonces dije:

—Pero ¿saben ustedes que soy la responsable de la última línea de productos? ¡Hasta donde yo sé, se vende bien!

El semblante de ese hombre se endureció.

—No nos corresponde a nosotros dirimir sobre esta cuestión. Es una decisión de los propietarios.

—¿Acaso esos propietarios me conocen? —continué—. ¿Conocen a alguna de nosotras? ¿Saben cómo nos hemos dejado la piel para que esa nueva línea de productos pudiera salir al mercado?

—Nosotros solo somos los abogados...

En mi interior la ira me recorrió como un incendio.

—¡Esos exquisitos clientes suyos aún no han puesto un pie en esta fábrica! ¡Ignoran las condiciones en las que hemos trabajado durante los últimos meses! ¿Y ahora vienen ustedes aquí y nos echan?

Noté la mano de Ray en mi brazo. Sabía perfectamente que aquello era inútil, pero mi rabia era demasiado grande: rabia contra esos hombres que tenía ante mí, contra sus jefes y también contra madame Rubinstein, que tanto nos había presionado.

Igualmente, me sentía enfadada conmigo por haber asistido a esa fiesta con ella. Probablemente era algo así como la venganza tardía de Helena Rubinstein por aquel beso...

—Concederemos a las despedidas el sueldo de una semana completa, que pueden pasar a recoger en la oficina de personal —explicó el abogado, y con eso dio por zanjado el asunto.

Al terminar, se marcharon de la sala de producción entre insultos de los presentes y subieron al piso superior.

Al enfado le siguió la conmoción. Fui consciente de lo que ese despido significaba para mí. Volvía al punto de partida. Por un tiempo, mis ahorros bastarían, pero ¿qué iba a hacer sin un trabajo?

Ray posó la mano en mi brazo.

—¿Estás bien?

Negué con la cabeza. La desesperación me impedía respirar bien.

—Yo... necesito tomar aire fresco.

Ray asintió y me acompañó fuera. Me quedé ahí quieta, aturdida, contemplando el edificio de la fábrica. Pensaba que lo había logrado. ¿Qué iba a hacer ahora?

Oí a una mujer que sollozaba junto a mí.

—¿Qué voy a hacer? —preguntaba—. Mis hijos..., no sé cómo pagaré el piso...

Yo estaba demasiado desconcertada como para romper a llorar. Mi mente buscaba febrilmente una solución, pero era incapaz de hallarla.

Entonces supe lo que tenía que hacer. Con los puños apretados, me dirigí con paso decidido al despacho de miss Clayton.

Llamé a la puerta. Las voces detrás de la puerta se apagaron.

—Adelante —exclamó miss Clayton.

Cuando entré, me miró con asombro. Los dos abogados estaban sentados frente a su escritorio; saltaba a la vista que le habían solicitado nuestra documentación.

—¿Qué hay? —preguntó miss Clayton.

—¡Quiero saber por qué me han despedido! —contesté. Estaba tensa como un resorte.

El hombre que había junto a miss Clayton me miró. Al parecer, había vuelto a olvidar mi nombre.

—Sophia Krohn. —Se lo recordé rápidamente al tiempo que mi ira iba en aumento. Él no sabía ni siquiera quiénes éramos. Saltaba a la vista que a él y a su colega solo les interesaba tachar nombres de la lista de las nóminas.

—¡Ah, miss Krohn! —dijo el abogado, aunque por su expresión me di cuenta de que, a pesar de que antes había pronunciado mi nombre, no sabía dónde ubicarme—. Como comprenderá, en las empresas es habitual realizar reestructuraciones operativas.

—¡Pues no, no lo comprendo! —repliqué intentando dominar mi temperamento—. Llevo trabajando aquí desde hace casi dos años, he diseñado una de las líneas de productos de madame. ¿De verdad creen que pueden prescindir de mí?

El hombre apretó los labios, inspiró profundamente y luego dijo:

—Bueno, si insiste... Hemos analizado las ventas de cada producto. Por desgracia, Glory es el que se lleva la peor puntuación.

—Apenas lleva unos meses en el mercado.

—Es posible, pero en los tiempos que corren no podemos permitirnos ningún fracaso. La competencia es feroz, y, si Rubinstein quiere sobrevivir, tenemos que arrancar las malas hierbas. Dicho de otro modo, debemos eliminar de la oferta todos los productos que no se venden bien.

Aquellas palabras fueron como bofetones para mí. El hecho de que las ventas de Glory no fueran bien no me impactó tanto como el matiz en la voz del abogado.

—Entonces, ¿yo también lo soy? —pregunté esforzándome por contenerme. Me temblaba todo el cuerpo.

—Usted estaba al frente del proyecto, ¿verdad?

—Madame formuló las líneas maestras...

—Bueno, tal vez, pero ahora mistress Rubinstein ya no está. La nueva dirección general no cree que usted haya hecho un buen trabajo, así que ya no nos sirve. Y no hay más que hablar.

Mientras miraba fijamente al hombre, sentí la ira embistiéndome como una ola. Recordé lo que habían dicho las mujeres: que esos hombres no tenían ni idea de nuestro negocio. Que arruinarían la empresa Rubinstein.

—¿Eso es todo, miss Krohn? —preguntó el abogado con tono cortante.

Volví la vista hacia Beatrice Clayton. Contaba con encontrar un atisbo de triunfo en su mirada, pero lo que vi fue, en realidad, consternación.

De buena gana le habría dicho a ese tipo lo que pensaba, pero sabía que no cambiaría en nada mi situación.

—Sí, eso es todo —respondí, me di la vuelta y salí del despacho sin despedirme.

Recorrí un tramo del pasillo y luego me apoyé en la pared.

Por un momento, la incredulidad me impedía sentir ninguna otra cosa. Se me había achacado a mí el fracaso del producto en el mercado. A mí, que no tenía ninguna influencia ni en publicidad ni en ventas. ¿Despedirían también al equipo comercial? ¿Éramos tan solo la punta del iceberg?

Al cabo de un rato, oí que se abría la puerta. Me enderecé asustada, pero no asomaron los hombres. Miss Clayton había salido. Al verla, me di la vuelta. Al instante siguiente la oí llamarme:

—¿Miss Krohn?

Me detuve. ¿Acaso los abogados habían cambiado de opinión? Miss Clayton se acercó a mí con un par de zancadas.

—Solo quería decirle... que yo no tengo la culpa. He intentado disuadirles, pero no escuchan. Habrá..., habrá más despidos...

La miré desconcertada. ¿Por qué me contaba eso?

—Gracias —repuse al fin sin saber si aquella era la respuesta correcta.

—Evidentemente redactaré para usted unas referencias positivas. Ellos lo firmarán a pesar de lo que acaba de decirles.

—Es muy amable de su parte.

Aún sentía la rabia rebullir en mi interior, pero poco a poco iba dando paso a un aturdimiento resignado. Tener referencias era bueno. Eso me permitiría presentarme ante otras empresas.

Sin embargo, allí era donde quería trabajar. Para siempre. Aunque a veces las condiciones fueran duras.

Miss Clayton se me quedó mirando fijamente. ¿Qué quería? ¿La absolución?

No podía recriminarle la decisión de los nuevos propietarios.

—Adiós, miss Clayton —dije finalmente—. Sé que usted no tiene la culpa.

Me di la vuelta y por última vez bajé la escalera hacia el vestuario. Debería haberme despedido de las demás, pero no me sentía capaz. No quería permanecer allí ni un solo minuto más.

Regresé a Brooklyn abatida. Había perdido a mi novio y, ahora, mi trabajo. ¿Qué pasaría después?

—*Hi, honey*, ¿qué ocurre? —me preguntó Kate al encontrármela en la escalera. Le había bastado con una mirada para ver que no estaba bien. ¿Debía confesarle que me habían despedido? En ese caso, mister Parker no tardaría mucho en ponerme de patitas en la calle.

—Un día difícil —respondí—. Han vendido la empresa.

—Lo he leído —dijo—, pero al parecer los nuevos propietarios tienen un banco y, por lo tanto, dinero.

—Pues parece que no les alcanza para todos nosotros —repuse con tristeza—. Ha habido varios despidos. —No quería mentirle, pero tampoco era capaz de admitir que también me había afectado a mí.

—Lo siento mucho —contestó Kate—. Cuando te sientas más animada, baja a tomarte un café. Así podremos hablar.

—Gracias, eres muy amable —respondí.

—Entonces, hasta luego.

Dicho esto, salió de la casa. Yo me acerqué al buzón. En realidad, no esperaba ninguna carta, pero en silencio rogué encontrar un sobre. Un pequeño mensaje de Henny, algo que me alegrara el día o me reconfortara.

Cuando abrí el buzón vi que dentro había una misiva. Esta vez sí tenía una pegatina de correo aéreo. Mi corazón dio un brinco de alegría. ¡Henny me había escrito!

Saqué la carta, y al hacerlo me di cuenta de que llevaba el remitente de madame Roussel. ¿Por qué me escribía? ¿Le había ocurrido algo a Henny?

El temor me recorrió el cuerpo. Abrí el sobre temblando. Para mi gran sorpresa, dentro había otro sobre doblado y una pequeña nota:

Hace unos días llegó esto para ti. Espero que estés bien y que te estés abriendo camino en Estados Unidos. Escríbeme y dame noticias tuyas.

Saludos,
Martine Roussel

Me estremecí de pánico. Saqué el segundo sobre, lo desdoblé y lo miré. No llevaba remitente. Mi dirección estaba escrita a máquina. Lo primero que me vino a la mente fueron mis padres. ¿Acaso se habían puesto en contacto conmigo después de tanto tiempo? ¿Me habían perdonado? ¿O tal vez les había ocurrido algo?

Pero ¿por qué escondían su dirección? Eso no era propio de mi padre, tan pulcro, y mucho menos de mi madre.

Entonces me di cuenta de que ni el sello ni el matasellos eran de Alemania. La carta había sido enviada desde París. ¿Qué significaba todo aquello? ¿Quién me podía haber escrito?

Mientras la inquietud se iba apoderando de mí abrí el sobre. La nota que llevaba era diminuta y también estaba escrita a máquina. Solo contenía unas pocas frases en francés. Ni encabezamiento, ni despedida.

Usted no me conoce y probablemente nunca nos conoceremos. Solo quiero decirle una cosa: su hijo está vivo.

*No sé dónde se lo llevaron, pero la última vez que lo vi
estaba vivo y respiraba. Es todo cuanto puedo decirle.
Lo siento, y espero que usted y Dios sepan perdonarme.*

Di un paso hacia atrás y me tapé la boca con la mano. La
incredulidad y la confusión se apoderaron de mí arrastrándome
como en un torbellino. Era como cuando mi padre supo de mi
embarazo. El tiempo se detuvo. Mis pensamientos giraban sin
parar, pero no llegaban a ningún destino.

¿Cómo podía ser? ¿Alguien me estaba gastando una broma
cruel? Tal vez se hubieran confundido de persona...

Sentí una opresión en el pecho.

¿Cuántas mujeres podía haber en Estados Unidos que hubieran pasado por algo similar? ¿Y que además hubieran vivido
en París?

Miré la carta que tenía en la mano.

¡Mi hijo estaba vivo! Parecía un mensaje propio de uno de
mis sueños dorados. ¡Pero estaba bien despierta!

Con todo, mi mente se negaba a asimilar la magnitud de la
noticia. Sentí un estremecimiento en mi interior. El estómago me
dolía y me pareció que el pecho se me iba a abrasar. Intenté inspirar,
pero tuve la sensación de que el aire no me llegaba a los pulmones.

No sé cuánto tiempo permanecí en el rincón junto a los
buzones con la mirada clavada en el papel. El tiempo volvió a
avanzar cuando la puerta se abrió y Kate entró.

—Cariño, estás pálida como el papel. ¿Qué te ocurre?
—preguntó.

Levanté el brazo sin fuerza y le mostré la carta.

—¿Qué es eso? Por desgracia, no entiendo ese idioma...

En ese momento no era capaz de considerar lo que ella
pudiera pensar de mí, así que le leí la carta en voz alta. Cuando
terminé, Kate me miraba desconcertada.

—¿Y eso qué significa?

No podía responderle.

—Acompáñame, tienes que sentarte. Pareces a punto de desmayarte.

Y así me sentía. De nuevo, todo el dolor soterrado surgió de mi interior. El recuerdo de las noches lúgubres, las lágrimas y los días enteros de cavilaciones sombrías afloraron procedentes de la cámara oscura de mi alma.

Kate me acompañó a la cocina del piso de mister Parker. Me hizo sentar en una silla de la cocina y me sirvió un café.

—Así que tuviste un hijo —dijo tras tomar asiento.

—Sí —respondí—. Entonces, en París. Hubo complicaciones durante el parto y permanecí inconsciente durante unos días. Cuando recobré el conocimiento, me dijeron que mi hijo había muerto.

Mi voz sonaba como si no fuera yo quien hablara, sino una desconocida. Todavía esperaba despertar de ese sueño.

Una parte de mí contaba con que Kate me juzgaría por lo ocurrido. Pero ella se limitó a preguntar:

—¿Estás segura de que la carta es auténtica? —En su voz no había ni un atisbo de rechazo—. ¿Que nadie te está jugando una mala pasada?

La única persona que sabía acerca de mi hijo era Darren. Él y las mujeres de París... Pero Genevieve jamás haría tal cosa, y Henny... No, eso también quedaba descartado.

En el caso de Jouelle no habría puesto la mano en el fuego. Aunque Henny hablaba maravillas de él, aún tenía muy presente nuestro enfrentamiento. De todos modos, ¿qué razón le movería a hacer tal cosa? A él le convenía que yo no volviera a acercarme a Henny.

Con la mirada clavada en la taza de café, lo supe sin lugar a dudas. Alguien me había enviado la carta desde París. Alguien del hospital, que había sido testigo de lo ocurrido. Una persona que había guardado silencio, pese a ser consciente de que no debía hacerlo. ¿Por qué sentía ahora ese remordimiento? ¿Y por qué no me decía su nombre?

—Es auténtica —dije con voz apagada—. Tiene que serlo. No hay nadie aquí capaz de escribirme una carta así. Solo hay una persona que sabe lo ocurrido.

Kate me miró con asombro.

—Pero no lleva ningún nombre escrito. Ni tampoco remitente.

—El hospital. Tal vez es una enfermera al tanto de lo ocurrido. Puede que se llevaran a mi hijo demasiado pronto y que ya al empezar los preparativos para su entierro se dieran cuenta de que seguía vivo...

—¿No te parece que en ese caso te lo habrían devuelto?

—Pero ¿y si no? ¿Y si pudiera encontrarlo?

Kate se quedó pensativa. Frunció el ceño.

—¿Qué harías tú en mi lugar? —pregunté.

Kate me miró. Las lágrimas brillaban en sus ojos castaños.

—Debes saber que yo tuve un hijo. Eso fue antes de venir a Nueva York. Murió con su padre, en un incendio. Los vi a ambos y sé que están muertos. Si yo recibiera una carta así, sabría que se trataba de una burla horrible. Pero en tu caso...

—Nunca llegué a ver a mi hijo. Jamás —respondí, conmovida por esa terrible e inesperada confesión.

—En ese caso, deberías ir a buscarlo. Yo lo haría, aunque solo fuera para asegurarme.

49

Me pasé la noche dando vueltas en la cama. Por un lado, anhelaba dormir, tener un sueño que borrara todos mis pensamientos; por otro, lo temía, consciente de que en ocasiones los sueños podían ser peores que cualquier cosa que a uno se le ocurriera.

Por la mañana, empecé a deambular inquieta de un lado a otro de mi habitación. El dolor en mi interior era inmenso, pero para nada comparable a cuando supe que había perdido a Louis. A la inquietud se le unía la preocupación. ¿Cómo le habría ido todo? Con dos años, ya debía de andar y hablar, y seguramente estaría empezando a descubrir el mundo por su cuenta. Yo le habría podido leer cuentos y mostrarle la ciudad. Sin duda, Kate habría cuidado de él; ella estaría encantada con el pequeño...

Al pensar esas cosas se me hizo un nudo en la garganta y las lágrimas me corrieron por las mejillas. Hundí la cara en las manos, sintiendo cómo me invadían la tristeza y la vergüenza.

¿Dónde podía estar? ¿Había alguna posibilidad de encontrarlo? Pensé en la policía. Si realmente me habían robado a mi hijo, eso sería un delito. Y ellos deberían encargarse de ello.

Me agarré a la esperanza de que alguien lo hubiera acogido. Entonces, tal vez, sería posible seguirle la pista y encontrarlo.

Horas más tarde me encaminé a la casa de empeños de la esquina. El establecimiento estaba regentado por un tal mister Burns; Kate lo había mencionado en alguna ocasión, diciendo que estaba tan absorto en el mundo de su casa de empeños que apenas se le veía por la calle.

En el bolsillo llevaba las perlas que madame me había regalado.

En el curso de mis cavilaciones, se me había ocurrido un modo de viajar hasta Europa. Me había ganado bastante bien la vida, pero aquel dinero no era suficiente. Necesitaba más, y entonces recordé los pendientes, el collar y el vestido.

Por el vestido suponía que no me iban a dar mucho a cambio. Pero las perlas eran valiosas. Tal vez vendiéndolas me podría pagar el pasaje.

Hasta entonces a mister Burns solo lo había visto de paso, de camino al trabajo. Estaba siempre sentado detrás de su mostrador y rara vez había gente con él. Sin embargo, al entrar comprobé que la tienda estaba llena de objetos empeñados.

Una campanilla tintineó sobre mi cabeza; al cabo un hombre se asomó detrás de una cortina que separaba la zona de ventas de la trastienda. Llevaba un traje un poco anticuado, con cuello rígido y un reloj de cadena. Tenía el pelo bastante espeso, de un gris como las nubes de un cielo lluvioso.

—¿Qué puedo hacer por usted, jovencita? —preguntó, mirándome con la cabeza ladeada.

—Yo..., bueno..., me gustaría empeñar estas joyas. ¿Podría decirme cuánto valen?

Saqué con cuidado las joyas que había envuelto en un pañuelo y las coloqué sobre el mostrador. Las perlas se iluminaron bajo la luz mate de la mañana.

El hombre las contempló un momento.

—¿Son verdaderas? —preguntó.

—Eso creo.

—¿De dónde las ha sacado? —Me miró de pies a cabeza.

—Me las regaló una conocida.

—¿Y ahora usted las quiere empeñar?

—Necesito dinero —respondí—. Es un... asunto familiar.

El hombre asintió. Primero tomó cuidadosamente los pendientes y los contempló.

—Lo lamento —dijo entonces.

Abrí los ojos con espanto.

—¿Cómo dice? ¿Hay algo que no va bien?

—No, no, los pendientes no tienen nada de malo. Ni el collar. Es solo que no tengo dinero suficiente para pagarle.

—Pero...

—Bueno, también podría decirle: mire, aquí tiene cien dólares y márchese, y luego vender esas joyas por diez veces más. Pero yo no soy así.

Hizo una pausa y se me quedó mirando. De pronto, tuve la sensación de que él era capaz de verlo todo: la inquietud de la noche pasada, el insomnio, las preocupaciones de las horas anteriores. El dolor por haber perdido a Darren. Era más de lo que una persona podía soportar.

Pero en mí también había esperanza. La esperanza de encontrar a mi hijo.

—Jovencita, debería usted ir a una joyería —siguió diciendo mister Burns—. Allí le darán un precio justo.

—Pero... ¡si solo son unas perlas!

El hombre me miró con recelo.

—¿Solo unas perlas? Por lo que sé, esto vale una pequeña fortuna.

Una fortuna. Yo sabía que madame no compraba cualquier joya. Pero que regalara algo muy valioso como si no significara nada para ella me dejó sin habla unos instantes.

—¿Está usted bien, muchacha? —preguntó mister Burns.

Asentí con la cabeza, luego tomé de nuevo las joyas y las envolví en el pañuelo.

—Yo que usted me lo pensaría dos veces antes de venderlas. Tal vez luego podría arrepentirse.

Me volví a acordar de madame. De la noche que me contó sus problemas con mister Titus. Había sido amable conmigo, pero qué representaba ella frente a la perspectiva de encontrar a mi hijo. ¡De verlo, por fin!

—Le agradezco muchísimo su honradez —dije.

—Y yo le deseo lo mejor. Sea cual sea su asunto familiar.

El joyero de Manhattan se quedó boquiabierto cuando más tarde deposité las joyas sobre su mesa.

Me costó bastante encontrar una tienda que me pareciera lo bastante digna como para comprar las perlas de madame. Durante el trayecto en metro, había tenido que esforzarme mucho para disimular mi temor. ¿Y si alguien me robaba? Era extraño, el miedo solo se sentía cuando había algo que perder. Por lo demás, apenas había reparado en los demás viajeros.

—¿De verdad quiere usted vender este conjunto? —preguntó, de modo similar al del prestamista. Sin embargo, me di cuenta de que le movían otros motivos—. Esto es una inversión segura. Y con los tiempos que corren...

—Necesito el dinero para ir a Europa.

El hombre se me quedó mirando. Aunque mi apariencia no era la de una persona necesitada, tampoco parecía una mujer que tuviera joyas tan valiosas.

—¿Está usted segura de que estas joyas..., en fin, se adquirieron de forma legal?

—¿Sugiere usted que las he robado?

Ladeé un poco la cabeza y dirigí una mirada escrutadora al hombre.

—No, ni de lejos, pero...

—Ya que quiere saberlo, estas perlas pertenecieron en su momento a madame Rubinstein. Ella me las dio. Así de fácil. Es algo que hace a veces, porque tiene un gran corazón.

No quise recordar entonces que su marcha de Nueva York me había costado el puesto de trabajo.

El hombre de detrás del mostrador palideció.

—¿Dice usted madame Rubinstein?

—Así es. Madame Rubinstein. Ella me regaló estas joyas. Y seguro que con ellas puedo hacer lo que quiera, ¿verdad?

—Por supuesto, sí —respondió él con cierta vacilación—. Permítame ver de nuevo las piezas.

Acto seguido, se marchó a la trastienda. Yo no tenía la certeza de que no fuera a llamar a la policía o a preguntar en casa de madame Rubinstein si faltaba algún objeto de valor. Inquieta, fui pasando el peso de un pie al otro hasta que por fin el hombre volvió a salir.

—Le pagaré cinco mil dólares —dijo.

—¿Cinco mil?

Desde luego, eso era una pequeña fortuna. Con una cantidad así yo podía vivir todo un año sin trabajar. Y desde luego era más que suficiente para pagar un billete de barco.

—Tiene usted que considerar que debo incluir un cierto margen de beneficio. Como pertenecieron a madame Rubinstein, no voy a tener ningún problema en revender estas joyas, pero aun así no puedo darle más.

Yo apenas me atrevía a respirar. Cinco mil dólares. Por el modo en que el hombre hablaba, seguramente iba a vender el conjunto por un precio muy superior, pero a mí en ese momento me daba lo mismo.

—De acuerdo —dije.

Al salir de la joyería, levanté la vista al cielo. Las nubes eran espesas y grises, y el aire, húmedo y helado. Unos copos de nieve comenzaron a caer sobre mí. Hasta entonces el invierno había sido bastante suave, pero todo indicaba que se disponía a encarnizarse con Nueva York.

Mientras miraba cómo caían los copos, pensé que debía telegrafiar a Henny y Genevieve. Y a madame Roussel.

Las habitaciones de su pensión no eran grandes, y sin duda el carro de letrinas debía de seguir pasando por ahí, pero era un lugar que yo conocía. Estaría con gente que era importante para mí y que tal vez podrían ayudarme.

Pensé también en Darren. Me pregunté si debía dejarle un mensaje.

No habíamos hablado desde Navidad. A veces me planteaba llamarlo, pero luego me echaba atrás, porque temía su reacción en cuanto oyera mi voz.

Tal vez debería borrarlo de mi memoria, sin más. Pero ¿lo conseguiría?

Quizá lo averiguara durante la larga travesía. Ahora tenía que partir. Necesitaba comprar un billete para el barco. Había preparativos que hacer. Estaba decidida, debía marcharme de nuevo.

Fuera lo que fuera lo que me aguardase al final del viaje, debería afrontarlo. Y, si mi hijo seguía con vida, lo encontraría.

50

El día 21 de enero, me senté en el alféizar de la ventana y observé cómo la mañana se desperezaba lentamente sobre los tejados de Nueva York. Al principio el cielo aún estaba oscuro, pero poco a poco la luz fue asomando. Las primeras chimeneas se pusieron en marcha y su humo fue elevándose verticalmente en el aire. Mi madre siempre decía que eso era señal de buen tiempo. La mayoría de las veces tenía razón. ¿Podía haber un mejor presagio para mi plan?

Aunque debería haber dormido, mi desazón me lo había impedido. Una y otra vez había comprobado la bolsa de viaje, que tenía preparada desde hacía dos días.

No necesitaba llevarme muchas cosas. Algunas prendas de vestir, cosméticos, un poco de dinero. Me había cosido algunos billetes en los dobladillos de dos faldas, tal y como me había aconsejado Kate.

«En viajes como este debes ser precavida —me había dicho—. Lo mejor es que escondas el dinero y lo repartas de forma uniforme. Así, si te roban, no te quedarás sin nada».

Yo había objetado que en el viaje de ida nadie me había robado nada, pero entonces reparé en que aquel iba a ser mi primera gran travesía sin compañía. En la anterior ocasión, madame me había tomado bajo su manto protector; ahora, en cambio, todo dependía de mí.

No sabía qué era lo que más me inquietaba: ¿la posibilidad de encontrar a mi hijo? ¿Averiguar lo que le había pasado? ¿El viaje en sí mismo? Era difícil de decir.

A partir del momento en que supe con certeza cuándo zarparía mi barco, mi nerviosismo había ido en aumento, hasta el punto de tener la sensación de que estallaría en cualquier momento.

Intenté distraerme, pero al no trabajar me resultó difícil.

Tampoco sentí el impulso de presentarme para trabajar en otra empresa. Necesitaba mi libertad, de lo contrario mi plan sería impensable. Aunque el despido había sido un golpe duro, me permitía dar un giro diferente a uno de los peores capítulos de mi vida.

Hacía una semana que había informado a Henny y a madame Roussel. Tenía muchas ganas de volver a ver a mi amiga, y sentía curiosidad por oír lo que pensaba sobre la noticia.

El sonido del despertador me sacó de mis cavilaciones. Me levanté, me acerqué a la mesilla de noche y lo apagué. Había querido asegurarme de no quedarme dormida, pero no había sido necesario. Aunque debería, no me sentía ni siquiera fatigada. Como por la noche ya me había puesto mi vestido de viaje, solo tuve que arreglarme de nuevo el pelo, coger el equipaje de mano y bajar la escalera.

Tenía pagado el alquiler de ese mes y del siguiente. De hecho, tenía previsto no permanecer en París más de dos semanas. Las dos travesías me llevarían una semana cada una. Lo que ocurriera después, ya se vería. Mister Parker me había ofrecido que me quedara en su casa.

«No encontraré una inquilina mejor ni más tranquila para la habitación de huéspedes. Estoy seguro de que alguien tan capaz como usted conseguirá trabajo muy pronto».

Aquello me alegró. Me había resultado muy difícil informarles acerca de mi despido, pero habían reaccionado con más comprensión de la que me esperaba. Conservaba aún algunos ahorros y la confianza de mister Parker me animó. Pasara lo que pasara, encontrara lo que encontrara, tenía un lugar al que regresar. Y luego volvería a empezar. De nuevo.

Cuando llegué abajo, Kate salió de la cocina. Le había dicho que me prepararía yo misma el desayuno, pero era evidente que no me había querido hacer caso.

—Bueno, ha llegado la hora —dijo indicándome que la siguiera hasta la cocina.

Había preparado el desayuno en la misma mesa donde yo tantas veces había bebido té helado. En el fogón los huevos chisporroteaban en la sartén.

Instantes atrás había tenido la impresión de ser incapaz de tomar un solo bocado, pero en ese momento todo cambió y mi estómago comenzó a gruñir.

—Siéntate y come. El viaje es largo y necesitarás fuerzas.

—No hacía falta tanto —respondí mientras la obedecía y tomaba asiento. Me sirvió huevos revueltos, beicon y tomate, acompañados de tostadas. Me había llevado un tiempo acostumbrarme a ese tipo de desayuno, pero sabía delicioso y noté cómo la comida me tranquilizaba un poco. Casi me provocó somnolencia, algo que en ese momento no me habría resultado nada útil. Me bebí a toda prisa el café que Kate también me había servido, negro y sin azúcar.

—¡Cómo me gustaría ir contigo! —dijo Kate—. Siempre he soñado con visitar París. Debe de ser un lugar muy hermoso.

—Lo es —respondí sintiendo un ligero cosquilleo al pensar en los edificios, los parques e incluso la biblioteca—. Tal vez algún día lo consigas.

Kate hizo un gesto de negación con la mano.

—Me voy haciendo mayor. Me temo que nunca me alejaré de este pedazo de tierra. Pero, bueno, Nueva York también es una gran ciudad.

—Eso es cierto.

Se quedó un rato en silencio.

—¿Regresarás en cuanto encuentres a tu hijo? —preguntó entonces.

—Por supuesto —respondí, asombrada. ¿Cómo se le ocurría?

—También podrías buscarte una casita en el campo y vivir allí.

—Me temo que no tengo dinero para tal cosa —dije—. Además, adoro mi trabajo. No puedo imaginar que haya mejor cosa que aportar belleza al mundo.

Kate asintió y luego sonrió.

—Bien, pues entonces esperaré tu regreso.

Después del desayuno me despedí de ella con un fuerte abrazo. Mister Parker también apareció. Aún estaba un poco despeinado, pero su apretón de manos fue firme.

—Toda la suerte del mundo, miss Krohn. *Godspeed.*

Sabía que con esa palabra me estaba deseando suerte.

—Muchas gracias. Que le vaya muy bien y cuídese.

—Es mejor que se lo desee yo a usted; a fin de cuentas, yo seguiré teniendo la tierra firme bajo los pies.

Ya en la calle, volví de nuevo la vista hacia los dos y emprendí la marcha.

Subí al metro con los primeros trabajadores del turno de mañana. Me costaba creer que de verdad fuera a emprender un largo viaje. Más bien tenía la sensación de estar volviendo al trabajo. Sin embargo, para eso no habría necesitado acarrear una gran bolsa de equipaje.

Echaba de menos la fábrica a pesar de que mi paso por ella no siempre había sido fácil. Añoraba a Ray. La había ido a ver a la puerta de entrada de la empresa, y le había contado lo que iba a hacer. No le había hablado de mi hijo. A saber si nos volveríamos a encontrar a mi regreso. Era muy consciente de que con la falta de contacto diario las relaciones se enfrían.

Ella se mostró entusiasmada, y también me puso al corriente de los nuevos despidos. Algunas mujeres de producción habían tenido que marcharse, así como varios empaquetadores. Ray suponía que aún habría más empleados que perderían el empleo. Aunque lamenté oír eso, ya no era de mi incumbencia. Debía mirar hacia adelante.

Oí voces confusas a mi alrededor, pero no les presté atención. Como tampoco hice caso de las miradas que me dirigía la gente, a pesar de que las notaba.

Me habría gustado avisar a Darren. En los últimos días había sopesado varias veces la posibilidad de llamarle, pero cuando me encontraba frente al teléfono, con el auricular en la mano, no me atrevía a pedir la conexión con su número. El motivo de nuestra disputa había sido mi hijo. Seguramente no le habría gustado que le dijera que me iba a buscarlo. Con todo, sentía un poco de lástima por no haber tenido la oportunidad de enmendar mi error y, por una vez, hacer bien las cosas.

El resto del trayecto hasta el puerto lo hice en autobús. Cuanto más me acercaba al barco, más se me aclaraban los pensamientos. En mi cuaderno había anotado los nombres de todas las personas con las que había tratado en París: la enfermera Sybille y el doctor Marais, y las comadronas Aline Du-Bois y Marie Guerin. Me pondría en contacto con todos ellos y haría averiguaciones. Entre las páginas guardaba también la carta. Había reflexionado mucho sobre si lo que decía era cierto, pero era consciente de que solo París podría darme la respuesta.

Delante de la zona de embarque había una fila con numerosos viajeros. Por un momento me pareció distinguir entre ellos a Helena Rubinstein. Una mujer menuda con un sombrero grande y elegante se parecía mucho a ella. Sentí un estremecimiento. ¿Sería aquello una señal del destino?

Ella, por supuesto, no tenía ni idea de que me habían despedido. Y yo, claro está, estaba resentida con ella a causa de la venta de la empresa, pero en ese momento su aparición habría sido como reencontrar una vieja amiga.

La mujer volvió la cabeza a un lado. Contuve la respiración. ¿Qué hacer si lo era? Pero al instante siguiente vi que no se trataba de madame. Aquella señora, aunque de complexión similar, tenía el pelo rubio y sus rasgos carecían de la elegancia de los de mi antigua jefa.

Suspiré no sin cierta decepción. Era una lástima, pero quizá algún día me volvería a encontrar con aquella mujer que me había dado esperanzas y una oportunidad.

La cola fue avanzando. Cuando le mostré el billete al revisor, el corazón me latía con fuerza. Al embarcar, ya no habría vuelta atrás. Me volví un momento hacia la cola de pasajeros que aguardaban detrás de mí. Luego miré adelante. Tal vez debía olvidar a Helena Rubinstein. Y tal vez también, a Darren. Ante mí estaba la incertidumbre, pero también la esperanza. Era más de lo que tenía cuando tres años atrás me había visto obligada a abandonar la casa de mis padres.

El camarote era pequeño y estaba poco amueblado. Con la suma que había obtenido por los pendientes de madame, podría haberme permitido algo mejor, pero había decidido ser ahorradora.

Ordené mis pertenencias y regresé a cubierta. Recordé las palabras de mister Titus. A mi llegada, había sido magnífico contemplar la estatua de la Libertad. Ahora quería llevarme su imagen al Viejo Mundo hasta verla de vuelta.

Poco después el *Lady of the Sea* soltó amarras. El sol resistía el embate de algunas nubes y sentí el viento soplándome con fuerza en la cara, pero no estaba dispuesta a retirarme bajo cubierta. Ya tendría ocasión de pasar mucho tiempo allí.

Sonó la bocina del barco, de forma prolongada y ensordecedora. Me quedé de pie en medio de la gente que saludaba, y deseé que hubiera alguien para despedirme. Pero Kate no había podido venir y Ray debía de estar de nuevo en el laboratorio o cortando perejil.

Tal vez en París encontrara a una persona que, sin saberlo, me estaba esperando. Una persona que me amara tanto como yo a él. Mi hijo era mi esperanza, y esta me acompañaría a través de las aguas.

«**Para viajar lejos no hay mejor nave que un libro**».

EMILY DICKINSON

Gracias por tu lectura de este libro.

En **penguinlibros.club** encontrarás las mejores
recomendaciones de lectura.

Únete a nuestra comunidad y viaja con nosotros.

penguinlibros.club

Penguin
Random House
Grupo Editorial

 penguinlibros